Einaudi Ta

Dello stesso autore nel catalogo Einaudi

Il giardino di cemento
Bambini nel tempo
Lettera a Berlino
Cani neri
L'inventore di sogni
Cortesie per gli ospiti
L'amore fatale

Ian McEwan
Racconti

Primo amore, ultimi riti

Fra le lenzuola
e altri racconti

Traduzione di Stefania Bertola

Einaudi

Titoli originali *First Love, Last Rites*
In Between the Sheets, and Other Stories

Prima edizione «Nuovi Coralli» 1979 e 1982

ISBN 88-06-14095-7

Racconti

Primo amore, ultimi riti

A Elaine

Fatto in casa

Lo vedo ancora, quel bagno stretto e troppo illuminato e Connie con un asciugamano intorno alle spalle, seduta in lacrime sul bordo della vasca, mentre io faccio scorrere l'acqua calda e fischietto – tale era la mia euforia – *Teddy Bear* di Elvis Presley, me ne ricordo, mi torna in mente quando voglio, un pelucco del copriletto che volteggia a fior d'acqua, ma solo da poco mi sono reso conto che se questa era la conclusione di un particolare episodio, per quanto si può definire concluso qualsiasi episodio vissuto, era Raymond a occuparne, per cosí dire, l'inizio e la parte centrale, e se poi ammettiamo che nelle faccende umane non esistono episodi, allora devo proprio insistere che questa storia parla di Raymond e non di verginità, coito, incesto e masturbazione. Cosí comincerò col dire che era buffo, per ragioni che saranno chiarite solo molto piú in là (siate pazienti), era buffo che fosse proprio Raymond, fra tutti, a volermi fare notare la mia verginità. Raymond mi venne incontro un giorno a Finsbury Park e trascinandomi verso un boschetto di allcro, con aria misteriosa piegò e poi raddrizzò l'indice sotto i miei occhi, osservandomi attentamente mentre faceva quel gesto. Lo fissai con sguardo assente. Poi anch'io piegai e raddrizzai l'indice, e da come Raymond si illuminò tutto capii di aver fatto la cosa giusta.

– Ci sei eh? Ci sei! – disse. Contagiato da tanto entusiasmo risposi di sí, sperando che cosí mi avrebbe lasciato solo a piegare e raddrizzare l'indice in santa pace, fino ad arrivare in qualche modo a capire quella sconcertante allegoria digitale. Raymond mi si attaccò alla giacca con particolare energia.

– E allora? – ansimò. Cercando di guadagnare tempo, piegai di nuovo il dito e lo raddrizzai lentamente, freddo e sicuro, tanto freddo e sicuro che Raymond trattenne il respiro e gli si inceppò il passo. Io mi guardai il dito eretto e dissi:

– Dipende, – chiedendomi se prima di sera avrei scoperto di cosa stavamo parlando.

Raymond aveva allora quindici anni, uno piú di me, e per quanto mi ritenessi superiore a lui intellettualmente – ed ecco perché dovevo far finta di capire il significato del dito – era lui a *sapere* le cose, era lui il mio maestro di vita. Era stato Raymond a iniziarmi ai segreti degli adulti, di cui aveva una conoscenza intuitiva ma incompleta. Mi svelava un mondo ricco di dettagli affascinanti, ricco di peccati e di sapienza, un mondo di cui Raymond era un po' il maestro di cerimonie ma in cui non si trovava a suo agio. Era un mondo che lui conosceva piuttosto bene ma che, in un certo senso, non voleva conoscere lui. Cosí, quando se ne arrivò con le prime sigarette, io imparai subito a inspirare profondamente il fumo, a fare gli anelli e a mettere le mani a coppa intorno al fiammifero come i divi del cinema, mentre Raymond annaspava mezzo soffocato. Poi Raymond scoprí anche la marijuana, di cui io ignoravo l'esistenza, ma alla fine mi ritrovai fatto fino all'euforia mentre lui ammise, cosa che personalmente non avrei mai fatto, di non aver provato un bel niente. E ancora, fu Raymond, coi suoi quattro peli di barba e il vocione, a portarmi a vedere il primo film dell'orrore, per poi passare tutto il tempo con gli occhi chiusi e le orecchie tappate. Straordinario, se si pensa che in un mese di film dell'orrore ce ne siamo visti ventidue. Quando Raymond rubò una bottiglia di whisky al supermercato per farmi provare i piaceri dell'alcol, passai due ore di ebbrezza a ridacchiare di lui che era in preda a disperati conati di vomito. Anche i miei primi pantaloni lunghi erano di Raymond, che me li aveva regalati per il mio tredicesimo compleanno. Addosso a lui erano disastrosi, come tutti i suoi vestiti: troppo corti, rigonfi sulle cosce e cascanti all'inguine, e invece, vera e propria parabola della nostra amicizia, sembravano fatti su misura per me, anzi, mi stavano talmente giusti, mi ci trovavo cosí bene che per un anno praticamente non me li tolsi mai di dosso. E poi ci furono le emozioni del furto. Spiegata da Raymond, era un'idea semplicissima. Si entra in una grande libreria del centro, ci si riempiono le tasche di libri e li si porta a uno del mestiere in Mile End Road che sarà felice di ricomprarteli a metà prezzo. Il giorno che decidemmo di provare, andai all'appuntamento con il cappotto preso in prestito da mio padre e che nello strascicarmelo dietro mi dava un tocco di maestosità. Incontrai Raymond di fronte a Foyle. Era in maniche di camicia perché aveva dimenticato la giacca nel metrò ma era sicuro di farcela comunque, cosí entrammo. Mentre io imbottivo le mie innumerevoli tasche con sottili e prestigiose raccolte di poesia, Raymond si stava nascondendo addosso i sette volumi dell'edizione variorum di Edmund Spenser. L'audacia stessa della cosa avrebbe offerto a chiunque altro qualche possibilità di successo, ma l'audacia di Raymond era di tipo precario, piú simile infatti a un completo distacco dalle esigenze della situazione. Il vice gerente gli si avvicinò di dietro mentre tirava giú i libri da uno scaffale. Erano tutti e due vicini alla porta e io scivolai accanto a loro col mio bottino, lanciai un sorriso complice a Raymond, ancora avvinghiato ai tomi di Spenser, e ringraziai l'aiuto gerente che automaticamente mi tenne aperta la porta. Per fortuna il tentativo di furto di Raymond era stato talmente disperato, e le sue scuse cosí dementi e trasparenti che alla fine il gerente lo lasciò andare, dopo avere liberalmente concluso, credo, che fosse uno squilibrato.

E come ultima, e forse piú significativa esperienza, Raymond mi fece conoscere i dubbi piaceri della masturbazione. Era successo agli albori della mia sessualità, quando avevo dodici anni. Stavamo esplorando la cantina di una casa bombardata, per vedere cosa si erano lasciati dietro gli inquilini, quando Raymond tiratisi giú i pantaloni come per fare pipí cominciò a sfregarselo con smagliante energia, invitandomi a provare. Farlo mi portò subito a un piacere caldo e indistinto, che si intensificò dandomi la sensazione di fluttuare e di sciogliermi, era come se da un momento all'altro le mie viscere dovessero perdersi nel nulla. Le nostre mani continuarono a pompare furiosamente, e io stavo per congratularmi con Raymond per la scoperta di un modo cosí semplice ed economico, eppure tanto piacevole, di passare il tempo e nello stesso tempo mi chiedevo se non avrei potuto dedicare a questa splendida sensazione il resto della mia vita (e guardando indietro posso dire che per molti versi è stato cosí), insomma ero sul punto di esprimere un mondo intero di cose quando sentii uno strappo alla nuca e le braccia, le gambe, lo stomaco tendersi e contorcersi in un groviglio, e tutto questo per poi produrre due grumi di sperma che schizzarono sulla giacca buona di Raymond (era domenica) e scivolarono nel taschino.

– Ehi, – mi disse interrompendo la sua azione, – perché l'hai fatto? – Stavo ancora cercando di riprendermi da questa devastante esperienza, cosí non dissi nulla, non che mi fosse possibile dire qualcosa.

– Ti ho insegnato a farlo, – accusò Raymond, spillaccherandosi delicatamente i brillanti arabeschi sulla giacca scura, – e per tutta gratitudine tu mi sputi addosso.

E cosí a quattordici anni avevo sperimentato, con la guida di Raymond, molti svariati piaceri che giustamente associavo al mondo degli adulti. Fumavo dieci sigarette al giorno, bevevo whisky quando ne trovavo, ero un raffinato conoscitore di violenza e oscenità, avevo fumato la resina inebriante della *cannabis sativa* ed ero conscio della mia precocità sessuale, anche se stranamente non mi era mai venuto in mente di trovarle uno sbocco pratico, non avendo ancora imparato a cercare nella mente desideri e fantasie private. E tutti questi passatempi erano finanziati dal libraio in Mile End Road. Per questi acquisiti piaceri Raymond era il mio Mefistofele, il goffo Virgilio che indicava a me, Dante, la via a un Paradiso di cui gli era vietato l'ingresso. Fumare lo faceva tossire, il whisky lo faceva star male, i film lo terrorizzavano o lo annoiavano, l'erba non gli faceva nessun effetto, e quando io sparavo stalattiti contro il soffitto della cantina bombardata, a lui non veniva proprio niente.

– Forse, – rifletté sconsolato un pomeriggio, mentre venivamo via da quel luogo, – forse sono un po' troppo vecchio per questo tipo di cose.

E adesso che lo guardavo tutto intento a piegare e raddrizzare l'indice davanti a me, intuivo che in quella vasta dimora, cupa e ricca di delizie, che è la casa degli adulti, c'era ancora una stanza rivestita di pelliccia. Dovevo solo resistere un altro po' e nascondere la mia ignoranza in nome dell'orgoglio, poi fra poco Raymond si sarebbe spiegato e fra poco avrei avuto un altro campo in cui eccellere.

– Be', dipende –. Passeggiavamo a Finsbury Park, dove una volta Raymond nei suoi giovani anni di delinquente aveva nutrito i piccioni con schegge di vetro, dove, con una beata innocenza degna del *Preludio*, avevamo arrostito vivo il pappagallino di Sheila Harcourt, e lei cadeva in deliquio sull'erba piú in là, dove da bambini strisciavamo verso i cespugli per tirare le pietre alle coppie che scopavano nel recesso ombroso; passeggiavamo a Finsbury Park e Raymond diceva:

– Tu, chi conosci! – Chi conoscevo? Ero ancora al buio, e per di piú potevamo benissimo essere passati a un altro argomento, Raymond aveva pensieri imprecisi, allora gli dissi: – Chi conosci *tu*? – al che lui rispose: – Lulu Smith, – e tutto fu chiaro, o perlomeno l'argomento della conversazione, perché per il resto la mia innocenza era notevole. Lulu Smith! Lulu la Graziosetta! Basta il nome a sentirmi avvolgere le balle da una mano gelida. Lulu Lamour, di cui si diceva che avrebbe fatto qualsiasi cosa e che avesse fatto di tutto. C'erano barzellette sugli ebrei, barzellette sugli elefanti e barzellette su Lulu, particolarmente responsabili della stravagante leggenda. Lulu la Smilza, mi gira la testa, la cui sovrabbondanza fisica era commisurabile solo alla sovrabbondanza delle sue supposte brame e maestria sessuali, la sua volgarità solo alla volgarità che ispirava, la leggenda solo alla realtà. Lulu la Zulu, famosa per aver lasciato una scia di idioti bavosi per tutto il nord di Londra, una catena desolata di cervelli e uccelli distrutti, da Shepherds Bush a Holloway, da Ongar a Islington. Lulu! Dalle forme tremolanti e allegri occhi porcini, cosce fiorenti e fossette sulle dita, questo fremente e fumante cosciotto di liceale che, la reputazione insiste, l'aveva fatto con una giraffa, un colibrí, un uomo nel polmone d'acciaio (che in seguito ne morí), uno yak, Cassius Clay, uno Uistiti, una stecca di cioccolata e la leva del cambio della Mini di suo nonno (e in seguito un vigile).

Finsbury Park era pervaso dallo spirito di Lulu Smith e per la prima volta, oltre a una normale curiosità, sentii in me certi desideri indefiniti. Sapevo piú o meno cosa si doveva fare, non per niente avevo passato lunghe serate estive a osservare le coppie ammucchiate in tutti gli angoli del parco, e a tirargli contro pietre o bombe d'acqua, cosa che adesso rimpiangevo superstiziosamente. E improvvisamente lí a Finsbury Park, mentre arrancavamo fra mucchi impudenti di cacca di cane, mi resi conto e m'indignai di essere vergine; sapevo che era l'ultima stanza della dimora, certamente la piú lussuosa, quella arredata con maggiore ricercatezza, quella dotata delle piú fatali attrattive, e il non averlo mai fatto, non averci mai provato e non esserci mai riuscito, era il mio anatema, il mio albatros putrescente, e mi volsi a Raymond, sempre lí col suo dito dritto, per avere una rivelazione su quello che dovevo fare. Raymond doveva saperlo per forza...

Dopo la scuola, Raymond e io andavamo sempre in un caffè vicino all'Odeon di Finsbury Park. Altri ragazzi della nostra età potevano pacioccarsi il naso sull'album di francobolli o sul quaderno dei compiti, noi passavamo le ore qui, discutendo soprattutto sul modo piú facile per fare i soldi, e bevendoci sopra grandi boccali di tè. Ogni tanto attaccavamo discorso con gli operai che entravano. Ci sarebbe voluto Millais a farci il ritratto mentre stavamo lí tutti presi ad ascoltare le loro fantasie incomprensibili, le loro imprese e i loro traffici con camionisti, piombo rubato dai tetti di chiese o carburante preso direttamente dalla Ripartizione Servizi Tecnici della città, e poi storie di fighe, pupe, gonnelle, di strufugnate, sbattute, scopate, succhiate, di culi e tette, dietro, sopra, sotto, davanti, con, senza, di graffi e morsi, leccate e cagate, di passerine succose e rugiadose, calde e infinite, di altre fredde e aride ma degne di una botta, di vecchi uccelli afflosciati, o giovani e ardenti, di venire, troppo presto, troppo tardi o per niente, di quante volte al giorno, delle malattie derivanti, pus e gonfiori, cancri e rimpianti, di ovaie avvelenate e testicoli derelitti; e c'era la storia di come scopa lo spazzino, e con chi, cosa dà da succhiare il lattaio, cosa riempie il carbonaio, come le stende l'uomo delle moquettes, cosa tira su il carpentiere, e cosa ispeziona il vigile, cosa inforna il panettiere e cosa annusa l'uomo del gas, stantuffa l'idraulico, innesca l'elettricista, inocula il dottore, patrocina l'avvocato, inchioda il mobiliere... e cosí via, una mescolanza irreale di battute stantie e allusioni, formule, slogan, folclore e bravate. Ascoltavo senza capire, memorizzavo e archiviavo aneddoti che un giorno o l'altro avrei usato, immagazzinavo storie di perversioni e abitudini sessuali, diciamo pure una morale sessuale fatta e finita, in modo che quando finalmente cominciai a capire, in base all'esperienza personale, qual era il nucleo di tutta la faccenda, avevo già pronta una notevole istruzione che, completata da una veloce lettura delle parti piú scottanti di Havelock Ellis ed Henry Miller, mi guadagnò la fama di giovane esperto in coito, a cui dozzine di maschi, e per fortuna anche femmine, venivano a chiedere consiglio. E tutto questo, una reputazione che mi seguí al liceo artistico dando un frizzo in piú alla mia carriera scolastica, tutto questo dopo un'unica scopata, l'argomento di questa storia.

E fu proprio lí, nel caffè dove avevo ascoltato e ricordato ma mai capito un bel nulla che Raymond finalmente rilassò il dito per curvarlo intorno al manico della sua tazza, e disse:

– Lulu Smith te la farà vedere per uno scellino –. La cosa mi andava. Mi andava che non si precipitassero i tempi, e che non sarei rimasto solo con Lulu la Zulu ansiosa di vedermi compiere la Spaventevole Cosa Ignota, mi andava che la prima tappa di questa necessaria avventura fosse di ricognizione. E poi in vita mia avevo visto solo due donne nude. I film osceni che frequentavamo a quei tempi non erano osceni neanche un po', si vedevano solo le gambe, le schiene e le facce estatiche di coppie beate, il resto era lasciato alle nostre turgide immaginazioni senza che si chiarisse nulla. In quanto alle due donne nude, mia madre, ampia e grottesca, aveva la pelle che le penzolava come quella di un rospo scorticato, e la mia sorellina di dieci anni era un mostriciattolo che da bambino riuscivo a malapena a guardare, figuriamoci se avrei diviso la vasca da bagno con lei. E, dopo tutto, uno scellino non era una gran somma, considerando che Raymond e io eravamo piú ricchi di molti operai lí al caffè. Infatti ero piú ricco di uno qualunque dei miei molti zii, di quel pover'uomo di mio padre, distrutto dal lavoro, o di qualunque altro componente della mia famiglia. Mi veniva sempre da ridere, pensando a mio padre che lavorava dodici ore al mulino, alla faccia esausta, infarinata e irritata con cui tornava a casa la sera, e ridevo ancora piú forte quando pensavo alla folla che ogni mattina si riversa da file di case come la mia per lavorare l'intera settimana, riposare la domenica e poi via di nuovo il lunedí, ad affannarsi nelle fabbriche, mulini, cantieri e magazzini di Londra, e tornare ogni sera un po' piú vecchi e piú stanchi, niente affatto piú ricchi; Raymond e io, davanti alle nostre tazze di tè, ridevamo di questo inerte tradimento di un'intera vita, a sollevare, scavare, spalare, impacchettare, controllare, sudare e gemere per i profitti di altri, di come, per rassicurarsi, facevano virtú delle umiliazioni di tutta una vita, di come andavano orgogliosi di non aver mai perso un giorno di quell'inferno; e ridevo piú che mai quando zio Bob o zio Ted o mio padre mi regalavano uno di quei sudatissimi scellini, e in occasioni speciali perfino un biglietto da dieci scellini, ridevo perché sapevo che con un pomeriggio di buon lavoro in libreria mi guadagnavo piú di quanto loro raggranellassero in una settimana. Ridevo con una certa discrezione, naturalmente, perché non sarebbe stato carino rovinare un regalo come quello, e poi a loro faceva talmente piacere. Li vedo ancora, uno zio o mio padre, misurare a grandi passi la scarsa lunghezza del salotto, moneta o banconota in mano, che si lasciano andare a reminiscenze e ad aneddoti e mi dànno consigli sulla Vita, sobri e ieratici dinanzi al lusso di donare, sentendosi buoni, cosí buoni che era una gioia guardarli. Si sentivano, e per quell'attimo erano davvero magnanimi, saggi, riflessivi, generosi ed espansivi, e forse, chi sa, un tantino divini; patrizi che elargivano al figlio o al nipote il frutto della loro sagacia e ricchezza, nel piú saggio, piú generoso dei modi, erano Dei nel loro tempio, e io chi ero per rifiutare il loro dono? Dopo i calci in culo che si beccavano in fabbrica per cinquanta ore alla settimana avevano bisogno di queste sacre rappresentazioni da salotto, questi mitici incontri tra Padre e Figlio, cosí io, attento e sensibile a tutte le nuances della situazione, accettavo i soldi e gli davo retta per un po' a rischio di morir di noia. Piú tardi poi davo libero sfogo all'ilarità repressa, e crollavo a terra con le lacrime agli occhi per il troppo ridere. Molto prima di rendermene conto ero già un promettente allievo di ironia.

Perciò uno scellino non era affatto un prezzo esorbitante per un'occhiata all'ineffabile, il cuore del mistero dei misteri, il Carnoso Graal, la passerina di Lulu la Graziosetta, e insistetti con Raymond perché fissasse il visionamento per il piú presto possibile. Lui stava calandosi in pieno nel suo ruolo di direttore di scena: aggrottava la fronte con aria di importanza, mormorando qualcosa di date, posti, tariffe, e tracciava cifre sul retro di una busta. Raymond era una di quelle rare persone che non solo traggono grande piacere nell'organizzare eventi, ma che si rivelano anche disperatamente inadatti alla bisogna. Ero quasi certo che saremmo arrivati il giorno sbagliato all'ora sbagliata, che ci sarebbero stati malintesi riguardo al pagamento o alla durata del visionamento, ma c'era una cosa incrollabilmente sicura, piú dell'alba di domani, e cioè che poi l'avremmo ben vista, questa baffina prelibata. Perché la vita, alla fin fine, prendeva sempre le parti di Raymond: a quei tempi non avrei saputo spiegarlo cosí diffusamente, ma sapevo che nella disposizione cosmica dei destini individuali quello di Raymond si trovava diametralmente opposto al mio. La fortuna scherzava con Raymond, magari gli buttava persino la sabbia negli occhi, ma non gli sputava mai in faccia, non pestava apposta i calli della sua esistenza; gli errori, le sconfitte, le delusioni, le offese subite da Raymond risultavano sempre, in ultima analisi, piuttosto comiche che tragiche. Una volta, per esempio, Raymond pagò diciassette sterline per un pezzo di hascisch da due once, ma non era affatto hascisch. Per rifarsi della perdita Raymond portò l'erba in un ben noto punto di Soho e cercò di venderla a un tipo in borghese che fortunatamente non lo accusò di reato. Dopo tutto non c'era, almeno a quei tempi, nessuna legge che proibisse di commerciare in sterco di cavallo in polvere, sia pure avvolto in carta stagnola. E poi c'era la corsa campestre. Raymond era un corridore passabile, ed era uno dei dieci scelti per rappresentare la scuola alle gare di contea. Io ero un assiduo frequentatore delle gare. In realtà non c'era nessuno sport che mi entusiasmasse come una buona corsa campestre, che mi divertisse ed eccitasse tanto. Mi piacevano le facce tese e contorte dei corridori, man mano che risalivano il tunnel di bandiere e tagliavano il traguardo; i piú interessanti erano quelli che arrivavano dopo i primi cinquanta o giú di lí, erano loro a metterci piú impegno, a lottare fra loro come belve per assicurarsi la centotredicesima posizione. Li guardavo barcollare sotto le bandiere e portarsi le mani alla gola in preda a conati, lasciar andare le braccia e crollare sull'erba, convinto di aver qui davanti a me lo spettacolo dell'umana futilità. Solo i primi trenta contavano qualcosa nella gara, e una volta che l'ultimo di loro era arrivato, il pubblico cominciava a disperdersi lasciando gli altri a combattere le loro battaglie private, ed era qui che si risvegliava il mio interesse. Molto dopo che i giudici, i commissari e i cronometristi se ne erano andati io ero ancora vicino al traguardo, per godermi l'arrivo strascicato e sofferto degli ultimi concorrenti nel cupo tramonto invernale. Rialzavo quelli che cadevano, porgevo fazzoletti ai nasi sanguinanti, picchiettavo la schiena di chi vomitava, massaggiavo punte di piedi e polpacci colpiti da crampi, una vera e propria Florence Nightingale, con la differenza che per me lo spettacolo di questi sconfitti distrutti da una corsa completamente inutile era esaltante, ricco di un fascino bizzarro. Aspettavo dieci, quindici, venti minuti in quel campo vasto e desolato, circondato da fabbriche, piloni, brutte case e rimesse, con un vento freddo che si alzava portando con sé le prime gocce di una pioggerella aspra, e come mi si librava la mente, come correva lontano lo sguardo quando, dopo aver tanto aspettato in quel cupo crepuscolo, improvvisamente distinguevo all'altra estremità del campo una macchia bianca zoppicante che arrancava verso il tunnel e misurava piano, coi piedi torpidi sull'erba umida, il suo microdestino di futilità assoluta. E lí, sotto il broncio del cielo metropolitano, come per unificare la complessa totalità dell'evoluzione organica e della volontà umana, e metterla a portata della mia percezione, la piccola macchia amebica lungo la distesa del campo prendeva una forma umana ma la sua meta non cambiava, continuava a barcollare con determinazione nel suo inane sforzo di raggiungere il traguardo. Era la vita, la vita senza volto che si rinnova sempre e di fronte a cui, mentre la figura stramazzava a terra accanto al traguardo, il mio cuore si scaldava, il mio spirito si levava in un abbandono completo a una morbosa e fatale identificazione col processo cosmico della vita, il Logos.

– Tutta sfortuna, Raymond, – gli dicevo in tono allegro allungandogli il maglione, – andrà meglio la prossima volta –. E col languido sorriso e la triste consapevolezza di Arlecchino e di Feste, sicuro che è il Commediante, non il Tragico, ad avere la Briscola, il ventiduesimo Arcano la

2

cui lettera è Than e il cui simbolo è Sol, sorridendo mentre lasciavamo il campo ormai buio, Raymond diceva:

– Va be', tanto era solo una corsa nei campi.

Raymond promise di sottoporre la nostra proposta alla divina Lulu Smith il giorno dopo uscendo da scuola, poi ci salutammo lí al caffè, perché quella sera mi ero impegnato a badare a mia sorella mentre i nostri genitori erano al cinodromo di Walthamstow. Per tutta la strada di casa pensai alla figa. La vedevo nel sorriso della bigliettaia dell'autobus, la sentivo nel fragore del traffico, la annusavo nelle esalazioni provenienti dalla fabbrica di lucido per scarpe, la supponevo sotto le gonne delle casalinghe che passavano, me la sentivo sulla punta delle dita, la respiravo nell'aria, la disegnavo nella mente e a cena – Vol-au-vent con ripieno di manzo – divorai, come in un rito incomunicabile, genitali di pastella e salsiccia. E con tutto questo, ancora non sapevo bene cosa fosse una figa. Intanto occhieggiavo mia sorella, seduta di fronte a me. Ho esagerato un po' definendola un mostricciattolo, a quel punto incominciavo a pensare che forse non era poi cosí male. Aveva i denti in fuori, è vero, e se le guance erano un po' troppo scavate al buio non si sarebbe notato, e quando aveva i capelli puliti, come quella sera, la si poteva passare come cosí-cosí. Perciò non c'è niente di strano se mangiando cominciai a riflettere che con un po' di adulazione e forse un tocco di onesto inganno Connie avrebbe potuto essere persuasa a considerarsi, anche solo per pochi minuti, qualcosa di piú di una sorella, diciamo una splendida ragazza, una diva del cinema, e che ne dici, Connie, di infilarci a letto e provare una scena molto commovente, tu che ti liberi di questo goffo pigiama mentre io penso alla luce... e poi, armato di questa esperienza ottenuta con tutto agio avrei potuto affrontare la temibile Lulu con entusiasmo e abbandono, quella prova terrificante sarebbe sbiadita nell'indifferenza e, chi sa, forse avrei potuto farmela lí per lí, durante la seduta esplorativa.

Non mi è mai piaciuto badare a Connie. Era petulante, esigente, viziata e voleva sempre giocare invece di guardare la televisione. Di solito riuscivo a mandarla a letto un'ora prima mettendo avanti l'orologio. Quella sera lo misi un'ora indietro. Appena mio padre e mia madre se ne furono andati al cinodromo chiesi a Connie a cosa voleva giocare, che scegliesse pure lei.

– Non voglio giocare con te.

– Perché?

– Perché a tavola mi fissavi sempre.

– Be', certo, Connie. Cercavo di immaginare i giochi che ti piacciono di piú, e allora ti guardavo, ecco tutto –. Alla fine acconsentí a giocare a nascondino, come io avevo suggerito con particolare insistenza perché, date le dimensioni della casa, c'erano solo due stanze in cui ci si poteva nascondere, ed erano due camere da letto. Connie doveva nascondersi per prima. Mi coprii gli occhi e contai fino a trenta, e intanto ascoltavo i suoi passi proprio sopra la mia testa, in camera dei genitori, finché capii con soddisfazione dallo scricchiolio del letto che si stava nascondendo sotto il piumino, il suo secondo posto preferito. Gridai – Arrivo! – e cominciai a salire le scale. Sul primo gradino forse non ero ancora sicuro di quello che avrei fatto: forse era meglio dare solo un'occhiata, vedere com'erano messe le cose, prepararmi uno schema mentale a cui far riferimento in seguito, dopo tutto non era il caso di spaventare la mia sorellina, che non ci avrebbe pensato su due volte a raccontare tutto a mio padre, con la prevedibile conseguenza di scenate, bugie complicate, urla, pianti e cose del genere, proprio in un momento in cui avevo bisogno di tutte le mie energie per l'ossessione in corso. Ma quando fui in cima alle scale il sangue era sceso dal cervello all'inguine, letteralmente dal buon senso alla sensibilità, e quando, trattenendo il respiro, afferrai con mano sudaticcia la maniglia della camera da letto, avevo deciso di violentare mia sorella. Aprii dolcemente la porta e cantilenai:

– Connieee, dooove seeii? – questo di solito la faceva ridacchiare, ma questa volta non sentii niente. Col fiato sospeso mi avvicinai in punta di piedi al letto e canterellai:

– Lo soo doove seeii, – e chino sul rigonfiamento che risaltava da sotto il piumino sussurrai:

– Eccomi, ti prendo, – e cominciai a sbucciarle di dosso la pesante coperta, piano, quasi teneramente, scrutando nel tiepido buio lí sotto. Stordito dall'eccitazione tirai via la coperta e qui, disarmati e innocenti, c'erano i pigiami dei miei genitori. Mentre sobbalzavo stupefatto ricevetti anche una botta sui reni, inflitta con lo sconsiderato vigore tipico di una sorella che colpisce il fratello. Connie saltava di gioia, con l'anta del guardaroba spalancata alle sue spalle.

– Io ti vedevo, ti vedevo e tu a me no! – Per dar sfogo ai miei sentimenti le diedi un calcio negli stinchi e mi sedetti sul letto a considerare la prossima mossa, mentre Connie, istriona come al solito, strillava seduta per terra. Dopo un po' cominciai a trovarlo un suono deprimente, tornai giú e presi un giornale, certo che Connie mi avrebbe presto seguito. Infatti arrivò, imbronciata.

– A cosa vuoi giocare adesso? – le chiesi. Seduta sul bordo del divano, tirava su col naso e mi odiava. Stavo addirittura pensando di rinunciare al mio piano e rassegnarmi a una serata televisiva, quando mi venne un'idea, un'idea talmente semplice, elegante, chiara e formalmente bella, un'idea che indossava la sicurezza del proprio successo come un abito su misura. C'è un gioco che tutte le ragazzine casalinghe e poco fantasiose come Connie trovano irresistibile, tanto che da quando aveva imparato a balbettare le parole necessarie per chiedermelo, Connie mi tormentava per giocarlo insieme, con suppliche che erano la peste della mia adolescenza, esorcizzata dai miei inevitabili rifiuti; in breve, piuttosto che essere visto dai miei amici a fare quel gioco avrei preferito essere bruciato sul rogo. Ma adesso, finalmente, avremmo giocato a Mamma e Papà.

– Lo so che gioco ti piacerebbe fare, Connie –. Naturalmente non rispose, ma io lasciai le mie parole sospese nell'aria come un'esca. – Lo so, che gioco ti piacerebbe fare –. Alzò la testa.

– Quale?

– È un gioco a cui vuoi sempre giocare.

Si illuminò: – Mamma e Papà? – Era trasformata, estatica. Radunò carrozzine, bambole, cucine, frigoriferi, lettini, tazze da tè, una lavatrice e un canile e li dispose intorno a me in un raptus di entusiasmo organizzativo.

– Vai lí, no lí e qui facciamo la cucina e qui la porta da dove entri ma non passare di lí perché c'è il muro e io entro e ti vedo e ti dico e tu mi dici e poi tu esci e io preparo il pranzo –. Mi trovai immerso in un microcosmo di banalità quotidiane, squallide e pesanti, di orrendi e minuziosi dettagli della vita dei nostri genitori e dei loro amici, la vita che Connie ci teneva tanto a scimmiottare. Andai a lavorare e tornai a casa, andai al bar e tornai a casa, andai a imbucare e tornai a casa, andai a far la spesa e tornai, lessi il giornale, pizzicai le guance di bachelite della mia progenie, lessi un altro giornale, pizzicai qualche altra guancia, andai a lavorare e tornai a casa. E Connie? Cucinava, lavava i piatti, faceva il bagnetto, nutriva, metteva a dormire e tirava su le sue sedici bambole, versava un altro po' di tè ed era felice. Era la dea-madreterra-casalinga-intergalattica, possedeva e controllava tutto intorno a lei, vedeva tutto, sapeva tutto, mi diceva quando uscire, quando tornare, in che stanza ero, cosa dire, come e quando dirlo. Era felice. Era appagata, non ho mai visto un altro essere umano tanto appagato, sorrideva, ed erano sorrisi aperti, gioiosi e innocenti come non ho piú rivisto da allora; assaporava il gusto del paradiso in terra. A un certo punto la meraviglia, l'estasi la sopraffecero: a metà di una frase si inceppò e restò lí, seduta sui calcagni, con gli occhi splendenti e sulle labbra un respiro lungo, musicale, che esprimeva una rara e meravigliosa felicità. Era proprio un peccato che avessi in mente di violentarla. Dopo il ventesimo ritorno dal lavoro in mezz'ora le dissi:

– Connie, ci stiamo dimenticando di una delle cose piú importanti che fanno insieme Mamma e Papà –. Non ci poteva credere, che avessimo dimenticato qualcosa, ed era curiosa di sapere cosa.

– Be', chiavano, lo sai no, Connie?

– Chiavano? – detta da lei sembrava una parola stranamente priva di senso e, per quel che ne sapevo, in un certo senso lo era. L'idea era proprio quella di darle un qualche significato.

– Chiavano? Cosa vuol dire?

– È quello che fanno di notte, quando vanno a letto, subito prima di dormire.

– Fammi vedere –. Le spiegai che avremmo dovuto andare di sopra e metterci a letto.

– Ma no, facciamo finta che questo sia il letto, – disse, indicando un quadrato disegnato sul tappeto.

– Non posso far finta e farti vedere per davvero –. E cosí mi ritrovai di nuovo a salire le scale, di nuovo col sangue in subbuglio e la mia virilità orgogliosamente desta. Anche Connie era piuttosto eccitata, ancora pazza di gioia per il gioco e contenta della nuova piega che stava prendendo.

– La prima cosa che fanno, – le dissi conducendola verso il letto, – è spogliarsi –. La spinsi sul letto e le sbottonai il pigiama, le dita erano quasi inutili per l'agitazione ma alla fine eccola nuda e ancora profumata del bagno. Connie ridacchiava, trovando la faccenda molto buffa. Poi mi spogliai anch'io, tenendo solo gli slip per non allarmarla, e mi sedetti accanto a lei. Da bambini ci eravamo visti nudi quanto bastava per trovare la cosa naturale, però ormai era da un po' che non succedeva, e intuii il suo disagio.

– Sei sicuro che fanno cosí?

Ma ormai la mia incertezza era annebbiata dalla lussuria. – Sí, – le dissi, – è semplicissimo. Tu lí hai un buco, e io ci metto dentro il pisellino –. Si portò le mani alla bocca con una risatina incredula.

– Che cosa scema. Perché lo fanno? – Dovevo ammettere che c'era qualcosa di irreale in tutto questo.

– Lo fanno perché è il loro modo di dirsi che si vogliono bene –. Connie cominciava a pensare che tutta la storia fosse una mia invenzione, e in un certo senso suppongo che lo fosse. Mi fissò con gli occhi spalancati.

– Roba da matti. Perché non se lo dicono e basta? – Ormai ero sulla difensiva, uno scienziato pazzo che spiega la sua ultima stravagante invenzione, il coito, di fronte a un pubblico di razionalisti scettici.

– Senti, – dissi a mia sorella, – non è solo per quello. Lo fanno anche perché si provano delle sensazioni molto piacevoli. Per quello lo fanno.

– Sensazioni? – Non mi credeva ancora del tutto. – Sensazioni? Cosa vuol dire, sensazioni?

Le dissi: – Ti faccio vedere –. E contemporaneamente la spinsi sul letto e mi sdraiai su di lei, come avevo dedotto dai film visti con Raymond. Avevo ancora addosso gli slip. Connie mi fissava con uno sguardo inespressivo e non sembrava affatto spaventata, direi piuttosto annoiata. Io mi contorcevo nel tentativo di togliermi gli slip senza alzarmi.

– Non mi viene nessuna sensazione, – si lamentava lei, sotto di me, – non mi viene proprio niente. E a te?

– Aspetta, – grugnii, artigliando gli slip in fondo ai piedi con la punta delle dita, – aspetta un attimo e vedrai –. Cominciavo a perdere la pazienza con Connie, con me stesso, con l'intero universo ma specialmente coi miei slip, ben decisi a restarmi attorcigliati attorno alle caviglie. Alla fine riuscii a liberarmi. Il mio uccello, duro e appiccicoso, era posato sulla pancia di Connie, poi cominciai a manovrarlo fra le sue gambe con una mano, mentre con l'altra sostenevo il peso del mio corpo. Tastavo la sua piccola fessura senza avere la piú vaga idea di cosa stessi cercando, semiaspettandomi comunque di trasformarmi da un momento all'altro in un turbine di vertiginose sensazioni. Forse avevo in mente una specie di rifugio, caldo e carnoso, e invece infiggevo e rovistavo, conficcavo e blandivo con moine, ma non trovavo altro che stretta pelle inaccessibile. Nel frattempo Connie si limitava a restare immobile e a fare qualche commento occasionale.

– Oh, lí è dove faccio pipí. Sono sicura che mamma e

papà non fanno affatto queste cose –. Il braccio di sostegno ormai pullulava di aghi e spilli, ero tutto dolorante eppure spingevo e forzavo, in uno stato d'animo di crescente disperazione. Ogni volta che Connie diceva: – Non sento ancora niente – un pezzettino della mia virilità si ritraeva. Alla fine dovetti proprio riposare. Mi sedetti sul bordo del letto, a considerare il mio fallimento totale. Connie si tirò su appoggiandosi ai gomiti, e dopo un attimo sentii il letto scuotersi di spasmi silenziosi. Mi girai e la vidi annaspare e torcersi per reprimere le risate, con la faccia tutta contorta e rigata di lacrime.

– Cosa c'è? – chiesi, ma lei riuscí solo a puntare un dito piú o meno verso di me, poi con una specie di gemito si lasciò andare pesantemente sul letto in preda a un'incontenibile ilarità. Seduto vicino a lei, non sapevo cosa pensare ma, guardandola starnazzare, decisi che un altro tentativo era fuori questione. Alla fine riuscí a raccapezzare qualche parola. Si tirò su, e indicando il mio cazzo ancora eretto boccheggiò:

– Ha un'aria cosí... cosí... – fu di nuovo sopraffatta dalle risa, e riuscí poi a dire in un solo squittio – cosí scema, ha un'aria cosí scema – dopodiché ripiombò in un accesso di gridolini striduli e strozzati. E io ero lí, immerso nella solitudine e in una vacuità detumescente, tramortito da questa umiliazione finale e ormai conscio del fatto che vicino a me non c'era nessuna ragazza, questa qui non era affatto una vera rappresentante del suo sesso; d'accordo, non era un ragazzo, ma in definitiva non era neanche una ragazza, era proprio solo mia sorella. Fissavo il mio uccello floscio, stupito della sua aria spaurita, e cominciavo a pensare che tanto valeva radunare i miei vestiti quando Connie, ormai silenziosa, mi toccò un gomito.

– Lo so io dove si mette, – disse, e si sdraiò sul letto con le gambe ben aperte, una cosa che proprio non mi era venuto in mente di farle fare. Si sistemò fra i cuscini. – Lo so io dov'è il buco.

Dimenticai la sorella, e l'uccello mi si rizzò scrutatore e speranzoso all'invito sussurrato da Connie. Per lei la cosa adesso funzionava bene, stava giocando a Mamma e Papà ed era di nuovo lei a dirigere il gioco. La sua mano mi guidò in una fighetta di ragazzina, stretta e secca, e giacemmo per un po' perfettamente immobili. Avrei voluto che Raymond mi vedesse, ed ero contento che mi avesse fatto notare la mia verginità, avrei voluto che mi vedesse anche Lulu la Graziosetta, insomma, se i miei desideri in quel momento si fossero avverati ci sarebbero stati tutti i miei amici, tutta la gente che conoscevo a fare la coda in camera da letto per ammirarmi in quell'attimo di gloria. Perché piú del piacere, piú delle esplosioni dietro gli occhi, piú delle trafitture allo stomaco, bruciori all'inguine o tormenti dell'anima, tutte cose che in ogni caso non è che provassi, diciamo piú ancora del pensiero di queste cose, ero orgoglioso, orgoglioso di scopare, anche se era solo Connie, la mia sorellina di dieci anni, anche se fosse stata una capra zoppa sarei stato orgoglioso di essere sdraiato lí, in quella posizione tanto virile, orgoglioso già adesso del momento in cui avrei detto: «Ho scopato», orgoglioso di appartenere intimamente e irrevocabilmente a quella metà superiore del genere umano che aveva sperimentato il coito, e reso fertile il mondo. Anche Connie giaceva del tutto immobile, con gli occhi socchiusi, respirando profondamente. Si era addormentata. Era ben oltre l'ora d'andare a dormire, per lei, e il nostro strano gioco l'aveva estenuata. Per la prima volta cominciai a muovermi dolcemente su e giú, poche volte, e me ne venni in modo miserevole e fiacco, appena appena piacevole. Questo svegliò Connie, subito indignata:

– Mi hai bagnata dentro, – e cominciò a piangere. Non ci feci granché caso, mi alzai e mi vestii. Poteva anche essere stato uno degli accoppiamenti piú desolati che l'umanità copulante conoscesse, completo di bugie, inganno, umiliazione, incesto, una partner addormentata, un orgasmo degno di un moscerino e i singhiozzi che ormai colmavano l'intera stanza, ma io ne ero comunque soddisfatto, e soddisfatto di me stesso, di Connie, di lasciar perdere per un po' tutta la faccenda. Portai Connie in bagno e feci scorrere l'acqua calda, fra poco sarebbero tornati i nostri genitori, e Connie avrebbe già dovuto essere addormentata nel suo letto. Ero irrevocabilmente entrato nel mondo degli adulti, e ne ero felice, ma sapevo che sarebbe passato un bel po' di tempo prima che mi venisse di nuovo voglia di vedere una ragazza nuda, o alcunché di nudo. Il giorno dopo avrei detto a Raymond di scordarsi l'appuntamento con Lulu, a meno che non volesse andarci da solo. Ma non avrebbe voluto, di questo ero sicuro.

Geometria solida

A Melton Mowbray, nel 1875, a un'asta di articoli «curiosi e di valore» il mio bisnonno, in compagnia del suo amico M, fece un'offerta per il pene del capitano Nicholls, che morí nel 1873 nella prigione di Horsemonger. Era in un contenitore di vetro lungo dodici pollici e, come annotò il mio bisnonno nel suo diario quella notte, «in ottimo stato di conservazione». Era in vendita anche «l'innominata parte della defunta Lady Barrymore. Fu aggiudicata a Sam Sraels per cinquanta ghinee». Il mio bisnonno era attratto dall'idea di completare la coppia, e M lo dissuase. Questo fatto illustra perfettamente la loro amicizia. Il mio bisnonno, il teorico eccitabile, M l'uomo d'azione che sapeva quando era il caso di fare un'offerta a un'asta. Il mio bisnonno visse sessantanove anni. E per quarantacinque di questi, alla fine di ogni giornata, prima di andare a letto si sedeva a scrivere i suoi pensieri in un diario. Adesso questi diari sono sul mio tavolo, quarantacinque volumi rilegati in cuoio, e alla loro sinistra c'è il capitano Nicholls nel barattolo di vetro. Il mio bisnonno viveva dei proventi del brevetto di un'invenzione di suo padre, un tipo molto comodo di chiusura usata dai bustai fino allo scoppio della prima guerra mondiale. A mio bisnonno piacevano i pettegolezzi, i numeri e le teorie. Gli piaceva anche il tabacco, il buon porto, lo stufato di lepre e, in modo assai occasionale, l'oppio. Gli piaceva considerarsi un matematico, anche se non aveva mai lavorato né pubblicato un libro. Non aveva neanche mai viaggiato né visto il suo nome sul «Times», nemmeno quando morí. Nel 1869 sposò Alice, unica figlia del Reverendo Toby

Shadwell, coautore di un libro non molto considerato sui fiori selvatici in Inghilterra. Ritengo che mio bisnonno sia un ottimo diarista, e quando avrò finito di rivedere i diari e saranno stati pubblicati, sono certo che riceverà il riconoscimento dovutogli. Una volta ultimato il mio lavoro mi prenderò una lunga vacanza, viaggerò in qualche posto freddo, pulito e senza alberi, Islanda o la steppa russa. Una volta pensavo che alla fine di tutto questo avrei cercato, se possibile, di divorziare da mia moglie Maisie, ma ormai non ce n'è piú bisogno.

Spesso Maisie gridava nel sonno e dovevo svegliarla.

– Abbracciami, – diceva. – Era un sogno orribile. L'ho già fatto una volta. Ero in un aeroplano che volava sul deserto. Ma non era proprio un deserto. Facevo volare l'aereo piú basso e riuscivo a vedere migliaia di bambini ammucchiati, una vista che si estendeva sino all'orizzonte, ed erano tutti nudi e si arrampicavano uno sull'altro. Io avevo quasi finito il carburante e dovevo atterrare. Cercavo di trovare uno spazio, continuavo a volare e a volare in cerca di uno spazio...

– Dormi adesso, – dissi sbadigliando. – Era solo un sogno.

– No, – gridò lei. – Non devo dormire, non ancora.

– Be', io sí, – le dissi, – devo esser su presto domattina.

Mi scosse una spalla. – Per piacere, non addormentarti subito, non lasciarmi cosí.

– Sono nello stesso letto, – dissi, – non ti lascerò.

– Non cambia niente, non lasciarmi sveglia... – Ma gli occhi mi si stavano già chiudendo.

Ultimamente ho preso l'abitudine del mio bisnonno. Prima di andare a letto mi siedo per una mezz'ora a riflettere sulla mia giornata. Non ho ghiribizzi matematici o teorie sessuali da buttar giú. Scrivo soprattutto quello che ho detto a Maisie e quello che Maisie ha detto a me. Ogni tanto, per avere una privacy assoluta, mi chiudo in bagno, e mi siedo sul gabinetto, col taccuino sulle ginocchia. Oltre a me in bagno possono capitare un ragno o due. Si arrampicano sul grande tubo e si accovacciano perfettamente immobili sullo scintillante smalto bianco. Si chiederanno dove sono finiti. Dopo ore di quella posizione accovacciata tornano indietro, perplessi o forse contrariati di non averne appreso di piú. Per quel che ne so, il mio bisnonno ha fatto un unico riferimento ai ragni. L'8 maggio 1906, scrisse: «Bismarck è un ragno».

Durante il pomeriggio Maisie veniva a portarmi il tè e mi raccontava i suoi incubi. Di solito io stavo sfogliando vecchi giornali, compilavo indici, catalogavo argomenti, mettevo giú un volume, ne prendevo un altro. Maisie diceva di non star bene. Ultimamente se ne stava tutto il giorno seduta qua e là per la casa, leggicchiando libri di psicologia e occultismo, e quasi tutte le notti faceva brutti sogni. Dopo quella volta che ci eravamo scambiati colpi materiali, appostandoci fuori del bagno per colpirci l'un l'altro con la stessa scarpa, non ho avuto piú molta comprensione per lei. In parte il suo problema era la gelosia. Era molto gelosa... del diario in quarantacinque volumi di mio bisnonno, e della mia decisione ed energia nel revisionarlo. Lei non faceva niente. Stavo mettendo giú un volume e prendendone un altro quando Maisie entrò col tè.

– Ti posso raccontare il mio sogno? – mi chiese. – Stavo volando con questo aereo sopra una specie di deserto...

– Piú tardi, Maisie, – dissi, – sono nel bel mezzo di una cosa.

Dopo che se ne fu andata, fissai il muro di fronte al mio tavolo, pensando a M, che venne a chiacchierare e pranzare col mio bisnonno regolarmente per un periodo di quindici anni fino alla sua improvvisa e inspiegabile scomparsa una sera del 1898. M, chiunque fosse, era una specie di accademico, oltre che un uomo di azione. Per esempio la sera del 9 agosto 1870, i due stanno discutendo sulle varie posizioni per fare l'amore, e M dice al mio bisnonno che la copulazione a posteriori è il modo piú naturale, data la collocazione del clitoride, e dato che altri antropoidi prediligono questo metodo. Il mio bisnonno, che copulò circa mezza dozzina di volte in tutta la sua vita, e tutte con

Alice durante il primo anno del loro matrimonio, si chiese ad alta voce quale fosse l'opinione della Chiesa, e subito M è in grado di dirgli che nel VII secolo il teologo Teodoro considerava la copulazione a posteriori un peccato dello stesso livello della masturbazione e perciò meritevole di quaranta penitenze. Piú tardi, quella stessa sera, il mio bisnonno dimostrò matematicamente che il massimo numero di posizioni non può superare il numero primo diciassette. M si fece beffe di questo e gli disse che aveva visto una raccolta di disegni di Romano, un allievo di Raffaello, in cui erano illustrate ventiquattro posizioni. E, disse, aveva sentito parlare di un certo F. K. Foberg che ne aveva calcolate novanta. Quando mi ricordai del tè che Maisie mi aveva lasciato, ormai era freddo.

Uno stadio importante nel deterioramento del nostro matrimonio fu raggiunto come segue. Ero seduto in bagno una sera, che trascrivevo una conversazione fra Maisie e me a proposito dei tarocchi, quando improvvisamente eccola là fuori che bussa a piú riprese alla porta e gira nervosamente la maniglia.

– Apri, – chiamò, – voglio entrare.

Io le dissi: – Dovrai aspettare ancora qualche minuto. Ho quasi finito.

– Fammi entrare subito, – urlò, – non stai usando il gabinetto.

– Aspetta, – risposi, e scrissi ancora un paio di righe. Maisie si era messa a scalciare contro la porta.

– Mi sono venute le mestruazioni, e devo prendere una cosa –. Ignorai le sue urla e finii il mio pezzo, che ritenevo di particolare importanza. Se l'avessi rimandato a piú tardi, certi dettagli sarebbero andati perduti. Non proveniva piú alcun rumore da Maisie adesso, e pensai che fosse andata in camera da letto. Ma quando aprii la porta me la trovai di fronte con una scarpa in mano. Mi colpí in testa col tacco aguzzo, e feci appena in tempo a spostarmi di poco su un lato. Il tacco mi finí su un orecchio e me lo tagliò malamente.

– Ecco, – disse Maisie, girandomi attorno per entrare

in bagno, – adesso sanguiniamo tutti e due, e chiuse la porta sbattendola –. Io raccolsi la scarpa e rimasi calmo e paziente dietro la porta, tenendo un fazzoletto sull'orecchio sanguinante. Maisie rimase nel bagno circa dieci minuti e quando uscí la beccai preciso e pulito in cima alla testa. Non le diedi il tempo di muoversi. Rimase perfettamente immobile per un attimo, guardandomi dritto negli occhi.

– Verme, – ansimò, e se ne andò giú in cucina a medicarsi la testa lontano dal mio sguardo.

Ieri durante la cena Maisie aveva affermato che un uomo rinchiuso in una cella con null'altro che un mazzo di tarocchi avrebbe avuto accesso a tutto lo scibile. Quel pomeriggio aveva provato a leggerli, e le carte erano ancora sparse sul pavimento.

– Potrebbe ricavare il piano stradale di Valparaiso dalle carte? – le chiesi.

– Non fare lo scemo, – rispose.

– E potrebbero dirgli il modo migliore per avviare una lavanderia, o per fare un'omelette o un rene artificiale?

– Hai una mente cosí ristretta, – si lamentò lei, – sei cosí limitato, cosí prevedibile.

– Potrebbe, – insistetti, – dirmi lui chi è M, o perché...

– Queste cose non hanno nessuna importanza, – gridò, – non sono necessarie.

– Eppure fanno parte del sapere. E lui potrebbe scoprirle?

Esitò. – Sí, potrebbe.

Sorrisi e non dissi nulla.

– Cosa c'è di tanto buffo? – Scrollai le spalle e lei cominciò ad arrabbiarsi. Voleva essere smentita. – Perché fai tutte queste domande senza senso?

Scrollai di nuovo le spalle. – Volevo solo sapere se intendevi dire proprio *tutto*.

Maisie sbatté un pugno sul tavolo e urlò: – Vai al diavolo! Perché mi provochi sempre? Perché non dici qualcosa di concreto? – Al che entrambi ci rendemmo conto che eravamo arrivati al solito punto dove ci portavano tutte le nostre discussioni, e ci chiudemmo in un silenzio amaro.

Il mio lavoro sui diari non può procedere finché non avrò chiarito il mistero che circonda M. Dopo essere andato a pranzo dal mio bisnonno per quindici anni e avergli fornito una quantità di materiale per le sue teorie, M semplicemente scompare dalle pagine del diario. Martedí 6 dicembre il mio bisnonno invitò M a pranzo per il sabato seguente, e sebbene M fosse venuto, il mio bisnonno nell'annotazione di quel giorno scrive soltanto: «M a pranzo». Tutte le altre volte la conversazione che si era svolta durante questi pasti è ampiamente riportata. M era stato a pranzo lunedí 5 dicembre, e avevano parlato di geometria, e tutte le annotazioni fatte durante il resto della settimana erano interamente dedicate a questo stesso argomento. Non v'è affatto alcuna traccia di antagonismo. Inoltre, il mio bisnonno aveva bisogno di M. M gli forniva il materiale, M era al corrente degli avvenimenti, conosceva bene Londra ed era stato parecchie volte sul Continente. Sapeva tutto sul socialismo e su Darwin, aveva un conoscente nel movimento per il libero amore, un amico di James Hinton. M conosceva il mondo in un modo che il mio bisnonno, che aveva lasciato Melton Mowbray solo una volta in vita sua, per andare a Nottingham, non immaginava neanche. Anche da giovane il mio bisnonno preferiva teorizzare accanto al camino; tutto quello di cui aveva bisogno era il materiale fornitogli da M. Per esempio, una sera del giugno 1884 M, che era appena tornato da Londra, raccontò al mio bisnonno che le strade della città erano insozzate e ostruite dal letame di cavallo. Ora proprio quella settimana il mio bisnonno aveva letto il saggio di Malthus intitolato *Sul principio della popolazione*. Cosí quella notte annotò nel diario una pagina tutta eccitata su un pamphlet che aveva intenzione di scrivere e pubblicare. Si sarebbe dovuto chiamare *De stercore equorum*. L'opuscolo non fu mai pubblicato né probabilmente mai scritto, ma ci sono note dettagliate a questo riguardo nelle pagine del diario per le due settimane seguenti. Nel *De stercore equorum* (Sullo sterco di cavallo) egli presuppone una crescita geometrica della popolazione equina, e lavorando su dettagliate mappe stradali, prevede che col 1935 la metropoli sarà impraticabile. Per impraticabile intendeva dire uno spessore medio di un piede (compresso) in tutte le vie principali. Descrisse complessi esperimenti compiuti davanti alle sue stalle per stabilire la compressibilità dello sterco di cavallo, che riuscí ad esprimere matematicamente. Naturalmente era pura teoria. I suoi risultati si basavano sull'ipotesi che lo sterco non sarebbe stato spazzato via nei prossimi cinquant'anni. Molto probabilmente fu M che dissuase il mio bisnonno da questo progetto.

Un mattino, dopo una lunga notte buia e piena di incubi per Maisie, eravamo a letto, sdraiati fianco a fianco e io le dissi:

– Cos'è che vuoi davvero? Perché non riprendi il tuo lavoro? Queste lunghe passeggiate, tutta questa analisi, sempre seduta in giro per la casa, le mattine passate a letto, i tarocchi, gli incubi... cos'è che vuoi?

E lei: – Voglio raddrizzarmi la testa, – cosa che aveva già detto molte altre volte.

– La tua testa, la tua mente, non è la cucina di un albergo, non puoi buttar fuori la roba come se fossero barattoli vecchi. Assomiglia piú a un fiume che a un luogo, un fiume che si muove e cambia continuamente. Non puoi raddrizzare un fiume.

– Non ricominciamo, non sto cercando di raddrizzare un fiume, sto cercando di raddrizzare la mia testa.

– Devi fare qualcosa, non puoi non fare mai niente. Perché non ricominci a lavorare? Quando lavoravi non avevi gli incubi. Quando lavoravi non eri mai cosí infelice.

– Devo star lontana da tutte quelle cose per un po', non sono piú sicura del significato di niente.

– Moda, è tutta una moda. Metafore di moda, letture di moda, disagi di moda. Che te ne importa di Jung, per esempio? Ne hai lette dodici pagine in un mese.

– Non continuare, – supplicò, – sai che non porta a nulla.

Ma io continuai.

– Non sei mai stata in nessun posto, non hai mai fatto niente. Sei una ragazza simpatica senza neanche la fortuna di una infanzia infelice. Il tuo buddismo sentimentale, questo misticismo da rigattiere, terapia all'incenso, astrologia da rivista... niente di tutto questo fa parte di te, niente di tutto questo l'hai svolto tu per conto tuo. Ci sei caduta dentro, sei caduta in una palude di intuizioni rispettabili. Non hai l'originalità o la passionalità per intuire qualcosa da sola al di là della tua infelicità. Perché ti riempi la mente con le mistiche banalità di altra gente e ti fai venire gli incubi? – Scesi dal letto, aprii le tende e cominciai a vestirmi.

– Parli come se questo fosse un finto seminario, – disse Maisie, – perché cerchi di rendermi le cose piú difficili? – L'autocommiserazione cominciò a gonfiarlesi dentro, ma lei la ricacciò indietro.

– Quando parli mi sento accartocciare come un pezzo di carta.

– Forse questo è un finto seminario, – dissi cupo. Maisie si tirò su e rimase seduta a guardarsi in grembo. Improvvisamente cambiò tono. Diede un colpetto al cuscino accanto a lei e disse dolcemente:

– Vieni qui. Vieni a sederti qui. Voglio toccarti, voglio che tu mi tocchi... – Ma io, sospirando, stavo già andandomene in cucina.

In cucina mi feci un caffè e me lo portai nello studio. Durante la mia notte di sonno interrotto mi era venuto in mente che una possibile chiave per la sparizione di M poteva essere trovata nelle pagine sulla geometria. Finora le avevo sempre saltate perché la matematica non mi interessa. Lunedí 5 dicembre 1898, M e il mio bisnonno discussero la *vescia piscis*, che a quanto pare è il soggetto della prima proposizione di Euclide e ha avuto una grande influenza sulle fondamenta di molti antichi edifici religiosi. Lessi attentamente il resoconto della conversazione, cercando di capirne meglio che potevo la parte geometrica. Poi, girando la pagina, trovai un lungo aneddoto che M raccontò al mio bisnonno quella sera stessa, quando venne portato il caffè e si accesero i sigari. Proprio mentre stavo cominciando a leggere entrò Maisie.

– E tu allora, – disse, come se al nostro litigio non ci fosse stata un'ora di intervallo, – tutto quello che hai sono dei libri. Strisci sul passato come una mosca su uno stronzo.

Naturalmente mi arrabbiai, ma sorrisi e dissi amabilmente: – Striscio? Be', almeno mi muovo.

– Non parli piú con me, giochi con me come con un flipper, per fare punti.

– Buongiorno, Amleto, – risposi, e aspettai pazientemente di sentire cos'altro avesse da dire. Ma lei non parlò piú, se ne andò chiudendo dolcemente la porta dello studio.

«Nel settembre 1870, – M cominciò a raccontare a mio bisnonno, – venni in possesso di certi documenti che non solo invalidano tutte le nostre nozioni fondamentali di geometria solida, ma minano alle fondamenta l'intero canone delle nostre leggi fisiche e ci obbliga a ridefinire il nostro posto nello schema della Natura. Queste dissertazioni superano per importanza i lavori di Marx e Darwin messi insieme. Mi furono affidate da un giovane matematico americano e sono opera di David Hunter, matematico anch'esso e scozzese. L'americano si chiamava Goodman. Ero stato per molti anni un corrispondente di suo padre, a proposito delle sue ricerche sulla teoria ciclica delle mestruazioni che, cosa piuttosto incredibile, è ancora ampiamente screditata in questo paese. Incontrai il giovane Goodman a Vienna dove, insieme a Hunter e ad altri matematici provenienti da una dozzina di paesi, partecipava a una conferenza internazionale sulle matematiche. Goodman era pallido e notevolmente preoccupato quando lo incontrai, e aveva in programma di tornare in America il giorno dopo anche se la conferenza non era che a metà. Mi affidò le carte con l'istruzione di restituirle a David Hunter, se mai avessi appreso dove si trovasse. E poi, ma solo in seguito alle mie insistenze, mi raccontò quello a cui aveva assistito il terzo giorno del convegno. Le sedute cominciavano ogni mattino alle nove e trenta, con la lettura di una relazione cui facevano seguito le discussioni. Alle undici venivano portati i rinfreschi e la maggior parte dei matematici si alzavano abbandonando il lungo tavolo lucidissimo intorno a cui erano seduti, e passeggiavano nell'ampia sala elegante, impegnati in discussioni senza formalità con i colleghi. Gli incontri dovevano proseguire per due settimane, e in base ad accordi precedenti i piú eminenti fra i matematici presenti avrebbero letto per primi le loro relazioni, seguiti da quelli un po' meno eminenti e cosí via, in una gerarchia decrescente che, com'è consuetudine tra uomini molto intelligenti, causava occasionali ma intense gelosie. Hunter, per quanto fosse un matematico brillante, era giovane e virtualmente sconosciuto al di fuori della sua università, quella di Edimburgo. Si era iscritto per leggere una relazione sulla geometria solida che definiva della massima importanza, e siccome in questo pantheon era una persona di poco conto, la sua relazione era stata assegnata al penultimo giorno del convegno, quando ormai la maggior parte dei convenuti piú importanti sarebbe già partita per i rispettivi paesi. Perciò la mattina del terzo giorno, quando ci fu l'interruzione per i rinfreschi, Hunter si alzò improvvisamente e si rivolse ai colleghi proprio mentre questi si disponevano a lasciare il tavolo. Era un uomo robusto e ispido e, per quanto giovane, aveva una certa imponenza fisica che ridusse il mormorio al silenzio assoluto.

– Signori, – disse Hunter, – devo chiedervi di perdonarmi questa forma impropria d'indirizzo, ma ho da dirvi qualcosa di estrema importanza. Ho scoperto il piano senza superficie –. Circondato da sorrisi di scherno e gentili risate divertite, Hunter raccolse dal tavolo un grande foglio di carta bianca. Con un temperino incise sulla sua superficie un taglio lungo circa tre pollici e un po' spostato su un lato. Poi lo piegò velocemente in modo complicato e, tenendo il foglio alto in modo che tutti lo vedessero, apparentemente fece passare un angolo attraverso l'incisione, e in quella il foglio sparí.

– Osservate, signori, – disse Hunter, mostrando le mani vuote agli spettatori, – il piano senza superficie».

Maisie entrò nella stanza, si era lavata e mandava un buon odore di sapone profumato. Entrò e si fermò dietro la mia sedia, mettendomi le mani sulle spalle.

– Cosa leggi?

– Soltanto delle pagine del diario che prima non avevo guardato –. Cominciò a massaggiarmi dolcemente la base del collo. L'avrei trovato rilassante se fosse stato ancora il primo anno del nostro matrimonio. Ma era il sesto, e la cosa generò in me una sorta di tensione che mi si propagò per tutta la spina dorsale. Maisie voleva qualcosa. Per frenarla appoggiai la mano destra sulla sua mano sinistra e, scambiandolo per un gesto affettuoso, lei si chinò a baciarmi dietro un orecchio. Il suo fiato sapeva di dentifricio e toast. Mi tirò per la spalla.

– Andiamo in camera, – sussurrò, – sono quasi due settimane che non facciamo l'amore.

– Lo so, – risposi, – sai com'è... col mio lavoro –. Non desideravo Maisie, né nessuna altra donna. L'unica cosa che volevo fare era girare la pagina successiva del diario del mio bisnonno. Maisie mi tolse le mani dalle spalle e restò accanto a me. Nel suo silenzio c'era una tale improvvisa ferocia che mi sentii teso come un centometrista ai blocchi di partenza. Si protese in avanti e prese il barattolo sigillato che conteneva il capitano Nicholls. Nel sollevarlo il pene ondeggiò come in sogno da una parte all'altra del vetro.

– Sei cosí presuntuoso, – strillò Maisie, un attimo prima di scagliare il barattolo di vetro contro la parete di fronte al mio tavolo. Istintivamente mi coprii la faccia con le mani per proteggermi dalle schegge di vetro. Quando aprii gli occhi sentii la mia voce che diceva:

– Perché l'hai fatto? Era del mio bisnonno –. In mezzo ai frammenti di vetro e ai fetidi effluvi di formaldeide c'era il capitano Nicholls, goffamente steso sulla copertina di cuoio di un volume del diario, grigio, molle e minaccioso, trasformato da una curiosità preziosa in una orrenda oscenità.

– Che cosa tremenda hai fatto. Perché l'hai fatto? – le chiesi ancora.

– Vado a fare una passeggiata, – rispose Maisie, e questa volta uscendo dalla stanza sbatté la porta. Per un po' rimasi immobile sulla sedia. Maisie aveva distrutto un oggetto che per me aveva un grande valore. Era stato nello studio del mio bisnonno finché lui era vivo, e poi nel mio, congiungendo la mia vita alla sua. Mi raccolsi qualche scheggia di vetro dal grembo e fissai sul mio tavolo quella parte di un altro essere umano vissuto centosessant'anni prima. Lo guardai e pensai a tutti gli omuncoli che erano sciamati per la sua lunghezza. Pensai a tutti i posti dove era stato, Città del Capo, Boston, Gerusalemme, viaggiando nel fetido buio dei pantaloni di cuoio del capitano Nicholls, emergendone occasionalmente in un sole accecante per scaricarsi dell'orina in qualche affollato gabinetto pubblico. Pensai anche a tutte le cose che aveva toccato, tutte le molecole, le mani esploratorie del capitano Nicholls in qualche notte solitaria e incorrisposta in mare, le umide pareti delle fighe di ragazzine e vecchie puttane, le loro molecole devono esistere ancora oggi, un pulviscolo che soffia da Cheapside al Leicestershire. Chissà quanto avrebbe potuto durare nel suo recipiente di vetro. Cominciai a pulire. Presi la pattumiera in cucina. Scopai e tirai su tutto il vetro che trovai e asciugai via la formaldeide. Poi, tenendolo per un'estremità cercai di adagiare il capitano Nicholls su un foglio di giornale. Mi venne il voltastomaco mentre il prepuzio incominciò a staccarmisi fra le dita. Alla fine, a occhi chiusi, vi riuscii e dopo averlo accuratamente avvolto nel giornale, lo portai in giardino e lo seppellii sotto i gerani. Durante tutta questa operazione cercai di impedire che il risentimento verso Maisie mi riempisse la mente. Volevo continuare con la storia di M. Di nuovo seduto al mio tavolo, asciugai qualche macchia di formaldeide che aveva sgorbiato l'inchiostro, e proseguii nella lettura.

«Per almeno un minuto la stanza divenne di ghiaccio, e a ogni secondo che passava sembrò ghiacciarsi di piú. Il primo a parlare fu il professor Stanley Rose dell'università di Cambridge, che aveva molto da perdere dal piano senza superficie di Hunter. La sua reputazione, che era davvero molto solida, si fondava sui suoi *Principî di geometria solida*.

– Come osate, signore. Come osate insultare la dignità di questa assemblea con un indegno trucco da prestigiatore –. E, sostenuto da un crescente mormorio di approvazione, aggiunse: – Dovreste vergognarvi, giovanotto, vergognarvi profondamente –. A questo punto la stanza eruppe come un vulcano. Con l'eccezione del giovane Goodman, e dei camerieri che erano ancora in piedi con i rinfreschi in mano, l'intera stanza si volse verso Hunter e diresse contro di lui un vocio di denunce senza senso, di invettive e minacce. Qualcuno in preda alla furia dava colpi sul tavolo, altri agitavano pugni minacciosi. Un signore tedesco molto delicato cadde sul pavimento per un colpo apoplettico e dovette essere adagiato su una poltrona. E là se ne stava Hunter, fermo e esteriormente impassibile, la testa lievemente piegata su un lato, le dita appena appoggiate sulla superficie del lungo tavolo lucido. Che l'indegno trucco da prestigiatore fosse stato seguito da un tale strepito dimostrava chiaramente la portata del disagio sotterraneo e Hunter senza dubbio apprezzava la cosa. Alzò una mano e tutti furono nuovamente silenziosi. Allora disse:

– Signori, la vostra preoccupazione è comprensibile e io vi darò un'altra prova, la prova definitiva –. Ciò detto, si sedette e si tolse le scarpe, si alzò e si tolse la giacca, e poi chiese un volontario che gli facesse da assistente, al che Goodman si fece avanti. Hunter si fece largo a grandi passi fra le persone assembrate attorno a lui e raggiunse un divanetto appoggiato contro una delle pareti, e mentre si sistemava lí sopra disse al perplesso Goodman che al suo ritorno in Inghilterra doveva portare con sé le carte di Hunter e tenerle fino a quando lui fosse venuto a ritirarle. Quando i matematici furono radunati attorno al divano, Hunter si girò a pancia in giú e uní le mani dietro la schiena in una strana posizione, in modo che le braccia formassero un cerchio. Chiese a Goodman di tenergli le braccia in quella posizione, e si girò su un fianco cominciando una serie di strenui movimenti a scatto che gli permisero di passare un piede attraverso il cerchio. Chiese al suo assistente di girarlo sull'altro fianco, rifece gli stessi movimenti e riuscí a far passare anche l'altro piede nel cerchio delle braccia, e nello stesso tempo piegò il tronco in un modo tale che riuscí a far passare la testa nel cerchio in direzione opposta a quella dei piedi. Con l'aiuto del suo assistente cominciò a far passare la testa e le gambe sempre piú attraverso il cerchio delle braccia. Fu allora che l'intera assemblea, come un sol uomo, diede sfogo a un unico gridolino di totale incredulità. Hunter cominciava a scomparire, e adesso le sue gambe e la testa passavano attraverso il cerchio con maggiore facilità, come se un potere invisibile le tirasse, ed ecco, era quasi scomparso. E adesso... era scomparso, scomparso del tutto, non ne rimaneva piú niente».

La storia di M mise il mio bisnonno in uno stato di eccitamento frenetico. Quella sera registrò nel diario come avesse tentato «di convincere il mio ospite a mandare a prendere quelle carte all'istante», anche se erano ormai le due del mattino. M, comunque, era piú scettico riguardo a tutta la faccenda. – Gli americani, – disse al mio bisnonno, – spesso indulgono in storie fantastiche –. Ma acconsentí a portare i documenti il giorno seguente. Poi però andò a finire che M la sera dopo non pranzò con il mio bisnonno per via di un altro impegno, ma andò a trovarlo nel tardo pomeriggio con le carte. Prima di andarsene disse al mio bisnonno di averle lette e rilette molte volte e «che non se ne poteva cavar fuori nulla che avesse un costrutto». Allora non si rendeva conto di quanto stesse sottovalutando il mio bisnonno come matematico dilettante.

Bevendo un bicchiere di sherry di fronte al camino, i due uomini si accordarono di pranzare insieme alla fine della settimana, di sabato. Durante i tre giorni seguenti il mio bisnonno smise a malapena di studiare i teoremi di Hunter per mangiare e dormire. Nel diario non si parla d'altro. Le pagine sono coperte di scarabocchi, diagrammi e simboli. Pare che Hunter avesse dovuto inventare una nuova serie di simboli, praticamente un nuovo linguaggio, per esprimere le sue idee. Alla fine del secondo giorno il mio bisnonno aveva cominciato a vedere una luce. In fondo a una pagina di sgorbi matematici scrisse: «La dimensionalità è una funzione della consapevolezza». Passando all'annotazione del giorno seguente lessi queste parole: «Mi è scomparso fra le mani». Aveva ricreato il piano senza superficie. E là, spiegate di fronte a me, c'erano passo dopo passo le istruzioni su come piegare il pezzo di carta. Passando alla pagina successiva, improvvisamente capii il mistero della scomparsa di M. Senza dubbio incoraggiato il mio bisnonno, quella sera aveva preso parte a un esperimento scientifico, probabilmente in uno spirito di grande scetticismo. Infatti a questo punto il mio bisnonno aveva fatto una serie di piccoli disegni che illustravano quelle che a prima vista sembravano posizioni yoga. Erano chiaramente il segreto del numero di sparizione di Hunter.

Le mani mi tremavano mentre liberavo uno spazio sulla mia scrivania. Scelsi un foglio di carta pulito e lo stesi di fronte a me. Andai in bagno a prendere una lametta. Frugai in un cassetto e trovai un vecchio compasso, feci la punta a una mina e gliela adattai. Cercai per tutta la casa finché non trovai un'accurata riga di acciaio usata una volta per montare i vetri di una finestra, e alla fine fui pronto. Prima di tutto dovevo tagliare il foglio nella giusta misura. Il pezzo di carta che Hunter aveva preso dal tavolo con aria tanto casuale, ovviamente doveva essere stato preparato prima con ogni cura. La lunghezza dei lati doveva esprimere un rapporto specifico. Usando il compasso trovai il centro del foglio e attraverso questo punto tracciai una linea parallela a uno dei lati e la continuai fino all'orlo. Poi costruii un rettangolo le cui misure avevano una determinata relazione con quelle dei lati del foglio. Il centro di questo rettangolo cadeva sulla linea in modo da sezionarla in base alla sezione aurea. Dalla cima di questo rettangolo disegnai archi intersecantisi, di raggi proporzionatamente specifici. L'operazione fu anche qui ripetuta all'estremità inferiore del rettangolo, e allorché i due punti di intersezione si congiungevano, avevo la linea di incisione. Poi cominciai a lavorare sulle linee da piegare. Ogni linea sembrava esprimere con la propria lunghezza, angolo di inclinazione e punto di intersezione con le altre, qualche misteriosa interna armonia di numeri. Mentre intersecavo archi, tracciavo linee e facevo pieghe, sentivo di stare mettendo ciecamente in atto un sistema della piú alta e terrificante forma di sapere, la matematica dell'assoluto. Nel momento in cui feci la piega finale il pezzo di carta aveva la forma di un fiore geometrico con tre anelli concentrici disposti attorno all'incisione centrale. C'era qualcosa di cosí calmo e perfetto in questo disegno, qualcosa di cosí remoto e irresistibile, che fissandolo mi sentii scivolare in un lieve stato di trance e la mia mente farsi chiara e inattiva. Scossi la testa e spostai lo sguardo. Adesso bisognava girare il fiore su se stesso e farlo passare attraverso l'incisione. Era questa un'operazione delicata, e adesso le mani mi tremavano di nuovo. Riuscii a calmarmi solo fissando il centro del disegno. Cominciai a spingere con i pollici i lati del fiore di carta verso il centro, e in quella sentii una specie di torpore avvolgermi la base del cranio. Spinsi ancora un po', la carta per un istante si accese piú bianca e poi diede l'impressione di sparire. Dico «diede l'impressione» perché dapprincipio non capivo bene se me la sentivo ancora in mano ma non la vedevo, oppure se la vedevo ma non la sentivo in mano, oppure se ero io a intuirne la sparizione mentre le sue proprietà esteriori permanevano. Il torpore mi si era esteso per tutta la testa e le spalle. I miei sensi sembravano inadeguati ad afferrare quanto stava succedendo. «La dimensionalità è una funzione della consapevolezza», pensai. Unii le mani e in mezzo non c'era niente, ma neanche quando le riaprii senza trovarci niente dentro fui sicuro che il fiore di carta fosse completamente sparito. Restava un'impressione, un'immagine postuma non sulla retina ma nella stessa mente. E proprio allora la porta si aprí dietro di me e Maisie disse:

– Cosa fai?

Tornai come da un sogno alla mia stanza e al suo vago odore di formaldeide. Era passato chissà quanto tempo, ormai, dalla distruzione del capitano Nicholls, ma l'odore rivivificò il mio risentimento, che si diffuse in me come il torpore. Maisie ristette abulica nel vano della porta, imbacuccata in un pesante cappotto e una sciarpa di lana.

Sembrava lontanissima, e guardandola il mio risentimento confluí nell'abituale tedio del nostro matrimonio. Pensai, ma perché ha rotto quel barattolo? Perché voleva fare l'amore? Perché voleva un pene? Perché era gelosa del mio lavoro, e voleva distruggere la connessione che aveva con la vita del mio bisnonno?

– Perché l'hai fatto? – dissi forte, senza volerlo. Maisie sbuffò. Quando aveva aperto la porta mi aveva visto curvo sul tavolo che fissavo le mie mani.

– Sei stato seduto lí tutto il pomeriggio a pensare a quello? – Ridacchiò. – E che cosa ne hai fatto? Te lo sei succhiato via?

– L'ho sepolto sotto i gerani.

Entrò nella stanza per un tratto e disse in tono serio: – Me ne dispiace, davvero. L'ho fatto senza rendermene conto, mi perdoni? – Esitai, e poi, poiché la mia stanchezza si era trasformata in una decisione improvvisa, dissi: – Certo che ti perdono. Era solo un cazzo marinato, – e si rise insieme. Maisie mi si fece accanto e mi baciò e io le restituii il bacio aprendole le labbra con la lingua.

– Hai fame? – chiese quando la facemmo finita coi baci. – Preparo qualcosa per cena?

– Sí, mi farebbe piacere –. Maisie mi baciò sulla cima della testa e se ne andò, mentre io tornavo ai miei studi, deciso a essere per tutta la sera il piú carino possibile con Maisie.

Piú tardi ci sedemmo in cucina a mangiare quello che Maisie aveva cucinato, ubriacandoci moderatamente con una bottiglia di vino. Ci fumammo uno spinello, il primo insieme da un sacco di tempo, Maisie mi raccontò che l'estate prossima sarebbe andata in Scozia a piantare alberi su incarico della Commissione forestale che le avrebbe dato un posto. E io raccontai a Maisie la conversazione che si era svolta fra il mio bisnonno ed M sulla posizione a posteriori, in cui il mio bisnonno aveva espresso l'opinione che non potessero esserci piú di diciassette posizioni per fare l'amore. Si rise tutt'e due, e Maisie mi strinse una mano e il fare l'amore era là sospeso nell'aria nel tiepido tanfo della cucina. Poi ci mettemmo i cappotti e andammo a fare una passeggiata. La luna era quasi piena. Camminammo lungo la strada principale che passa davanti a casa nostra e poi girammo in una stradina di case tutte stipate insieme, ognuna col suo minuscolo e immacolato giardino antistante. Non parlammo molto ma ci si teneva per braccio e Maisie mi disse che era completamente fumata e felice. Giungemmo a un piccolo parco che era già chiuso e rimanemmo fuori dal cancello a guardare la luna attraverso i rami ormai quasi spogli. Giunti a casa Maisie si fece un bel bagno caldo mentre io restavo a leggiucchiare nel mio studio controllando qualche dettaglio. La nostra camera da letto è calda e confortevole, a suo modo lussuosa. Il letto è sette piedi per otto e l'ho fatto io stesso durante il primo anno del nostro matrimonio. Maisie ha tinto le lenzuola di un blu vivo e intenso e ha ricamato le federe. L'unica luce della stanza viene da una vecchia lampada di cartapecora che Maisie ha comperato da un venditore ambulante. Era da molto tempo che la camera da letto non mi interessava piú. Ci sdraiammo vicini in un groviglio di lenzuola e coperte, Maisie tutta allungata, voluttuosa e assonnata dopo il bagno, e io appoggiato al gomito. Maisie disse sonnacchiosa:

– Oggi pomeriggio ho passeggiato lungo il fiume, in questi giorni gli alberi sono stupendi, le querce, gli olmi... ci sono due faggi rossi circa un miglio oltre la passerella, dovresti vederli... ah, che bello –. L'avevo fatta adagiare a pancia in giú e mentre parlava le carezzavo la schiena. – È pieno di more, le piú grosse che io abbia mai visto, crescono lungo il sentiero, e anche bacche di sambuco. Quest'autunno voglio fare degli sciroppi –. Mi chinai su di lei e la baciai sulla nuca le misi le braccia dietro la schiena. Le piaceva essere maneggiata in quel modo e si sottomise volentieri. – E il fiume è proprio immoto, – continuò, – sai, gli alberi ci si specchiano dentro, le foglie cadono sulla sua superficie. Prima che sia inverno dovremmo andarci una volta insieme, sul fiume, fra le foglie. Ho trovato un posticino... non ci va nessuno... – Tenendo ferme le braccia di Maisie con una mano, le manovrai con l'altra le gambe per passarle nel cerchio. – Sono rimasta seduta là per mezz'ora senza muovermi, come un albero. Ho visto un topo d'acqua correre sull'altra riva, e molti tipi di anitre scendere e volare via dal fiume. Sentivo dei tonfi dal fiume, ma non sapevo cos'erano e ho visto due farfalle arancione, mi si sono quasi posate sulla mano –. Quando le misi le gambe a posto Maisie disse: – Posizione numero diciotto, – e ridemmo insieme piano. – Andiamoci domani, al fiume, – disse Maisie mentre io le spingevo attentamente la testa verso le braccia. – Piano, piano, fa male, – gridò improvvisamente, e cercò di lottare. Ma ormai era troppo tardi, la testa e le gambe erano al posto giusto nel cerchio delle sue braccia, e stavo spingendole una dopo l'altra. – Cosa succede? – gridò Maisie. Adesso la posizione dei suoi arti esprimeva la bellezza che mozza il fiato, la nobiltà della forma umana e, come col fiore di carta, la sua simmetria aveva un fascino magnetico. Sentii di nuovo arrivare lo stato di trance e quel torpore alla nuca. Mentre le facevo passare completamente la testa e le gambe, Maisie parve avvoltolarsi in se stessa come una calza. – O dio, – sospirò, – che succede? – E la sua voce suonava già lontana. E poi era scomparsa... e non ancora scomparsa. La sua voce era minuscola, – Che succede? – e non rimase altro che l'eco della sua domanda sopra l'intenso blu delle lenzuola.

L'ultimo giorno d'estate

Quando la sento ridere per la prima volta ho dodici anni, e sto sdraiato seminudo al sole a pancia in giú, nel prato dietro casa. Non so niente, non mi muovo, chiudo gli occhi. È una risata di ragazza, di giovane donna, breve e nervosa come se ridesse di una cosa per niente buffa. Con la faccia per metà nell'erba che ho tagliato un'ora fa, annuso la terra fresca lí sotto. Dal fiume arriva una brezza leggera, il morso del sole tardopomeridiano sulla schiena e quella stilettata di risata diventano una cosa sola, un unico sapore nella mente. La risata si interrompe, e non odo altro che la brezza che sbatte le pagine del mio giornalino, Alice che piange da qualche parte di sopra e un senso di pesantezza estiva su tutto il giardino. Poi li sento attraversare il prato e venire verso di me e mi tiro su cosí in fretta che mi gira la testa, e tutto si scolora. C'è una cicciona, donna o ragazza, che mi si avvicina insieme a mio fratello. È cosí grassa che le braccia non le scendono dritte dalle spalle. Intorno al collo ha rotoli come pneumatici. Tutti e due mi guardano e parlano di me, e quando sono ormai vicinissimi mi alzo e lei mi stringe la mano e guardandomi fisso fa una specie di uggiolio, come un cavallino ben educato. È il suono che ho sentito prima, la sua risata. La sua mano è calda e umida e rosa come una spugna, con le fossette all'attaccatura di ogni dito. Mio fratello me la presenta come Jenny. Prenderà la camera da letto dell'attico. Ha una faccia immensa, rotonda come una luna rossa, e occhiali spessi che le fanno gli occhi grossi come palline da golf. Quando mi lascia la mano non mi viene in mente niente da dire. Ma mio fratello Peter continua a parlare, le racconta che verdure e che fiori coltiviamo, la porta in un punto da cui può vedere il fiume attraverso gli alberi e poi la riaccompagna verso casa. Mio fratello ha esattamente il doppio della mia età ed è bravissimo in queste cose tipo chiacchierare.

Jenny prende l'attico. Ci sono andato qualche volta, a cercare delle cose nei bauli, o a guardare il fiume dalla piccola finestra. Non c'è poi molto, nei bauli, ritagli di stoffa e cartamodelli. Qualcuno magari era proprio di mia madre. In un angolo c'è una pila di cornici senza i quadri. Una volta vi sono salito perché fuori pioveva e sotto Peter stava litigando con qualcuno degli altri. Io ho aiutato José a sgomberare il vano per trasformarlo in una camera da letto. José una volta era il ragazzo di Kate, poi la primavera scorsa ha tolto le sue cose dalla camera di Kate e le ha portate in quella libera vicina alla mia. Abbiamo trasportato in garage i bauli e le cornici, abbiamo dato una mano di nero al pavimento di legno e ci abbiamo steso sopra dei tappeti. Abbiamo portato su l'altro letto di camera mia. Con quello, un tavolo e una sedia, un piccolo armadio e il soffitto inclinato, c'è posto quel tanto per due persone in piedi. Per bagaglio Jenny ha solo una piccola valigia e uno zaino. Glieli porto su io, e lei mi segue, ansimando sempre piú forte, e fermandosi a metà strada sulla terza rampa di scale per riposarsi. Mio fratello Peter ci viene dietro, e ci accalchiamo dentro come se dovessimo venire tutti a vivere nell'attico, e fosse la prima volta che lo vediamo. Le indico la finestra, cosí può guardare il fiume. Jenny si siede e appoggia i grossi gomiti sul tavolo. Ogni tanto si preme un fazzolettone bianco sulla faccia rossa e umida, e intanto sta a sentire le storie di Peter. Sto seduto sul letto dietro di lei, e guardo com'è immensa la sua schiena. Sotto la sedia le vedo le grosse gambe rosa che si assottigliano fino a strizzarsi all'estremità in minuscole scarpette. È rosa dappertutto. L'odore del suo sudore invade la stanza. Ha lo stesso odore dell'erba appena falciata là fuori, e mi viene quest'idea che non devo respirarlo troppo profondamente se no divento grasso anch'io. Ci alziamo per andarcene in modo che lei possa stare i bagagli, grazie di tutto, dice, e quando sono sulla porta fa quel piccolo rumore, la sua risata nervosa. Senza volerlo le lancio un'occhiata dal vano della porta, ed eccola che mi fissa, con quelle sue palle da golf di occhi ingranditi.

– Tu non parli un granché, vero? – mi dice. Tipica frase che rende ancora piú difficile trovare qualcosa da dire. Cosí sorrido e proseguo giú per le scale.

Giú è il mio turno di aiutare Kate a preparare la cena. Kate è alta, sottile e triste. Tutto il contrario di Jenny. Quando avrò delle ragazze, saranno come Kate. È molto pallida, però, anche adesso in piena estate. Ha i capelli di uno strano colore. Una volta ho sentito dire a Sam che era il colore di una busta marrone. Sam è un altro degli amici di Peter che vivono qui e che voleva portare le sue cose in camera di Kate quando José ha portato fuori le sue. Ma Kate è un po' altezzosa e Sam non le piace perché è troppo rumoroso. Se Sam si fosse trasferito in camera di Kate avrebbe continuamente svegliato Alice, la bimba di Kate. Quando Kate e José sono nella stessa stanza li tengo sempre d'occhio per vedere se si guardano, e loro non lo fanno mai. L'aprile scorso un pomeriggio sono andato a prendere qualcosa in camera di Kate e lei e José erano a letto, addormentati. I genitori di José sono spagnoli e la sua pelle è molto scura. Kate era sdraiata sulla schiena con un braccio disteso su cui stava sdraiato José, accoccolato vicino a lei. Non avevano pigiama, e le lenzuola gli arrivavano alla vita. Erano cosí neri e cosí bianchi. Rimasi un bel po' ai piedi del letto, a guardarli. Era come se avessi scoperto un segreto. Poi Kate aprí gli occhi e mi vide, e mi disse di andar via a bassissima voce. Mi sembra proprio strano che una volta se ne stavano sdraiati cosí e adesso neanche si guardano. A me non succederebbe se stessi sdraiato sul braccio di una ragazza. A Kate non piace cucinare. Deve perdere un sacco di tempo a stare attenta che Alice non si metta in bocca un coltello o tiri giú dal fornello le pentole bollenti. Kate preferisce cambiarsi e uscire, o stare delle ore al telefono, cosa che anch'io preferirei se fossi una ragazza. Una volta è rimasta fuori fino a tardi e Peter ha dovuto mettere Alice a letto. Kate ha sempre l'aria triste quando parla ad Alice, le dice cosa deve fare sempre a mezza voce, come se davvero non volesse affatto parlare ad Alice. Ed è lo stesso quando parla con me, come se non stesse affatto parlando. Quando scorge la mia schiena in cucina mi porta nel bagno di sotto e con un batuffolo di cotone mi ci passa sopra della lozione alla calamina. La vedo nello specchio, e in faccia non ha nessuna espressione in particolare. Sibila fra i denti, mezzo fischio mezzo sospiro, e quando vuole alla luce un'altra parte della schiena mi spinge o mi tira per un braccio. Rapida e calma mi chiede com'è la ragazza di sopra, e quando le rispondo: – È molto grassa e ride in un modo buffo, – non dice piú niente. La aiuto a tagliare le verdure e a preparare la tavola. Poi scendo al fiume a vedere la mia barca. L'ho comprata con dei soldi che ho avuto quando i miei genitori sono morti. Il tempo che arrivo al pontile il sole è tramontato e il fiume è nero con delle forme rosse come i ritagli di stoffa che un tempo erano nell'attico. Stasera il fiume è lento e l'aria è tiepida e liscia. Non slego la barca, la schiena è troppo piagata dal sole per remare. Invece ci salgo e sto seduto lí, nel quieto saliscendi del fiume, a fissare i rossi ritagli di stoffa che affondano nell'acqua nera e a chiedermi se non ho respirato troppo odore di Jenny.

Quando torno gli altri stanno cominciando a mangiare. Jenny è seduta vicino a Peter e non alza gli occhi dal piatto, neanche quando arrivo e mi siedo sull'altro lato accanto a lei. È talmente grossa vicino a me, ma cosí china sul piatto, con l'aria come se non volesse esistere davvero per cui mi sento un po' dispiaciuto per lei e vorrei parlarle. Ma non mi viene in mente niente da dire. A dire la verità non parla nessuno a questo pasto, sono tutti impegnatissimi a mandare avanti e indietro forchette e coltelli sul proprio piatto, e ogni tanto qualcuno mormora se gli passano qualcosa. Di solito quando mangiamo non va cosí, di solito succede sempre qualcosa. Ma c'è qui Jenny, piú silenziosa di tutti noi, e piú grossa, anche, e che non alza gli occhi dal piatto. Sam si schiarisce la voce e guarda a Jenny verso la nostra estremità della tavola e tutti alzano la testa in attesa di qualcosa, tranne lei. Sam si schiarisce di nuovo la voce e dice:

– Jenny, dove vivevi prima? – Ma la frase, detta cosí nel silenzio piú assoluto, viene fuori piatta, come se Sam fosse in un ufficio a riempirle un modulo. E Jenny, sempre a testa bassa, dice:

– A Manchester –. Poi guarda Sam. – In un appartamento –. E dà in un guaito di risata, probabilmente perché la stiamo tutti guardando e ascoltando, e poi ricade nel suo piatto, mentre Sam dice qualcosa come: – Ah, capisco, – e pensa a un'altra cosa da dire. Di sopra Alice comincia a piangere cosí Kate va e la porta giú e se la fa sedere in grembo. Quando smette di piangere, Alice indica ognuno di noi a turno e grida: – UH, UH, UH, – e cosí via tutto torno la tavola mentre noi tutti siamo lí seduti che mangiamo senza parlare. È come se ci stesse sgridando perché non ci viene in mente niente da dire. Kate le dice di stare buona, in quel modo triste che ha quando è con Alice. Ogni tanto penso che è cosí perché Alice non ha un padre. Non assomiglia affatto a Kate, ha i capelli biondissimi e orecchie che sono troppo grandi per una testa come la sua. Un anno o due fa, quando Alice era proprio piccola, credevo che José fosse suo padre. Ma lui ha i capelli neri, e non fa mai tanto caso ad Alice. Quando tutti hanno finito la prima portata, aiuto Kate a cambiare i piatti, e Jenny si offre di tenere Alice in braccio. Alice urla sempre, col dito puntato qua e là per la stanza, ma appena si siede in braccio a Jenny si mette tranquilla. Forse perché non si è mai trovata in un grembo tanto grande. Kate e io portiamo il tè e la frutta, e mentre sbucciamo arance e banane, mangiamo le mele del nostro giardino, versiamo il tè e ci passiamo le tazze con zucchero e latte, tutti cominciano a parlare e a ridere come al solito, come se non ci fosse mai stato niente a trattenerli. E Alice sta proprio passandosela bene in braccio a Jenny, che la fa galoppare sulle sue ginocchia, fa svolazzare la sua mano come un uccellino su e giú sulla pancia di Alice, le fa dei giochi con le dita, e Alice strilla che ne vuole ancora. È la prima volta che la vedo ridere cosí. Poi Jenny lancia un'occhiata a Kate, che le guarda giocare con la stessa espressione che avrebbe se fosse davanti alla televisione. Jenny restituisce Alice a sua madre, come se improvvisamente si sentisse in colpa per averla tenuta in braccio cosí a lungo, e averla fatta tanto divertire. Alice, tornata al suo posto, continua a urlare: – Ancora, ancora, ancora, – e urla ancora cinque minuti dopo, quando sua madre la porta di sopra a letto.

La mattina dopo, sul presto, porto il caffè a Jenny in camera sua, dato che mio fratello mi ha chiesto di farlo. Quando entro lei è già alzata, è seduta al tavolo e sta attaccando i francobolli a delle buste. Sembra piú piccola di ieri sera. La sua finestra è spalancata, e la camera è inondata dall'aria del mattino, dev'essere alzata da un bel po'. Fuori dalla finestra vedo il fiume che scorre dritto fra gli alberi, placido e fresco sotto il sole. Voglio uscire, voglio andare a vedere la mia barca prima di colazione. Ma Jenny ha voglia di chiacchierare. Mi dice di sedermi sul letto e raccontarle di me. Non mi fa domande, e siccome non so bene come cominciare a parlare di me con qualcuno, sto seduto e la guardo scrivere gli indirizzi e bere il caffè. Ma non mi importa, si sta bene in camera di Jenny. Ha appeso due quadri al muro. Una è una foto incorniciata, presa in uno zoo di una scimmia che cammina a testa in giú lungo un ramo col suo piccolo appeso allo stomaco. Si vede che è allo zoo perché nell'angolo in basso c'è il berretto di un guardiano e anche un pezzo di faccia. L'altra è una foto a colori ritagliata da una rivista di due bambini che corrono su una spiaggia tenendosi per mano. Il sole sta tramontando e nella foto è tutto rosso scuro, anche i bambini. È un'ottima fotografia. Lei ha finito con le sue lettere e mi chiede dov'è che vado a scuola. Le racconto della nuova grande scuola dove andrò dopo le vacanze, quella che c'è a Reading. Ma non ci sono ancora stato, cosí non posso parlarne un granché. Si accorge che continuo a guardare fuori dalla finestra.

– Hai intenzione di scendere al fiume?

– Sí, vorrei dare un'occhiata alla mia barca.

– Posso venire con te? Mi fai vedere il fiume? – L'aspetto sulla porta, e la guardo strizzare i suoi piedi tondi e rosa nelle minuscole scarpette senza tacco e spazzolarsi i capelli cortissimi con una spazzola che ha uno specchio sul dorso. Attraversiamo il prato fino al cancelletto pedonale in fondo al giardino e poi lungo il sentiero bordato di felci alte. A metà strada mi fermo ad ascoltare un picchio giallo, e lei mi dice che non distingue il canto di nessun uccello. La maggior parte degli adulti non te lo viene certo a dire, se non sa qualcosa. Cosí ci fermiamo un po' piú avanti, subito prima di arrivare al molo, sotto una quercia in modo che possa sentire un merlo. So che là in cima ce n'è uno, è sempre là che canta a quest'ora del mattino. Smette proprio quando arriviamo noi, cosí dobbiamo aspettare silenziosamente che ricominci. Là in piedi vicino al vecchio tronco mezzo morto, sento altri uccelli su altri alberi e lo sciacquio del fiume sotto il pontile. Ma il merlo si sta riposando. Qualcosa nel fatto di aspettare in silenzio rende Jenny nervosa e si stringe forte il naso per impedire a una delle sue risate uggiolanti di venir fuori. Ci tengo tanto a farle sentire il merlo che le metto una mano sul braccio, e allora lei si toglie la mano dal naso e sorride. E dopo un attimo il merlo dà il via al suo lungo canto complicato. Era stato tutto il tempo ad aspettare che noi ci sistemassimo. Camminiamo sul molo e le faccio vedere la mia barca legata in fondo. È una barca a remi, verde fuori e rossa dentro, come un frutto. Quest'estate sono venuto qui tutti i giorni per remare, verniciarla, lavarla, e qualche volta soltanto per guardarla. Una volta ho remato per sette miglia controcorrente e poi ho passato il resto della giornata a lasciarmi riportare indietro. Ci sediamo in fondo al molo a guardare la barca, il fiume e gli alberi sull'altra riva. Poi Jenny guarda lungo la corrente e dice:

– Londra è giú di là –. Londra è un terribile segreto che cerco di tenere nascosto al fiume. Non ne sa ancora niente mentre scorre davanti a casa nostra. Cosí annuisco in silenzio. Jenny mi chiede se può sedersi nella barca. Mi viene subito paura che sia troppo pesante. Ma naturalmente non posso dirglielo. Mi sporgo dal molo e tengo la cima perché lei possa salirci. Lo fa sbuffando un mucchio e ondeggiando tutta. E dato che la barca non si abbassa piú del solito, entro anch'io e guardiamo il fiume da questo nuovo livello da cui si capisce sul serio com'è potente e com'è vecchio. Stiamo seduti a chiacchierare per un bel po'. Le racconto dei miei genitori che sono morti due anni fa in un incidente d'auto, e di come a mio fratello è venuta l'idea di trasformare la casa in una specie di comune. Dapprincipio voleva farci venire a vivere piú di venti persone. Ma credo che adesso non abbia intenzione di tenerne mai piú di otto. Poi Jenny mi racconta di quando insegnava in una grande scuola di Manchester dove i bambini ridevano sempre di lei perché era grassa. Però non sembra che le spiaccia parlarne. Racconta delle buffe storie, su quel periodo. Quando mi dice della volta che i bambini l'hanno rinchiusa in una libreria ridiamo tutt'e due cosí tanto che la barca ondeggia e manda tante piccole onde in giro per il fiume. Adesso la risata di Jenny è disinvolta e ritmica, non dura e uggiolante come prima. Tornando indietro riconosce due merli dal loro canto, e mentre attraversiamo il prato ne indica un altro. Annuisco semplicemente. In realtà è un tordo, ma sono troppo affamato per spiegarle la differenza.

Tre giorni dopo sento Jenny cantare. Sono sul retro di casa che cerco di mettere insieme una bicicletta con vari pezzi sparsi quando la sento attraverso la finestra aperta della cucina. È là che prepara il pranzo e bada ad Alice mentre Kate è in visita da amici. È una canzone di cui non conosce le parole, mezza triste e mezza allegra, e la canta ad Alice come potrebbe fare una roca nutrice negra. Un uomo nel nuovo mattino, la-la-la, l'la, un uomo nel nuovo mattino la-la-la l'la, un uomo nel nuovo mattino mi porterà via di qua. Quel pomeriggio la porto in barca sul fiume e lei canta un'altra canzone con lo stesso tipo di ritornello, ma senza neanche una parola. Ya-la-la, ya-laaa, ya-eeeh.

Allarga le braccia e rotea i suoi grandi occhi ingranditi come se fosse una serenata speciale per me. Una settimana dopo le canzoni di Jenny sono sparse per tutta la casa, ogni tanto con qualche parola, piú spesso senza. Passa un sacco di tempo in cucina, ed è soprattutto lí che canta. In un modo o nell'altro riesce a renderla piú grande. Scrosta la vernice sulla finestra a nord perché entri piú luce. Nessuno riesce a ricordarsi perché mai l'avessero verniciata. Porta via un vecchio tavolo e una volta che non è piú lí tutti si accorgono che stava sempre fra i piedi. Un pomeriggio dipinge una parete di bianco per far sembrare piú grande la cucina e dispone le pentole e i piatti in modo che uno sa sempre dove sono e perfino io riesco a raggiungerli. Ne fa una cucina dove si può stare seduti per un po' quando non si ha altro da fare. Jenny fa il pane e le torte, che prima andavamo a comprare in negozio. Il terzo giorno che è qui trovo lenzuola pulite nel mio letto. Porta a lavare quelle che ho usato tutta l'estate e quasi tutti i miei vestiti. Passa un pomeriggio intero a preparare il curry, e quella sera mangio il pasto migliore degli ultimi due anni. Quando gli altri le fanno i complimenti per il curry, Jenny si innervosisce e ride guaendo. Vedo che a loro dà ancora molto fastidio quando lo fa, guardano piuttosto da un'altra parte come se fosse una cosa disgustosa che è sconveniente guardare. A me invece non dà affatto noia quando ride in quel modo, non me ne accorgo neanche, a meno che non ci siano gli altri che guardano via. Quasi tutti i pomeriggi andiamo al fiume insieme e cerco di insegnarle a remare e sto a sentire le storie che racconta di quando insegnava e di quando lavorava in un supermarket, di come ogni giorno osservava della gente anziana che entrava per rubare burro e pancetta. Le insegno il verso di qualche altro uccello, ma l'unico che riesce a ricordarsi è quello del primo giorno, il merlo. In camera sua mi fa vedere le fotografie dei suoi genitori e di suo fratello e dice:

– Sono l'unica grassa –. Anch'io le faccio vedere qualche fotografia dei miei genitori. Una è di un mese prima che morissero e lí si vedono passeggiare tenendosi per mano e ridere di qualcosa che nella foto non c'è. Era mio fratello, che faceva lo scemo per farli ridere mentre io scattavo la foto. La macchina fotografica era un regalo per il mio compleanno, e quella era una delle prime fotografie che facevo. Jenny la guarda per un bel po' e poi dice qualcosa di come abbia l'aria d'essere una donna molto simpatica, e di colpo vedo mia madre proprio come una donna nella fotografia, potrebbe essere una donna qualunque, e per la prima volta la sento lontana, non dentro la mia testa che guarda fuori, ma fuori dalla mia testa e guardata da me, da Jenny o da chiunque altro veda quella fotografia. Jenny me la toglie di mano e la mette via con le altre nella scatola per le scarpe. Mentre torniamo giú dà inizio a una lunga storia di un suo amico che aveva messo su una commedia con un finale strano e in tono minore. L'amico voleva che Jenny desse il via agli applausi alla fine, ma Jenny si era sbagliata e aveva spinto tutti ad applaudire un quarto d'ora prima della fine durante un tratto calmo cosí che l'ultima parte della commedia era andata persa e gli applausi erano ancora piú rumorosi perché nessuno ci aveva capito niente. Il tutto, credo, per non farmi piú pensare a mia madre, ed è cosí.

Kate passa sempre piú tempo coi suoi amici di Reading. Una mattina sono in cucina ed entra lei, tutta elegante con un vestito di pelle e stivali alti. Si siede di fronte a me per aspettare Jenny e dirle cosa deve dare da mangiare ad Alice e a che ora sarà di ritorno. Mi fa venire in mente un'altra mattina, circa due anni fa quando Kate era entrata in cucina con un vestito tipo questo. Si era seduta, e slacciata la camicetta aveva cominciato a strizzarsi prima una tetta e poi l'altra, riempiendo una bottiglia di latte bianco-azzurrognolo. Sembrava che non si fosse accorta di me, seduto lí davanti.

– Perché lo fai? – le chiesi.

– È perché Janet lo dia ad Alice piú tardi. Io devo uscire –. Janet era una ragazza di colore che viveva con noi. Era strano guardare Kate che si mungeva in una bottiglia. Mi faceva pensare che in fondo siamo soltanto animali coi vestiti che fanno cose stranissime, come delle scimmie a un tè. Ma di solito siamo troppo abituati gli uni agli altri per farci caso. Chissà se anche Kate sta pensando a quella volta, seduta qui con me in cucina, di mattina presto. Ha un rossetto arancione e i capelli legati dietro, e cosí sembra ancora piú magra del solito. Il rossetto è un po' fluorescente, come un segnale stradale. Guarda l'orologio di continuo e tutto quel cuoio che ha addosso scricchiola. Sembra la stupenda creatura di un altro pianeta. Poi scende Jenny, con una vecchia vestaglia enorme fatta di pezze e sbadiglia perché si è appena alzata, e Kate velocissima e impassibile, le parla del cibo di Alice. È come se la rendesse triste, parlare di queste cose. Prende la borsa e scappa dalla cucina dicendo – Ciao – di sopra le spalle. Jenny si siede a tavola e beve il tè, ed è come se fosse davvero la grossa governante che rimane a casa a badare alla figlia della ricca signora. Papà è un riccone e mamma una bellezza, la-la-la-la, non piangere piccina. C'è qualcosa nel modo come gli altri trattano Jenny. Come se fosse al di fuori di tutto, e per nulla una persona come loro. Ormai si sono abituati al fatto che prepara grandi pasti e fa i dolci. Non le fanno piú i complimenti. Ogni tanto la sera Peter, Kate, José e Sam si siedono in cerchio e fumano hascisch in una pipa speciale che si è fatto Peter e ascoltano i dischi messi a tutto volume. Di solito in questi casi Jenny sale in camera sua, non le piace stare con loro in quelle occasioni, e posso vedere che loro se ne hanno piuttosto a male. E anche se è una ragazza non è bella come Kate o Sharon, la ragazza di mio fratello. Non porta nemmeno jeans e camicie indiane come loro, probabilmente perché non ne trova della sua misura. Si mette dei vestiti a fiori e cose cosí, normali, come quelli che usava mia madre o l'impiegata dell'ufficio postale. E quando si innervosisce per qualcosa e ride in quel modo mi accorgo che gli altri la considerano una specie di minorata mentale, lo vedo da come distolgono gli occhi. E ci fanno ancora caso a come è grassa. Qualche volta quando lei non c'è Sam la chiama Jim lo Smilzo, e tutti ridono sempre. Non è che la trattino male o altro, è solo che in qualche modo che non so spiegare la tengono un po' a distanza. Un giorno mentre siamo sul fiume mi chiede cosa penso dell'hascisch e le dico che mio fratello non me lo lascerà provare finché non avrò quindici anni. So che è terribilmente contraria, ma non me ne parla piú. È lo stesso pomeriggio in cui le faccio una foto mentre è appoggiata alla porta di cucina con Alice in braccio e gli occhi un po' strizzati nel sole. Anche lei ne fa una a me, sul retro di casa, mentre vado senza mani sulla bicicletta che mi sono fatto con pezzi e scarti.

È difficile stabilire con esattezza quando Jenny diventa la mamma di Alice. Dapprincipio si limita a badarci mentre Kate è a trovare i suoi amici. Poi le visite diventano sempre piú frequenti, fino a essere quasi quotidiane. Cosí noi tre, Jenny, Alice ed io, passiamo un sacco di tempo al fiume. Vicino al molo c'è una sponda erbosa che scende giú verso una piccola spiaggia. Jenny sta seduta nell'erba a giocare con Alice mentre io traffico con la barca. La prima volta che la mettiamo nella barca Alice strilla come un porcellino. Non si fida dell'acqua. Ce ne va un bel po' prima che si avventuri sulla piccola spiaggia, e quando finalmente lo fa tiene gli occhi fissi sull'acqua per essere sicura che non le salti addosso. Ma quando vede Jenny che la saluta dalla barca, perfettamente al sicuro, cambia idea e facciamo una gita fino all'altra riva del fiume. Ad Alice non importa che Kate sia via, perché le piace Jenny che le canta pezzi di canzoni che sa e chiacchiera tanto con lei quando sono sedute sulla sponda del fiume. Alice non capisce una parola di quello che sente, ma le piace il suono della voce di Jenny che va e va. Ogni tanto punta il dito verso la bocca di Jenny e dice: – Ancora, ancora –. Non è abituata a sentire qualcuno che le parla, Kate è sempre cosí triste e tranquilla. Una sera Kate esce e non torna fino alla mattina dopo. Alice è seduta in braccio a Jenny e si sparpaglia la colazione sul tavolo di cucina, quando Kate entra di corsa, la prende su, la abbraccia e chiede ripetutamente, senza darci il tempo di rispondere:

– È stata bene? È stata bene? È stata bene? – Quello stesso pomeriggio Alice è tornata con Jenny, perché Kate deve di nuovo andare da qualche parte. Sono in anticamera, e la sento dire a Jenny che tornerà stasera sul presto, ma poco dopo la vedo allontanarsi sul viale con una piccola valigia in mano. Quando torna, due giorni dopo, si limita a lanciare un'occhiata in cucina per vedere se Alice c'è sempre, e poi se ne va in camera sua. Non è sempre piacevole avere Alice con noi tutto il tempo. Non possiamo allontanarci tanto con la barca. Dopo venti minuti Alice diventa di nuovo diffidente dell'acqua e vuole tornare a riva. E se vogliamo camminare da qualche parte bisogna portarla quasi sempre in braccio. Cosí non posso far vedere a Jenny certi miei posti speciali lungo il fiume. Alla fine della giornata Alice è proprio infelice, piange e si lamenta di tutto perché è stanca. Mi stufo a passare cosí tanto tempo con Alice. Kate sta quasi tutto il giorno di sopra in camera sua. Un pomeriggio le porto su un po' di tè e la trovo addormentata in una poltrona. Con Alice sempre fra i piedi Jenny e io non chiacchieriamo piú bene come quando era appena arrivata. Non perché Alice stia a sentire, ma perché tutto il tempo di Jenny è preso da lei. Non pensa a nient'altro, e sembra che non voglia parlare che con Alice. Una sera siamo seduti tutti insieme dopo cena. Kate è a telefono che sta avendo una lunga discussione con qualcuno. Finisce, torna, si siede in modo rumoroso e riprende in mano il suo giornale. Ma mi accorgo che è arrabbiata e non sta affatto leggendo. Per un po' nessuno parla, poi Alice di sopra comincia a piangere e a chiamare Jenny con urla. Jenny e Kate guardano subito in su tutte e due e si fissano per un attimo. Poi Kate si alza e va su. Facciamo tutti finta di continuare a leggere, ma in realtà ascoltiamo i passi di Kate per le scale. La sentiamo entrare in camera di Alice, che è proprio sopra questa, e sentiamo Alice gridare sempre piú forte che vuole Jenny. Kate torna giú per le scale, stavolta in fretta. Quando entra nella stanza Jenny alza gli occhi e si fissano di nuovo. Alice continua a urlare chiamando Jenny. Jenny si alza e sguscia di fianco a Kate che restringe il passaggio sulla porta. Non si parlano. Noi altri, Peter, Sam, José ed io, continuiamo a far finta di leggere e ascoltiamo Jenny che cammina di sopra. Il pianto finisce e lei rimane su un bel po'. Quando torna giú Kate è di nuovo immersa nella sua rivista. Jenny si siede e nessuno alza gli occhi, nessuno parla.

Improvvisamente l'estate finisce. Un mattino presto Jenny viene in camera mia, tira via le lenzuola dal letto e raccoglie tutti i vestiti che trova nella stanza. Bisogna lavare tutto prima che cominci la scuola. Poi mi fa pulire la camera, tutti i vecchi giornalini e piatti e tazze che mi si sono accumulati sotto il letto durante tutta l'estate, tutta la polvere e i barattoli di vernice che ho usato per la barca. Trova un tavolino in garage e la aiuto a portarlo in camera mia. Sarà la mia scrivania per farvi i compiti. Mi porta in paese per una sorpresa, non vuol dirmi cosa. Quando arriviamo viene fuori che è un taglio di capelli. Sto per andarmene via, ma lei mi mette una mano sulla spalla.

– Non essere sciocco. Non puoi andare a scuola cosí, non dureresti un giorno –. Cosí sto seduto e fermo per il barbiere e lascio che mi tagli via l'intera mia estate, mentre Jenny è seduta dietro di me che ride delle smorfie che le faccio nello specchio. Si fa dare un po' di soldi da mio fratello e andiamo in città in autobus a comprare la divisa per la scuola. È strano sentirmi dire tutt'a un tratto da lei cosa devo fare dopo i nostri giorni sul fiume. Ma va bene cosí, davvero, non mi viene in mente nessun buon motivo per non fare le cose che dice. Mi pilota attraverso vie piene di negozi in quelli di scarpe e vestiti, mi compra una giacca rossa e un berretto, due paia di scarpe di cuoio nero, sei paia di calze grige, due paia di pantaloni grigi e cinque camicie grigie, e ogni volta mi chiede: – Ti piace questo? E questo? – e dato che non ho una passione per una particolare sfumatura di grigio, accetto tutto quello che lei ritiene migliore. In un'ora è tutto finito. Quella sera svuota dai miei cassetti la collezione di rocce per far posto ai vestiti nuovi e mi convince a provarmi la divisa. Di sotto ridono tutti, specialmente quando mi metto il berretto rosso. Sam dice che sembro un postino intergalattico. Per tre sere di fila mi costringe a sfregarmi le ginocchia con uno spazzolino per unghie per far andar via lo sporco da sotto la pelle.

Poi domenica, il giorno prima di riprendere la scuola, vado per l'ultima volta giú alla barca con Jenny e Alice. La sera aiuterò Peter e Sam a tirarla su e a portarla lungo il sentiero e attraverso il prato fino al garage per l'inverno. Poi costruiremo un altro pontile, piú robusto. È l'ultimo giro in barca dell'estate. Sto sul pontile e tengo la barca ferma, mentre Jenny mette dentro Alice e poi si arrampica anche lei. Mentre ci spingiamo in fuori con un remo, Jenny comincia una delle sue canzoni. Gesú ma quando torni, Geesú ma quando torni, Geesú ma quando torni, la-la-la, la-la. Alice sta dritta fra le ginocchia di Jenny e mi guarda remare. Le sembra buffo, come mi spingo avanti e indietro. Crede che sia un gioco che faccio con lei, di andarle vicinissimo alla faccia e poi subito via. È strana, la nostra ultima giornata sul fiume. Quando Jenny ha smesso di cantare, nessuno parla per un po'. Solo Alice che ride di me. È tutto cosí immobile sul fiume, la sua risata scorre sull'acqua verso il nulla. Il sole è di un giallo pallido come se la lunga estate lo avesse consumato, non c'è vento fra gli alberi sulle sponde né canti di uccelli. Anche i remi non fanno rumore nell'acqua. Remo controcorrente col sole sulla schiena, ma è troppo tenue per sentirlo, è troppo tenue perfino per fare ombra. Davanti a noi c'è un vecchio che pesca, in piedi sotto una quercia. Quando siamo alla sua altezza alza gli occhi e ci fissa nella nostra barca e noi a nostra volta fissiamo lui sulla sponda. La sua faccia non muta mentre ci guarda. Neanche le nostre mutano, nessuno accenna un saluto. Ha un lungo filo d'erba in bocca e quando siamo passati lo tira via e sputa calmo nel fiume. Jenny striscia la mano nell'acqua densa e guarda la riva come se la stesse sognando. Mi fa pensare che non voglia davvero essere qui sul fiume con me. È venuta solo perché abbiamo remato insieme tante altre volte, e perché questa è l'ultima volta quest'estate. Mi rende piuttosto triste, il pensarci, e remare diventa piú duro. Poi, dopo una mezz'ora che andiamo, mi guarda e sorride e capisco che era tutta una mia idea il suo non voler essere sul fiume perché comincia a parlare dell'estate, di tutte le cose che abbiamo fatto insieme. Le fa sembrare davvero straordinarie, molto meglio di com'erano davvero. Le lunghe passeggiate, lo sguazzare sul bordo del fiume con Alice, di come ho cercato di insegnarle a remare e a ricordare i vari canti degli uccelli, e le volte che ci alzavamo mentre gli altri dormivano ancora e remavamo sul fiume prima di colazione. Trascina anche me, a ricordare le cose che facevamo, come la volta che credevamo di aver visto un beccofrosone, e l'altra volta che abbiamo aspettato tutta una sera dietro un cespuglio che un tasso uscisse dalla tana. Dopo un po' siamo eccitatissimi per la nostra estate, per quel che faremo un altr'anno, ridendo e gridando nell'aria immota. E poi Jenny dice:

– E domani ti metti il tuo berretto rosso e vai a scuola –. C'è qualcosa nel modo come lo dice, facendo finta di essere seria e di rimproverarmi, agitando un dito, che la fa sembrare la cosa piú divertente del mondo. È anche l'idea in sé, di fare tutte queste cose durante l'estate e poi alla fine mettersi un berretto rosso e andare a scuola. Scoppiamo a ridere e ci sembra che non smetteremo mai. Devo posare i remi. Le grida e schiamazzi si fanno sempre piú rumorosi perché l'aria ferma non se li porta via sull'acqua e il rumore resta con noi sulla barca. Ogni volta che i nostri sguardi si incontrano ridiamo piú forte, finché comincia a farmi male sui fianchi, e vorrei disperatamente smettere. Alice si mette a piangere perché non capisce cosa sta succedendo, e questo ci fa ridere ancora di piú. Jenny si sporge dal bordo della barca cosí da non vedermi. Ma la sua risata si sta facendo piú secca e convulsa, piccoli guaiti duri come pietre in gola. La grossa faccia rosa e le grosse braccia rosa sussultano nello sforzo di respirare una boccata d'aria, ma le esce tutta in tante schegge di pietra. Ricade nella barca. Con la bocca ride, ma gli occhi hanno come un'aria asciutta e spaventata. Cade in ginocchio, tenendosi lo stomaco per il male che le fa il ridere, e travolge Alice con sé. E la barca si rovescia. Si rovescia perché Jenny cade contro la fiancata, perché Jenny è grossa e la mia barca è piccola. È un attimo, come il clik dell'otturatore della mia macchina fotografica, e di colpo sono sul fondo verde cupo del fiume che tocco col dorso della mano il fango freddo e morbido e mi sento le canne sul viso. Sento i piccoli sassi della sua risata sprofondarmi accanto alle orecchie. Ma quando mi spingo in su verso la superficie non mi sento accanto nessuno. Quando torno su, sul fiume è buio. Sono stato sotto un bel po'. Sfioro qualcosa con la testa e mi accorgo di essere sotto la barca rovesciata. Vado giú di nuovo e su dall'altra parte. Mi ci vuole un bel po' per riprendere fiato. Giro intorno alla barca chiamando ad alta voce Alice e Jenny piú volte. Metto la bocca in acqua e urlo i loro nomi. Ma nessuno risponde, niente spezza la superficie. Sono l'unico sul fiume. Cosí mi attacco alla barca e aspetto che tornino su. Aspetto per molto tempo, galleggiando nella corrente con la barca, con quella risata ancora in testa, e osservo il fiume e le chiazze gialle del sole che tramonta. Ogni tanto sento dei brividi passarmi lungo le gambe e la schiena, ma complessivamente sono calmo, attaccato a quel guscio verde con la testa vuota, proprio vuota, nient'altro che a guardare il fiume, in attesa che la superficie si spezzi e le chiazze gialle si disperdano. Oltrepasso lungo la corrente il punto dove c'era il vecchio pescatore e mi sembra tantissimo tempo fa. Se ne è andato, è rimasto solo un sacchetto di carta nel punto dov'era là in piedi. Sono cosí stanco che chiudo gli occhi e mi sembra come di essere a letto, a casa, ed è inverno e mia madre sta venendo in camera mia a darmi la buonanotte. Spegne la luce e scivolo via dalla barca dentro il fiume. Poi mi ricordo e chiamo Jenny e Alice e guardo ancora il fiume e gli occhi mi cominciano a chiudersi e mia madre viene in camera mia a dirmi buonanotte e spegne la luce e affondo di nuovo nell'acqua. Dopo molto tempo mi dimentico di chiamare Jenny e Alice, sto solo appeso lí e la corrente mi porta. Guardo un punto sulla riva che conoscevo benissimo tanto tempo fa. C'è un lembo di sabbia e una sponda erbosa vicino a un pontile. Le chiazze gialle sprofondano nel fiume mentre mi spingo via dalla barca. La lascio che scenda giú con la corrente verso Londra e nuoto lentamente nell'acqua nera verso il molo.

Cocker a teatro

Le tavole erano polverose, il fondale mezzo dipinto e quelli sul palco tutti nudi, con le luci smaglianti che li tenevano caldi e mettevano in risalto la polvere nell'aria. Non c'era dove sedersi, e cosí si strascicavano attorno miserevolmente. Non avevano tasche in cui mettere le mani, e non c'erano sigarette.

– È la tua prima volta? – Era la prima volta per tutti, ma lo sapeva solo il regista. Soltanto gli amici parlavano fra loro, a bassa voce e non di continuo. Gli altri stavano zitti. Come si comincia una conversazione fra estranei nudi? Non lo sapeva nessuno. I professionisti, per ragioni professionali, si sbirciavano in certe zone, mentre gli altri, amici di amici del regista che avevano bisogno di soldi, guardavano le donne senza parerlo. Jasmin urlò dal fondo della sala, dove aveva parlato col costumista, urlò con accento gallese.

– Vi siete masturbati tutti, ragazzi? Ben fatto –. (Nessuno aveva risposto). – Il primo che gli viene duro lo sbatto fuori. Questo è uno spettacolo per bene –. Qualche ragazza ridacchiò, i ragazzi non professionisti uscirono dal cerchio delle luci, due macchinisti portarono sul palco un tappeto arrotolato. Dissero: – Attenti alla schiena, – e tutti si sentirono piú nudi di prima. Un uomo con un berretto schiacciato e una camicia bianca accese un registratore nella buca. Preparò il nastro con aria beffarda. Era la scena della copulazione.

– Metti G. C., Jack, – gli disse Jasmin, – voglio che prima lo sentano una volta –. I quattro enormi altoparlanti non concedevano scampo.

«Avrete saputo che l'atto sessuale è un fatto privato,
lasciatemi dirvi gente, proprio come dato,
che in lungo e in largo in tutta la nazione
è la su-e-giú un-due-tre Gran Copulazione».

C'erano svolazzi di violini e una banda militare, e dopo il coro un'esultante marcia in due tempi con tromboni, tamburelli e campanelli. Jasmin si avvicinò al palco.

– Ragazzi e ragazze, eccovi la vostra musica fottente –. Si sbottonò il primo bottone della camicia. L'aveva scritta lui.

– Dov'è Dale? Voglio Dale –. La coreografa uscí dall'oscurità. Indossava un trench elegantissimo, stretto nel mezzo da un'alta cintura. Era scarsa di petto, con gli occhiali da sole e i capelli pettinati in uno chignon tirato. Camminava come un paio di forbici. Senza girarsi Jasmin urlò all'uomo che se ne stava andando da una porta sul retro della platea.

– Le voglio, quelle parrucche, caro Harry. Le voglio. Niente parrucche, niente Harry –. Jasmin si sedette in prima fila. Si costruí con le mani una torre sotto il naso e accavallò le gambe. Dale salí sul palco. Sostò in mezzo al grande tappeto steso sull'assito, con una mano sui fianchi. Disse: – Le ragazze si accovaccino per terra a formare una V, cinque per lato –. Si mise nel punto dove voleva l'apice, agitando le braccia. Le ragazze si sedettero ai suoi piedi e lei sforbiciò su e giú in mezzo a loro lasciando una scia di muschio. Fece la V piú profonda, e poi di nuovo ampia, la trasformò in un ferro di cavallo e poi in uno spicchio di luna e poi ancora in un'ampia V.

– Molto carino, Dale, – disse Jasmin –. La V aveva la punta verso il retropalco. Dale spostò una ragazza dal centro e la sostituí con una della punta. Non parlava con loro, le prendeva per un gomito e le spostava da un punto all'altro. Non potevano vederle gli occhi attraverso gli occhiali da sole e non sempre capivano cosa voleva. Dale guidò un uomo vicino a ogni ragazza, e gli premette le spalle per farlo sedere di fronte alla partner. Riuní le gambe di ogni coppia, raddrizzò le schiene, mise le teste nella giusta posizione e li fece abbracciare. Jasmin si accese una sigaretta. C'erano dieci coppie a formare la V sul tappeto, che in realtà faceva parte del foyer.

Alla fine Dale disse: – Io batto le mani, e voi ondeggiate avanti e indietro a tempo.

Cominciarono a ondeggiare come bambini che giocano a fare le navi. Il regista si allontanò di nuovo verso il fondo della platea.

– Direi che devono stringersi di piú, tesoro, da qui non fanno nessun effetto –. Dale li compresse un po' di piú. Quando le coppie ricominciarono a muoversi, i loro peli pubici si sfregavano. Era difficile andare a tempo. Era soprattutto una questione di pratica. Una coppia cadde di lato e la ragazza batté la testa sul pavimento. Se la sfregò, Dale si avvicinò e gliela sfregò anche lei, poi li rimise in posizione. Jasmin si riavvicinò saltellando.

– Proviamola con la musica. Jack, ti prego. E ricordatevi, ragazzi e ragazze, dopo il coro passa in due tempi.

«Avrete saputo che l'atto sessuale è un fatto privato...»

I ragazzi e le ragazze cominciarono a ondeggiare mentre Dale batteva le mani. Uno, due, tre, quattro. Jasmin era fermo a metà della platea, con le braccia incrociate. Le sciolse e urlò:

– Stop. Basta –. Di colpo si fece una gran quiete. Le coppie fissavano il buio oltre le luci e aspettavano. Jasmin si avvicinò lentamente e quando raggiunse il palcoscenico parlò a bassa voce:

– Lo so che è difficile, ma dovete avere l'aria come se la cosa vi diverte –. (Alzò la voce) – Per taluni è cosí, sapete. È una scopata, capite, non un funerale –. (Riabbassò la voce) – Proviamo di nuovo, questa volta con un po' di entusiasmo. Jack, per favore –. Dale riallineò quelli che dondolando si erano spostati e il regista si allontanò di nuovo. Andò meglio, decisamente meglio. Dale si mise accanto a Jasmin e li guardò. Lui le mise una mano su una spalla e sorrise ai suoi occhiali.

– Tesoro, va bene, sta andando bene.

Dale disse: – I due laggiú si muovono bene. Se fossero tutti cosí, mi troverei disoccupata.

«È la su-e-giú un-due-tre Gran Copulazione».

Dale batteva le mani per aiutarli col nuovo ritmo. Jasmin si sedette in prima fila e accese una sigaretta. Chiamò Dale:

– Quei due in fondo... – Si toccò un orecchio col dito per fargli capire che non sentiva, poi gli si avvicinò.

– Quei due in fondo, vanno troppo in fretta, non ti pare? – Guardarono insieme. Era vero, i due che si muovevano cosí bene erano un po' fuori tempo. Jasmin ricostruí il castello sotto il suo naso e Dale sforbiciò sul palco. Si chinò su di loro e batté le mani.

– Uno due, uno due, – urlò. Loro non sembrava sentissero Dale, né i tromboni, tamburelli e campanelli.

– Uno fottuto due, – strillò Dale. Si appellò a Jasmin: – Avranno ben qualche senso del ritmo.

Ma Jasmin non la sentí perché stava strillando anche lui.

– Basta! Stop! Spegni quell'affare, Jack –. Tutte le coppie si fermarono scricchiolando, meno la coppia in fondo. Tutti guardavano la coppia in fondo, che adesso dondolava piú in fretta. Avevano un loro ritmo sinuoso.

– Dio mio, – disse Jasmin, – stanno scopando –. Urlò ai macchinisti: – Divideteli, e piantatela con quei sogghigni o non troverete piú lavoro in tutta Londra –. Poi urlò alle altre coppie: – Sparite, e tornate fra mezz'ora. No, no, restate qui –. Si girò verso Dale, con la voce roca: – Mi spiace, tesoro, so quello che provi. È una cosa oscena e disgustosa, ed è tutta colpa mia. Avrei dovuto controllarli prima. Non succederà piú –. Mentre parlava, Dale si allontanò verso il fondo della platea e scomparve. Intanto la coppia continuava a dondolare senza musica. Si sentivano solo lo scricchiolio delle tavole sotto il tappeto e i gemiti della donna. I macchinisti se ne stavano là attorno, senza sapere cosa fare.

– Divideteli, – urlò ancora Jasmin. Uno dei due macchinisti strattonò la spalla dell'uomo, ma erano sudati e non c'era nulla a cui appigliarsi. Jasmin si voltò, con le lacrime agli occhi. Era incredibile. Gli altri erano lieti dell'interruzione e se ne stavano in cerchio a guardare. Il macchinista che aveva provato a scrollarli portò un secchio d'acqua. Jasmin si soffiò il naso.

– Non essere patetico, – gracchiò, – ormai possono anche finire –. E finirono con un fremito proprio mentre lui parlava. Si staccarono con una spinta e la ragazza scappò negli spogliatoi, lasciando l'uomo in piedi da solo. Jasmin salí sul palco, tremante di sarcasmo.

– Bene, bene, Portnoy, hai dato una bella botta? Ti senti meglio, adesso? – L'uomo era là in piedi, con le mani dietro la schiena. Il cazzo arrossato e colloso gli si afflosciava con piccoli palpiti.

– Sí, grazie, Mr Cleaver, – disse quello.

– Come ti chiami, caro?

– Cocker –. Jack grugní nella sua buca, la cosa piú vicina a una risata che gli fosse mai riuscito di fare. Gli altri si morsero le labbra. Jasmin tirò un respiro profondo.

– Bene, Cocker, tu e l'omino che hai attaccato laggiú potete strascicarvi fuori da questo teatro, e portati pure dietro Nellie tuttapelo. Spero che troverete una fogna grande abbastanza per tutt'e due.

– La troveremo di certo, signor Cleaver, grazie –. Jasmin tornò in platea.

– Ai vostri posti, voi altri, – disse. Si mise a sedere. C'erano giorni in cui avrebbe potuto anche piangere, davvero. Ma non lo fece, si accese una sigaretta.

Farfalle

Giovedí ho visto il mio primo cadavere. Domenica non avevo niente da fare. Era una giornata molto calda. Non sapevo che potesse fare cosí caldo in Inghilterra. Verso mezzogiorno decisi di uscire un po'. Rimasi un attimo sulla porta di casa, incerto. Non sapevo se andare a sinistra o a destra. Charlie era dall'altra parte della strada, sotto una macchina. Doveva aver visto le mie gambe, perché mi chiamò.

– Cosa combini? – Non ho mai la risposta pronta a questo tipo di domande. Annaspai mentalmente per qualche attimo, poi dissi:

– Come va, Charlie? – Strisciò fuori. Il sole era sul mio lato di strada, dritto nei suoi occhi. Si fece schermo con la mano e disse:

– Dov'è che vai? – Di nuovo non sapevo rispondere. Era domenica, non c'era niente da fare, faceva troppo caldo...

– Fuori. In giro... – Attraversai e diedi un'occhiata al motore della macchina, anche se non ci capivo niente. Charlie è un vecchio che di macchine ne sa. Le aggiusta per quelli che abitano nella nostra strada e per i loro amici. Girò intorno alla macchina, portando con due mani una pesante cassetta di attrezzi.

– Allora, è morta? – Si mise a pulire una chiave inglese con uno straccio, tanto per far qualcosa. Lo sapeva già, naturalmente, ma voleva sentire la mia storia.

– Sí. È morta –. Aspettava che continuassi. Mi appoggiai alla macchina. Il tetto scottava troppo per toccarlo. Charlie mi incitava.

– Sei stato l'ultimo a vederla...

– Ero sul ponte. L'ho vista correre lungo il canale.

– L'hai vista...

– Non l'ho vista caderci dentro –. Charlie ripose la chiave inglese nella scatola degli attrezzi. Stava preparandosi a scivolare di nuovo sotto la macchina, il suo modo di dirmi che la conversazione era finita. Dovevo ancora decidere da che parte andare. Prima di scomparire, Charlie disse:

– Una tragedia. Una vera tragedia.

M'incamminai verso sinistra perché ero girato da quella parte. Camminai lungo molte strade, tra siepi di ligustro e macchine bollenti parcheggiate. In tutte le strade c'era lo stesso odore di pranzo cucinato. Dalle finestre aperte sentivo lo stesso programma della radio. Incontrai cani e gatti, ma pochissima gente, e solo da lontano. Mi tolsi la giacca e la portai sul braccio. Volevo essere vicino agli alberi e all'acqua. Non ci sono parchi, in questa parte di Londra, ma solo parchi auto. E c'è il canale, il canale marrone che scorre fra le fabbriche e oltrepassa una montagnola di rottami, il canale in cui è annegata la piccola Jane. Andai fino alla biblioteca pubblica. Sapevo già che sarebbe stata chiusa, ma mi piace sedermi sui gradini di fuori. Mi sedetti lí, in una chiazza d'ombra che si andava restringendo. Soffiava un vento caldo. Mi spingeva i rifiuti fra i piedi. Guardai una pagina di giornale che volteggiava in mezzo alla strada, era un pezzo del «Daily Mail». Si fermò e riuscii a leggere una parte di un titolo... *L'uomo che*... In giro non c'era nessuno. Sentii lo scampanellio di un furgoncino dei gelati dietro l'angolo, e mi accorsi di avere sete. Suonava qualcosa di una sonata per piano di Mozart. Si fermò di colpo nel mezzo di una nota, come se qualcuno avesse dato un calcio al meccanismo. Andai di corsa fino all'angolo, ma se n'era andato. Lo sentii di nuovo un attimo dopo, e sembrava molto lontano.

Tornando indietro non incontrai nessuno. Charlie era entrato in casa, e la macchina a cui aveva lavorato non c'era piú. Bevvi un po' d'acqua dal rubinetto di cucina.

Ho letto da qualche parte che un bicchier d'acqua preso da un rubinetto di Londra è già stato bevuto cinque volte. Sapeva di metallo. Mi fece venire in mente la tavola di acciaio inossidabile su cui avevano messo la bambina, il suo cadavere. Probabilmente per lavare i tavoli dell'obitorio usano acqua del rubinetto. Alle sette di sera dovevo incontrarmi coi genitori della bambina. L'idea non è stata mia, ma di un sergente di polizia, quello che aveva raccolto la mia dichiarazione. Avrei dovuto essere irremovibile, ma lui mi aveva raggirato, spaventato. Mentre parlava mi teneva per un gomito. Forse è un trucco che imparano alla scuola di polizia, per aumentare il loro potere. Mi bloccò mentre stavo lasciando l'edificio, e mi tirò in un angolo. Non potevo liberarmene se non venendo alle mani. Parlava con voce gentile e incalzante, in un sussurro spezzato.

– Lei è stato l'ultimo a vedere la bambina prima che morisse, – si soffermò sull'ultima parola, – e i genitori, naturalmente, ci terrebbero a incontrarla –. C'erano di certo delle implicazioni, e quali che fossero mi spaventavano. Finché mi toccava, aveva lui tutto il potere. Mi strinse un po' piú forte. – Cosí ho detto che lei sarebbe andato. Abitate vicini, vero? – Mi sembra di aver guardato da un'altra parte mentre annuivo. Lui sorrise, e la cosa fu decisa. Comunque era pur sempre qualcosa, un incontro, un fatto che dava un senso alla mia giornata. Nel tardo pomeriggio decisi di fare un bagno e cambiarmi. Tanto per ammazzare il tempo. Trovai una bottiglia di acqua di colonia ancora chiusa e una camicia pulita. Mentre l'acqua scorreva nella vasca, mi spogliai e mi guardai allo specchio. Sono una persona con l'aria sospetta, lo so, perché non ho mento. Al commissariato mi sospettavano ancora prima che rilasciassi la mia dichiarazione, anche se non avrebbero saputo dire perché. Ho dichiarato che mi trovavo sul ponte, e di là l'ho vista correre lungo il canale. L'appuntato disse:

– Una bella coincidenza, vero? Il fatto che vivevate nella stessa strada –. In me collo e mento fanno un tutto unico, e questo ispira diffidenza. Anche mia madre era cosí. Solo dopo essermene andato di casa cominciai a trovarla grottesca. È morta l'anno scorso. Alle donne il mio mento non piace, non mi vengono mai vicino. Per mia madre era lo stesso, non aveva amici. Andava sola dappertutto, anche in vacanza. Tutti gli anni andava a Littlehampton, si sedeva su una sdraio e restava sola a guardare il mare. Negli ultimi tempi era diventata perfida e magra, come un cane levriero.

Fino a quando ho visto il cadavere di Jane giovedí scorso non ho mai pensato particolarmente alla morte. Una volta ho visto un cane venire investito. Ho visto le ruote della macchina passargli sul collo, e gli occhi scoppiare. Al momento non significò niente per me. E quando mia madre morí mi tenni lontano, principalmente perché non me ne importava, e poi non mi piacciono i parenti. Non ero neanche curioso di vederla morta, sottile e grigia fra i fiori. Penso che la mia morte sarà un po' come la sua. Ma a quei tempi non avevo ancora visto un cadavere. Un cadavere ti porta a fare dei confronti fra i vivi e i morti. Mi fecero scendere una scala di pietra, e poi percorrere un corridoio. Credevo che l'obitorio fosse un edificio isolato, invece era in un palazzo di uffici alto sette piani. Ci trovavamo nel seminterrato. In fondo alle scale sentivo il rumore delle macchine per scrivere. C'era l'appuntato, con altri due agenti in divisa. Mi tenne aperte le porte girevoli. Non lo credevo davvero, che lei sarebbe stata lí. Non mi ricordo che cosa mi aspettassi, una fotografia, forse, e qualche documento da firmare. Non avevo considerato a fondo la cosa. Ma lí c'era lei. C'erano cinque alti tavoli di acciaio inossidabile, messi in fila. Dal soffitto pendevano dei lampadari di latta verde, che mandavano una luce fluorescente. Lei era sul tavolo piú vicino alla porta. Era distesa sul dorso, con le mani volte in su, le gambe unite, la bocca spalancata, gli occhi spalancati, molto pallida, molto tranquilla. I capelli erano ancora un po' umidi. Il vestito rosso aveva l'aria di essere stato lavato. Odorava vagamente del canale. Probabilmente non era niente di straordinario per uno che avesse visto abbastanza cadaveri, come l'appuntato. Aveva un piccolo livido sopra l'occhio destro. Avrei voluto toccarla, ma avevo l'impressione che mi osservassero molto attentamente. Come un venditore di auto usate, l'uomo col camice bianco disse con un certo brio:

– Nove anni appena. – Nessuno reagí, e tutti la guardammo in faccia. L'appuntato mi venne vicino. Aveva in mano delle carte.

– Va bene? – mi chiese. Ripercorremmo il lungo corridoio. Al piano di sopra firmai delle carte con sopra scritto che mentre camminavo sul ponte vicino ai binari avevo visto una bambina, identificata in quella che c'era sotto, correre lungo l'alzaia del canale. Avevo guardato da un'altra parte e dopo un po' avevo visto qualcosa di rosso sprofondare in acqua. Dato che non so nuotare, avevo chiamato un poliziotto, che aveva scrutato nell'acqua e dichiarato di non scorgervi nulla. Diedi il mio nome e indirizzo e andai a casa. Un'ora e mezzo dopo la tirarono su dal fondo con un arpione. Firmai tre copie della mia dichiarazione. Dopo di che restai nell'edificio ancora un bel po' di tempo. In uno dei corridoi trovai una sedia di plastica e mi ci sedetti. Di fronte a me, attraverso una porta aperta, vedevo due ragazze che scrivevano a macchina nel loro ufficio. Si accorsero che le fissavo e si misero a ridere e a parlottare. Una di loro uscí e mi chiese sorridendo se qualcuno stesse attendendo a me. Le dissi che me ne stavo semplicemente lí seduto a pensare. La ragazza tornò in un ufficio, si chinò verso l'amica e glielo disse. Mi lanciarono un'occhiata un po' sconcertata. Mi sospettavano di qualcosa, come sempre. Non stavo pensando proprio alla bambina morta là sotto. Avevo qualche immagine confusa, di lei viva e morta, ma cercavo di non collegarle. Rimasi seduto là tutto il pomeriggio, perché non me la sentivo di andare da nessun'altra parte. Le ragazze chiusero la porta dell'ufficio. Alla fine me ne andai, perché erano usciti tutti e dovevano chiudere. Ero l'ultimo a lasciare l'edificio.

Ci misi un sacco di tempo a vestirmi. Stirai il mio vestito nero, il nero mi sembrava adatto. Scelsi una cravatta azzurra perché non volevo esagerare col nero. Poi, quando ero sul punto di uscire di casa, cambiai idea. Tornai di sopra e mi tolsi vestito, camicia e cravatta. Di colpo, ero irritato con me stesso per aver fatto tutti quei preparativi. Perché ero cosí ansioso di avere la loro approvazione? Mi rimisi i vecchi pantaloni e il maglione che avevo prima. Rimpiansi di aver fatto il bagno, e cercai di lavarmi via l'acqua di colonia dal collo. Ma c'era un altro odore, quello del sapone profumato che avevo usato per il bagno. Giovedí avevo usato lo stesso sapone, ed era stata la prima cosa che mi aveva detto la bambina:

– Profumi di fiori –. Passavo davanti al giardinetto di casa sua durante una passeggiata. La ignorai. Evito di parlare coi bambini, non riesco mai a trovare il tono giusto con loro. E poi la loro franchezza mi dà noia, mi impaccia. Questa qui l'avevo vista molte volte giocare per strada, di solito da sola, o starsene a guardare Charlie. Uscí dal giardino e mi seguí.

– Dove vai? – Continuai a ignorarla, sperando che si stufasse di me. E poi, non avevo idea di dove stessi andando. Mi chiese di nuovo: – Dove vai?

Dopo un attimo dissi: – Non sono fatti tuoi –. Camminava dietro di me, e non potevo vederla. Avevo l'impressione che stesse imitando il mio modo di camminare, ma non mi girai a controllare.

– Vai al negozio di Mr Watson?

– Sí, vado al negozio di Mr Watson.

Si mise al mio fianco. – Perché oggi è chiuso, – disse, – è mercoledí –. Non avevo una risposta. Quando arrivammo all'angolo in fondo alla strada, disse:

– Dove vai davvero? – La guardai da vicino per la prima volta. Aveva un viso lungo e delicato, e grandi occhi pieni di malinconia. I suoi bei capelli castani erano legati con dei nastrini rossi intonati al suo vestito di cotone. Era bella in un modo strano, quasi sinistro, come una ragazza in un quadro di Modigliani.

– Non so, sto facendo una passeggiata.

– Vengo con te –. Non dissi niente, e continuammo a camminare insieme verso i negozi. Anche lei stava zitta, e rimaneva un po' indietro, come se si aspettasse di essere mandata via. Teneva in mano un gioco che hanno tutti i bambini dei dintorni. È formato da due pezzi di corda con in fondo due palline di plastica, che si sbattono una contro l'altra rapidamente con un movimento della mano. Fa lo stesso suono crepitante delle raganelle allo stadio. Penso che lo facesse per farmi piacere. Questo rendeva piú difficile mandarla via. Ed erano parecchi giorni che non parlavo con qualcuno.

Quando tornai giú dopo essermi di nuovo cambiato erano le sei e un quarto. I genitori di Jane vivevano a dodici case dopo la mia, sullo stesso lato della strada. Dato che avevo finito di prepararmi tre quarti d'ora troppo presto, decisi di fare un giro per uccidere il tempo. Ormai la strada era in ombra. Mi fermai sulla porta di casa, incerto sulla strada migliore. Charlie stava riparando un'altra macchina. Mi vide, e senza volerlo particolarmente andai verso di lui. Guardò in su senza sorridere.

– Dov'è che vai questa volta? – Mi parlava come a un bambino.

– Prendo un po' d'aria, – dissi, – un po' di aria della sera –. A Charlie piace sapere quello che succede nella strada. Conosce tutti da queste parti, inclusi i bambini. Avevo visto spesso la bambina là fuori con lui. L'ultima volta gli reggeva un cacciavite. Chissà perché, Charlie ce l'aveva con me per la sua morte. Aveva avuto tutta la domenica per pensarci su. Voleva sentire la mia storia, ma non sapeva risolversi a fare domande dirette.

– Allora vai a trovare i suoi genitori? Alle sette?

– Sí, alle sette –. Aspettava che continuassi. Girai intorno alla macchina. Era grossa, vecchia e malandata, una Ford Zodiac, proprio il genere di macchina che trovi in questa strada. Apparteneva alla famiglia pakistana che conduce il negozietto in fondo alla strada. Per ragioni tutte loro lo chiamano «Da Watson». I loro due figli sono stati picchiati da *skinhead*[1] locali. Adesso stavano rispar-

[1] Giovani teppisti dalla testa rapata degli anni sessanta che organizzavano incursioni contro gli immigrati di colore.

miando per tornare a Peshawar. Il vecchio aveva l'abitudine di parlarmene, quando andavo al suo negozio, diceva che riportava la famiglia a casa per via della violenza e del brutto clima londinese. Charlie mi parlò dall'altra parte dell'auto di Mr Watson.

– Era l'unica figlia. – Mi stava accusando.

– Sí, – dissi, – lo so. Che tragedia –. Girammo intorno alla macchina, poi Charlie disse:

– C'era sul giornale. Hai visto? Diceva che l'hai vista annegare.

– È vero.

– E allora non potevi cercare di raggiungerla?

– No, non potevo. È annegata –. Feci un giro piú largo intorno alla macchina e me ne andai. Sapevo che Charlie teneva gli occhi fissi su di me mentre me ne andavo, ma non mi voltai per non ammettere i suoi sospetti.

In fondo alla strada feci finta di guardare un aeroplano e lanciai un'occhiata alle mie spalle. Charlie era in piedi vicino alla macchina, con le mani sui fianchi, e mi guardava ancora. Seduto ai suoi piedi c'era un grosso gatto bianco e nero. Vidi tutto questo di sfuggita e girai l'angolo. Erano le sei e mezzo. Decisi di andare fino in biblioteca per passare il resto del tempo. Era la stessa passeggiata che avevo fatto prima. Adesso c'era piú gente in giro. Passai accanto a un gruppo di ragazzini delle Indie Occidentali che giocavano a pallone. La palla rotolò verso di me e io la saltai. Rimasero fermi ad aspettare mentre uno di loro recuperava il pallone. Mentre gli passavo vicino rimasero in silenzio e mi guardarono fisso. Appena li ebbi superati uno di loro tirò un sasso che rotolò verso di me. Senza voltarmi e quasi senza guardare lo bloccai col piede. Fu per caso che mi riuscí cosí bene. Si misero tutti a ridere e ad applaudire, tanto che per un esaltante momento pensai di tornare indietro e unirmi a loro. Avevano recuperato la palla e ricominciarono a giocare. Il momento era passato e continuai a camminare. Il cuore mi batteva forte per l'eccitazione. Quando arrivai alla biblioteca e mi sedetti sui gradini, mi sentivo ancora il sangue pulsare alle tempie. Queste occasioni per me sono molto rare. Non frequento molta gente, infatti le uniche persone con cui parlo sono Charlie e Mr Watson. Parlo con Charlie perché è lí quando esco; è sempre lui ad attaccare discorso, e non c'è modo di evitarlo se voglio uscire di casa. Con Mr Watson piú che parlare sto a sentire, e sto a sentire perché devo entrare nel suo negozio per comprarmi da mangiare. Avere qualcuno che mercoledí mi camminasse accanto era pure una specie di occasione, anche se era solo una bambina con niente di meglio da fare. In quel momento non lo avrei mai ammesso, ma ero contento che lei fosse sinceramente interessata a me, e poi mi sentivo attratto da lei. Volevo che fosse mia amica.

Ma sulle prime mi sentivo a disagio. Mi camminava subito dietro, giocando con le sue palline, e, per quel che ne sapevo, mi faceva le boccacce alle spalle, come tutti i bambini. Poi, quando arrivammo nella via dove ci sono tutti i negozi, mi venne vicina.

– Perché non vai a lavorare? – mi chiese. – Mio padre va a lavorare tutti i giorni meno la domenica.

– Non ho bisogno di lavorare.

– Hai già tanti soldi? – Annuii. – Proprio tanti?

– Sí.

– Puoi comprarmi qualcosa, se vuoi?

– Se voglio, sí –. Lei indicava già la vetrina di un negozio di giocattoli.

– Una di quelle per piacere, dài, una di quelle, dài... – Si era appesa al mio braccio, ballava una piccola danza golosa sul marciapiede e cercava di spingermi verso il negozio. Nessuno mi aveva toccato in quel modo, deliberatamente, da un sacco di tempo, da quando ero piccolo. Sentii uno spasmo gelido allo stomaco, e le gambe che tremavano. Avevo qualche soldo in tasca, e non vedevo perché non accontentarla. La feci aspettare fuori mentre entravo nel negozio e le compravo quello che aveva chiesto, una piccola bambola rosa, nuda, fatta di un unico pezzo di plastica. Adesso che ce l'aveva, non le interessava piú. Piú avanti lungo la strada mi chiese di comprarle un gelato. Stava ferma sulla porta del negozio e aspettava che le andassi dietro. Questa volta non mi toccò. Naturalmente esitai, non ero sicuro di cosa stesse succedendo. Ma ormai mi incuriosiva, lei e il suo effetto su di me. Le diedi i soldi per due gelati e la mandai dentro a prenderli. Chiaramente era abituata ai regali. Dopo aver fatto ancora un po' di strada le chiesi con molta gentilezza:

– Non dici grazie quando qualcuno ti fa un regalo? – Mi guardò beffarda, con le labbra pallide e sottili cerchiate di gelato.

– No.

Le chiesi come si chiamava. Ci tenevo che la conversazione fosse amichevole:

– Jane.

– Cosa è successo alla bambola che ti ho comperato, Jane? – Si guardò la mano.

– L'ho lasciata dal gelataio.

– Non la volevi piú?

– L'ho dimenticata –. Stavo per dirle di tornare indietro a prenderla, ma mi accorsi di tenerci moltissimo ad averla vicina, e che eravamo quasi arrivati al canale.

Il canale è l'unico corso d'acqua qui intorno. È una cosa speciale, camminare lungo l'acqua, perfino un'acqua bruna e puzzolente che scorre dietro alle fabbriche. Quasi tutte le fabbriche lungo il canale non hanno finestre e sono abbandonate. Si può camminare per un miglio e mezzo lungo la banchina e non incontrare nessuno. Il sentiero fiancheggia un vecchio deposito di rottami. Fino a un paio d'anni fa c'era un vecchietto tranquillo che stava seduto davanti a una baracca di latta a guardare il suo mucchio di rifiuti. Teneva un grosso alsaziano troppo vecchio per abbaiare legato a una catena lí fuori. Poi la baracca, il vecchio e il cane scomparvero, e misero un lucchetto al cancello. Un po' per volta i ragazzini dei dintorni buttarono giú lo steccato, cosí ora è rimasto solo il cancello. Il deposito di rottami è l'unica cosa interessante per tutto quel miglio e mezzo, perché per il resto del percorso il sentiero costeggia i muri delle fabbriche. Però a me il canale piace, mi sento meno imprigionato lí vicino all'acqua che in qualunque altro posto in questa zona della città. Dopo aver camminato per un po' in silenzio Jane mi chiese di nuovo:

– Dove stai andando? Che passeggiata fai?

– Lungo il canale.

Ci pensò su un minuto. – Non mi dànno il permesso di andare lungo il canale.

– Perché no?

– Perché –. Adesso mi camminava appena davanti. L'anello bianco intorno alla bocca le si era asciugato. Mi sentivo debole sulle gambe, e il calore che saliva dal marciapiede mi soffocava. Ormai convincerla a passeggiare con me lungo il canale era diventato indispensabile. Stavo male solo a pensarci. Buttai via quello che restava del mio gelato e dissi:

– Vengo quasi tutti i giorni a passeggiare sul canale.

– Perché?

– È un posto tranquillo... e poi ci sono delle belle cose da vedere.

– Che cose?

– Le farfalle –. La parola era scappata fuori prima che potessi trattenerla. Si voltò verso di me, improvvisamente interessata. Delle farfalle non potrebbero mai sopravvivere vicino al canale, il tanfo le farebbe dissolvere. Non le ci sarebbe voluto molto a scoprirlo.

– Farfalle di che colore?

– Rosse... gialle.

– E che altro c'è?

Esitai. – C'è un deposito di rottami –. Arricciò il naso e io continuai in fretta: – E delle barche anche, barche che vanno sull'acqua.

– Barche vere?

– Certo, barche vere –. Di nuovo una cosa che non avrei voluto dire. Smise di camminare e mi fermai anch'io. Disse:

– Non lo dici a nessuno, se vengo?

– No, non lo dico a nessuno, ma quando cammineremo vicino all'acqua stammi vicina, va bene? – Annuí. – E pulisciti la bocca. È sporca di gelato –. Lei strascicò il dorso della mano sul viso.

– Vieni qua, faccio io –. La tirai verso di me e le misi una mano dietro il collo. Inumidii l'indice dell'altra mano, come avevo visto fare a tanti genitori, e glielo passai intorno alle labbra. Non avevo mai toccato le labbra di qualcuno prima. Non avevo mai provato questo tipo di piacere. Venne su doloroso dall'inguine al petto e si fermò lí, come un pugno che spingesse contro le costole. Bagnai ancora il dito e assaporai la dolcezza appiccicosa sulla punta. Glielo sfregai un'altra volta intorno alle labbra e questa volta lei si tirò via.

– Mi fai male, – disse, – premi troppo forte –. Andammo avanti, e lei adesso mi stava molto vicina.

Per scendere all'alzaia dovevamo prima attraversare il canale su uno stretto ponte nero, con alti parapetti. A mezza strada Jane si alzò in punta di piedi e cercò di guardare oltre il parapetto.

– Alzami, voglio vedere le barche.

– Non si vedono, da qui –. Ma le misi le mani intorno alla vita e la sollevai. Il suo corto vestito rosso le scorse su per il dorso, e io sentii di nuovo la fitta al petto. Si volse verso di me:

– Il fiume è molto sporco.

– È sempre stato sporco. È un canale –. Mentre passavamo sui gradini di pietra che scendono all'alzaia Jane mi venne ancora piú vicina. Avevo l'impressione che trattenesse il respiro. Di solito il canale scorre verso nord, ma quel giorno era completamente immobile. Sulla superficie c'erano macchie di schiuma gialla, ma non si muovevano neanche loro perché non c'era vento a sospingerle. Ogni tanto una macchina passava sul ponte sopra di noi, e piú lontano rumoreggiava il traffico di Londra. A parte questo, tutto era tranquillo. Per via del caldo, il puzzo del canale era piú forte, un puzzo animale piú che chimico emesso dalla schiuma. Jane sussurrò:

– Dove sono le farfalle?

– Non sono lontane. Prima dobbiamo passare sotto due ponti.

– Voglio tornare indietro. Voglio tornare indietro –. Ormai eravamo abbastanza lontani dai gradini di pietra. Lei voleva fermarsi, ma io insistevo. Era troppo spaventata per lasciarmi e tornare da sola verso la gradinata.

– Fra poco vedremo le farfalle. Rosse, gialle, e certe volte anche verdi –. Mi lasciavo andare a mentire, tanto non mi importava piú di quello che le dicevo. Mi diede la mano.

– E le barche?

– Le vedrai. Piú avanti –. Andavamo avanti, e non pensavo ad altro che a come tenerla con me. Ogni tanto il sentiero è interrotto da gallerie che passano sotto le fabbriche, la strada e la ferrovia. La prima che incontrammo era sotto un edificio a tre piani che collega le fabbriche sui due lati del canale. Era deserto, come tutte le fabbriche, e le finestre piú basse avevano i vetri rotti. All'inizio della galleria Jane cercò di tirarmi indietro.

– Senti che rumore? Non entriamo –. Era l'acqua che dal soffitto della galleria gocciolava nel canale, con uno strano eco cavernoso.

– È solo acqua. Guarda, si vede dall'altra parte –. Il sentiero era molto stretto sotto la galleria, cosí la feci camminare davanti a me, tenendole una mano sulla spalla. Era scossa da brividi. All'uscita si fermò improvvisamente, indicando qualcosa col dito. Il sole che entrava per un piccolo tratto entro la galleria illuminava un fiore nato fra i mattoni. Pareva una sorta di soffione, venuto su in mezzo a un ciuffetto d'erba.

– È farfaro, – disse, lo raccolse e se lo mise fra i capelli, dietro l'orecchio.

– Non avevo mai visto un fiore da queste parti, prima.

– Ci vogliono i fiori, – mi rispose, – per le farfalle.

Poi camminammo in silenzio per un quarto d'ora. Jane parlò una volta per chiedermi ancora delle farfalle. Aveva un po' meno paura del canale, ormai, e lasciò andare la mia mano. Volevo toccarla, ma non sapevo come farlo senza spaventarla. Cercai di pensare a un argomento di conversazione, ma avevo la testa completamente vuota. Sulla nostra destra il sentiero cominciava ad allargarsi. Dietro la prossima curva del canale, in uno spazio enorme fra una fabbrica e un magazzino, c'era il deposito dei rottami. Davanti a noi il cielo era pieno di fumo nero, e quando giungemmo alla curva mi accorsi che arrivava dal deposito rottami. Un gruppo di ragazzi stava attorno a un falò. Erano una specie di banda, tutti con lo stesso ciuffo e lo stesso giubbotto blu. A quanto pareva, stavano preparandosi ad arrostire un gatto vivo. Il fumo restava sospeso sopra le loro teste, nell'aria immobile. Alle loro spalle il mucchio di rottami torreggiava come una montagna. Il gatto era legato per il collo a un palo, lo stesso palo a cui una volta era legato il cane alsaziano. Gli avevano anche legato insieme le zampe. Costruivano una gabbia con dei pezzi di rete per recinzione, e mentre passavamo accanto a loro un ragazzo stava trascinando il gatto appeso a una cordicella verso il fuoco. Presi Jane per mano e camminammo piú in fretta. Lavoravano tutti intenti e silenziosi, e si interruppero a malapena per darci un'occhiata. Jane teneva lo sguardo fisso a terra. Attraverso la mano le sentivo tutto il corpo tremare.

– Cosa facevano al gatto?

– Non so –. Mi guardai alle spalle. Era difficile vedere cosa stessero facendo, con tutto quel fumo nero. Ce li stavamo lasciando dietro, e il sentiero correva di nuovo lungo il retro delle fabbriche. Jane era sul punto di piangere, e la sua mano stava nella mia solo perché la tenevo stretta. Non ce ne sarebbe stato bisogno, perché non avrebbe avuto il coraggio di correre via per conto suo. Né indietro, verso il deposito di rottami, né avanti, verso la galleria a cui ci stavamo avvicinando. Non avevo idea di quello che sarebbe successo quando saremmo giunti alla fine del sentiero. Lei avrebbe voluto correre a casa, e io sapevo solo che non potevo lasciarla andare. Smisi di pensarci. All'inizio della seconda galleria, Jane si fermò.

– Non ci sono le farfalle, vero? – Finí la frase su una

nota acuta, perché stava per mettersi a piangere. Provai a dirle che forse faceva troppo caldo per loro. Ma lei non stava a sentirmi, piangeva già.

– Hai detto una bugia, non c'è nessuna farfalla, hai detto una bugia –. Erano lacrime poco convinte, piene di sconforto. Cercò di tirar via la sua mano dalla mia. Cercai di farla ragionare ma non mi ascoltava. Strinsi piú forte la sua mano e la trascinai nella galleria. Ormai urlava, un suono penetrante, continuo, che rimbalzava sulle pareti e sul soffitto della galleria e mi riempiva la testa. La portai e la tirai fino a metà del tunnel. E là, tutt'a un tratto, le sue urla furono soffocate dal rombo di un treno che passava sopra le nostre teste. L'aria e il terreno vibravano insieme. Ci mise molto a passare. Le tenevo ferme le braccia, ma lei non faceva resistenza, il fracasso l'aveva sopraffatta. Quando l'ultima eco si spense, disse con voce piatta:

– Voglio la mamma –. Mi tirai giú la lampo dei pantaloni. Non sapevo se in quel buio poteva vedere cosa si stava protendendo verso di lei.

– Toccalo, – le dissi, scuotendola lievemente per una spalla. Non si mosse, cosí la scossi ancora.

– Toccami, su. Sai cosa intendo, no? – Era cosí semplice, quello che volevo. Questa volta la scossi forte, con tutt'e due le mani, urlando.

– Toccalo, toccalo –. Allungò una mano e lo sfiorò appena, sulla punta. Fu però abbastanza. Mi piegai in due e venni, venni nelle mie mani a coppa. Come col treno, ci volle un sacco di tempo, a spruzzarsi tutto nelle mie mani. Era tutto il tempo passato da solo che spruzzava, tutte le ore passate camminando, tutti i pensieri che avevo avuto, tutto questo se ne veniva nella mia mano. Quando fu tutto finito, restai in quella posizione per un po', piegato in due con le mani a coppa. Avevo la mente sgombra, il corpo rilassato, non pensavo a niente. Mi sdraiai sulla pancia, per lavarmi le mani nel canale. Era difficile togliere via quella roba con l'acqua fredda. Restava appiccicata alle dita come schiuma. La tirai via a pezzetti. Poi mi ricordai della bambina, non era piú lí. Non potevo piú lasciarla correre a casa adesso, non dopo una cosa cosí. Dovevo raggiungerla. Mi alzai e la vidi in fondo alla galleria. Camminava lenta e stordita sull'orlo del canale. Non potevo correre perché non vedevo il terreno ai miei piedi. Piú mi avvicinavo alla luce in fondo alla galleria, e meno ci vedevo. Jane era quasi fuori. Quando sentí i miei passi dietro di lei si girò e mandò come un grido stridulo. Prese a correre anche lei e subito mise il piede in fallo. Da dov'ero io non potevo capire cosa le fosse successo, di colpo la sua silhouette che si stagliava contro il cielo scomparve nel buio. Quando la raggiunsi era distesa a faccia in giú, con la gamba sinistra che le penzolava fuori dal sentiero, quasi in acqua. Cadendo aveva battuto la testa, e sopra il suo occhio destro c'era un gonfiore. Il braccio destro era proteso in avanti e quasi raggiungeva la luce. Mi chinai ad ascoltare il suo respiro. Era profondo e regolare. Gli occhi erano serrati, e le ciglia ancora umide di pianto. Non volevo piú toccarla, quel desiderio ora mi si era svuotato nel canale. Le tolsi un po' di terra dal viso e dal vestito rosso.

– Sciocchina, – dissi, – non ci sono farfalle –. Poi la sollevai dolcemente, il piú dolcemente possibile per non svegliarla, e la calai piano nell'acqua del canale.

Di solito sto seduto sui gradini della biblioteca, mi piace di piú che entrare a leggere. Fuori si impara di piú. Ero seduto là, domenica sera, e mi ascoltavo il polso tornare al suo ritmo abituale. Continuavo a pensare a quello che era successo, e a quello che avrei dovuto fare. Vedevo il sasso sfiorare la strada, e il mio piede che lo bloccava, senza quasi voltarmi. Dopo sí, avrei dovuto voltarmi lentamente, e ricevere il loro applauso con l'accenno di un sorriso. E poi avrei dovuto rilanciare la pietra, o meglio ancora saltarla e andare verso di loro con aria di niente, e poi, quando la palla fosse tornata indietro, sarei stato uno di loro, nella squadra. Avremmo giocato insieme quasi tutte le sere, avrei imparato i loro nomi e loro il mio. Durante il giorno li avrei incontrati in città, e loro mi avrebbero chiamato dall'altro lato della strada, per poi attraversare e fare due chiacchiere. Alla fine della partita uno dei ragazzi mi si avvicina e mi prende per un braccio.

– Ci vediamo domani...

– Sí, domani –. E quando fossero diventati grandi, saremmo andati a bere insieme, e io avrei imparato ad apprezzare la birra. Mi alzai e presi a ripercorrere lentamente la strada da cui ero venuto. Sapevo che non mi sarei unito a nessuna squadra di calcio. Le occasioni sono rare, come le farfalle. Allunghi la mano, e sono andate. Arrivai nella via dove prima giocavano. Adesso era deserta, e la pietra che avevo bloccato era ancora in mezzo alla strada. La raccolsi e me la misi in tasca, e poi mi incamminai verso il mio appuntamento.

Conversazione con l'uomo nell'armadio

Vuoi sapere cosa ho fatto quando ho visto la ragazza. Te lo dico subito. Lo vedi quell'armadio, riempie quasi la stanza. Sono tornato qui di corsa, ci sono entrato dentro e mi sono sparato una sega. Non credere che pensassi alla ragazza mentre lo facevo. Non l'avrei sopportato. Sono andato indietro col pensiero, ai tempi in cui ero alto un metro si e no. Cosí sono venuto piú in fretta. Penserai che sono uno sporcaccione e un pervertito. Be', dopo mi sono lavato le mani, non lo fanno mica tutti. E stavo anche molto meglio. Mi ero rilassato, capisci? Con la vita che ho fatto in questa stanza, non ho altre risorse. Per te è facile. Scommetto che vivi in una casa pulita, e tua moglie lava le lenzuola e il governo ti paga per scoprire cosa fa la gente. D'accordo, lo so che sei un... come si dice... un assistente sociale e stai cercando di aiutarmi, ma non puoi fare niente per me tranne che starmi a sentire. Ormai non cambio piú, sono io da troppo tempo. Però parlare mi fa piacere, cosí ti racconterò un po' di me.

Non ho mai visto mio padre perché è morto prima che io nascessi. Credo che il nocciolo del problema stia lí, sono stato tirato su da mia madre soltanto. Stavamo in una casa immensa, vicino a Staines. Era una donna complessata, ho preso da lei. L'unica cosa a cui teneva era avere dei bambini, ma a sposarsi di nuovo non ci pensava neanche, cosí restavo soltanto io; dovevo diventare tutti i bambini che avrebbe voluto. Cercò di impedirmi di crescere, e per un bel po' ci riuscí. Sai, non ho imparato a parlare come si deve fino a diciotto anni. Non sono neanche andato a scuola, mi teneva a casa perché diceva che la nostra era una brutta zona. Mi teneva abbracciato giorno e notte. Non le piacque affatto quando diventai troppo grosso per la culla, cosí mi comprò un lettino con le sbarre all'asta di un ospedale. Questo era il genere di cose che faceva mia madre. E finché non me ne sono andato ho dormito in quell'affare. Non potevo dormire in un letto normale, mi veniva paura di cadere e non riuscivo ad addormentarmi. Quando ormai ero alto cinque centimetri piú di lei, provava ancora a mettermi al collo un bavaglino. Era pazza. Cercò di costruire una specie di seggiolone con un martello, dei chiodi e qualche pezzo di legno, e questo quando avevo quattordici anni. Figurati, andò in pezzi appena provai a sedermi lí dentro. E, Cristo, le poltiglie che mi faceva mangiare. Ecco perché ho lo stomaco rovinato. Non mi lasciava fare niente da solo, cercava perfino di impedirmi di essere pulito. Senza di lei non potevo neanche muovermi, e come le piaceva, brutta cagna.

Perché non sono scappato via quando diventai piú grande? Dirai che non c'era niente che poteva impedirmelo. Ti dirò, non mi è mai venuto in mente. Non conoscevo altri modi di vivere, non pensavo di essere diverso. E poi, come facevo ad andarmene se me la sarei fatta addosso dalla paura prima di essermi allontanato di cinquanta metri da casa? E dove sarei andato? Sapevo a malapena allacciarmi le scarpe, altro che cercarmi un lavoro. Adesso ne parlo con amarezza, ma ti dico una cosa buffa. Non ero infelice, sai. Lei era a posto, davvero. Mi leggeva le fiabe, ritagliavamo figure di cartone. Ci eravamo fatti una specie di teatrino con una cassetta della frutta, e le marionette di carta. No, non sono stato infelice finché non ho scoperto cosa pensava di me la gente. Forse avrei potuto passare tutta la mia vita a riviverne per sempre i primi due anni, eppure non considerarmi infelice. Mia madre era proprio una brava donna. Solo svitata, ecco.

Com'è che sono diventato adulto? Te lo dirò, non l'ho mai imparato. Devo far finta. Tutto quello che per te è scontato, io devo farlo in tutta consapevolezza. Ci devo pensare, come se stessi recitando. Sto seduto qui a braccia incrociate, benissimo, ma preferirei sdraiarmi sul pavimento a farfugliare fra me invece di parlare con te. Tu credi che stia scherzando, lo vedo. Ci metto ancora un sacco di tempo a vestirmi la mattina, e ultimamente ho lasciato perdere. E hai visto come sono goffo a maneggiare forchetta e coltello. Mi piacerebbe di piú se ci fosse qualcuno che mi imbocca col cucchiaio e mi batte sulla schiena. Non ci credi? Ti sembra disgustoso? Anche a me. È la cosa piú disgustosa del mondo. Ecco perché sputo sulla memoria di mia madre, perché è lei che mi ha ridotto cosí.

Ti dirò come ho fatto a imparare a far finta di essere adulto. Quando avevo diciassette anni, mia madre ne aveva appena trentotto. Era ancora una donna attraente e sembrava molto piú giovane. Se non fosse stata cosí ossessionata da me, avrebbe potuto risposarsi come niente. Ma era troppo occupata a cercare di spingermi di nuovo su nel suo grembo per pensare a cose come quelle. Finché incontrò quel tipo, e allora cambiò tutto, all'improvviso. Da oggi a domani barattò le sue ossessioni e si mise in pari con tutto il sesso che le era venuto a mancare. Impazzí per quell'uomo, come se non fosse stata già abbastanza pazza. Avrebbe voluto portarlo a casa, ma non osava per paura che vedesse me, un neonato di diciassette anni. Cosí in due mesi dovetti crescere di una vita. Cominciò a picchiarmi quando mi rovesciavo il cibo addosso o sbagliavo le parole o anche quando me ne stavo lí a fissarla mentre faceva qualcosa. E poi cominciò a uscire la sera, lasciandomi solo in casa. Questo allenamento intensivo fu sconcertante per me. Aver qualcuno addosso per diciassette anni, tutto per te, e poi di colpo trovarsi ai ferri corti. Cosí sono cominciati i miei mal di testa. E poi gli attacchi, specialmente mentre lei si preparava per uscire la sera. Perdevo il controllo delle braccia e delle gambe, e la lingua andava per conto suo, come se appartenesse a qualcun altro. Era un incubo. Poi tutto diventava nero come l'inferno. Quando riprendevo i sensi mia madre se n'era andata lo stesso e io ero lí, sdraiato nella mia cacca, nella casa buia. Fu un brutto periodo.

Credo che gli attacchi si fecero meno frequenti perché un giorno lei si portò a casa il suo uomo. A quel tempo ero abbastanza presentabile. Mia madre mi fece passare per subnormale, suppongo a ragione. Non mi ricordo granché di quel tipo, tranne che era grande e grosso, coi capelli lunghi e imbrillantinati all'indietro. Era sempre vestito di blu. Aveva un garage di sua proprietà a Clapham, e perché era grosso e ben sistemato, mi odiò a prima vista. Puoi immaginarti il mio aspetto di allora, non ero quasi mai uscito di casa in tutta la mia vita. Ero magro, esangue, perfino piú magro e debole di come sono adesso. Anch'io odiavo lui, perché si era preso mia madre. Quando mia madre mi presentò a lui la prima volta, annuí col capo e in seguito non mi disse mai piú una parola. Non si accorgeva neanche se c'ero. Era cosí grande e forte e pieno di sé che certo non poteva sopportare l'idea che esistesse gente come me.

Veniva a casa nostra con una certa regolarità, di solito per prendere mia madre e portarla fuori la sera. Io guardavo la televisione. Ormai ero sempre solo. Quando i programmi serali erano finiti mi sedevo in cucina e stavo su ad aspettare mia madre, e anche se avevo diciassette anni piangevo per delle ore. Una mattina trovai l'amico di mia madre giú in cucina che faceva colazione in vestaglia. Non mi guardò neanche. Guardai mia madre, ma faceva finta di essere molto occupata attorno al lavandino. Da quel giorno si fermò sempre piú spesso, finché arrivò a passare tutte le notti in casa nostra. Un pomeriggio si misero tutti in ghingheri e uscirono. Quando tornarono ridevano e non si reggevano piú in piedi. Dovevano aver bevuto un bel po'. Quella sera mia madre mi disse che si erano sposati e che adesso lui dovevo chiamarlo papà. Questa fu la fine. Mi venne un attacco, il peggiore che ricordi. Non so spiegare che cosa tremenda è stata, mi è sembrato che durasse per giorni e giorni, sebbene si trattò solo di un'ora o giú di lí. Quando finí aprii gli occhi e vidi quello sguardo sul viso di mia madre, un disgusto totale, ecco cos'era. Non sai quanto può cambiare una persona in cosí poco tempo.

Quando vidi quello sguardo capii che ormai era un'estranea anche lei quanto mio padre.

Rimasi con loro tre mesi prima che trovassero un posto dove mettermi. Erano troppo presi l'uno dell'altra per far caso a me. Non mi rivolgevano quasi mai la parola, e non si parlavano fra di loro se c'ero io nella stanza. Sai, ero abbastanza contento di andarmene da lí, anche se era la mia casa, e piansi un po' al momento di lasciarla. Ma ero piú che altro contento di lasciare loro due. E penso che anche loro fossero contenti di non vedermi piú. In quel posto dove mi avevano messo non si stava male. Non che mi importasse molto di dove stavo. Ma mi hanno insegnato a badare un po' meglio a me stesso, e cominciai anche a imparare a leggere e a scrivere, anche se ormai ho dimenticato quasi tutto. Non sono riuscito a leggere quel modulo che mi hai mandato. Sciocco, eh? Comunque, non si stava male in quel posto. C'erano un sacco di tipi strani, e questo mi rendeva piú sicuro di me stesso. Tre volte la settimana portavano in pullman me e qualcun altro fino a un laboratorio dove ci insegnavano a riparare gli orologi. L'idea era che cosí quando me ne fossi andato sarei stato capace di cavarmela e guadagnarmi da vivere. Ma non ho ancora guadagnato una lira con quel lavoro. Prima di assumerti ti chiedono dov'è che hai imparato. E quando glielo dici, non ne vogliono piú sapere. Una delle cose migliori di quel posto è che lí ho incontrato Mr Smith. Non è un granché, come nome, e anche il suo aspetto era piuttosto ordinario, non ci si aspettava certo che fosse un tipo speciale. Ma lo era. Era il responsabile di quel posto, ed è stato lui a cercare di insegnarmi a leggere. Riuscivo bene. Quando me ne andai avevo appena finito di leggere *Lo Hobbit*[1], e mi era piaciuto molto. Ma una volta fuori non avevo piú tempo per questo genere di cose. Comunque, il vecchio Smith ce la mise proprio tutta a istruirmi. E mi insegnò anche un sacco di altre cose. Quando arrivai là articolavo ancora male le parole, e lui mi correggeva ogni

[1] Celebre romanzo-favola di Tolkien, popolare tra i bambini inglesi.

volta che parlavo. Poi dovevo ripeterle come le diceva lui. Diceva anche che dovevo diventare piú aggraziato. Sí, aggraziato! In camera sua c'era un giradischi enorme, e mi faceva ballare coi dischi. Dapprincipio mi sentivo terribilmente scemo. Lui mi diceva di dimenticarmi dov'ero e rilassarmi e lasciarmi trasportare dalla sensazione della musica. E io allora saltellavo per la stanza svolazzando con le braccia e scalciando con le gambe sperando che nessuno mi vedesse dalla finestra. E a un certo punto cominciò a piacermi. Era un po' come avere un attacco, sai, però piacevole. Voglio dire, riuscivo proprio a immergermi, capisci? Poi il disco finiva e io ero lí, sudato e col fiatone, sentendomi un po' mattoide. Il vecchio Smith però non ci faceva caso. Ballavo per lui due volte la settimana, il lunedí e il venerdí. Certi giorni invece di mettere i dischi suonava lui il piano. Mi divertivo meno, ma non l'ho mai detto perché gli si leggeva in faccia che a lui invece piaceva.

Mi insegnò anche a dipingere. Non nel solito modo, però. Cioè, se vuoi dipingere un albero di solito faresti una striscia marrone all'ingiú con sopra una macchia verde. Lui diceva che era un sistema sbagliato. Quel posto aveva un grande giardino e un mattino mi portò vicino a certi vecchi alberi. Ci si fermò sotto uno enorme. Disse che dovevo... com'era... dovevo sentire l'albero e poi ricrearlo. Ci misi parecchio tempo a capire quello che voleva dire. Continuavo a dipingere normalmente. Poi mi fece vedere lui come si faceva. Mi disse, mettiamo che vuoi dipingere quella quercia. Cosa ti fa venire in mente? Grandezza, solidità, oscurità. E tracciò delle pesanti linee nere sul foglio. Allora capii, e cominciai a dipingere le cose come le sentivo. Mi chiese di fare il mio autoritratto, e io disegnai delle strane forme bianche e gialle. E poi mia madre, e io riempii il foglio di grandi bocche rosse, come il suo rossetto, e dentro le bocche facevo tutto nero. Perché la odiavo. Ma non davvero. Dopo che sono venuto via non ho piú dipinto, non esiste lo spazio per queste cose, al di fuori di un posto come quello.

Se ti annoio dillo, lo so che devi vedere un sacco di gente. Non c'è motivo di stare qui con me. Va bene allora. Una delle regole di quel posto era che a ventun anni bisognava andarsene. Ricordo che per consolarmi mi prepararono una torta, solo che a me non piacciono i dolci, cosí la regalai agli altri ragazzi. Mi avevano dato delle lettere di presentazione e nomi e indirizzi di persone a cui rivolgermi. Ma non volevo saperne. Volevo starmene per conto mio. Vuol dire molto, quando per tutta la vita hai avuto qualcuno che ti stava addosso, anche se erano buoni. Cosí venni a Londra. Dapprincipio me la cavai, mi sentivo forte abbastanza da affrontare anche Londra. Per uno che non c'era mai stato prima, tutto era nuovo ed eccitante. Trovai una stanza a Muswell Hill e cominciai a cercare lavoro. Gli unici lavori che riuscivo quasi a ottenere erano come scaricatore o facchino o spalatore. Poi mi davano un'occhiata e mi dicevano di lasciar perdere. Alla fine trovai lavoro come lavapiatti in un albergo. Era un posto di gran lusso, cioè, lo era fin dove arrivavano gli ospiti. Tappeti rosso carico, candelieri di cristallo e un'orchestrina che suonava in un angolo della hall. Il primo giorno, per sbaglio, sono entrato dalla porta principale. La cucina non era cosí elegante. Cristo, no davvero, era un buco di merda. Dovevano essere a corto di personale, perché io ero l'unico lavapiatti. O forse mi avevano visto arrivare. Comunque fosse, dovevo fare tutto da me, dodici ore al giorno con tre quarti d'ora per mangiare.

Non mi sarebbe importato di dover lavorare tanto, ero contento di guadagnarmi il pane per la prima volta in vita mia. No, era il capocuoco che mi faceva proprio impazzire. Era lui a dare le paghe, e trovava sempre il modo di ridurre la mia. E quei soldi naturalmente finivano dritti nelle sue tasche. Ed era anche brutto, quel bastardo. Mai visti tanti foruncoli. Sulla faccia e sulla fronte, sotto il mento, intorno alle orecchie, perfino sui lobi. Enormi bruffoli gonfi e croste rosse gialle, non capisco come facevano a lasciarlo vicino al cibo. Ma non stavano a preoccuparsi di cose come queste in quella cucina. Avrebbero cucinato anche gli scarafaggi se fossero riusciti a prenderli. Il capo cuoco non lo sopportavo proprio. Mi chiamava sempre Spaventapasseri, convinto che fosse una grandissima spiritosaggine. «Ehi, Spaventapasseri, quante passerine hai spaventato oggi?» Parlava proprio lui. Nessuna donna si sarebbe avvicinata a tutto quel pus. La sua testa era piena di pus perché era un bastardo con mille porcherie in mente. Stava sempre a sbavare su certi giornalacci. E tormentava le donne che avrebbero dovuto tener pulita la cucina. Erano tutte vecchiacce al di sopra dei sessant'anni, per lo piú brutte e negre. Lo vedo ancora che ridacchia e sputazza e infila le mani su per le loro gonne. Le donne non avevano il coraggio di protestare perché lui poteva farle sbattere via. Dirai che perlomeno era normale. Ma preferisco cento volte essere me.

Dato che non ridevo alle sue battute come gli altri, Faccia-di-pus cominciò a diventare davvero una carogna. Ci si metteva d'impegno a trovarmi sempre dell'altro lavoro da fare, e tutti gli incarichi piú sgradevoli erano miei. Cominciavo anche a stufarmi delle sue battute sullo spaventapasseri, cosí un giorno, dopo che mi aveva fatto lustrare tutte le pentole tre volte di seguito, gli dissi: – Vaffanculo, Faccia-di-pus –. Ci restò secco. Nessuno gliel'aveva mai detto in faccia, prima. Per quel giorno mi lasciò in pace. Ma la mattina dopo venne subito da me e mi ordinò di pulire il forno principale. Dovevi vederlo, questo enorme forno in ghisa, e lo pulivano una volta all'anno, credo. Aveva le pareti coperte di uno spesso strato di sudicio. Per toglierlo bisognava entrarci con un secchio d'acqua e un raschietto. C'era puzza di gatti marci, là dentro. Mi arrampicai dentro con un secchio e della paglia di ferro. Non potevi respirare col naso a meno di vomitare. Ero dentro da una decina di minuti quando la porta del forno si chiuse. Faccia-di-pus mi aveva chiuso dentro. Lo sentivo ridere attraverso le pareti di ghisa. Mi lasciò lí per cinque ore, sino a dopo la mia solita interruzione per il pranzo. Cinque ore dentro quel forno nero e puzzolente, e quando uscii mi fece lavare tutti i piatti. Ti puoi immaginare com'ero infuriato. Volevo conservare quel lavoro, cosí non dissi niente.

La mattina dopo Faccia-di-pus si avvicinò mentre stavo lavando i piatti della colazione. – Mi sembrava di averti detto di pulire quel forno, Spaventapasseri –. Cosí presi di nuovo tutto il necessario e tornai lí dentro. Appena entrato sentii la porta sbattere. Diventai come pazzo. Urlai a Faccia-di-pus tutti gli insulti che mi vennero in mente, e presi a pugni le pareti finché non ebbi le mani completamente escoriate. Ma non sentivo niente, cosí dopo un po' mi calmai e cercai di sistemarmi alla meno peggio. Continuavo a muovere le gambe perché non mi venissero i crampi. Quando ero dentro da qualcosa come sei ore sentii Faccia-di-pus che rideva, là fuori. E poi cominciai ad avere caldo. Dapprincipio non ci potevo credere, pensai che fosse un frutto della mia fantasia. Faccia-di-pus aveva acceso il forno al minimo. Presto fu troppo caldo per stare seduto e dovetti accucciarmi. Lo sentivo bruciare attraverso la suola delle scarpe, mi bruciava la faccia e dentro le narici. Mi scioglievo di sudore e ogni boccata d'aria mi scorticava la gola. Non potevo battere contro le pareti perché erano troppo calde per toccarle. Avrei voluto urlare ma non avevo aria a sufficienza. Pensai che sarei morto perché ritenevo Faccia-di-pus capacissimo di arrostirmi vivo. Sul tardo pomeriggio mi lasciò uscire. Avevo quasi perso conoscenza, ma lo sentii dire: – Ah, Spaventapasseri, dove diavolo sei stato tutto il giorno? Volevo farti pulire il forno –. Poi scoppiò a ridere, e gli altri si unirono a lui per paura. Presi un tassí fino a casa e andai a letto. Ero in un bel guaio. E la mattina dopo stavo ancora peggio. Ero pieno di vesciche sui piedi e lungo la spina dorsale che devo avere appoggiato alla parete del forno. E continuavo a vomitare. Di una cosa ero ben sicuro, e cioè che dovevo andare a lavorare per fare i conti con Faccia-di-pus, anche se farlo mi fosse costato la vita. Camminare era una tortura, cosí presi un altro tassi. In qualche modo ce la feci a resistere fino all'intervallo. Faccia-di-pus mi lasciò in pace. Durante l'intervallo si mise in un angolo a leggere uno dei suoi luridi giornaletti. Poco prima del tempo accesi il fuoco sotto una delle pentole per friggere. C'erano dentro quattro pinte d'olio e quando fu ben bollente la trasportai dove Faccia-di-pus era seduto. Le piante dei piedi mi facevano cosí male che avrei voluto urlare. Il cuore mi batteva forte perché sapevo di star per beccare Faccia-di-pus. Arrivai all'altezza della sua sedia. Alzò gli occhi e mi lesse in faccia quello che stava per succedergli. Ma non ebbe il tempo di muoversi. Gli feci cadere l'olio direttamente in grembo, fingendo di inciampare a beneficio di chiunque stesse guardando. Faccia-di-pus urlò come un animale selvatico, non ho mai sentito un uomo fare un baccano come quello. I suoi vestiti si erano come dissolti e vidi le balle diventargli rosse e tutte gonfie e poi bianche. L'olio gli colava giú lungo le gambe. Urlò per venticinque minuti prima che arrivasse il dottore a dargli la morfina. In seguito seppi che Faccia-di-pus passò nove mesi in ospedale mentre gli toglievano i pezzetti di vestito dalle carni. Ecco come sistemai Faccia-di-pus.

Dopo quel giorno lasciai il lavoro perché stavo troppo male. Avevo già pagato anticipatamente l'affitto, e avevo un po' di soldi da parte. Passai le due settimane seguenti a zoppicare dalla mia stanza all'ambulatorio, tutti i giorni. Quando le ustioni furono scomparse mi misi a cercare un altro lavoro. Ma a questo punto non mi sentivo piú tanto forte. Londra era diventata troppo per me. Al mattino mi faceva difficoltà alzarmi da letto. Stavo meglio sotto le coperte, là ero piú al sicuro. Mi deprimeva l'idea di affrontare migliaia di persone, il clamore del traffico, le code e cose cosí. Cominciai a riandare col pensiero a quando stavo con mia madre. Desiderai di esserci ancora. Tornare alla vecchia vita nella bambagia, quando ero accudito in tutto, quando stavo al caldo e al sicuro. Sembrerà stupido, lo so, ma cominciai a pensare che forse mia madre si era stancata dell'uomo che aveva sposato, e che se fossi tornato da lei forse avremmo potuto riprendere la vita di una volta. Continuai a rigirarmi in mente quest'idea, finché diventò un'ossessione. Non pensavo a nient'altro. Mi convinsi che lei mi stava aspettando, forse la polizia su sua richiesta mi stava ricercando. Dovevo solo tornare a casa e allora lei mi avrebbe preso fra le braccia, mi avrebbe imboccato, avremmo costruito insieme un altro teatrino di cartone. Una sera a furia di pensarci decisi di andare da lei. Cosa aspettavo? Mi precipitai fuori della porta e feci tutta la strada di corsa. Dalla gioia quasi cantavo. Presi il treno per Staines e corsi dalla stazione a casa nostra. Tra poco sarei stato di nuovo bene. Quando arrivai all'angolo della nostra strada rallentai. Le luci al pianterreno erano accese. Suonai il campanello. Le gambe mi tremavano talmente che dovetti appoggiarmi al muro. La persona che venne ad aprire non era mia madre. Era una ragazza, una ragazza molto carina sui diciott'anni. Non sapevo cosa dire. Restai lí a pensare a qualcosa in un silenzio stupido. Poi lei mi chiese chi ero. Le dissi che una volta vivevo in quella casa e che stavo cercando mia madre. Mi rispose che lei e i suoi genitori vivevano lí da due anni. Entrò per chiedere se fosse stato lasciato un indirizzo. Mentre era via guardai l'anticamera. Era tutto diverso. C'erano grandi scaffali e un'altra tappezzeria, e il telefono che noi non si aveva. Tutti questi cambiamenti mi resero triste, mi sentii come imbrogliato. La ragazza tornò e mi disse che non avevano lasciato nessun indirizzo. Salutai e me ne andai. Mi avevano lasciato fuori. Quella casa era la mia, e avrei voluto che la ragazza mi avesse invitato ad entrare, al caldo. Se solo mi avesse buttato le braccia al collo e mi avesse detto: «Vieni a vivere con noi». Lo so che sembra scemo, ma era quello che pensavo mentre tornavo verso la stazione.

Cosí ricominciai a cercare lavoro. Credo che la colpa fosse del forno. Voglio dire, è stato per via dell'affare del forno che ho pensato di poter tornare a Staines come se niente fosse. Ho pensato molto a quel forno. Facevo sogni a occhi aperti in cui mi obbligavano a star chiuso in un forno. Sembrerà incredibile, specialmente dopo quello che ho fatto a Faccia-di-pus. Ma mi sentivo cosí, non potevo farci niente. Piú ci pensavo e piú mi rendevo conto che la seconda volta che entrai nel forno per pulirlo speravo segretamente di esservi chiuso dentro. Era come se lo sperassi senza saperlo, capisci? Volevo sentirmi frustrato. Volevo essere in un posto da cui non potessi uscire. Era un pensiero in fondo alla mia mente. Quando mi ritrovai per davvero chiuso nel forno ero troppo preoccupato di uscire e troppo furioso con Faccia-di-pus per godermela. È successo dopo nella mente, ecco tutto.

Non ebbi fortuna nel trovarmi lavoro e quando mi ritrovai a corto di soldi mi misi a rubacchiare nei negozi. Dirai che è stata una vera stupidaggine, ma era talmente facile. E cos'altro potevo fare? Dovevo mangiare. Prendevo solo poche cose da ogni negozio, soprattutto dai supermercati. Portavo un cappotto molto lungo con delle grandi tasche. Rubavo cose come carne congelata e roba in lattine. Dovevo anche pagare l'affitto, cosí cominciai a rubare cose di valore e a venderle ai negozi di roba usata. Per circa un mese andò tutto liscio. Avevo tutto quello che mi serviva, e se volevo qualcos'altro, avevo solo da mettermelo in tasca. Ma col tempo devo essere diventato un po' imprudente perché un sorvegliante mi colse mentre rubavo un orologio dal banco. Non mi fermò nell'atto. No, me lo lasciò prendere e poi mi seguí in strada. Ero arrivato alla fermata dell'autobus quando mi prese per un braccio e mi disse di tornare al negozio. Chiamarono la polizia e dovetti comparire in corte. Venne fuori che era da un pezzo che mi tenevano d'occhio e cosí mi ritrovai imputato per un mucchio di cose. Dato che non avevo mai fatto niente di male prima, mi condannarono soltanto a presentarmi da un assistente due volte la settimana. Fui fortunato. Avrei potuto prendermi sei mesi come niente. Cosí mi disse l'appuntato di polizia.

Ma essere in libertà vigilata non mi serviva a mangiare o a pagare l'affitto. L'agente di polizia era bravo, suppongo, e faceva del suo meglio. Nella sua lista c'era tanta di quella gente che non riusciva a ricordarsi il mio nome da un giorno all'altro. Mi trovava solo lavori per cui bisognava saper leggere e scrivere, e per quegli altri occorreva essere molto robusti per sollevare pesi. E comunque, non ci tenevo molto a trovare un altro lavoro. Non volevo incontrare dell'altra gente e sentirmi di nuovo chiamare Spaventapasseri. Cosí, cosa potevo fare? Ricominciai a rubare. Con piú attenzione questa volta e mai due volte nello stesso posto. Ma mi beccarono quasi subito, dopo circa una settimana. Avevo preso un coltello col manico intagliato in un grande magazzino, ma le mie tasche avevano portato troppa roba e ormai erano tutte sdrucite. Proprio mentre ero sulla porta per uscire, il coltello cadde giú dritto sul pavimento dal fondo del mio cappotto. Me ne ritrovai addosso tre prima ancora di riuscire a girarmi. Finii di fronte allo stesso giudice, e questa volta ho avuto tre mesi.

La prigione è proprio un buffo posto. Non che ti faccia ridere, però. Pensavo che dentro fossero tutti dei gangster, dei duri insomma. Ma ce n'erano pochissimi cosí. La maggior parte erano solo un po' matti, come in quell'istituto dove stavo una volta. Non si stava male, nemmeno la metà di come avevo creduto. La cella non era granché diversa dalla mia stanza a Muswell Hill. Anzi, dalla finestra avevo una vista molto migliore, perché ero piú in alto. C'era un letto, un tavolo, un piccolo scaffale e un lavandino. Potevi ritagliare le figure dai giornali e attaccarle al muro, cosa che non mi era permessa nella mia stanza di Muswell Hill. E non ero nemmeno chiuso a chiave in cella, tranne che per un paio d'ore al giorno. Potevamo gironzolare e far visita alle altre celle, però solo quelle sullo stesso piano. C'era un cancello di ferro che impediva di scendere o salire le scale al di fuori dell'orario stabilito.

C'erano dei tipi strani in quella prigione. C'era uno che durante i pasti saliva in piedi su una sedia e se lo tirava fuori. La prima volta che capitò ci restai secco, ma tutti continuavano a parlare e a mangiare cosí io feci lo stesso. Dopo un po' non mi dava piú fastidio, anche se lui lo faceva con una certa regolarità. È incredibile a cosa non ci si abitua col tempo. E poi c'era Jacko. Il secondo giorno che ero lí entrò nella mia cella e si presentò. Mi disse che era dentro per frode, e mi raccontò che suo padre era un allenatore di cavalli e che le cose gli andavano male. E poi un sacco di altre cose che non mi ricordo. Dopo di che se ne andò. La volta successiva venne da me e si presentò tutto da capo, come se non mi avesse mai visto prima in vita sua. Questa volta mi disse che era dentro per stupro continuato e che non era mai riuscito a soddisfare il suo appetito sessuale. Pensai che mi prendesse in giro, perché credevo ancora alla sua prima storia. E invece faceva davvero sul serio. Ogni volta che ci vedevamo aveva una storia diversa. Non si ricordava mai la nostra conversazione precedente, né chi mi aveva detto di essere. Credo che non sapesse bene neanche lui chi era davvero. Come se non avesse una sua propria identità. Uno degli altri mi raccontò che Jacko era stato colpito in testa durante una rapina a mano armata. Non so se fosse vero o no. Non si sa mai a cosa credere.

Non fraintendermi. Non erano tutti cosí. C'erano molti tipi a posto, e uno dei migliori era Sordino. Nessuno sapeva il suo vero nome, e lui non poteva dirlo perché era sordomuto. Penso che sia stato dentro quasi tutta la vita. La sua cella era la piú confortevole di tutta la prigione, ed era l'unico a cui fosse permesso di prepararsi il tè. Spesso andavo a trovarlo. Naturalmente non facevamo conversazione. Stavamo seduti lí, ogni tanto ci sorridevamo e basta. Lui faceva il tè, il migliore che abbia mai bevuto. Certi pomeriggi dormicchiavo nella sua poltrona mentre lui leggeva uno dei suoi giornaletti di guerra da una pila che teneva in un angolo. Quando avevo qualche preoccupazione ne parlavo con lui. Non capiva una parola, ma annuiva e sorrideva o faceva una faccia triste, secondo come gli sembrava giusto dall'espressione della mia faccia. Credo che gli piacesse avere la sensazione di partecipare. Quasi tutti gli altri abitualmente lo ignoravano. Era popolare fra le guardie che gli portavano tutto quello che voleva. Ogni tanto avevamo una torta al cioccolato per il tè. Lui sapeva leggere e scrivere perciò non se la passava poi tanto peggio di me.

Quei tre mesi furono i migliori da quando ero andato via di casa. Avevo sistemato bene la mia cella e mi ero adattato alla routine. Non parlavo con molta gente, a parte Sordino. Non ne avevo voglia, volevo una vita senza complicazioni. Penserai che quello che dicevo sull'essere chiuso in un forno valga anche per l'essere chiuso in una cella. No, non era il dolore-piacere di sentirsi frustrato. Era il piacere ben piú profondo di sentirsi al sicuro. Infatti adesso mi ricordo che ogni tanto avrei desiderato di avere meno libertà. Stavo molto bene in quelle ora della giornata in cui eravamo obbligati a restare in cella. Se ci avessero obbligati a restarci tutto il giorno, non credo che mi sarebbe spiaciuto, a parte il fatto che non avrei piú potuto vedere Sordino. Non dovevo mai fare dei progetti. Ogni giorno era come il precedente. Non dovevo preoccuparmi dei pasti e dell'affitto. Per me il tempo era immobile, come galleggiare su un lago. Cominciai a preoccuparmi per quando sarei uscito. Andai a parlare col vice direttore e gli chiesi se potevo restare dentro. Ma mi disse che costava sedici sterline la settimana tenere un uomo dentro, e che c'era un mucchio di altra gente in attesa di entrarci. Non avevano posto per tutti noi.

E cosí dovetti uscire. Mi trovarono un lavoro in una fabbrica. Traslocai in questa soffitta dove mi trovo da allora. Alla fabbrica dovevo prendere delle lattine di mirtilli da un nastro trasportatore. Non mi dispiaceva perché era un posto talmente rumoroso che non c'era bisogno di parlare con nessuno. Adesso mi sento strano. Ma per me stesso non sono strano, perché lo sapevo che sarei finito cosí. È da quella volta del forno, che desidero essere contenuto. Desidero essere piccolo. Non voglio gente e rumore attorno a me. Voglio essere via da tutto questo, nel buio. Lo vedi quell'armadio, che prende quasi tutta la stanza? Se ci guardi dentro non ci troverai dei vestiti appesi. È pieno di cuscini e coperte. Vado lí dentro, mi tiro dietro l'anta e sto seduto al buio per delle ore. Ti sembrerà una cosa molto stupida. Io ci sto benissimo. Non mi annoio affatto. Sto lí. Ogni tanto mi piacerebbe che l'armadio prendesse su e se ne andasse a spasso e dimenticare d'esser qui dentro. Dapprincipio ci entravo solo ogni tanto ma poi è successo sempre piú spesso finché ho cominciato a passarci intere nottate. E la mattina non avrei mai voluto uscire, cosí arrivavo tardi al lavoro. Poi ho smesso del tutto di andare a lavorare. È da tre mesi ormai. Detesto uscire. Preferisco il mio armadio.

Non voglio essere libero. Ecco perché invidio i neonati che vedo per la strada tutti avviluppati e in braccio alla mamma. Vorrei essere uno di loro. Perché non potrei esserlo io? Perché devo camminare, andare a lavorare, prepararmi da mangiare e fare quelle centinaia di cose che bisogna fare ogni giorno per restare in vita? Voglio salire in carrozzina. È cretino, sono alto uno e ottanta. Ma questo non cambia quello che sento. L'altro giorno ho rubato una coperta da una carrozzina. Non so perché, forse cercavo un contatto col loro mondo, per non sentirmi completamente estraneo. Mi sento escluso. Non ho bisogno del sesso, di quelle cose lí. Se vedo una ragazza carina come quella di cui ti ho parlato mi sento tutto rimescolare dentro, poi torno qui e me lo sbatto, come t'ho raccontato. Non ce ne devono essere molti come me. Quella coperta che ho rubato la tengo nell'armadio. Lo voglio riempire di dozzine cosí.

Ormai non esco piú molto. È due settimane che sono uscito da questa soffitta l'ultima volta. Cosí ho comprato qualche barattolo di cibo anche se non ho mai molta fame. Per lo piú sto seduto nell'armadio pensando ai vecchi tempi a Staines, rimpiangendoli. Quando di notte piove le gocce battono sul tetto e io mi sveglio. Penso alla ragazza che adesso vive nella nostra casa, sento il vento e il traffico. Vorrei avere di nuovo un anno. Ma non succederà. Mi sa proprio di no.

Primo amore, ultimi riti

Dal principio dell'estate fino a quando ci sembrò senza piú scopo, issavamo il sottile materasso sul pesante tavolo di quercia e facevamo l'amore di fronte alla grande finestra aperta. Nella stanza c'era sempre un soffio di brezza e gli odori della banchina quattro piani piú sotto. Senza volerlo mi perdevo in mille fantasie, fantasie sulla creatura, e dopo, quando stavamo supini sull'enorme tavolo, in quei profondi silenzi la sentivo correre e graffiare debolmente. Per me era una cosa completamente nuova e mi inquietava. Cercai di parlarne con Sissel per essere rassicurato. Lei non aveva niente da dire, non faceva astrazioni, non discuteva le situazioni, ci viveva dentro. Guardavamo i cerchi di gabbiani nel nostro quadrato di cielo e ci chiedevamo se ci avessero osservati da lassú, questo il genere di cose di cui parlavamo, intrattenendo tenui ipotesi circa l'immediato presente. Sissel faceva le cose man mano che le capitavano, si rimescolava il caffè, faceva l'amore, sentiva i dischi, guardava fuori dalla finestra. Non diceva cose tipo sono felice, o confusa, o ho voglia di fare l'amore, o non ne ho voglia, o sono stanca dei litigi a casa mia, non aveva un linguaggio per dividersi in due, cosí mentre scopavamo io soffrivo da solo per quelli che sembravano miei delitti mentali e dopo ascoltavo da solo la creatura che raspava nel silenzio. Poi, un pomeriggio, Sissel si svegliò da un sonnellino, alzò la testa dal materasso e disse: – Cos'è quel rumore raspante dietro il muro?

I miei amici erano a Londra, lontani, e mi mandavano lettere piene di angoscia e di riflessioni, adesso che cosa fare? Chi erano, e che senso aveva tutto ciò? Avevano la mia età, diciassette e diciotto anni, ma facevo finta di non capirli. Rispondevo con delle cartoline, trovatevi un grande tavolo e una finestra aperta, dicevo loro. Ero felice e sembrava facile, preparavo trappole per anguille, era cosí facile avere uno scopo. L'estate continuava e io non avevo piú loro notizie. Veniva a trovarci solo Adrian, il fratellino di Sissel. Aveva dieci anni, e veniva da noi per sfuggire l'afflizione della sua famiglia in sfacelo, gli improvvisi mutamenti d'umore di sua madre, gli esercizi al piano delle sue sorelle, interminabili e competitivi, le visite amare e occasionali del padre. I genitori di Sissel e Adrian, dopo ventisette anni di matrimonio e sei figli si odiavano con inacidita rassegnazione e non sopportavano piú di vivere nella stessa casa. Il padre si era trasferito in un albergo a un isolato da casa, per essere vicino ai suoi figli. Era un uomo d'affari disoccupato e assomigliava a Gregory Peck, era un ottimista e aveva centinaia di piani per fare soldi in maniera interessante. Ci incontravamo al pub. Non voleva parlare della sua disoccupazione, né del suo matrimonio, e non gli importava che io vivessi con sua figlia in una stanza sopra la banchina. Invece mi parlava di quando era soldato in Corea, di quando come rappresentante trattava affari internazionali, e delle frodi legali perpetrate dai suoi amici che adesso erano al vertice e insigniti di varie alte onorificenze, e poi un giorno mi parlò delle anguille dell'Ouse, di come il letto di quel fiume pulluli di anguille, di come ci si poteva fare dei bei soldi a prenderle e portarle vive a Londra. Gli dissi che avevo ottanta sterline in banca, e il giorno dopo andammo a comprare reti, sagola, cerchi di fil di ferro e un grande bidone di latta per tenerci le anguille. Passai i due mesi successivi a costruire le trappole.

Nelle belle giornate prendevo rete, cerchi di fil di ferro e sagola e andavo a lavorare sulla banchina, seduto su una bitta. Una trappola per anguille è a forma di cilindro sigillato a una estremità, mentre l'altra si affusola in un lungo imbuto. Sta giú sul letto del fiume, le anguille ci nuotano dentro per mangiare l'esca e nella loro cecità non trovano l'uscita. I pescatori avevano un atteggiamento amichevole e l'aria divertita. Anguille ce n'è, dicevano, e magari ne prenderai qualcuna, ma non ci camperai con quelle. La marea si porterà via le tue trappole con la stessa velocità con cui le costruisci. Noi usiamo dei pesi di ferro, rispondevo, e loro alzavano le spalle nel loro modo bonario e mi insegnavano il sistema migliore per assicurare la rete ai cerchi, ritenevano che fosse mio diritto di provarmici anch'io. Quando i pescatori erano fuori in barca e non avevo voglia di lavorare, stavo lí seduto e guardavo la marea scivolare sul fango, non sentivo nessuna fretta riguardo alle trappole ma ero sicuro che saremmo diventati ricchi.

Cercai di interessare Sissel all'avventura delle anguille, le raccontai della barca a remi che qualcuno ci avrebbe prestato per tutta l'estate, ma lei non disse niente. E cosí invece issammo il materasso sul tavolo e ci sdraiammo vestiti. Poi lei cominciò a parlare. Unimmo le mani palmo a palmo, lei ne esaminò con grande cura forma e dimensioni, dandone una specie di cronaca diretta. Sono grandi uguali, tu hai le dita piú spesse, qui hai questo tantino in piú. Misurò le mie ciglia con la punta del pollice, e desiderò di averle altrettanto lunghe, mi parlò del cane che aveva da piccola, con ciglia bianche lunghissime. Guardò il mio naso spellato dal sole e parlò di quello, di quali dei suoi fratelli e sorelle si scottavano al sole, quali invece si abbronzavano, cosa aveva detto una volta la sua sorellina. Lentamente ci spogliammo. Calciò via le scarpe da tennis e cominciò a parlare del fungo che aveva in un piede. Ascoltavo a occhi chiusi, annusavo gli odori che entravano dalla finestra aperta, fango, alghe, polvere. Scioglicervello, lei definiva questo tipo di chiacchiere. Poi, una volta dentro di lei, mi sentivo commuovere, ero dentro la mia fantasticheria, non c'era piú separazione fra le mie pervadenti sensazioni e la consapevolezza che avremmo potuto far crescere una creatura nella pancia di Sissel. Non avevo alcun desiderio di diventare padre, questo non c'entrava affatto. Era una questione di uova, spermatozoi, cromosomi, piume, branchie, artigli, a pochi centimetri dalla punta del mio uccello l'inarrestabile chimica di una creatura che si evolve da una poltiglia rossoscuro, mi immaginavo di essere disarmato di fronte al tempo e alla forza di questo processo, e il solo pensiero poteva farmi venire prima di quando volevo. Sissel rise, quando glielo raccontai. Oh mio Dio, disse. Per me Sissel era nel pieno centro del processo, *era* il processo, e il potere di quel fascino crebbe. In teoria prendeva la pillola, ma ogni mese se la dimenticava almeno due o tre volte. Senza discussioni si giunse all'accordo che io sarei dovuto venire fuori, ma raramente funzionò. Mentre rotolavamo giú per lunghi pendii verso i nostri orgasmi, in quegli ultimi disperati secondi lottavo per trovare l'uscita ma restavo preso come un'anguilla nella mia fantasticheria della creatura nel buio, in attesa, affamata, e la nutrivo di grumi di roba viscida e bianchiccia. In quelle sconsiderate frazioni di secondo abbandonavo la mia vita al nutrimento della creatura, qualunque cosa fosse, dentro e fuori del grembo, allo scopare solo Sissel, al nutrimento di altre creature, l'intera mia vita affidata a questo nella debolezza di un attimo. Aspettavo con ansia i periodi di Sissel, tutto delle donne mi era nuovo e non potevo prender nulla per scontato. Facevamo l'amore durante le copiose e facili mestruazioni di Sissel, contenti, appiccicosi e rossicci di sangue, e pensavo che adesso eravamo noi le creature nella poltiglia, eravamo dentro nutriti da grumi di nuvole che entravano dalla finestra, dagli effluvi che il sole traeva dai pantani. Mi preoccupavo per queste mie fantasticherie, sapevo di non poter venire senza. Chiesi a Sissel che cosa ne pensava lei, ma mi rispose con una risata. Certo non a piume e branchie. E allora cosa? Ma niente, niente di speciale, davvero. Insistevo, e lei si chiudeva nel silenzio.

Quella creatura che sentivo raspare era la mia, lo sapevo, e quando un pomeriggio anche Sissel l'udí e cominciò a preoccuparsi, mi accorsi che anche la sua immaginazione era coinvolta, che era un suono generato dal nostro fare l'amore. Lo sentivamo quando avevamo finito e stavamo là supini e immobili, quando eravamo vuoti e chiari, perfettamente tranquilli. Era una sensazione di piccoli artigli che graffiassero un muro ciecamente, un suono cosí lontano che per sentirlo ci volevano due persone. Ci parve che provenisse da un punto preciso del muro. Quando mi inginocchiai e appoggiai l'orecchio allo zoccolo, smise. Era là, dall'altra parte del muro, impietrito nel suo movimento, che aspettava nel buio. Col passare delle settimane lo sentivamo anche in altri momenti della giornata, e ogni tanto anche di notte. Volevo chiedere ad Adrian cosa pensava che fosse. Sta a sentire, eccolo, Adrian stai un attimo zitto, secondo te che rumore è? Adrian si sforzò, impaziente, di sentire quello che a noi riusciva di sentire, ma non stava fermo abbastanza. Ma non c'è niente, urlò. Niente, niente, niente. Si eccitò e cominciò a saltare sulla schiena di sua sorella, strillando e urlando. Qualunque cosa fosse quella che sentivamo, lui non la voleva, non voleva essere tagliato fuori. Lo tirai via da Sissel e ci rotolammo sul letto. Sta' un po' a sentire, gli dissi, c'è di nuovo. Lottò per liberarsi e scappò via dalla stanza facendo il rumore di una sirena della polizia. Lo ascoltammo svanire giú per le scale, e quando non lo sentimmo piú dissi, forse Adrian ha davvero paura dei topi. Ratti, vorrai dire, rispose sua sorella, e mi mise una mano fra le gambe.

A metà luglio non eravamo piú cosí felici nella nostra stanza, crescevano lo scompiglio e il disagio e non pareva possibile discuterne con Sissel. Adrian ormai veniva da noi tutti i giorni perché erano cominciate le vacanze estive e non sopportava di stare a casa. Lo sentivamo urlare e pestare i piedi per le scale già da quattro piani piú sotto. Entrava rumorosamente, mettendosi dritto sulla testa per fare un po' di scena. Saltava tutti i momenti sulla schiena di Sissel per impressionarmi, era ansioso, preoccupato che noi non apprezzassimo la sua compagnia e lo rimandassimo a casa. Era preoccupato anche perché non riusciva piú a capire sua sorella. Una volta era sempre pronta a fare la lotta, ed era un buon avversario, lui ne era orgoglioso e si vantava di lei coi suoi amici. Ma poi sua sorella era cambiata, lo allontanava scontrosa, voleva essere lasciata in pace a non far niente, voleva sentire i dischi. Si arrabbiava se lui le metteva le scarpe sulla gonna, e adesso aveva le tette proprio come sua madre, e gli parlava proprio come sua madre. Scendi di lí, Adrian. Dài Adrian, per piacere, adesso no, dopo. Eppure non riusciva ancora a crederci, forse era solo un umore passeggero, un periodo, e continuava speranzoso a stuzzicarla e assalirla, voleva disperatamente che tutto fosse ancora come quando suo padre era a casa. Quando stringeva il collo di Sissel fra le braccia e la tirava giú sul letto, cercava con lo sguardo il mio incoraggiamento, pensava che il vero legame fosse tra di noi, i due uomini contro la ragazza. Non si accorgeva neanche che l'incoraggiamento cui teneva tanto non c'era. Sissel non lo mandava mai via, capiva perché Adrian era lí, però per lei era molto faticoso. Dopo un intero pomeriggio di tormenti, Sissel se ne andò dalla stanza quasi in lacrime per la frustrazione. Adrian si girò verso di me alzando le sopracciglia in una smorfia di ironico orrore. Allora cercai di parlargli, ma lui già urlava e cercava di provocarmi a lottare. E neanche Sissel aveva mai da dirmi qualcosa su suo fratello, non parlava mai in generale di qualcuno perché non parlava mai in generale. Ogni tanto, quando sentivamo Adrian salire le scale, mi lanciava un'occhiata e quasi si tradiva stringendo appena le sue splendide labbra.

C'era un modo solo per convincere Adrian a lasciarci in pace. Non sopportava che noi ci toccassimo, era una cosa che lo faceva soffrire, lo disgustava veramente. Quando vedeva uno di noi due attraversare la stanza e avvicinarsi all'altro, ci rivolgeva una supplica silenziosa correndo in mezzo a noi, fingendo di scherzare e cercando di attirarci in qualche altro gioco. Imitava frenetico i nostri gesti in un ultimo disperato tentativo di dimostrarci quanto eravamo ridicoli. Poi, quando non ne poteva piú, scappava via, mitragliando lungo le scale soldati tedeschi e giovani innamorati.

Ma Sissel e io ormai ci toccavamo sempre meno, nei nostri quieti atteggiamenti non riuscivamo a portarci piú lí. Non è che fossimo in declino, che non ci deliziassimo l'uno dell'altro, bensí che la nostra occasione s'andava appassendo. Era la stanza in se stessa. Non era piú al quarto piano e isolata, dalle finestre non arrivava piú la brezza, solo un languido calore che saliva su dalla banchina, puzza di meduse morte e nugoli di mosche, accanite mosche grige che ci venivano a mordere accanitamente sotto le ascelle, nuvole di mosche casalinghe sospese sul nostro cibo. I capelli, troppo lunghi e appiccicaticci, ci andavano sempre negli occhi. Il cibo che compravamo aveva odore e sapore di fiume. Non mettevamo piú il materasso sul tavolo, era piú fresco il pavimento e il pavimento era ricoperto di sabbia oleosa che non riuscivamo a togliere. Sissel era stufa dei suoi dischi, il fungo si era esteso anche all'altro piede e contribuiva al cattivo odore. La stanza puzzava. Non parlavamo di andarcene perché non parlavamo di niente. Ogni notte ci svegliava il suono raschiante dietro il muro, ora piú forte e piú insistente. Quando facevamo l'amore, ci ascoltava da dietro il muro. Facevamo l'amore sempre meno e i rifiuti si ammucchiavano intorno a noi, le bottiglie del latte vuote che non ci decidevamo a portare via, formaggio ormai grigio e trasudante, la carta del burro, i vasetti dello yogurth, salame rancido. E lí in mezzo Adrian che faceva la ruota, urlava, mitragliava e saltava addosso a Sissel. Cercai di scrivere poesie su queste mie fantasie, sulla creatura, ma non trovavo l'approccio e non misi giú niente, neppure un verso iniziale. Invece facevo lunghe passeggiate lungo l'argine del fiume, inoltrandomi nel tipico paesaggio del Norfolk di monotoni campi di barbabietole, pali del telegrafo, cieli uniformemente grigi. Dovevo fare ancora due trappole per le anguille e mi costringevo a lavorarvi un po' ogni giorno. Ma in fondo al cuore ero stufo, non credevo sul serio che un'anguilla sarebbe mai entrata lí dentro e non ero nemmeno sicuro di volere che lo facesse, forse era meglio che le anguille se ne stessero indisturbate nel fango freddo in fondo al fiume. Ma continuavo a prepararle perché il padre di Sissel era pronto a incominciare, perché dovevo espiare tutti i soldi e il tempo che ci avevo speso finora, perché il progetto ormai aveva una sua fragile e stanca propulsione e non riuscivo a smettere cosí come non riuscivo a portar via i vuoti del latte dalla nostra stanza.

Poi Sissel trovò un lavoro e la cosa mi fece vedere come non fossimo diversi da nessuno, tutti avevano stanze, case, lavori, carriere, cosí facevano tutti, avevano stanze piú pulite, lavori migliori, eravamo una delle tante coppie che lottava per tirare avanti. Era una di quelle fabbriche oltre il fiume, senza finestre, dove inscatolavano verdura e frutta. Per dieci ore al giorno stava seduta davanti a un nastro trasportatore, nel fracasso delle macchine, senza parlare con nessuno e a tirar via le carote marce prima che fossero inscatolate. La sera del primo giorno Sissel arrivò a casa con un impermeabile di nylon bianco e rosa e un berretto rosa. Le dissi, perché non te lo togli? Sissel alzò le spalle. Per lei era lo stesso, star seduta nella nostra stanza, star seduta in una fabbrica dove da altoparlanti veniva radiodiffuso il Primo Programma, dove quattrocento donne un po' ascoltavano un po' sognavano, mentre le loro mani andavano avanti e indietro come spole a motore. Il giorno dopo attraversai il fiume col traghetto e andai ad aspettare Sissel ai cancelli della fabbrica. Qualche donna cominciò a uscire da una porticina di metallo di un grande muro senza finestre e una sirena lamentosa risuonò sull'intero edificio. Altre porticine si aprirono e ne dilagarono, convergendo sui cancelli, frotte di donne in grembiuli di nylon bianco e rosa e cuffie rosa. Salii su un muretto e cercai di vedere Sissel, di colpo mi sembrò importantissimo. Pensavo che se non fossi riuscito a scorgerla in questo torrente di nylon rosa lei sarebbe stata perduta, tutti e due saremmo stati perduti, e i nostri giorni insieme non avrebbero piú avuto valore. Nell'avvicinarsi ai cancelli l'ondata centrale si muoveva in fretta. Certe quasi correvano, in quel modo sghembo e impossibile che viene insegnato alle donne, le altre camminavano piú in fretta che potevano. In seguito scoprii che correvano a casa a preparare la cena per le loro famiglie, a darci sotto coi lavori domestici. Le ritardatarie del turno successivo cercavano di farsi strada nella direzione opposta. Non riuscivo a vedere Sissel e mi sentivo sull'orlo del panico, urlavo il suo nome ma le mie parole finivano calpestate. Due donne piú vecchie si fermarono vicino al muretto per accendersi una sigaretta e mi ghignarono dietro una specie di oscenità giocata sul nome della mia ragazza. Tornai a casa per la strada piú lunga, passando per il ponte, e decisi di non dire a Sissel che ero andato a prenderla perché avrei dovuto spiegarle il mio panico e non sapevo come. Quando arrivai era seduta sul letto, col grembiule di nylon ancora addosso. La cuffia era sul pavimento. Perché non ti togli quella roba, le dissi. E lei disse, eri tu fuori dalla fabbrica? Annuii. Perché non mi hai parlato, se mi hai visto là in piedi? Sissel si sdraiò sul letto a pancia in giú. Il grembiule era macchiato e puzzava di olio da macchina e di terra. Non so, disse nel cuscino, non ci ho pensato. Alla fine di un turno non penso a niente. Le sue parole avevano un raggelante tono definitivo, diedi un'occhiata per la stanza e restai zitto.

Due giorni dopo, un sabato pomeriggio, comprai del gommoso polmone di vacca zuppo di sangue, da usare come esca. Quello stesso pomeriggio riempimmo le trappole e remammo fino al centro del canale, per deporle sul letto del fiume approfittando della bassa marea. Una boa segnava il punto dov'era ognuna delle sette trappole. Il padre di Sissel venne a chiamarmi alle quattro di domenica mattina e andammo col suo furgone fin dove tenevamo la barca presa in prestito. Ora dovevamo remare fino alle boe e poi tirare su le trappole, era il momento della verifica, ci sarebbero state anguille nelle reti, sarebbe stato lucrativo fare altre trappole, prendere altre anguille e portarle una volta alla settimana al mercato di

Billingsgate, saremmo diventati ricchi? Era un mattino plumbeo e ventoso, non mi sentivo affatto impaziente, solo stanco e in stato di continua erezione. Mi addormentai mezzo nel tepore del furgone. Avevo passato sveglio gran parte della notte, ad ascoltare quella cosa che graffiava dietro il muro. Una volta mi alzai dal letto e picchiai con un cucchiaio contro lo zoccolo. Ci fu una pausa, poi lo scavo continuò. Ormai era chiaro che stava cercando di aprirsi un varco nella stanza. Mentre il padre di Sissel remava io cercavo di vedere i nostri segnali. Trovarli non era facile come credevo, non risaltavano bianchi contro l'acqua, bensí come sagome basse e scure. Passarono venti minuti prima che ne trovassimo una. Mentre la tiravamo su notai stupito come la cima bianca e pulita comprata al negozio fosse già diventata come tutte le altre nel fiume, scura e coperta di alghe verdi. Anche la trappola aveva un'aria antica ed estranea, non mi riusciva credere che l'avesse costruita uno di noi due. Dentro c'erano due granchi e una grossa anguilla. Lui slacciò l'estremità chiusa della trappola, lasciò cadere in acqua i due granchi e mise l'anguilla nel secchiello di plastica che ci eravamo portati dietro. Mettemmo delle esche fresche nella trappola e la calammo di nuovo in acqua. Ci si mise un quarto d'ora a trovarne un'altra e in questa non c'era niente. Dopo di che remammo su e giú per una mezz'ora senza trovare altre trappole, e ormai la marea stava salendo a coprire le nostre boe. Fu allora che presi i remi e mi diressi a riva.

Tornammo all'ostello dove abitava il padre di Sissel e lui preparò la colazione. Non parlammo delle trappole perdute, fingevamo con noi stessi e reciprocamente che le avremmo trovate quando fossimo usciti alla prossima bassa marea. Ma sapevamo che erano perse per sempre, spazzate via dalle potenti maree, e sapevo che non avrei mai piú costruito una trappola per anguille in vita mia. Sapevo anche che il mio socio stava per portarsi via Adrian, partivano quel pomeriggio per una breve vacanza. Andavano a visitare degli aereoporti militari, e speravano di finire con l'Imperial War Museum. Mangiammo uova, pancetta e funghi e bevemmo caffè. Il padre di Sissel mi parlò di una sua idea, semplice ma lucrosa. I gamberetti qua sulla calata costano pochissimo, mentre a Brussels sono carissimi. Avremmo potuto portarne due furgoni pieni fin là ogni settimana, era ottimista in quel suo modo disteso e amichevole e per un attimo fui sicuro che il suo piano avrebbe funzionato. Finii di bere il mio caffè. Be', dissi, forse bisognerebbe pensarci sopra un attimo. Raccolsi il secchiello con dentro l'anguilla, l'avremmo mangiata io e Sissel. Mentre ci stringevamo la mano, il mio socio mi disse che il sistema piú sicuro di uccidere un'anguilla è coprirla di sale. Gli augurai una buona vacanza e ci separammo, con la tacita pretesa che uno di noi sarebbe andato a cercare le trappole alla prossima bassa marea.

Dopo una settimana in fabbrica, non mi aspettavo di trovare Sissel sveglia al mio ritorno, invece era seduta sul letto, pallida e abbracciata alle ginocchia. Fissava un angolo della stanza. È qui, disse. È dietro quei libri sul pavimento. Mi sedetti sul letto e mi tolsi scarpe e calze bagnate. Il topo? Vuoi dire che hai sentito il topo? Sissel parlò con calma. È un ratto. L'ho visto correre attraverso la stanza, ed è un ratto. Andai verso i libri e li colpii con un calcio, e lui uscí all'istante, sentii i suoi artigli sulle tavole del pavimento e poi lo vidi correre lungo la parete, grosso come un cagnolino m'era parso allora, un ratto, un tozzo forzuto ratto grigio che trascinava la pancia sul pavimento. Traversò di corsa tutta la parete e si nascose dietro un cassettone. Dobbiamo farlo uscire di qui, piagnucolò Sissel con una voce che mi era nuova. Annuii, ma per un attimo non riuscii a muovermi, né a parlare, era talmente grosso, quel ratto, ed era stato con noi tutta l'estate, sempre lí a raspare contro il muro, nei silenzi limpidi e profondi dopo le nostre scopate, e mentre dormivamo, ormai era uno di casa. Ero terrorizzato, piú ancora di Sissel, ero certo che il ratto ci conosceva quanto noi lui, era conscio della nostra presenza nella stanza quanto noi lo eravamo della sua dietro il cassettone. Sissel stava per dire qualcosa quando udimmo un rumore per le scale, dei passi pesanti e familiari, un fracasso di mitragliatrice. Per me fu un sollievo, sentirlo. Adrian entrò nel suo solito modo, un calcio alla porta e un salto dentro, e poi subito rannicchiato a terra, con la mitragliatrice pronta contro la coscia. Ci sventagliò di rumori gutturali provenienti dal fondo della sua gola, noi ci portammo le dita alle labbra cercando di farlo stare zitto. Siete morti, tutt'e due, disse, e si preparò a fare la ruota attraverso la stanza. Sissel lo zittí di nuovo, cercò di attirarlo verso il letto. Perché zitto? Cosa avete? Indicammo il cassettone. C'è un ratto, gli dicemmo. Si inginocchiò subito a sbirciare. Un ratto? Fantastico, è enorme, guardalo lí. Fantastico. Cosa farete? Prendiamolo. Attraversai velocemente la stanza e presi l'attizzatoio dal camino, la mia paura si disperdeva nell'eccitazione di Adrian, e potevo far finta che fosse soltanto un grosso topo nella nostra stanza, che prenderlo fosse un'avventura. Sissel continuava a piagnucolare sul letto. Cosa farai con quell'arnese? Per un attimo mi sentii allentare la presa sull'attizzatoio, non era solo un grosso topo, non era un'avventura, noi due lo sapevamo. Intanto Adrian danzava la sua danza. Sí, quello, usa quello. Mi aiutò a trasportare i libri e costruimmo un muro tutt'intorno al cassettone, lasciando solo un passaggio in mezzo per il ratto. Sissel continuava a chiederci cosa facevamo, cosa avremmo fatto con quell'arnese, ma non aveva il coraggio di scendere dal letto. Avevamo finito il muro e stavo porgendo ad Adrian un attaccapanni per far uscire il ratto, quando Sissel attraversò la stanza con un balzo e cercò di strapparmi di mano l'attizzatoio. Dammelo, urlava, aggrappandosi al mio braccio sollevato. In quel momento il ratto uscí dal buco fra i libri e si buttò di corsa verso di noi e mi sembrò che avesse i denti scoperti e pronti. Ci si sparpagliò, Adrian saltò sul tavolo, Sissel e io di nuovo sul letto. Adesso avevamo tutti il tempo di vedere il ratto mentre era fermo in mezzo alla stanza prima di slanciarsi di nuovo in avanti, avevamo il tempo di vedere com'era forzuto e grasso e veloce, come gli tremava il corpo, come la coda gli scivolava dietro simile a un parassita al seguito. Ci conosce, pensai, ci vuole. Non riuscivo a guardare Sissel. Mentre ero in piedi sul letto, sollevavo l'attizzatoio e prendevo la mira, lei urlò. Lo tirai piú forte che potei, colpí di punta il pavimento a diversi centimetri dalla stretta testa del ratto. Si girò velocissimo e tornò dietro il muro di libri. Udimmo i suoi artigli graffiare il pavimento mentre si sistemava ad aspettare dietro il cassettone.

Storcigliai l'attaccapanni di fil di ferro in un solo pezzo, lo piegai in due e lo diedi ad Adrian. Adesso era piú calmo, appena un po' spaventato. Sua sorella stava di nuovo seduta sul letto con le ginocchia tirate su. Io ero là vicino al buco fra i libri con l'attizzatoio ben stretto in mano. Lanciai uno sguardo in basso e scorsi i miei pallidi piedi nudi e scorsi i denti di un topo fantasma scoperti e che strappavano le unghie dalla carne. Un attimo, urlai, che prendo le scarpe. Ma era troppo tardi, Adrian stava frugando dietro il cassettone col fil di ferro, e ora non osavo piú muovermi. Mi chinai un pochino di piú sull'attizzatoio, come un battitore. Adrian si arrampicò sul cassettone e ficcò il fil di ferro proprio nell'angolo. Stava urlandomi qualcosa, ma non sentii cosa. Il ratto terrorizzato aveva attraversato il buco e correva verso i miei piedi per vendicarsi. Scopriva i denti come il topo fantasma. Tenendo l'attizzatoio con entrambe le mani calai un fendente, lo beccai in pieno sotto la pancia e lui si sollevò netto da terra, volò attraverso la stanza sostenuto dal lungo urlo di Sissel con la mano sulla bocca, si spiaccicò contro la parete e in un lampo pensai, si dev'essere rotto la schiena. Cadde sul pavimento con le gambe all'aria, spaccato da un capo all'altro come un frutto maturo. Sissel non si tolse la mano dalla bocca, Adrian non si mosse dal cassettone, io rimasi impalato nel punto in cui avevo colpito, e nessuno fiatò. Per la stanza si infiltrò un odore lieve, intimo e stantio come quello del sangue mensile di Sissel. Poi Adrian scoreggiò e ridacchiò di paura repressa, il suo odore umano mescolato a quello ormai diffuso del ratto. Mi chinai sul ratto e lo pungolai gentilmente con l'attizzatoio. Lo girai su un fianco e dall'enorme squarcio che correva lungo la sua pancia spuntò e scivolò quasi libero un sacchetto traslucido e purpureo, e dentro cinque pallide forme rannicchiate, le ginocchia tirate su contro il mento. Quando il sacchetto toccò terra scorsi un movimento, la gamba di uno dei topini tremò come di speranza, ma la mamma era proprio morta e per lui non ce n'era piú nessun'altra.

Sissel si inginocchiò accanto al ratto, Adrian e io restammo dietro di lei come due guardie, era una specie di suo diritto, star lí inginocchiata con la lunga gonna rossa sparsa intorno. Aprí lo squarcio con due dita, spinse dentro il sacchetto e vi rinchiuse sopra la pelliccia macchiata di sangue. Restò per un po' inginocchiata e noi ancora in piedi dietro di lei. Poi spostò qualche piatto dal lavandino per lavarsi le mani. Avevamo tutti voglia di uscire adesso, cosí Sissel avvolse il ratto in un giornale e lo portammo giú. Sissel alzò il coperchio del bidone della spazzatura e io lo deposi dentro con cura. Poi mi ricordai una cosa, dissi agli altri due di aspettarmi e corsi su per le scale. Era per l'anguilla che ero tornato indietro, stava del tutto immobile in pochi centimetri d'acqua e per un attimo pensai che fosse morta anche lei, finché non la vidi scuotersi quando tirai su il secchiello. Il vento adesso era caduto e le nuvole si aprivano, camminammo fino alla banchina in un'alternanza di luce e ombra. La marea stava salendo in fretta. Scendemmo i gradini di pietra sino al pelo dell'acqua e là rovesciai l'anguilla nel fiume e la guardammo guizzarci via dagli occhi, uno sprazzo del sotto bianco nell'acqua scura. Adrian ci salutò e io pensai che avrebbe abbracciato sua sorella. Esitò e corse via, gridandoci qualcosa da sopra le spalle. Gli urlammo dietro buone vacanze. Di ritorno Sissel e io ci fermammo a guardare le fabbriche sull'altra riva del fiume. Mi disse che avrebbe lasciato perdere il lavoro.

Issammo il materasso sul tavolo e restammo sdraiati di fronte alla finestra aperta, faccia a faccia, come avevamo fatto all'inizio dell'estate. Soffiava una brezza leggera, un lontano fumoso odore d'autunno e mi sentivo calmo, chiarissimo. Sissel disse, oggi pomeriggio puliamo la stanza e andiamo a fare una lunga passeggiata, una passeggiata lungo il fiume. Le premetti il palmo della mano sulla pancia calda e dissi, Sí.

Ah quella Mina. Ora sfatta e ansimante e inoltre spessi occhiali ricorda la sua ultima comparsa in scena. Aspra Gonerilla all'Old Vic, non tollerava sciocchezze, sebbene gli amici dicessero che già allora quella Mina era un po' scentrata. Dicono che durante il primo atto era stata imbeccata, e nell'intervallo urlò contro il colpevole suggeritore, lo graffiò con una lunga unghia vermiglia sotto l'occhio e sulla destra, una piccola tacca lungo tutta la guancia. Si mise in mezzo Re Lear, il divo per famiglie da poco nominato baronetto, e si mise in mezzo il regista, colpendo ripetutamente Mina col programma. – Gran leccaculo reale – a uno, e – Ruffiano da camerino – all'altro, sputò in faccia a tutti e due e recitò ancora una sera. Solo per dar tempo alla sostituta. E l'ultima sera di Mina sulla scena, che gran dama era stata incedendo su e giú, pronta o in ritardo nella battuta, un treno in una galleria di versi sciolti, e il suo orgoglioso seno non imbottito ansimante di feline rissa, e coraggiosa. Verso l'inizio lanciò sventatamente una rosa di plastica alla prima fila, e quando Lear rese noto come lei avesse un curioso affare col suo ammiratore, a tratti provocò qualche risatina. Il pubblico, sofisticato e dotato di percezione sensoria, simpatizzava con lei e col melodramma della disperazione perché sapeva di Mina e quando venne alla ribalta irruppe in un applauso speciale che la spedí in lacrime nel suo camerino e ci andò tenendosi il dorso della mano premuto sulla fronte.

Due giorni dopo morí sua sorella Brianie, la madre di Henry, cosí Mina confondendo le date convinse Mina durante il tè del funerale, e questo è quanto disse ai suoi amici, che rinunciò alle scene per prendersi cura del bambino di sua sorella allora di dieci anni e bisognoso, cosí Mina raccontò agli amici, di una vera mamma, una Vera Mamma. E Mina era una mamma surreale.

Nel salotto della sua casa a Islington tirò a sé il nipote, la faccia lentigginosa contro il suo seno, questa volta imbottito, e profumato, e lo stesso di nuovo il giorno dopo in un tassí diretto a Oxford Street dove gli acquistò un flacone di acqua di colonia e un abito alla Lord Fauntleroy bordato di pizzi. Col passare dei mesi lasciò che i capelli gli crescessero a coprire collo e orecchie, un'audacia all'inizio degli anni sessanta, e lo incoraggiò a cambiarsi per il pranzo, che è poi il tema di questa storia, gli insegnò a prepararle il cocktail la sera, fece venire per lui un maestro di violino e anche uno di ballo, per il suo compleanno un camiciaio e poi un fotografo dalla voce educatamente sull'acuto. Costui venne e scattò fotografie sfocate e virate in marrone di Henry e Mina in costume davanti al caminetto, e tutto questo, diceva Mina a Henry, tutto questo è un buon addestramento.

Buon addestramento a cosa? Henry non pose questa domanda né a lei né a sé, non essendo introverso o particolarmente sensibile. Era il tipo che accettava una nuova vita e l'annesso narcisismo senza opinioni in un senso o nell'altro, le accettava come parte di uno stesso fatto. Il fatto, cioè, che sua madre era morta e dopo sei mesi la sua immagine era vaga come una debole stella. Ma sui dettagli sí, su questi faceva domande. Quando il fotografo, saltellando su e giú per la stanza, ripose via il suo cavalletto e se ne andò, Henry chiese a Mina, di ritorno dall'ingresso, – Perché quell'uomo ha una voce cosí buffa? – Fu soddisfatto dell'incomprensibile risposta di Mina: – Tesoro, credo che sia perché è un tipo particolare –. Presto arrivarono le fotografie in pesanti buste, con Mina che correva dentro e fuori la cucina in cerca dei suoi occhiali, tutta urletti e risatine e che strappava la rigida carta marrone con le unghie. Erano montate in cornici ovali dorate, le porse a Henry di là dal tavolo. Verso i bordi il marrone sbiadiva nel nulla, come fumo prezioso e irreale, e c'era Henry, impassibile, esangue, schiena dritta e una mano posata sulla spalla di Mina. Lei era seduta sullo sgabello del piano con le gonne sparse attorno, la testa appena buttata indietro, nel tentativo di un broncio signorile, coi capelli raccolti a crocchia sulla nuca. Mina rideva eccitata e cambiava gli occhiali per poter guardare le fotografie tenendole a una certa distanza, si girò e rovesciò la brocca del latte, rise ancora e con un balzo all'indietro della sedia evitò il ruscello bianco che colava sul pavimento fra le sue gambe. E fra le risate: – Che te ne pare, caro? Non sono strepitose? – Niente male, mi pare, – fu la risposta di Henry.

Buon addestramento? Neanche Mina si chiedeva cosa intendesse dire, ma di certo aveva qualcosa a che fare con il palcoscenico se cosí fosse, tutto quello che Mina faceva aveva a che fare con quello. Sempre sulla scena, anche quando era sola un pubblico la osservava e le sue azioni erano per lui, una specie di superego, lei non osava deludere né lui né se stessa, cosí se crollava sul suo letto con un gemito dopo qualche estenuazione, quel gemito aveva forma e sortiva il suo effetto. E quando al mattino sedeva a truccarsi davanti allo specchio contornato da lampadine disposte a ferro di cavallo, si sentiva alle spalle migliaia di occhi e si dava un contegno e portava ogni azione a compimento conscia della sua unicità. Henry non era il tipo da vedere l'invisibile, e fraintendeva Mina. Mina che canta, o spalanca le braccia, che piroetta nella stanza, che acquista parasoli e costumi, che imita per il lattaio l'accento del lattaio, o anche solo Mina che porta un piatto dalla cucina in sala da pranzo reggendolo alto di fronte a sé e lei che fischietta fra i denti una marcetta militare battendo il tempo con le strane scarpette da ballo che porta sempre, Henry pensava che fosse per lui. Si sentiva a disagio, un po' infelice, doveva applaudire, c'era qualcosa che avrebbe dovuto fare, prendervi parte oppure Mina avrebbe potuto pensare che era di malumore? C'erano volte che, contagiato dall'umore di Mina, in realtà partecipava siapure un po' incerto a qualche folleggiamento celebrativo intorno alla stanza. Allora qualcosa negli occhi di Mina diceva di no, che nella stanza c'era posto per un'artista soltanto, cosí lasciava che i suoi passi si spengessero fino alla sedia piú vicina.

Sí, lo angosciava un po', ma per il resto non era sgarbata, al pomeriggio quando tornava da scuola trovava il tè pronto, e come beneficiata in piú qualcuno dei suoi dolci preferiti, torta di crema o ciambelle calde, e poi le chiacchiere. Mina tratteggiava le impressioni della giornata, si confidava, in questo piú moglie che zia, parlando in fretta fra bocconi da cui soffiavano fuori le briciole, mentre sul labbro superiore si formava una mezzaluna di unto.

– Ho visto Julie Frank a colazione Tre Tini se li stava mettendo da parte ancora insieme a quel fantino o allenatore di cavalli o quello che è senza neanche pensare a sposarsi è proprio una spregevole cagna Henry. – Julie, – le ho detto, – cosa sono queste storie che racconti in giro dell'aborto di Maxine? Sono stata io a parlartene. Aborto, dice lei, ah, quello! Roba da ridere, Mina, nient'altro. Roba da ridere? Dico io. Mi sono sentita una vera cretina là da lei. Ohh... davvero? Dice lei.

Henry mangiava i bigné, annuiva tranquillo e contento di star lí seduto dopo una giornata a scuola, ad ascoltare una di queste storie che Mina raccontava cosí bene. Poi, alla seconda tazza di tè, era il turno di Henry di raccontare la sua giornata, piú lento e lineare, cosí: – Prima abbiamo avuto storia e poi canto e poi Mr Carter ci ha portati a fare una passeggiata ad Hampstead Hill perché diceva che ci stavamo tutti addormentando e poi c'è stato l'intervallo e poi abbiamo avuto francese e poi componimento –. Ma ci voleva un bel pezzo con Mina che interrompeva con: – La storia era la mia materia preferita, mi ricordo... – e – Hampstead Hill è il punto piú alto di Londra, devi stare attento a non cader giú, tesoro – e il componimento, ce l'aveva con sé? Glielo avrebbe letto? Aspetta, prima lei deve mettersi comoda, ecco, adesso vai pure. Riluttante e apologetico, Henry prese il quaderno dei temi dalla cartella, spianò le pagine e cominciò a leggere con la monotonia di un robot impacciato: «Nessuno al villaggio si avvicinava mai al castello di Grey Crag per via delle terribili grida che si udivano a mezzanotte...» Alla fine Mina batté i piedi per terra, applaudí, urlò come se fosse stata in fondo a un lungo corridoio, alzò la tazza da tè: – Dobbiamo trovarti un agente, tesoro –. E poi toccò a lei, prese la storia e la rilesse mettendoci le giuste pause, abbellendola con grida ed effetti speciali di cucchiaini sbatacchiati, e lo convinse che era buona, perfino un po' raggricciante.

Tè e confidenze potevano durare anche due ore, poi ognuno andava nella propria stanza a cambiarsi per il pranzo. Da settembre in avanti Henry trovava il fuoco acceso, un bagliore ondeggiante e le ombre tremanti dei mobili sulle pareti, e steso sul letto il vestito o il costume che Mina aveva scelto per lui quella sera. Cambiarsi per il pranzo. Si aveva cosí piú o meno due ore di tempo a che Mrs Simpson entrasse con la sua chiave, preparasse il pasto e se ne andasse, a che Mina prendesse il bagno e si stendesse sotto un sole artificiale con la mascherina nera sugli occhi, a che Henry facesse i compiti, leggesse qualche vecchio libro, giocasse con le sue vecchie cianfrusaglie. Mina ed Henry avevano trovato vecchi libri e antiche mappe in varie umide librerie vicino al British Museum, avevano raccolto anticaglie ai mercati di Portobello Road e di Camden o nei negozi compro-e-vendo-tutto di Kentish Town. Una fila di elefanti in scala dagli occhi gialli, intagliati nel legno, un treno a molla di latta colorata che andava ancora, marionette senza fili, uno scorpione in salamoia in un barattolo. E un teatrino vittoriano, con annesso un compito libretto di istruzioni che spiegava come due persone potevano mettere in scena episodi delle *Mille e una notte*. Per due mesi avevano mosso le sbiadite figure di cartone contro i diversi fondali, si cambiavano con un movimento veloce del polso, sbattendo coltelli contro cucchiaini per i duelli alla spada, e Mina concentratissima e inginocchiata ogni tanto si arrabbiava quando lui non entrava a tempo con la sua battuta, e succedeva spesso, ma capitava anche a lei e allora ridevano. Mina sapeva fare le voci, la voce del cattivo del padrone del principe dell'eroina della vittima, e cercò di insegnare anche a lui, ma inutilmente, e ridevano nuovamente, di Henry che sapeva farne solo due, una alta e una bassa. Mina stufa del teatrino di cartone, ormai è Henry da solo che lo tira fuori davanti al fuoco e, timido, fa parlare i personaggi solo nella sua mente. Venti minuti prima di pranzo si spogliava e si lavava, si metteva il costume che Mina aveva scelto per lui e la raggiungeva in sala da pranzo.

Mina li aveva trovati, costumi e travestimenti, uniformi e vecchi vestiti, un po' dappertutto e poi li aveva ricuciti su misura, riempiendo tre armadi. E adesso li cercava anche per Henry. C'era qualche vestito di Oxford Street, ma il resto era roba di scarto, comprata da compagnie teatrali dilettanti che chiudevano, costumi per pantomime ormai dimenticate, merce di seconda scelta dei migliori costumisti, era il suo hobby, ecco. A pranzo Henry indossava un'uniforme militare o quella da fattorino di un albergo americano d'anteguerra, sarà un vecchio adesso, una specie d'abito di monaco e un camiciotto da pastorello uscito da un'Egloga virgiliana, a suo tempo recitata euritmicamente dalle ragazze della sesta superiore, in una riscrittura o arrangiamento della capoclasse, la Mina di una volta. Henry non era curioso, era obbediente, e ogni sera si metteva quello che trovava ai piedi del letto e da basso trovava Mina in crinolina o busti a stecche di balena, in un vestito da gatto a lustrini o trasformata in un'infermiera della guerra di Crimea. Ma lei non diventava un'altra, non recitava il ruolo del suo costume, non faceva commenti sul loro aspetto, se mai aveva l'aria di volersi scordare l'intera faccenda, finire il pasto, rilassarsi, bere dal bicchiere che le porgeva il nipote, cosí lui era addestrato. Henry accettò la routine, apprezzava il rituale del lungo tè e la privacy organizzata, cominciando a chiedersi, tornando a casa da scuola, cosa avrebbe trovato da mettersi, sperando che sul suo letto ci fosse qualcosa di nuovo. Ma Mina faceva la misteriosa, e durante il tè non gli annunciava mai una sorpresa, lasciava che se la scoprisse lui, e sorrideva fra sé mentre lui le preparava da bere e si versava una limonata, ben dritto in una toga che lei aveva trovato da qualche parte, e poi brindavano in silenzio attraverso la grande stanza. Lo faceva girare su se stesso, prendendo nota mentalmente di qualche modifica da fare, e il pasto aveva inizio, con tutte le solite chiacchiere, storie del suo passato sulla scena o storie di altra gente. Una situazione davvero strana, eppure normale per Henry, e cosí intima d'inverno.

Un pomeriggio, ritirandosi in camera sua dopo il tè, Henry vi trovò una bambina sdraiata a faccia in giú sul suo letto; si avvicinò un po' e non era piú una bambina era una specie di abito da festa e una parrucca di lunghi capelli biondi, collant bianchi e scarpette di vernice nera. Trattenendo il respiro toccò il vestito, freddo e sinistramente serio, lo sollevò in un fruscio di balze e trine, strati su strati di pizzo e satin bianco, orlati di rosa, con un grazioso fiocco cadente sul dorso. Lo lasciò cadere sul letto, la cosa piú femminea che avesse mai visto, si pulí la mano sui pantaloni, senza osare toccare la parrucca che sembrava viva. Questo no, non lui, davvero Mina voleva che lui? Fissò il letto desolatamente e prese in mano i collant bianchi, non questi, no di certo. Va bene essere un soldato, un Romano, un paggio, queste cose qua, ma non una bambina, essere una bambina non andava. Come tutti i suoi migliori amici a scuola, a Henry le bambine non lo interessavano, evitava i loro crocchi e trighi, i loro sussurri e risatine, e tenersi per mano e passarsi i bigliettini e ti amo ti amo, gli allegavano i denti a vederle. Che infelice Henry, passeggiò su e giú per la stanza, si sedette al tavolo dei compiti per imparare a memoria certe parole francesi, *armoire* credenza, *armoire* credenza, *armoire* credenza, *armoire*...? e tutti i momenti si guardava alle spalle per vedere se erano ancora sul letto, e c'erano sempre.

Venti minuti all'ora di pranzo, non è giusto, non può essere, non poteva togliersi i suoi vestiti per mettersi quelli, eppure che cosa tremenda sconvolgere il rituale dell'agghindarsi, e già sentiva Mina cantare uscendo dal bagno, adesso si stava truccando nella stanza accanto. Come faceva a chiederle di mettersi qualcos'altro dopo che oggi era uscita apposta per comprargli quello, dopo che ieri gli aveva raccontato di come costino care le buone parrucche e siano difficili da trovare? Seduto su quell'estremità del letto piú lontana dai vestiti e sul punto di piangere, per la prima volta da mesi sentí la mancanza di sua madre, solida e sempre uguale, dattilografa al Ministero dei Trasporti. Udí Mina passare davanti alla sua porta diretta da basso ad attenderlo e cominciò a slegarsi le scarpe, ma poi no, non voleva. Mina lo chiamò, con la stessa voce di sempre: – Henry, tesoro, arrivi? – e lui disse forte: – Un attimo solo –. Ma non poteva muoversi, non poteva toccare quella roba, non voleva, nemmeno per finta, sembrare una bambina. Ed ecco i suoi passi sulle scale, veniva a vedere. Si tolse una scarpa a mo' di palliativo, non poteva fare di piú.

Entrò in camera sua vestita come non l'aveva mai vista prima, in uniforme da ufficiale, vivace e diritta, spalline sottili e una striscia rossa sui calzoni, i capelli tirati indietro, forse imbrillantinati, lucide scarpe nere, un viso dalle pesanti rughe maschili e un'ombra di baffi. Marciò attraverso la stanza, – Ma tesoro, non hai neanche cominciato a prepararti, aspetta che t'aiuti io, avrà comunque bisogno di essere allacciato sul dorso –, e cominciò a sciogliergli il nodo della cravatta. Henry restò dritto, troppo stordito per fare resistenza, lei era talmente decisa, tirava via la camicia, i pantaloni, l'altra scarpa, le calze, e poi stranamente le mutande. Si era già lavato? Lo prese per un polso e lo tirò fino al lavabo, lo riempí di acqua calda e cominciò a sfregargli la faccia e ad asciugargliela, travolgendolo in una frenesia tutta sua, uno slancio speciale. Era là nudo in mezzo alla stanza, come in un incubo, mentre Mina frugava fra i vestiti sul letto e poi si girava verso di lui con quelle in mano, un paio di mutandine bianche e Henry diceva «No» fra sé mentre si avvicinavano. Piegandosi verso i suoi piedi, – Su quella gamba, – gli disse euforica dandogli un colpetto sul piede col dorso della mano, al che lui non reagí, ma restò là immobile, terrorizzato dalla nota di impazienza nella sua voce. – Su Henry, si rovinerà il pranzo –. La lingua gli si mosse da sola per dire: – No, non voglio mettermele –. Per un attimo la schiena di Mina restò chinata sui suoi piedi, poi lei si raddrizzò, gli prese il braccio in una stretta intenzionalmente dolorosa e gli piantò gli occhi in faccia, risucchiandolo nel suo sguardo. Henry vide una pesante maschera di trucco, la faccia di un vecchio, le linee di quelle sciocche cicatrici e il labbro inferiore teso di rabbia sui denti, si sentí tremare dapprima nelle gambe e poi per tutto il corpo. Lei gli scrollò il braccio, sibilò: – Alza quella gamba, – e aspettò mentre lui cominciava a muoverla, ma il movimento lo rilassò, gli fece scorrere un rivoletto di pipí lungo la gamba. Mina lo spinse di nuovo verso il lavabo, lo pulí velocemente con l'asciugamano e disse: – Adesso, – e Henry, troppo spaventato, troppo umiliato per rifiutare alzò prima una gamba e poi l'altra, si sottomise al gelido contatto del vestito sulla pelle, chinò la testa, si lasciò allacciare di dietro, e poi i collant, le scarpette di vernice, e per ultima la parrucca, i capelli biondi gli caddero sugli occhi e rotolarono scomposti sulle spalle.

La vide nello specchio, una ragazzetta disgustosamente carina, distolse lo sguardo e infelice seguí Mina al piano di sotto, frusciando imbronciato e con le gambe che gli tremavano ancora. Adesso Mina era allegra, scherzava bonariamente sulla sua riluttanza, parlò di fare una gita da qualche parte, magari alla fiera di Battersea, e perfino Henry nella sua confusione si rese conto che era eccitata dalla sua presenza e apparenza, perché due volte durante il pranzo Mina si alzò per venire ad abbracciarlo e baciarlo là dov'era seduto e tastò il tessuto qua e là con le dita. – Tutto perdonato, tutto perdonato –. Piú tardi bevve tre bicchieri di porto e si sprofondò in poltrona, soldato ubriaco che chiama la sua ragazza, chiese che lei venisse a sedersi sulle ginocchia di questo ufficiale. Henry si manteneva fuori portata, piccoli spasmi di panico allo stomaco ad ogni pensiero che Mina – era proprio perversa o pazza del tutto? Non riusciva a decidersi, ma di certo il gioco dei travestimenti perse con ciò tutto il suo divertimento, sentí che per Mina era qualcosa di diverso, una cosa un po' inevitabile a cui non si poteva contravvenire, qualcosa di torbido il modo in cui lo tirava, il modo in cui sibilava, qualcosa che non capiva e che scacciò via dalla mente. E verso la fine della serata, mentre sfuggiva alla presa di Mina che cercava di tirarselo sulle ginocchia, e cogliendosi riflesso nei molti specchi della stanza, riflessi della graziosa ragazzina bionda nel vestito da festa, disse a se stesso: «È solo per lei, non c'entra niente, è solo per lei, non c'entra niente con me».

Spaventato da questo qualcosa in lei che non capiva. A Henry il piú delle volte Mina piaceva, era un'amica, voleva farlo ridere non dirgli cosa doveva fare. Lo faceva ridere con tutte le sue buffe voci, e se gli raccontava una storia ed era eccitata, e questo succedeva spesso, la recitava per lui andando su e giú per tutto il salotto. «Il giorno che Deborah lasciò suo marito andò dritta filata alla fermata dell'autobus... – e qui Mina danza una marcetta agitando le braccia... – ma fu solo *allora* che si ricordò che all'ora di colazione non ci sono autobus in partenza dal villaggio... – riparandosi gli occhi con la mano perlustrò la stanza in cerca di un autobus, poi l'altra mano le vola alla bocca, occhi sbarrati, mascella cascante, il ricordo le compare sul volto, come il sole da dietro una nuvola... – cosí tornò a casa per fare colazione... – di nuovo una camminatina... – e vi trova suo marito seduto di fronte a due piatti vuoti, che rutta e dice, Be', non m'aspettavo che arrivassi cosí ho mangiato anche il tuo...» le mani sui fianchi Mina fa gli occhiacci a Henry che adesso era il marito seduto a tavola, e lui che si chiede se debba partecipare o no, lasciarsi andare sulla sedia e ruttare. Invece rise, perché Mina adesso rideva, come faceva sempre quando arrivava alla fine di una storia. Ogni tanto Mina compariva alla televisione, lui la ammirava per questo, anche se era solo pubblicità, di solito era la casalinga col giusto sapone in polvere, bigodini, e foulard annodato in testa che ciancia oltre il muretto del giardino, una vicina che le chiede qual è il segreto delle sue lenzuola, e Mina glielo dice col suo accento da quartieri popolari. Aveva affittato il televisore apposta per la pubblicità, si sedevano con il foglio dell'orario ad aspettarla e quando arrivava ridevano. Una volta finita lo spengeva, solo ogni tanto guardavano qualche programma, e allora erano gli attori, questi la facevano arrabbiare in anticipo: – Cristo! Quello è Paul Cook, lo conosco da quando spazzava i pavimenti al teatro di Ipswich, – saltava su dalla sedia e tirava via la spina dell'apparecchio mentre andava in cucina, Henry restava lí su una sedia a guardare la macchia bianca che si rimpicciolivа al centro dello schermo.

Un pomeriggio poco prima di un Natale, arrivando infreddolito e in ritardo da scuola, trovò accanto alla sua tazza di tè una pila di morbidi cartoncini bianchi, sistemati da Mina in modo che lui li vedesse subito. Sopra c'era stampato a caratteri elaborati, decorosamente inclinati, *Mina ed Henry la invitano al loro party. Si prega di venire in costume.* RSVP. Henry ne lesse parecchi, estraniato dal proprio nome stampato, e guardò Mina che lo fissava, e una specie di sorriso increspato che aleggiava nello spazio fra di loro, pronto a esplodere, e lei lo aspettava. Eccitato, ma incapace di dimostrarlo proprio perché lei se lo aspettava, disse fiaccamente: – Davvero carini, – ed era la cosa sbagliata da dire, niente affatto quello che lui provava, lui che non era mai stato a una festa e non aveva mai visto il suo nome stampato su un invito. Comunque, anche se qualcosa in Mina lo rendeva difficile, bisognava dire di piú: «Come in costume? Che tipo di costumi?» Ma era troppo tardi perché Mina si era già alzata e già rideva mentre lui parlava, traversò la stanza con una camminata tutta impettita da ballerina, cantando al ritmo dei suoi passi: – Carini? Ca-ri-ni? Ca-ri-ni? – tutto intorno alla stanza per ritornare al tavolo e alla sedia dove lui era seduto a guardarla, mica tanto tranquillo. Si fermò dietro di lui a scompigliargli i capelli, fingendo di farlo affettuosamente, ma tirandoglieli, e gli punse gli occhi: – Henry, caro, sarà formidabile, fantastico, orribile, ma mai carino, niente di quanto mai faremo noi sarà carino – e dicendo questo continuava a passargli le mani fra i capelli, attorcigliandoseli sulle dita. Lui si girò per guardare in su e sfuggirle, e lei fu presa nell'improvviso sguardo furibondo all'insú nell'ampio bianco degli occhi di Henry, si calmò e lo strinse con vero affetto. – Ci divertiremo da matti, non sei eccitato? Come ti sembrano gli inviti? – Lui li prese di nuovo in mano, dicendo seriamente: – Nessuno oserà non venire –. Il tocco cattivo sparitole dal tono della voce gli disse, versandogli il tè, che i travestimenti dovevano essere impenetrabili, e si mise a fare battute e a raccontare aneddoti sugli amici che avrebbe invitato.

Dopo pranzo si sedettero a chiacchierare vicino al fuoco di carbone, Mina con un vestito New Look del tempo dei razionamenti e Henry nei velluti alla Lord Fauntleroy, Mina disse all'improvviso dopo un lungo silenzio: – E tu? Chi inviterai? – Lui non rispose subito, pensando ai suoi compagni di scuola. A scuola lui era diverso, tutto era diverso, giocava giochi a rincorrersi e rumoroso football contro un muro e in classe faceva suoi alcuni degli aneddoti e delle parole di Mina: gli insegnanti lo consideravano moderatamente precoce. Aveva molti amici, ma se lo chiese e non aveva un suo migliore amico come invece qualcuno di loro. E a casa, tranquillamente seduto davanti alle rappresentazioni e agli umori di Mina, ben attento a non mancare un'entrata, non aveva mai pensato alle due cose insieme, una ampia e libera con grandi finestre, pavimenti di linoleum, lunghe file di pioli a cui appendere il cappotto, l'altra era densa, le cose in camera sua, due tazze di tè e i giochi di Mina. Raccontare la sua giornata a Mina era come raccontare un sogno a colazione, reale e irreale. Alla fine rispose: – Non so, non mi viene in mente nessuno –. Era possibile che i ragazzi con cui giocava a football potessero trovarsi nella stessa stanza con Mina? – A scuola non ti sei fatto nessun amico che meriti portarlo a casa? – Henry non rispose. Come potevano accettare di travestirsi, indossare costumi e quelle cose lí, era sicuro che la cosa non sarebbe andata.

Il giorno dopo lei non gliene parlò piú, ma gli sciorinò i dettagli, idee che le traboccavano in mente, tutto il giorno senza pensare a nient'altro. Per agevolare i travestimenti, le stanze saranno fiocamente illuminate. – Nemmeno i migliori amici si riconosceranno fra di loro, – e i travestimenti dovranno rimanere segreti, nessuno saprà chi è Mina, lei va in giro, si diverte, ognuno si prende da bere da sé, si presentano da soli, nomi falsi naturalmente, tanto è tutta gente di teatro, maestri nel travestimento, maestri nell'arte di creare personaggi, perché è cosí che Mina concepisce l'arte della recitazione, creare un'individualità, in altre parole un travestimento. E senza prendere fiato continua, altri dettagli, questo le è venuto in mente in bagno, naturalmente lampadine rosse, una ricetta speciale per il punch, trovare qualcuno che venga a suonare e magari bruceremo dei bastoncini di incenso. Poi gli inviti furono spediti, e tutti i preparativi possibili furono preparati, e mancavano ancora due settimane, cosí Mina non parlò piú della cosa e di conseguenza neanche Henry. Poiché conosceva tutti i costumi di Henry, li aveva comprati tutti lei e non voleva riconoscerlo alla festa, gli diede i soldi per comprarsi qualcosa di nuovo, doveva pensarci lui e promettere di non parlarne. Andò in giro un sabato intero e lo trovò da un rigattiere vicino alla stazione della metropolitana di Highbury e Islington, in mezzo a macchine fotografiche, rasoi rotti e libri gialli, una sorta di faccia mostruosa alla Boris Karloff fatta di stoffa, coi buchi per gli occhi e la bocca, a forma di cappuccio che ti infili in testa. Aveva capelli irsuti che andavano in tutte le direzioni, era buffa e attonita, non faceva paura, costo trenta scellini, disse l'uomo. E siccome quel giorno non aveva i soldi con sé disse all'uomo che sarebbe venuto a prenderla lunedí uscendo da scuola.

Ma quel giorno non ci andò, quel giorno incontrò Linda, era il modo in cui erano messi i banchi, a coppie, in gruppi di quattro con in mezzo un passaggio. Henry era l'ultimo arrivato in classe, orgoglioso di avere un banco tutto per sé, era andata cosí mentre tutti gli altri dovevano dividerlo. I suoi libri e i quaderni e due burattini ne occupavano entrambi i lati, era bello starsene là seduto in fondo con tutta la propria roba sparsa intorno. L'insegnante, per spiegare quant'erano venticinque piedi disse che era piú o meno da lí al banco di Henry, e tutti si girarono a guardare tutta la classe, certo che quel banco era suo. E lunedí c'era una bambina, una nuova bambina, seduta al suo banco, che tirava fuori tutte le sue matite colorate come se facesse già parte. Vedendo che lui la fissava lei abbassò gli occhi e disse piano ma senza sottomissione: – Il maestro mi ha detto di sedermi qui –. Henry la guardò male, si sedette, era già brutto che avessero violato il suo spazio, ma una bambina, poi. Durante le prime tre lezioni lei rimase lí, una non presenza, seduta al suo fianco, e Henry guardò sempre fisso in avanti, perché guardarsi attorno voleva dire ammetterla, queste ragazzine ficcanaso che cercano sempre di incontrare il tuo sguardo. All'intervallo si alzò prima degli altri, si bevve il suo latte vicino allo scalone, evitando i suoi amici, e aspettò che la classe fosse vuota per andare a sgombrare per lei metà del banco, imbronciato buttò dentro due sacchetti di plastica le sue cose, il vagone del trenino, dei vestiti vecchi e altro, e sentendosi oscuramente martirizzato mise i sacchetti dietro la sedia della bambina, voleva che lei si rendesse conto di che bel disturbo. Quando tornò a sedersi lei gli fece un sorrisetto nervoso, ma lui era spigliato, un fintone, che lascia correre, e guardava da un'altra parte sfregandosi le mani.

Ma il malumore passa e gli venne curiosità, le diede qualche occhiata e poi ancora altre, le cose di lei che lo colpivano smossero qualcosa, come i sottili capelli lunghi color del sole che le scendevano sulle spalle e sulla soffice lana del golfino, e la pelle esangue come carta ma quasi trasparente, e poi il naso, molto dritto, stretto e teso, svasato come quello di un cavallo, i suoi grandi occhi grigi spaventati. Sapendo che lui la stava di nuovo guardando lei cominciò un sorriso con un angolo delle labbra, quel movimento diede a Henry un'emozione un po' turbata alla bocca dello stomaco, cosí tornò a guardare avanti a sé, rendendosi vagamente conto di che cosa si trattava quando dicevano che questa o quella ragazza era bellissima, cosa che prima gli era sempre sembrata una tipica esagerazione da Mina.

Crescendo ci si innamora, Henry questo lo sapeva, di qualche ragazza che conosci, ed è allora che ci si sposa, ma solo se si trova una ragazza che ti piace, e come poteva succedere a lui quando la maggior parte delle ragazze era incapibile? Eppure questa, le vedeva il gomito quasi sulla sua metà del banco, questa era fragile e diversa, voleva toccarle il collo o mettere un piede vicino ai suoi, o magari si sentiva un po' colpevole per questa novità, questa confusa sensazione? Lezione di storia e tutti che disegnano una mappa della Norvegia e colorano navi vikinghe con le prue volte a sud. Lui le toccò il gomito: – Mi presti il tuo blu? – Blu per il mare o blu per il cielo? – Blu per il cielo –. Gli trovò una matita, gli disse che si chiamava Linda, e stringendola ancora tiepida della sua mano si chinò sulla sua mappa con speciale attenzione, sfregò un alone blu per il suo litorale facendolo risuonare *linda linda* nell'ultimarlo in su e in giú a pochi centimetri dagli occhi. Poi si ricordò, – Io sono Henry, – sussurrò, gli occhi grigi si spalancarono per comprenderlo: – Henry? – Sí –. Impaurito di sé all'ora di pranzo le girò al largo, si assicurò il posto a un altro tavolo da pranzo e andò rumorosamente in cerca dei suoi amici sul campo di gioco che lo schernivano: – Ti sei fatto la ragazza, eh? – al che lui si esibí in un tremito di vero disgusto per farli ridere e immetterlo tra loro. Giocarono a football contro il muro ed Henry gridò come non mai, agitando gomiti e pugni, ma quando il pallone andò oltre il muro e loro eran lí ad aspettarlo, allora la sua mente era già al momento in cui sarebbe tornato in classe a sedersi vicino a quella bambina. E tornandoci la trovò già lí, e le lasciò capire con un'impercettibile inclinazione della testa di aver visto il suo sorriso. Il pomeriggio sgocciolò via noioso e lento, lui si agitava sulla sua sedia senza volere né che finisse né che continuasse, sapendo che lei era seduta lí.

Alla fine delle lezioni si inginocchiò dietro la sua sedia, facendo finta di cercare qualcosa nei sacchetti di plastica, sicuro che non l'avrebbe rivista fino al mattino dopo. Lei era ancora seduta al banco, finiva di fare qualcosa e non gli badava, cosí Henry trafficò ancora un po' coi sacchetti, si alzò, si schiarí la voce e disse rudemente: – Ci vediamo, – e la sua voce echeggiò nella stanza vuota. Si alzò anche lei, e chiuse il libro: – Te ne porto uno –. Gli prese una borsa e camminò davanti a lui attraverso l'aula e attraversarono il campo da gioco silenzioso, mentre Henry si guardava attorno per vedere se c'erano ancora in giro i suoi amici. Vicino ai cancelli della scuola aspettava una donna con un cappotto di pelle e i capelli a coda di cavallo, giovane e vecchia allo stesso tempo, che si chinò su Linda e la baciò sulle labbra. – Ti sei già fatta un amico? – disse guardando Henry che si era tenuto un po' discosto. Linda disse solo: – Si chiama Henry, – e a lui: – È la mia mamma, – e la mamma tese la mano a Henry che si avvicinò e la strinse, con aria molto adulta. – Ciao Henry, possiamo darti un passaggio a casa con le tue borse? – indicando con un vago gesto del posto la grande macchina nera dietro di lei. Mise i sacchi sul sedile posteriore, propose che loro tre si sedessero insieme davanti, cosa che fecero, e Linda si stringeva contro di lui per non intralciare la leva del cambio. Non doveva tornare subito a casa per via della maschera, aveva detto a Mina che avrebbe fatto tardi, cosí accettò l'invito per il tè e restò seduto contro la portiera ad ascoltare Linda che raccontava alla mamma il suo primo giorno alla nuova scuola. Si fermarono in fondo a un viale di ghiaia, di fronte a una grande casa di mattoni rossi circondata da alberi, e attraverso gli alberi la brughiera di Hampstead, che scendeva in una sola lunga distesa su un lago, che Linda gli indicò quando fecero un giro intorno alla casa: – Quel palazzo laggiú, si vede appena fra gli alberi, è Kenwood House, dentro ci sono un sacco di quadri antichi che si possono vedere gratis. C'è anche l'*Autoritratto* di Rembrandt, il quadro piú famoso del mondo –. Henry si chiese che dire allora di *Monna Lisa*, però rimase molto colpito.

Mentre la mamma faceva il tè, Linda portò Henry a vedere la sua camera, percorsero un corridoio su folti tappeti che smorzavano i loro passi, e arrivarono nell'anticamera ai piedi di un grande scalone che a metà si divideva in due e finiva su un largo pianerottolo a forma di ferro di cavallo con un pendolo ad un'estremità, all'altra una massiccia cassapanca rivestita di ottone sbalzato. Linda gli spiegò che era una cassapanca per corredo dove si tenevano i doni per la sposa, e aveva quattrocento anni. Salirono un'altra rampa di scale, ma la casa era tutta loro? – Era di papà, ma lui se n'è andato cosí adesso è della mamma. – Dov'è andato? – Voleva sposare un'altra invece della mamma cosí hanno divorziato. – E cosí ha dato la casa alla tua... a tua madre per farsi perdonare –. Non gli riuscí di dire «mamma». Era un mucchio di cianfrusaglie con un letto, la camera di Linda, il pavimento ingombro e la porta bloccata, carrozzine, bambole e i loro vestiti, giochi e pezzi di giochi, una grossa lavagna sulla parete e il letto sfatto, le lenzuola che finivano in mezzo alla stanza, piú in là il cuscino, bottigliette e spazzole di fronte a uno specchio e le pareti rosa, estraneamente femminile, ne fu eccitato. – Non devi mai mettere in ordine? – Stamattina abbiamo fatto una battaglia di cuscini. Mi piace cosí disordinata, a te no? – Henry seguí Linda giú per le scale, è sempre molto meglio fare proprio quello che vuoi se puoi trovare un posto dove farlo.

Al tè, la madre di Linda gli disse di chiamarla Claire e quando dopo un po' lei gli chiese se voleva ancora qualcosa, lui disse: – No grazie, Claire – e Linda scoppiò a ridere con la bocca piena di tè, Henry e Claire le diedero una pacca sulla schiena e continuarono a ridere cosí, senza motivo. Linda si attaccò a Henry per non cadere per terra. Nel bel mezzo di tutto questo un uomo alto fece capolino dalla porta di cucina, un uomo con le sopracciglia scure e folte che sorrise ed esclamò: – Vi divertite, – e scomparve. Quando Henry si mise il cappotto per andare via e chiese a Linda chi era quell'uomo, lei gli disse che era Teo che ogni tanto veniva a stare da loro, e sussurrò: – Dorme nel letto della mamma –. Nel pronunciarle, desiderando di rimangiarsi le parole, chiese: – Per fare che? – facendo ridere Linda in mezzo ai cappotti. Si sedettero di nuovo tutti e tre insieme davanti, stretti stretti, e dopo un po' Linda decise che avrebbero cantato *Frère Jacques*, il che fecero per tutta la strada fino a Islington, e cosí forte che quando si fermavano ai semafori la gente nelle altre macchine li sentiva, e sorridevano attraverso i finestrini.

Il canto si bloccò quando Claire frenò davanti a casa di Henry, all'improvviso fu una gran quiete. Lui si sporse sul sedile di dietro per prendere le sue borse, mormorando dei ringraziamenti per il... ma Claire lo interruppe per chiedergli se gli sarebbe piaciuto andare a trovarle domenica, e Linda urlò che doveva fermarsi tutto il giorno, e alla fine parlavano tutti insieme, Claire, se voleva che lo venisse a prendere in macchina, Linda, gli prometteva di portarlo a vedere i quadri a Kenwood House, Henry, che prima doveva chiedere a Mina ma era sicuro che sarebbe andato bene. Linda gli strinse una mano: – Ci vediamo a scuola, – e urlava, salutava, l'inizio di un altro coro andò perso nel frastuono di un autocarro che passava, lo lasciarono là sul marciapiede coi suoi sacchetti, un attimo di esitazione prima di entrare.

Mina era seduta al tavolo, la testa fra le mani, circondata dal servizio da tè. Non alzò la testa al suo – Ciao, – e lui restò incerto nell'ingresso, si tolse il cappotto facendo l'indaffarato con le borse. Mina disse calma: – Dove sei stato? – Guardò l'orologio, erano le sei meno dieci, era in ritardo di un'ora e trentacinque minuti. – Te l'avevo detto che sarei arrivato un'ora piú tardi. – Un'ora? – disse lei strascicando le parole, – sono quasi due, ormai –. C'era qualcosa di familiare nella stranezza di Mina, e lui sentí le gambe che cedevano. A tavola cominciò a giocare con un cucchiaino, infilandolo nel tunnel del suo pugno chiuso, finché Mina inspirò profondamente dalle narici. – Posa quell'affare, – tranciò. – Ti ho chiesto dove sei stato –. Con voce tremante spiegò che la madre di un suo compagno di scuola l'aveva invitato a prendere il tè a casa loro e... – Credevo che tu fossi andato a ritirare il tuo costume, – disse lei, parlando a bassissima voce. – Sí, stavo per andarci, poi... – Henry fissò le proprie dita distese sul tavolo. – E se andavi a casa di qualcuno, non potevi farmelo sapere? – Adesso urlava a tutto spiano. – Abbiamo un maledetto telefono –. Nessuno dei due parlò, l'eco della voce di Mina restò per cinque minuti nella stanza, squillante ancora nella testa di Henry, poi lei disse calma: – Tanto tu te ne freghi. Vai su a cambiarti –. Lui sapeva che sarebbe bastato dire le cose giuste per rimettere tutto a posto, ma non gli venivano in mente, in testa aveva solo quello che vedeva, le nocche della sua mano, il disegno della tovaglia al di sotto riempivano la sua attenzione, non aveva niente da dire. Mentre passava dietro la sedia di Mina per raggiungere la porta, lei si girò e lo prese per un gomito: – E niente storie, questa volta, – e lo spinse via. In cima alle scale pensò a quelle parole, niente storie, qualche nuovo costume che lo umiliasse per essere arrivato tardi e aver spezzato il rituale pomeridiano. Si avvicinò alla ragazzina posata ordinatamente sul letto, la stessa dell'altra volta. Senza pensare a niente si spogliò, non sopportava l'idea di scatenare di nuovo la frenesia di Mina, quell'impulso vizioso che la trasformava in un'estranea e di cui lui aveva paura, e già spaventato e tremante si infilò quella stoffa gelida sulla pelle, e i collant bianchi, affrettandosi nel caso pensasse che stesse esitando. Si imbrogliò coi sottili cinturini delle scarpe, le dita lo incalzavano, e prese la parrucca per mettersela a posto davanti allo specchio, e quando si guardò restò immobile, e di nuovo sentí lo spasimo alla bocca dello stomaco, perché c'era lei lí, nella sua stanza, coi capelli sciolti giú per le spalle, la pelle tesa e pallida, quel naso. Prese lo specchio a mano e si studiò da tutti i lati, gli occhi erano diversi di colore, i suoi erano piú azzurri e il naso un po' piú largo. Ma era stato il primo sguardo, e lui era ancora sotto lo choc di quel primo sguardo. Si tolse la parrucca, sembrava un pagliaccio con quel vestito e i suoi capelli corti e scuri, gli venne da ridere. Si rimise la parrucca e fece un balletto intorno alla stanza, Henry e Linda insieme, piú vicini che in macchina, lui dentro di lei e lei in lui. Niente piú oppressione, era libero dalla rabbia di Mina, invisibile dentro questa bambina. Cominciò a spazzolare la parrucca come aveva visto fare a Linda di ritorno da scuola, partendo dal fondo e all'ingiú, per non rovinare le punte gli aveva detto lei.

Era ancora davanti allo specchio quando Mina entrò all'improvviso nella stanza, la stessa uniforme da ufficiale, la faccia ancora piú dura dell'altra volta, lo prese per le spalle e lo girò, poi gli allacciò l'abito da dietro, canticchiando piano fra sé. Anche lei pettinò la parrucca, gli passò una mano su per l'interno delle gambe per tastargli la biancheria e, soddisfatta, lo girò di nuovo per averlo di fronte cosí che lui provò la medesima paura raggelante a vederle da vicino le linee scure e pesanti del viso truccato, i fili dritti di capelli imbrillantinati. Lei si chinò su di lui, se lo tirò vicino e lo baciò sulla fronte: – Puoi andare, – e tenendolo per mano scese le scale in silenzio, e questa volta fu lei a versare da bere, due bicchieri pieni di vino rosso. Si inchinò, gli porse il bicchiere, poi sbattendo i tacchi disse con una voce fintamente arcigna: – Eccoti, mia cara –. Lui non sapeva come prendere l'insolito bicchiere, il lungo gambo colorato era troppo corto per il suo pugno, cosí lo tenne con entrambe le mani. Nelle occasioni speciali Mina gli dava del sidro, altrimenti era sempre limonata. Adesso Mina era là in piedi con le spalle al fuoco, la schiena ritta, il bicchiere all'altezza del petto appiattito, – Salute, – e inghiottí due bei sorsi, – bevi –. Henry bagnò nel vino la punta della lingua, trattenendo un brivido a quel sapore dolce-amaro, poi chiudendo gli occhi ne bevve una sorsata, spingendolo in fretta in fondo alla gola con la lingua in modo da evitarne il sapore, tranne per un senso di peloso che gli restò in bocca. Mina finí di bere e aspettò che anche lui vuotasse il bicchiere, poi glielo riempí di nuovo e portò il vino in tavola prima di andare a prendere i piatti. Stordito e irreale, la aiutò a portare un vassoio dallo scaldavivande, stupito del silenzio di Mina. Si sedettero, Linda e Henry, Henry e Linda. Per tutto il pasto Mina continuava a sollevare il proprio bicchiere dicendo: – Salute, – e per bere aspettava che anche lui sollevasse il suo, e una volta si alzò per prendere dell'altro vino. Tutto gli scivolava via ormai, le cose che Henry guardava si separavano fluttuando da se stesse e nello stesso tempo restavano lí, lo spazio fra gli oggetti ondulava, la faccia di Mina rotta in schegge si muoveva e si fondeva con le proprie immagini, cosí lui si attaccò al bordo del tavolo per fermare la stanza e vide che Mina si era accorta, vide il suo sorriso frastagliato che avrebbe dovuto essere di incoraggiamento, la vide ondeggiare pesantemente mentre andava a prendere la caffettiera sullo sfondo della stanza in movimento tenuta insieme sui suoi tre assi, e se chiudeva gli occhi se chiudi gli occhi potresti cader giú dall'orlo del mondo, ecco che si piega all'insú proprio da lí vicino al tuo piede. E durante tutto ciò Mina diceva, Mina voleva sapere qualcosa, del suo pomeriggio, cosa aveva fatto in quell'altra casa, cosí che per risponderle Henry radunò la sua lingua sparpagliata, udí la propria voce arrivargli debolmente dalla stanza vicina, il palato incollato: – Noi e... siamo stati, lei ci ha portati..., – finché rinunciò, sottomettendosi al ragliare, abbaiare e ridere di Mina. – Oh, la mia povera bambina ne ha bevuto uno di troppo, – e lo disse sporgendosi verso di lui, lo sollevò per le braccia e mezzo trasportandolo mezzo trascinandolo verso la poltrona se lo tirò in braccio e lo girò in modo che le gambe fossero penzoloni su un lato della poltrona, gli cullò la testa fra le braccia, lo stringeva stretto e caldo e gli stava tutta attorno come un lottatore, non riusciva a muovere nello stesso tempo le braccia e le gambe per cercare di liberarsi, lo teneva stretto gli teneva la faccia premuta contro il solco nella sua giubba sbottonata, cosí rivoltolandola fra le sue braccia si rese conto che muoversi di colpo avrebbe voluto dire sentirsi di colpo male. Lei ci teneva proprio alla sua ragazza, e gli spinse la faccia in pieno seno, perché sotto la giubba non c'era niente, nient'altro che la faccia di Henry contro la pelle rugosa e vagamente profumata delle sue vecchie mammelle avvizzite e lei gli teneva il collo con una mano, non poteva levarsi via da quella stoffa scura, non osava uno scatto improvviso, sapeva cosa stava succedendo nel suo stomaco, non riuscí a muoversi neanche quando lei incominciò a cantare e a vagare con la mano libera fra gli strati del suo vestito attorno e fra le cosce, mezzo diceva e mezzo cantava: – Al soldato ci vuole una ragazza, al soldato ci vuole una ragazza, – trascinandola secondo il ritmo del suo respiro sempre piú acuto sempre piú profondo e Henry su e giú nelle spire di quel ritmo, si sentí spingere ancora piú contro e aprí gli occhi nel pallore grigio azzurro dei seni di Mina, grigioazzurri come lui si immaginava le facce dei morti. – Sto male, – mormorò sulla carne di Mina e dalla bocca gli scivolò fuori senza rumore una porcheria rossastra di vino e cibo, un po' di colore al mortale pallore dentro la giubba. Non piú trattenuto le rotolò via, giú sul pavimento con la parrucca tutta sghemba, macchie rosse e marroni striavano il lindo bianco e rosa adesso volgarmente pretenzioso, si tirò via del tutto la parrucca. – Sono Henry, – disse con voce ispessita. Per un po' Mina non si mosse, seduta là a fissare la parrucca buttata per terra, poi alzandosi scavalcò Henry, di sopra, e dalla sua stanza roteante fu in grado di sentirla che si faceva scorrere l'acqua del bagno, restò lí dov'era finito a guardare i disegni del tappeto muoverglisi fra le dita, si sentiva meglio dopo aver vomitato, non poteva muoversi.

Mina scese dopo il bagno con un vestito normale, di nuovo se stessa, lo aiutò ad alzarsi in piedi e lo condusse accanto al fuoco dove gli slacciò il vestito, portandolo in cucina per lasciarlo a bagno in un catino. Raccolse la parrucca, lo prese per mano e gli insegnò come salire i gradini, cantilenando ad ognuno come con un bambino: – Uno e due e tre e... – In camera sua, Henry le vacillò sulla spalla mentre lei finiva di spogliarlo, gli trovava il pigiama parlando tutto il tempo, e quella volta che *lei* si era ubriacata per la prima volta... bene il giorno dopo non si ricordava *assolutamente* niente, e Henry, incerto su quello che lei stava dicendo tranne che il tono era buono, lo riconobbe come le aveva riconosciuto il vestito, Henry se ne stava supino sul letto con la mano di lei sulla fronte per fermare un attimo la stanza, mentre Mina cantava e diceva la canzone di prima: – Un soldato ha bisogno d'una ragazza come il leone della sua criniera, per sussurrargli all'orecchio e fargli scomparir ogni dolor coi baci –. Gli carezzò i capelli e quando si svegliò il giorno dopo la parrucca era sul cuscino accanto a lui, gli sarà caduta durante la notte.

Al momento del risveglio pensò a Linda, e al dolore che aveva dietro gli occhi, e a come nella stanza ci fosse una sensazione di mattina passata. Sotto Mina gli chiese: – Vuoi fare colazione? Ti ho lasciato dormirci su, – ma lui era già pronto per la scuola, prese la sacca dal gancio, e via fuori dalla porta già sull'altro lato della strada con Mina che gli grida di tornare indietro, il vento umido gli scompigliava i capelli, la notte prima tutta confusa ma una cosa sicura, Mina ci aveva rimesso qualcosa che adesso gli rendeva facile scappare dalla sua voce che si affievoliva. Verso Linda. A scuola disse che era stato male, e non era una bugia, quel pomeriggio era ancora abbastanza pallido per essere creduto. All'inizio delle lezioni pomeridiane si sedette al suo banco, dove lei lo aspettava sorridendo, pronta a infilargli un biglietto in mano, un pezzetto di carta con sopra scritto «Vieni domenica?» Lui lo girò e scrisse sí, nello stesso spirito in cui era corso libero al mattino, lo sporse sotto il banco perché lei potesse prenderlo, e quando sentí le sue dita per un attimo non le lasciò andare, le strinse e poi scivolò via. Una fitta allo stomaco, un po' di sangue acceso all'inguine, la pelle prepuberale spinta su come un fiore a primavera nelle pieghe dei vestiti e il biglietto cadde inosservato per terra.

Poteva dirle dello sguardo nello specchio? Di Henry e Linda fusi nelle loro apparenze, improvvisamente uniti in uno, e di come lui si era sentito libero e aveva fatto una piccola danza prima che arrivasse Mina, voleva dirglielo, ma spiegare il resto, raccontare di Mina; da dove cominciare, come si spiega un gioco che non è un gioco davvero? Invece le raccontò della maschera che sarebbe andato a comprare piú tardi, una specie di mostro, – Ma fa piú ridere che paura, – e quindi della festa, del suo nome stampato sul biglietto di invito insieme a quello di Mina, tutti in maschera e nessuno sa chi sei, e si può fare tutto quello che si vuole tanto non importa. Stavano nel campo da gioco, vuoto adesso che gli altri erano andati via, inventavano storie su quello che si può fare quando nessuno sa che a farle sei tu. Voleva venire? Sí, certo e lo voleva tantissimo. La mamma di Linda stava arrivando attraverso il prato, baciò la bambina e mise una mano sulla spalla di Henry, poi si avviarono insieme alla macchina. Linda raccontò alla madre della maschera di Henry e della festa di Henry, Claire le disse che poteva andare, doveva essere divertente. Si salutarono.

Arrivò al negozio senza fiato, perché non voleva piú tornare da Mina in ritardo. L'uomo dietro il banco aveva un modo di fare tutto suo coi bambini, una giovialità poco divertente. – Dov'è l'incendio? – disse quando Henry entrò nel negozio, e cercando di far capire la sua fretta, lui disse veloce: – Sono venuto per la maschera –. Il negoziante si sporse lentamente oltre il banco, con la battuta che gli tremolava sull'angolo delle labbra, non ce la faceva piú a trattenerla: – Ma guarda, credevo che tu l'avessi già addosso, – e fissò Henry, aspettando che ridesse con lui. Henry sorrise per lui: – Ha detto che me l'avrebbe tenuta. – Vediamo – facendo una gran scena col guardare le date sul calendario – se non mi sbaglio – trattenne il respiro e poi lo lasciò andare – se non mi sbaglio oggi è martedí –. Guardò raggiante il suo cliente Henry, inarcò le sopracciglia, osservando l'irrequietezza del suo cliente. – Ce l'ha ancora? – e sempre con le sopracciglia inarcate puntava un dito in aria, un buffone che non divertiva nessuno, – Ecco, qui sta il punto, ce l'ho ancora? – Mentre Henry cominciava a capire com'è che vien fatta violenza, lui stava frugando sotto il banco. – Vediamo un po' cosa c'è qui, – e tirò fuori la maschera, la maschera di Henry. – Per piacere può farmi un pacco, perché dev'essere una sorpresa –. L'uomo, Henry se ne accorse per la prima volta, era vecchio e gli spiacque un po' per lui. L'uomo la avvolse con grande cura in due fogli di rigida carta marrone e gli trovò una vecchia borsa a rete per portarla. Adesso stava zitto, Henry avrebbe voluto che continuasse con le sue sciocche battute, almeno quelle le capiva. Invece l'unica altra parola che pronunciò fu: – Ecco, – porgendogli la borsa attraverso il banco. Henry gli disse arrivederci nell'uscire dal negozio ma il vecchio era andato nel retrobottega e non lo sentí.

Mina non parlò della sera prima, invece continuava a tagliargli fette di torta, e a chiacchierare molto e in fretta, fece un'allusione veloce e spiritosa al modo in cui se n'era andato al mattino, insomma era di nuovo lei. In cucina Henry vide il vestito in un catino d'acqua, simile a un raro pesce morto. Parlò con esitazione: – Quel mio amico, la sua famiglia mi ha chiesto di andare da loro domenica e fermarmi tutto il giorno, – e Mina, distaccata: – Ah sí? E lo conosco, io? Perché non lo inviti alla festa? – L'ho già invitato e loro vogliono che domenica vada là, – perché era importante non far riferimento al sesso del compagno? Mina restò sul vago, – Vedremo, – ma lui le andò dietro, seguendola verso la cucina. – Sai, devo dare una risposta domani, – e col tono della voce chiedeva una risposta al silenzio che seguí le sue parole. Lei sorrise, gli tolse i capelli dagli occhi e disse, amichevole e rassegnata,

– Penso di no, tesoro. E adesso occupati un po' dei compiti che non hai fatto ieri –, spingendolo dolcemente verso le scale dove lui si spostò di lato, – Ma mi hanno chiesto di andarci, ci voglio andare –. E Mina briosa, – Direi proprio di no, tesoro. – Voglio andarci –. Gli tolse la mano dalla spalla, si sedette sul primo gradino col mento fra le mani, ci pensò su un bel po', poi – E io cosa dovrei fare domenica mentre tu sei via coi tuoi amici? – Un cambiamento improvviso, lui era quello che dava quando prima era quello che chiedeva, lui lí in piedi e lei seduta ai suoi piedi, non gli veniva niente da dire, si sentiva intorpidito. Dopo un po' lei disse: – Allora? – tendendogli le mani, lui si avvicinò finché lei riuscí a prendergli le mani fra le sue, e lo guardò di sopra gli occhiali, poi se li tolse e allora lui vide l'umidità che le si raccoglieva sul bordo degli occhi. Questo non andava, una cosa terribile, un terribile peso che si sentiva addosso, come può qualcuno essere cosí importante? Gli strinse le mani piú forte. – Va bene, – disse lui, – resterò a casa.

Lei cercò di tirarselo piú vicino, ma Henry liberò le sue mani e corse di sopra girandole intorno. Tolse dal letto il vestito marrone e lo appese alla sedia, si sdraiò di schiena sul letto, cacciò via l'immagine di Linda, sentendosi colpevole. Entrò Mina, gli si sedette accanto alla spalla guardandolo in faccia mentre lui la evitava, non voleva vederle gli occhi di nuovo, e lei restò lí seduta a giocherellare con l'angolo della coperta, stringendolo fra l'indice e il pollice. Mina gli pettinò i capelli con le dita, lui si irrigidí dentro aspettando che lei smettesse, non gli piaceva avere le sue dita vicino alla faccia, non adesso. – Sei arrabbiato con me, caro? – Henry scosse la testa, ancora senza guardarla in faccia. – Sei arrabbiato con me, lo vedo –. Lei si alzò e andò accanto al tavolo, prese in mano un pezzetto di legno grezzo a cui lui stava lavorando da mesi, voleva farne un pescespada, ma non riusciva a dare al tronco potenza e sinuosità, ed era ancora soltanto un pezzo di legno, la rappresentazione infantile del Pesce. Mina se lo rigirava fra le mani guardandolo senza vederlo. Sul soffitto c'era il grande scalone che a metà si divide in due e Linda e Claire che fanno la battaglia di cuscini in camera da letto, di certo perché Claire voleva consolare Linda del suo primo giorno di scuola, e l'uomo alto con le sopracciglia spesse, lui dormiva nello stesso letto di Claire. Mina disse: – Ci tieni proprio ad andare, vero? – Henry disse: – Non fa nulla, davvero, non è poi cosí importante –. Mina si rigirò il legno fra le mani: – Ci tieni ad andare, e allora vai pure –. Henry si tirò su, non ancora grande abbastanza per conoscere certi giochi che fanno gli adulti, non ancora abbastanza grande cosí disse: – Benissimo, ci vado –. Mina uscí, con ancora in mano quell'inerme pescespada.

Henry sollevò il massiccio battente e lo lasciò ricadere contro la porta bianca. Claire lo condusse lungo lo scuro corridoio fino alla cucina. – Linda la domenica sta quasi tutta la mattina a letto, – emersero nella luce fluorescente della cucina, – puoi andar su a giocare con lei, ma prima stai un attimo qui a chiacchierare con me e a bere una cosa calda –. Lasciò che gli prendesse il cappotto, si girò per farle ammirare il vestito nuovo. – Dobbiamo trovarti dei vestiti per giocare –. Gli preparò una cioccolata calda, lo trascinò con le sue chiacchiere, non stava in guardia contro improvvise sorprese. Era contenta che lui fosse amico di Linda, glielo disse, e gli disse di come Linda parlava di lui tutto il tempo – Ha fatto un quadro di te e un disegno, ma sono sicura che non te li farà vedere –. Voleva sapere di lui cosí Henry le raccontò delle cose che collezionava dai rigattieri, il teatrino di cartone e i vecchi libri, e poi di Mina, di com'era brava a raccontare le storie perché una volta era sulle scene, non aveva mai parlato tanto tutto in una volta e stava per dirle tutto, i travestimenti e l'ubriacarsi, ma si trattenne, non sapeva bene come dirlo e ci teneva a piacerle, e forse non sarebbe stato cosí se le avesse detto come si era ubriacato e aveva vomitato addosso a Mina. Claire gli portò dei vestiti per giocare, un maglione celeste e un paio di jeans stinti che erano di

Linda, gli seccava metterseli, gli chiese, e lui sorrise e disse di no. Suonò il telefono e lei corse a rispondere, gridandogli di trovarsi da solo la camera di Linda, e lui ripercorse il buio corridoio fino ai piedi dello scalone, non gli riusciva di capire perché non fosse illuminato che alle estremità. Sul pianerottolo si fermò accanto alla massiccia cassapanca, sfiorò con le dita le figure di ottone, una processione con la gente ricca sul davanti, forse parenti degli sposi, la strada invasa dagli strascichi dei loro abiti rigonfi, gente orgogliosa con la schiena dritta, e poi dietro di loro i popolani, tutta plebaglia, ognuno con in mano una coppa di vino, barcollanti e aggrappati al vicino, ubriachi e a ridersi di quelli davanti. Vicino a lui c'era una porta aperta e Henry guardò dentro, una camera da letto, la piú grande che avesse mai visto, un grande letto matrimoniale al centro non appoggiato ad alcun muro. Fece qualche passo nella stanza, il letto era sfatto, con una specie di mucchio al centro, e ora si accorse che c'era un uomo addormentato a faccia in giú, raggelò, poi camminando rapidamente all'indietro uscí sul pianerottolo chiudendosi piano la porta alle spalle. Si ricordò dei vestiti di Linda lasciati sulla cassapanca, li prese e fece di corsa la seconda rampa di scale fino alla camera di Linda.

Lei era seduta a letto che disegnava su un cartoncino bianco con una matita nera, gli parlava mentre lui stava entrando in camera, – Perché sei cosí senza fiato? – Henry sedette sul letto, – Ho fatto le scale di corsa, ho visto un uomo addormentato in una delle camere da letto, sembrava come morto –. Linda si mise a ridere e lasciò cadere il disegno per terra. – È Teo, non te ne avevo parlato? – Si tirò le lenzuola fino al mento, – La domenica mi sveglio presto però non mi alzo fino all'una –. Henry le fece vedere i vestiti, – Me li ha dati tua madre, dove posso andare a mettermeli? – Come, qui, c'è un attaccapanni vicino al tuo piede e il vestito puoi appenderlo nell'armadio –. Si tirò le lenzuola ancora piú su cosí che adesso le si vedevano solo gli occhi, guardandolo appendersi il vestito, venire poi di nuovo a sederlesi vicino senza giacca né pantaloni dove poté sentirsi contro le gambe nude il calore del corpo di Linda attraverso le pesanti coperte, lasciò andare il proprio peso sui piedi di lei, fissò i capelli biondi sparsi sul cuscino come un ventaglio. Si misero di colpo a ridere di niente, Linda tirò fuori una mano da sotto le coperte, lo tirò per il gomito. – Perché non vieni sotto anche tu? – Henry si alzò, – Va bene –. Lei si immerse sotto le coperte ridacchiando, gridandogli con voce smorzata: – Prima però ti devi togliere tutti i vestiti –. Il che fece, salí vicino a lei, il suo corpo piú freddo di quello di Linda e facendola rabbrividire quando si sdraiò col petto contro la schiena di lei. Linda si girò per stargli di fronte, in quella rosea oscurità profumava di latte e di animale, questo fu l'inizio e la fine della sua domenica quando gli capitava di ripensarci, il cuore che gli batteva dal cuscino all'orecchio, sollevando il capo una volta perché lei potesse liberarsi i capelli, e chiacchierando, di scuola soprattutto, la prima settimana di Linda là, i compagni e i professori, non sembrava possibile che in quella giornata ci fossero stati momenti per altre cose, essersi rimesso i jeans e il maglione di Linda, fare colazione e camminare con altre migliaia di persone in giro senza direzione ad Hampstead Heath, lasciare che Linda fosse la sua guida fra i quadri a Keenwood House, dame fredde e superbe, coi loro improbabili bambini, e restare un bel po' davanti al Rembrandt d'accordo nel considerarlo il piú bel quadro che c'era lí e magari anche nel mondo, anche se a Linda non piaceva tutto quel buio intorno alla figura, avrebbe voluto vedere la stanza, e poi sedersi nel padiglione estivo di Samuel Johnson, certo che era uno scrittore famoso ma di cosa e quando? E poi erano tornati attraverso i prati insieme ad altre centinaia nel crepuscolo invernale, lui uscí da sotto le coperte per respirare e Linda gli appoggiò la testa sul petto e poi uscí anche lei, sdraiati lí con le fronti che si toccavano e dormicchiarono per una mezz'ora, era successo tutto in quella mezz'ora che aveva dormito, tutta una specie di sogno prolungato? La cosa vera era stare sdraiati cosí per mezz'ora o piú, cosí gli sembrò quella notte mentre era nel suo letto, a casa.

Non era proprio come se l'era immaginata, le cose non sono mai come uno pensa che saranno, non proprio, perché quel giorno lei si dimenticò delle lampadine rosse e ormai era troppo tardi, i negozi già chiusi, e la ricetta del punch era in una busta chissà dove, non c'era tempo di cercarla, invece Mina comprò una cassetta di bottiglie, quasi tutto vino, disse, perché a quasi tutti piace il vino, e due bottiglioni di sidro per quelli a cui non piace. E non era un registratore, Henry non ne aveva mai visto uno, era il vecchio giradischi chiesto in prestito al figlio della signora Simpson e i vecchi dischi della signora Simpson. Nella sua pregustazione, rappresentandosi col pensiero la festa, la casa era piú grande, le stanze saloni, gli ospiti rimpiccioliti dall'altezza dei soffitti, con la musica che li inonda da tutti i lati, i travestimenti esotici, principi stranieri, vampiri, capitani di lungo corso e simili, e lui con la sua maschera. Ma adesso era già quasi l'ora dell'arrivo dei primi ospiti, le stanze non erano piú grandi del solito, e perché no, la musica proveniva da un solo angolo, monotona e gracchiante, ed ecco i primi ospiti, Henry che apre loro la porta con la sua faccia da trenta scellini dallo sguardo stupito, ecco qui gli ospiti travestiti da gente comune, o non erano affatto travestiti? Avevano letto bene l'invito? Restò accanto alla porta tenendola aperta silenzioso, mentre loro gli scorrevano accanto, annuivano, parevano pensare che non ci fosse nulla di speciale circa la sua maschera, solo il figlio di qualcuno che teneva aperta la porta, sciamavano dentro a coppie o in quattro, ridendo e parlando con un certo riserbo, si versavano da bere e ridevano e parlavano con meno riserbo, uomini in completo grigio o nero e le mani sprofondate nelle tasche ondeggiavano verso o via dal vicino nel loro chiacchierare, le donne coi capelli grigi cotonati, il bicchiere stretto in mano, sembravano tutti uguali. Mina era di sopra che studiava come scendere, come mescolarsi agli ospiti inosservata e travestita, Henry si guardò intorno, poteva essere già lí, non c'era nessuna donna che le somigliasse, o uomo. Vagava fra i gruppi conversanti, c'era qualcosa di certi uomini, qualcosa di certe donne, i fianchi di uno, le spalle di altre, un ometto calvo e profumato col collo che gli navigava nel colletto e il nodo della cravatta grosso come un pugno, si chinò su di Henry che girava in cerca di Mina, – Tu devi essere Henry – aveva una voce rauca e sottile – devi proprio essere lui, si capisce dall'espressione che hai in viso –. Si drizzò nel ridere, guardandosi attorno per vedere se qualcun altro aveva sentito questa bella battuta. Henry attese, era cosí al negozio a star dietro alle battute degli altri. L'ometto calvo si girò di nuovo verso di lui, intendendo riconciliarselo e disse a voce bassa: – Naturalmente ti ho riconosciuto dall'altezza, caro. Sai chi sono io? – Henry scosse la testa, fissando l'uomo mettersi le dita sulla zucca, sollevare la pelle con indice e pollice a mettere in mostra né cervello né ossa ma capelli, neri capelli crespi e ondulati, che subito ricoprí con la pelle del capo. – E adesso, indovini? No? – Era soddisfatto, palesemente soddisfatto, e si chinò ancora di piú per sussurrare all'orecchio di Henry: – Sono tua zia Lucy –, e poi si allontanò. Lucy, una di quelle zie non proprio zie, un'amica di Mina che la mattina veniva a prendere il caffè e avrebbe voluto che Henry facesse parte della sua piccola compagnia teatrale, glielo chiedeva sempre per nulla scoraggiata dai suoi rifiuti, e Mina, forse per gelosia, non voleva che lui si aggregasse, cosí non c'era pericolo. Ma Mina, qual era tra tutti questi uomini dai fianchi larghi, quale di queste donne robuste? O stava ancora aspettando che i suoi ospiti avessero bevuto di piú? Lui bevve vino attraverso la maschera, ricordandosi la prima volta che l'aveva fatto, il vestito messo poi a bagno nel catino, chissà dov'era adesso? Buttò giú il vino in fretta, evitandone il sapore, la pelosità sui denti non attenuata dalla lingua, in cerca di Mina, in attesa di Linda che presto sarebbe arrivata, senza travestimento, Henry le aveva detto che non ce n'era bisogno perché tanto nessuno lí la conosceva, era un'estranea e tutti gli estranei sono travestiti. Ma che razza di festa era, stavano tutti in piedi a parlare, a raccontarsi storielle, spostandosi da un gruppo all'altro, nessuno che ascoltava la musica del giradischi che neanche si sentiva fra le voci, nessuno che cambiava il disco, erano tutte cosí le feste? Cambiò il disco lui stesso, allungò un braccio per prendere la copertina, un residuo di cartone tutto sbrindellato, quando una mano gli prese il polso, una mano vecchia, e guardando in su vide un vecchio, un uomo molto vecchio, con una spalla curva, eppure dritto attorno a una gobba che gli gonfiava appena la giacca e un ciuffetto di barba coi peli molto radi attorno al viso, e sopra le labbra una macchia oleosa dove non gli cresceva affatto, quest'uomo gli prese il polso, lo strinse e poi gli lasciò andare la mano. – Non mi preoccuperei, tanto nessuno può sentirla –. Henry affrontò l'uomo, raccolse il suo bicchiere di vino come per difendersi: – Sei qualcuno travestito? Sono tutti travestiti? – L'uomo indicò la gobba, non era offeso. – Come fai a travestire questa qua? – Potrebbe far parte del costume, una imbottitura o qualcosa del genere –. Henry si tirò indietro, perse quella voce nel chiasso, il vecchio gli aveva girato le spalle e gridava: – Tocca, dài, toccala e dimmi se è un'imbottitura o no –. Era come bere il vino, sono cose che si possono fare solo molto in fretta, spingendole giú velocemente nello stomaco, allungò la mano e toccò la schiena dell'uomo, ritrasse la mano, e di nuovo quando l'uomo disse che cosí non bastava per capire se era un'imbottitura o no, questa volta tastò la gobba, Henry con la sua orribile faccia sorridente, i capelli in tutte le direzioni, le labbra dipinte zuppe di vino, questo mostricciattolo ghignante tastò la gobba del vecchio, dura e cedevole nello stesso tempo, finché l'uomo soddisfatto si girò: – Non la nascondi, una cosa cosí, – e si allontanò verso l'altra parte della stanza, dove restò da solo a ridacchiare e bere. Henry si riempí il bicchiere e bevve anche lui, aggirandosi fra i cerchi di chiacchiere, con le voci che si alzavano e si abbassavano intorno a lui, lamentosi registri d'organo che gli facevano girar la testa, sentí il bisogno di appoggiarsi al tavolo per sostegno, in attesa, dov'era Mina, dov'era Linda? Questi qua che parlavano e bevevano non sembravano sconcertati l'uno dall'altro, presumendo di essere travestiti ma di conoscersi, trovavano facile chiacchierare, non si trattava di riuscire a fare quello che si vuole, quando non sei te stesso sei comunque qualcuno, e qualcuno dovrà prendersi la colpa, colpa, colpa di che? Henry stringeva piú forte il bordo del tavolo con le mani, quale colpa? A cosa stava pensando in quel momento? Ancora vino ancora vino, un impulso nervoso lo spingeva ad accostarsi il bicchiere alle labbra ogni dieci secondi, perché nessuno lo notava, perché non era nessuno a una festa di adulti, soltanto un bambino che aveva tenuto la porta aperta quand'erano arrivati, perché non era una festa vivace come se l'era immaginata, per tutto questo mandò giú quattro bicchieri di vino. Dalla parte piú distante della stanza un uomo si allontanò da un gruppo, caracollando all'indietro col bicchiere in mano, cadde in una grossa poltrona alle sue spalle e restò lí volto in su a ridersi dei suoi amici che si ridevano di lui volti all'ingiú. Henry sentiva le parole barcollargli in testa come grossi numeri su un tabellone, le trovava lentamente, se lasciava il tavolo sarebbe caduto per terra. Era il mostro a cadere per terra o Henry, di chi era la colpa? Adesso gli ritornava in mente, se si è vestiti come qualcun'altro pretendendo di essere loro, ti prendi la colpa di quel che loro hanno fatto, o di ciò che fai tu in quanto loro... o che hai fatto? I grandi numeri erano talmente lenti, tutto questo voleva dire qualcosa, quando Mina si vestiva per il pranzo chi pensava di essere mentre faceva quello che faceva? Il vestito nel secchio come un raro animale marino, loro due sul campo da giochi deserto scherzavano sulle cose che si possono fare travestiti e Claire veniva verso di loro vecchia e giovane nell'aspetto, e l'ufficiale che gli aveva asciugato la gamba con un tovagliolo, l'uomo nel letto, lo scuro dietro la testa di Rembrandt, Linda laggiú aveva detto di preferire, Linda laggiú, c'era Linda dall'altra parte della stanza, girata di spalle, la sua cascata di capelli come Alice nel paese delle meraviglie, c'erano troppe altre voci perché lo sentisse chiamarla, lui non poteva staccarsi dal tavolo. E lei stava parlando con l'uomo che si era lasciato cadere nella poltrona, l'uomo in poltrona, l'uomo in poltrona, quei grandi numeri, l'uomo in poltrona si era tirato Linda in braccio, Linda e Henry, si trovava davanti allo specchio di camera sua con un senso di libertà, faceva una piccola danza come di Henry e Linda insieme, si stava tirando Linda in braccio la teneva stretta prendendola dietro la testa, lei era troppo spaventata per muoversi, terrificata e incapace di muovere la lingua e chi l'avrebbe sentita fra tutte quelle voci? Si stava sbottonando la camicia con una mano l'uomo in poltrona, le voci facevano un crescendo di questo coro dissonante, nessuno vedeva, l'uomo in poltrona le premeva forte la faccia contro di sé, non la lasciava andare, Henry si chiese di chi era la colpa, lasciando la presa del tavolo cominciò, ma barcollando e molto lentamente e il vino che gli saliva su dallo stomaco, cominciò a muoversi verso di loro attraverso la stanza affollata.

Fra le lenzuola

A Vic Sage

Pornografia

O'Byrne attraversò il mercato di Soho diretto al negozio di suo fratello. Pochi clienti che sfogliano le riviste e Harold che li guarda dalla sua piattaforma attraverso lenti spesse un dito. Harold non era alto neanche uno e sessanta e portava scarpe rialzate. Prima di diventare un suo dipendente O'Byrne lo chiamava Tappo. Accanto al gomito di Harold una radiolina gracchiava notizie sulle corse del pomeriggio. – Oh, – disse Harold con lieve disprezzo, – il fratello prodigo... – Sbatté gli occhioni ingranditi ad ogni consonante. Guardò oltre le spalle di O'Byrne. – Le riviste sono tutte in vendita, signori –. I lettori ebbero un fremito di disagio come chi è disturbato in pieno sogno. Uno rimise a posto la rivista e uscí rapido dal negozio. – Dove sei stato? – chiese Harold in tono piú calmo. Scese dalla pedana, si mise il cappotto e fulminò con lo sguardo O'Byrne, che non gli aveva risposto. Tappo. O'Byrne aveva dieci anni meno di suo fratello, detestava lui e i suoi successi ma in quel momento, chissà perché, ci teneva alla sua approvazione. – Sai, avevo un appuntamento, – disse calmo, – mi sono beccato lo scolo –. Harold ne fu lieto. Diede un pugno amichevole alla spalla di O'Byrne. – Ben ti sta, – disse e starnazzò rumorosamente. Un altro cliente si avviò con riluttanza all'uscita. Sulla porta Harold gridò: – Sarò qui per le cinque –. Quando il fratello uscí O'Byrne sorrise. Infilò i pollici nei jeans e con passo molleggiato si avviò verso il folto dei clienti. – Prego signori, se posso esservi utile, le riviste sono tutte in vendita –. Si dispersero davanti a lui come polli terrorizzati, e all'improvviso fu solo nel negozio.

Una donna grassoccia sui cinquanta stava di fronte a una tenda di plastica per la doccia, nuda a parte le mutandine e una maschera antigas. Le mani le cadevano mollicce lungo i fianchi e in una teneva una sigaretta che bruciava lenta. La Moglie del Mese. Dopo le maschere antigas e il lenzuolo di gomma sul letto, scriveva JN di Andover, non ci siamo piú guardati indietro. O'Byrne giocherellò un po' con la radio poi la spense. Girò ritmicamente le pagine della rivista, fermandosi a leggere le lettere. Un uomo vergine e non circonciso, di scarsa igiene personale, quarantadue anni a maggio, non aveva piú il coraggio di tirare indietro la pelle del prepuzio per paura di quello che avrebbe visto. Ho certi incubi invasi dai vermi. O'Byrne rise e accavallò le gambe. Rimise a posto la rivista, tornò alla radio, la accese e la spense velocemente e colse un incomprensibile cuore di parola. Girellò per il negozio raddrizzando le riviste nelle rastrelliere. Si fermò davanti alla porta e fissò la strada umida intersecata dalle strisce colorate del passaggio pedonale. Fischiettò a ripetizione un motivo la cui ultima nota si tirava dietro irresistibilmente la prima. Poi tornò alla piattaforma rialzata di Harold e fece due telefonate, tutte e due all'ospedale, la prima a Lucy. Ma l'infermiera Drew era occupata al suo reparto e non poteva venire al telefono. O'Byrne le lasciò detto che quella sera non ce la faceva a vederla e che l'avrebbe cercata domani. Chiamò il centralino dell'ospedale e questa volta chiese dell'allieva infermiera Shepherd del reparto bambini. – Ciao, – disse O'Byrne quando Pauline prese il ricevitore, – sono io –. Si stiracchiò e si appoggiò al muro. Pauline era una ragazza silenziosa che una volta aveva pianto durante un film sugli effetti degli insetticidi sulle farfalle, e che voleva redimere O'Byrne col suo amore. Rise e disse: – Ti ho telefonato tutta la mattina. Non te l'ha detto tuo fratello?

– Senti, – disse O'Byrne, – sarò da te verso le otto, – e riattaccò.

Harold non tornò fino a dopo le sei, e O'Byrne era mezzo addormentato, con la testa appoggiata alle braccia. Non c'erano clienti. L'unica cosa che O'Byrne avesse venduto era Cagna americana. – Queste riviste americane, – disse Harold mentre toglieva dalla cassa quindici sterline e una manciata di spiccioli, – sono grandi –. La nuova giacca di pelle di Harold. O'Byrne la palpeggiò con approvazione. – Settantotto carte, – disse Harold e si riassettò di fronte allo specchio a occhio di pesce. Gli occhiali mandavano lampi. – È buona, – disse O'Byrne. – Dannatamente buona, – disse Harold, e cominciò a chiudere il negozio. – Non si incassa mai granché di mercoledí, – disse malinconico mentre innescava il sistema di allarme, – il mercoledí è un giorno del cazzo –. Adesso davanti allo specchio c'era O'Byrne: esaminava una scia di acne che partiva dall'angolo della sua bocca. – Ci hai dannatamente ragione, – acconsentí.

Harold viveva in una casa ai piedi del Palazzo delle Poste, e O'Byrne affittava una stanza da lui. Camminarono insieme senza parlare. Di tanto in tanto Harold lanciava un'occhiata nella vetrina buia di un negozio, per cogliere il riflesso di sé e della sua nuova giacca di pelle. Tappo. O'Byrne disse: – Fa freddo, vero? – e Harold non rispose. Qualche minuto dopo passarono davanti a un pub, e Harold spinse O'Byrne nel locale umido e deserto dicendo: – Dato che ti sei beccato lo scolo ti pago da bere –. Il barista lo sentí e guardò con interesse O'Byrne. Bevvero tre whisky a testa, e mentre O'Byrne stava pagando il quarto giro Harold disse: – Ah, senti, ha telefonato una di quelle due infermiere con cui esci –. O'Byrne annuí e si pulí le labbra. Dopo una pausa Harold disse: – Sei sistemato bene, eh? – O'Byrne annuí di nuovo. – Già –. La giacca di Harold luccicava. Quando si sporse per prendere il bicchiere, scricchiolò. O'Byrne non aveva intenzione di raccontargli nulla. Sbatté le mani una contro l'altra. – Già, – disse ancora, e fissò il bar deserto oltre la testa di suo fratello. Harold ci riprovò. – Voleva sapere dov'eri stato... – Me lo immagino, – borbottò O'Byrne, e poi sorrise.

Pauline, piccola e poco loquace, viso pallido ed esangue, intersecato da una folta frangia scura, occhi grandi, verdi e attenti, appartamento piccolo, umido e diviso con una segretaria che non c'era mai. O'Byrne arrivò dopo le dieci, un po' alticcio, ansioso di fare un bagno per eliminare l'odore vagamente purulento che si sentiva da un po' sulle dita. Lei si sedette su uno sgabello di legno a guardarlo crogiolarsi. Una volta si chinò per toccare il suo corpo dove rompeva la superficie dell'acqua. O'Byrne aveva gli occhi chiusi, le sue mani galleggiavano ai lati, l'unico rumore era il sibilo calante del boiler. Pauline si alzò in silenzio per andare a prendere un asciugamano bianco pulito in camera sua, e O'Byrne non la sentí né andare né tornare. Lei si sedette di nuovo e arruffò nei limiti del possibile i capelli umidi e aggrovigliati di O'Byrne. – La cena è rovinata, – disse senza aver l'aria di accusarlo Perline di sudore si raccolsero attorno agli occhi di O'Byrne, e rotolarono lungo il suo naso come lacrime. Pauline posò la mano sul ginocchio di O'Byrne, che sporgeva dall'acqua grigiastra. Sui muri freddi il vapore diventava acqua, trascorsero minuti privi di significato. – Non fa nulla, amore, – disse O'Byrne, e si tirò su.

Pauline uscí a comprare pizza e birra, e O'Byrne si sdraiò ad aspettare nella minuscola camera da letto. Passarono dieci minuti. Si vestí dopo un frettoloso esame della sua appendice, pulita ma gonfia, e vagolò svogliatamente per il salotto. Non c'era nulla che lo interessasse fra i pochi libri di Pauline. Niente riviste. Entrò in cucina in cerca di qualcosa da bere. C'era solo un pasticcio di carne troppo cotto. Ne piluccò i pezzetti meno bruciati e mangiando sfogliò un calendario illustrato. Quando ebbe finito, si ricordò che stava aspettando Pauline. Guardò l'ora. Era uscita da quasi mezz'ora. Si alzò di scatto, rovesciando la sedia di cucina che cadde per terra. Si fermò in salotto e poi uscí dall'appartamento con decisione, sbattendo la porta alle sue spalle. Si precipitò giú dalle scale, ansioso di non incontrarla adesso che aveva deciso di andarsene. Ma eccola là. Al secondo piano, un po' senza fiato, le braccia cariche di bottiglie e pacchi di carta stagnola. – Dove sei stata? – disse O'Byrne. Pauline si fermò parecchi gradini sotto di lui, col viso goffamente chino sui pacchi, il bianco dei suoi occhi e la stagnola splendenti nel buio. – Il solito posto era chiuso. Ho dovuto fare dei chilometri... mi spiace –. Restarono lí. O'Byrne non aveva fame. Voleva andarsene. Si infilò i pollici nei jeans e alzò la testa verso l'invisibile soffitto, poi guardò Pauline in attesa. – Be', – disse alla fine, – pensavo di andarmene –. Pauline salí e mentre lo oltrepassava sussurrò: – Scemo –. O'Byrne si girò e la seguí, sentendosi oscuramente imbrogliato.

Si appoggiò alla soglia, lei tirò su la sedia. Con un movimento del capo O'Byrne fece capire che non voleva nulla di quello che Pauline stava sistemando nei piatti. Lei gli versò una birra e si chinò a raccogliere qualche briciola di pasta sfoglia bruciata dal pavimento. Andarono a sedersi in salotto. O'Byrne beveva, Pauline mangiava lentamente, nessuno dei due parlava. O'Byrne finí la birra e posò una mano sul ginocchio di Pauline. Lei non si voltò. Lui chiese amabilmente: – Che c'è che non va? – e lei rispose: – Niente –. Seccatissimo O'Byrne le si avvicinò e le passò un braccio sulle spalle con aria protettiva. – Senti qua, – disse quasi in un sussurro, – andiamo a letto –. Pauline si alzò di colpo e entrò in camera da letto. O'Byrne restò seduto con le mani allacciate dietro la nuca. Ascoltò Pauline che si spogliava, e sentí il letto scricchiolare. Si alzò e, senza provare ancora il minimo desiderio, andò in camera da letto.

Pauline giaceva sul dorso e O'Byrne dopo essersi spogliato rapidamente si sdraiò accanto a lei. Lei non lo accolse nel solito modo, non si mosse. O'Byrne alzò un braccio per carezzarle una spalla, e invece lasciò ricadere pesantemente la mano sul lenzuolo. Giacquero entrambi sul dorso in un silenzio sempre piú pesante finché O'Byrne decise di concederle un'ultima possibilità e con un esplicito grugnito si tirò su appoggiandosi a un gomito e accostò il viso a quello di lei. Lei, con gli occhi pieni di lacrime, fissò un punto alle sue spalle. – Cosa c'è che non va? – chiese in tono rassegnato e cantilenante. Gli occhi della ragazza si spostarono di un millimetro e fissarono i suoi. – Tu, – rispose semplicemente. O'Byrne tornò nella sua metà di letto, e dopo un attimo disse minaccioso: – Vedo –. Poi si raddrizzò, le passò sopra e andò all'altro capo della stanza. – Benissimo allora... – disse. Tirò i lacci delle scarpe in un nodo stretto e cercò la camicia. Pauline gli voltava le spalle. Ma mentre attraversava il salotto la sentí gemere dei dinieghi sempre piú concitati, allora si fermò e si girò. Bianchissima, con una camicia da notte di cotone, lei era sulla porta della camera da letto ed era per aria, era contemporaneamente in tutti i punti dell'arco nello spazio intermedio, come un tuffatore in certe fotografie truccate, era all'altro capo della stanza ed era addosso a lui, e scuoteva la testa premendosi le mani sulla bocca. O'Byrne sorrise e le passò un braccio attorno alle spalle. Si sentí pervadere da un senso di magnanimità e perdono. Tenendosi stretti tornarono in camera da letto. O'Byrne si spogliò e giacquero di nuovo vicini, O'Byrne sul dorso, Pauline con la testa appoggiata alla sua spalla.

O'Byrne disse: – Non si sa mai cosa ti passa per la testa, – e notevolmente confortato da questo pensiero si addormentò. Si svegliò mezz'ora dopo. Pauline dormiva profondamente appoggiata a lui, esausta dopo una settimana di turni di dodici ore. Lui la scosse dolcemente. – Ehi, – disse. La scosse con decisione e quando il ritmo del suo respiro cominciò a diventare irregolare e lei si agitò, disse, con una laconica parodia di qualche film che neanche si ricordava piú: – Ehi, c'è qualcosa che non abbiamo ancora fatto...

Harold era eccitato. Quando O'Byrne entrò nel negozio il giorno seguente verso mezzogiorno Harold lo prese per un braccio e agitò in aria un foglio di carta. Gridava quasi. – Ho sistemato tutto. Ho capito cosa devo farne del negozio. – Ah sí? – disse svogliato O'Byrne, e si mise le dita negli occhi per grattarseli finché un prurito insopportabile si trasformò in un tollerabile fastidio. Harold si sfregò le manine rosee e spiegò vivacemente: – Mi specializzo in roba americana. Stamattina ho telefonato al rappresentante e sarà qui fra mezz'ora. Mi sbarazzerò di tutti quei giornalacci da due lire tipo le-piscio-nella-figa. Prenderò tutta la serie di riviste della House of Florence, che costano quattro sterline e cinquanta l'una.

O'Byrne attraversò il negozio e prese la giacca di Harold, che stava buttata su una sedia. Se la provò. Naturalmente era troppo piccola. – E il negozio si chiamerà Transatlantic Books, – stava dicendo Harold. O'Byrne gettò di nuovo la giacca sulla sedia. Cadde per terra e lí si sgonfiò, come una specie di sacca d'aria. Harold la raccolse senza smettere di parlare. – Se prendo l'esclusiva della Florence avrò uno sconto speciale e, – ridacchiò, – mi pagheranno una fottutissima insegna al neon.

O'Byrne si sedette e interruppe suo fratello. – Quante cazzo ne hai vendute di bambole gonfiabili? In cantina ce n'è ancora venticinque di quelle stronze fottute –. Ma Harold stava riempiendo due bicchieri di whisky. – Arriva fra una mezz'ora, – ripeté, e offrí un bicchiere a O'Byrne. – Bell'affare, – disse O'Byrne bevendo. – Voglio che tu nel pomeriggio vada a Norbury col camioncino e ritiri la merce. Voglio cominciare immediatamente.

O'Byrne restò seduto a bere di malumore mentre suo fratello fischiettava e si occupava del negozio. Entrò un uomo e comprò una rivista. – Vedi, – disse amaramente O'Byrne mentre il cliente stava ancora gingillandosi coi preservativi a tentacoli, – quello lí ne ha comprata una inglese, no? – L'uomo si voltò con aria colpevole e uscí. Harold si accovacciò accanto alla sedia di O'Byrne e cominciò a parlare come uno che dovesse spiegare la copula a un bambino. – E cosa ne ricavo? Il quaranta per cento di settantacinque pence. Trenta pence. Trenta fottutissimi pence. Sulla roba della House of Florence becco il cinquanta per cento di quattro sterline e cinquanta. E questo, – appoggiò per un attimo la mano sul ginocchio di O'Byrne, – è quello che io chiamo un affare.

O'Byrne agitò il bicchiere vuoto in faccia ad Harold e attese con pazienza che il fratello lo riempisse... Tappo.

Il magazzino della House of Florence era una chiesa sconsacrata in una stradina di Norbury. O'Byrne entrò dal portico principale. Nell'ala occidentale erano stati sistemati un rozzo ufficio con le pareti divisorie di cartone e una sala d'aspetto. L'acquasantiera era diventata un grande portacenere nella sala d'aspetto. Nell'ufficio c'era solo una donna anziana coi capelli tinti di azzurro che scriveva a macchina. Quando O'Byrne tamburellò sul vetro scorrevole lei lo ignorò, poi si alzò e aprí lo sportello. Lui le porse il foglio con l'ordine e lei lo prese sbirciandolo con palese disapprovazione. Parlò con aria molto compassata. – Sarà meglio che aspetti qui –. O'Byrne improvvisò un piccolo tiptap attorno all'acquasantiera, e si pettinò, e fischiettò il motivetto circolare. Improvvisamente comparve accanto a lui un tipo raggrinzito con un grembiule marrone e una cartellina. – Transatlantic Books? – chiese. O'Byrne alzò le spalle e lo seguí. Camminarono insieme lentamente lungo le navate tappezzate di scaffali d'acciaio chiusi a chiave, il vecchio spingeva un grande carrello e O'Byrne stava qualche passo avanti, con le mani dietro la schiena. Ogni tanto il magazziniere si fermava, e ansimando irritato prendeva dagli scaffali alte pile di giornali. Il carico sul carrello aumentò. Il respiro del vecchio echeggiava rauco nella chiesa. Arrivati in fondo alla prima navata si sedette sul carrello, tra le pile ordinate, e tossí e sputacchiò in un fazzolettino di carta per circa un minuto. Poi, dopo aver accuratamente ripiegato il fazzoletto e il suo poderoso contenuto verde ed esserselo rimesso in tasca, disse a O'Byrne: – Senta, lei è giovane. Spinga lei 'sta roba –. O'Byrne rispose: – La spinga lei, cazzo. È il suo lavoro, – e offrí all'uomo una sigaretta e gliela accese.

O'Byrne fece un cenno del capo indicando gli scaffali. – Lí ne ha da leggere, eh –. Il vecchio sospirò irritato. – Tutte porcherie. Dovrebbero proibirle –. Proseguirono. Alla fine, mentre firmava la fattura, O'Byrne disse: – Con chi ha appuntamento stasera? Con la signora che sta in ufficio? – Il magazziniere si divertí. I suoi chioccii squillarono come campane, poi si stemperarono in un altro accesso di tosse. Si appoggiò debolmente al muro, e quando si fu un po' ripreso alzò la testa e strizzò un occhietto acquoso con aria astuta. Ma O'Byrne si era girato e stava spingendo le riviste fino al furgone.

Lucy aveva dieci anni piú di Pauline, ed era grassottella. Ma il suo appartamento era comodo e spazioso. Era un'infermiera specializzata, e Pauline soltanto un'allieva. Nessuna delle due sapeva niente dell'altra. O'Byrne comprò dei fiori per Lucy alla stazione del metrò, e quando lei gli aprí la porta glieli porse con un inchino scherzoso, battendo i tacchi. – Un'offerta di pace? – chiese lei sprezzante, e portò via le giunchiglie. Lo aveva fatto passare in camera sua. Si sedettero vicini sul letto. O'Byrne le passò una mano su una gamba in modo un po' frettoloso. Lei gliela spinse via e disse: – E allora? Dove sei stato gli ultimi tre giorni? – O'Byrne non se ne ricordava quasi. Due notti con Pauline, una sera al bar con gli amici di suo fratello.

Si lasciò mollemente andare sulla trapunta rosa. – Sai com'è... ho lavorato fino a tardi per Harold. Sta cambiando completamente il negozio. Queste cose qua.

– Quegli sporchi libracci, – disse Lucy con una risatina stridula.

O'Byrne si alzò e si liberò delle scarpe con un calcio. – Non cominciare, – disse, contento di non dover piú stare sulla difensiva. Lucy si chinò a raccogliere le sue scarpe. – Rovinerai i calcagni, – disse tutta efficiente, – se continui a scalciarle via.

Si spogliarono tutti e due. Lucy appese con ordine i vestiti nell'armadio. Quando si trovò di fronte O'Byrne quasi nudo, arricciò il naso disgustata. – Sei tu che mandi quell'odore? – O'Byrne ci restò male. – Farò un bagno, – propose bruscamente.

Lucy smosse l'acqua del bagno con una mano, e parlò forte per coprire il fragore dello scroscio: – Potevi portarmi un po' di roba da lavare –. Infilò un dito nell'elastico delle mutande di O'Byrne. – Dammele adesso, e per domattina saranno asciutte –. Lui le strinse le dita in una trappola di falsa affettuosità. – No, no, – gridò affannato, – stamattina erano pulite, davvero –. Lucy cercò di tirarle via scherzosamente. Lottarono sul pavimento del bagno, con Lucy che rideva rumorosamente, e O'Byrne eccitato ma deciso.

Alla fine Lucy si mise la vestaglia e se ne andò. O'Byrne la sentí muoversi in cucina. Si sedette nella vasca e lavò le macchie verdi. Quando Lucy tornò le mutande stavano asciugando sul termosifone. – Viva il femminismo, no? – disse O'Byrne dalla vasca. Lucy disse: – Vengo dentro anch'io, e si tolse la vestaglia. O'Byrne le fece posto. – Accomodati, – disse con un sorriso mentre lei si sistemava nell'acqua grigia.

O'Byrne era sdraiato sulle lenzuola pulite, e Lucy si accomodò sulla sua pancia come un'ampia chioccia. Non voleva farlo in nessun altro modo, l'aveva detto fin da subito: – Me ne occupo io –. O'Byrne aveva risposto: – Vedremo –. Era inorridito, nauseato, all'idea che potesse piacergli essere sopraffatto, come gli invalidi nelle riviste di suo fratello. Lucy aveva parlato briosamente, col tono che usava coi malati difficili. – Se non ti piace puoi fare a meno di tornare –. A poco a poco O'Byrne fu iniziato ai desideri di Lucy. Non si limitava a volersi accovacciare su di lui. Gli aveva proibito di muoversi. – Se ti muovi ancora, – lo aveva avvertito una volta, – vedrai –. Per la forza dell'abitudine, O'Byrne spinse su in profondità, e rapida come la lingua di un serpente lei lo schiaffeggiò parecchie volte col palmo ben disteso. Venne all'istante, e poi si buttò di traverso sul letto, a metà fra singhiozzi e risa. O'Byrne con un lato della faccia rosso e gonfio, se ne andò imbronciato. – Sei una dannata perversa, – aveva urlato dalla porta.

Il giorno dopo era di nuovo lí, e Lucy acconsentí a non picchiarlo piú. Lo insultò invece. – Piccolo merdoso impotente e patetico, – urlava quando era al culmine dell'eccitazione. E sembrava che intuisse il colpevole guizzo di piacere provato da O'Byrne, e desiderasse spingerlo oltre. Una volta si era sollevata all'improvviso dalla sua solita posizione e, con un sorriso distante, gli aveva orinato sulla testa e sul petto. O'Byrne aveva lottato per liberarsi, ma Lucy lo teneva immobile e sembrò estremamente soddisfatta dall'orgasmo involontario di O'Byrne. Quella volta O'Byrne se ne andò infuriato. Il forte odore chimico di Lucy gli restò addosso giorni e giorni, e fu in quel periodo che incontrò Pauline. Ma entro una settimana era di nuovo da Lucy per recuperare il rasoio, disse, e Lucy cercò di convincerlo a farlo anche lui sulla sua biancheria. O'Byrne resistette, inorridito ed eccitato. – Il tuo guaio, – disse Lucy, – è che hai paura di quello che ti piace.

Adesso Lucy gli stringeva la gola in una mano. – Prova a muoverti, – sibilò. O'Byrne giacque immobile. Lucy ondeggiava su di lui come un albero gigantesco. Le sue labbra formavano una parola silenziosa. Parecchi minuti dopo lei aprí gli occhi e lo fissò, corrugando la fronte come se stesse cercando di riconoscerlo. E per tutto il tempo continuò a dondolare avanti e indietro. Alla fine parlò, piú a se stessa che a lui. – Verme... – O'Byrne gemette. Le gambe e le cosce di Lucy lo stringevano tremanti. – Verme... verme... piccolo verme. Ti calpesterò... piccolo verme schifoso –. Di nuovo gli afferrò la gola. Lui teneva gli occhi serrati, e la parola fece un lungo viaggio prima di uscirgli dalle labbra. – Sí, – sussurrò.

Il giorno dopo O'Byrne si recò in clinica. Il dottore e il suo assistente erano sbrigativi e per nulla impressionati. L'assistente riempí un modulo e chiese a O'Byrne tutti i particolari della sua recente vita sessuale. O'Byrne si inventò una puttana alla fermata del pullman a Ipswich. Poi trascorse parecchi giorni per conto suo. Andare in clinica per le iniezioni tutte le mattine e tutte le sere lo svuotava di ogni desiderio. Quando Pauline o Lucy telefonavano, Harold diceva che non sapeva dove fosse O'Byrne. – Probabilmente è andato via, da qualche parte, – diceva, strizzando l'occhio a suo fratello che era lí in negozio. Entrambe le donne telefonarono tutti i giorni per tre o quattro giorni, poi smisero di colpo.

O'Byrne non ci fece caso. Il negozio adesso faceva un sacco di soldi. Di sera andava a bere col fratello e i suoi amici. Si sentiva nello stesso tempo molto occupato e malato. Passarono dieci giorni. Con la paga extra che gli dava Harold, si comprò una giacca di pelle come quella di Harold, e in un certo senso anche meglio, piú rifinita, foderata di finta seta rossa. Luccicava e scricchiolava anche. Passò molto tempo davanti allo specchio, dritto e di profilo, ad ammirare il modo in cui spalle e bicipiti tendevano la pelle fino a farla splendere ancora di piú. Si metteva la giacca per andare dal negozio alla clinica e per strada intuiva le occhiate delle donne. Pensò a Pauline e a Lucy. Passò un giorno intero a decidere a quale delle due telefonare prima. Scelse Pauline, e la chiamò dal negozio.

L'allieva infermiera Shepherd era occupata, dissero a O'Byrne dopo una lunga attesa. Stava passando un esame. O'Byrne si fece trasferire la telefonata all'altro capo dell'ospedale. – Ehi, – disse quando Lucy prese il ricevitore, – sono io –. Lucy era deliziata. – Quando sei tornato? Dove sei stato? Quando vieni a trovarmi? – Lui si sedette. – Che ne dici di stasera? – Lucy sussurrò in un francese da gattina sexy: – Non vedo l'ora... – O'Byrne rise e si premette pollice e indice sulla fronte e sentí altre voci lontane sulla linea. Sentí Lucy dare delle istruzioni. Poi lei gli parlò in fretta: – Devo andare. Hanno appena portato un malato. Allora facciamo stasera verso le otto... – e non c'era già piú.

O'Byrne si era preparato una storia, ma Lucy non gli

chiese dov'era stato. Era troppo felice. Quando aprí la porta scoppiò a ridere, lo abbracciò e rise ancora. Aveva qualcosa di diverso. O'Byrne non si ricordava di averla mai vista tanto bella. Aveva i capelli piú scuri e piú corti, uno smalto arancio chiaro, un vestito corto, nero con dei pois arancioni. Sul tavolo da pranzo c'erano candele e bicchieri da vino, e un disco suonava. Lei indietreggiò con gli occhi sfavillanti, quasi selvaggi, e ammirò la giacca di pelle. Accarezzò la fodera rossa. Ci si strinse contro. – Com'è morbida, – disse. – Era in saldo a sessanta carte, – disse O'Byrne con orgoglio, e cercò di baciarla. Ma lei rise ancora e lo spinse su una poltrona. – Aspetta lí che ti porto qualcosa da bere.

O'Byrne si appoggiò all'indietro. Sul giradischi un uomo cantava di un amore al ristorante con le tovaglie pulite. Lucy portò una bottiglia di vino bianco ghiacciato. Si sedette sul bracciolo della sua poltrona e bevvero e chiacchierarono. Lucy gli raccontò le ultime del suo reparto, gli amori delle infermiere, felici o infelici, le guarigioni o le morti dei malati. Parlando gli sbottonò i primi bottoni della camicia e gli infilò una mano fino alla pancia. E quando O'Byrne si girò per afferrarla lei lo spinse via, si chinò e lo baciò sul naso. – Su, su, – disse contegnosa. O'Byrne si sforzò un po'. Raccontò delle storielle che aveva sentito al pub. Lucy rise pazzamente a tutte, e mentre lui cominciava la terza lei lasciò cadere una mano leggera fra le gambe di O'Byrne e la tenne lí tranquilla. Lui chiuse gli occhi. La mano scomparve e Lucy gli diede una gomitata. – Continua, – disse, – era interessante –. Lui le afferrò un polso e cercò di tirarsela in braccio. Con un piccolo sospiro lei scivolò via e tornò con un'altra bottiglia. – Dovremmo bere vino piú spesso, se ti fa raccontare delle storie cosí divertenti.

Incoraggiato, O'Byrne raccontò la sua storia, a proposito di un'automobile e di quello che il meccanico aveva detto al vicario. Lucy stava di nuovo trafficando attorno alla sua bottoniera e rideva, rideva. Quella storia era piú buffa di quello che gli era sembrato. Il pavimento si sollevava e si abbassava sotto i suoi piedi. E Lucy cosí bella, profumata, tiepida... con quegli occhi abbaglianti. Il modo in cui lo stuzzicava era paralizzante. Lui la amava, e lei rideva e lo spogliava della sua volontà. Adesso lo capiva, era venuto per vivere con lei, e ogni notte lei l'avrebbe stuzzicato fino a farlo impazzire. Premette il viso contro il suo seno. – Ti amo, – borbottò, e di nuovo Lucy rideva, tremava, si asciugava le lacrime agli occhi. – Mi... mi... – cercava di dire. Gli vuotò la bottiglia nel bicchiere. – Brindiamo. – Sí, – disse O'Byrne. – A noi –. Lucy cercava di trattenere le risa. – No, no, – strillò. – A te. – Benissimo, – disse lui, e buttò giú il vino in un sorso. Adesso Lucy era in piedi di fronte a lui e lo tirava per un braccio. – Vieni, dài –. O'Byrne si sollevò con fatica dalla poltrona. – Che ne diresti di cenare allora? – chiese. – Sei tu la cena, – rispose lei, e barcollarono ridacchiando verso la camera da letto.

Mentre si spogliavano Lucy disse: – Stasera ho una sorpresina speciale per te, perciò... niente storie –. O'Byrne si sedette sul bordo del lettone di Lucy e rabbrividí. – Sono pronto a tutto, – disse. – Bene... bene, – e per la prima volta lei lo baciò appassionatamente, e lo spinse all'indietro sul letto. Poi salí anche lei e gli si sedette sul petto. O'Byrne chiuse gli occhi. Mesi prima avrebbe resistito come una furia. Lucy si portò alle labbra la sua mano sinistra e gli baciò ogni dito. – Mmmh... la prima portata –. O'Byrne rise. Il letto e la stanza ondeggiavano dolcemente sotto di lui. Lucy tirava la sua mano verso l'angolo superiore del letto. O'Byrne udí un tintinnio lontano, come campanelli. Lucy si inginocchiò accanto alla sua spalla, tenendogli fermo il polso e legandolo con un laccio di cuoio. Aveva sempre detto che un giorno o l'altro lo avrebbe legato e scopato. Si chinò sul suo viso e si baciarono ancora. Gli leccava gli occhi e sussurrava: – Non vai via, non vai in nessun posto... – O'Byrne si sentiva soffocare. Non riuscí a sorridere. Adesso lei gli tirava il braccio destro, lo strattonava, lo tendeva perché arrivasse all'altra estremità del letto.

Con un brivido di terrore ed acquiescenza, O'Byrne sentí che il braccio gli si addormentava. Adesso era bloccato e Lucy gli carezzava l'interno delle cosce e scivolava giú fino ai piedi... giacque teso fino quasi a spezzarsi, a rompersi in due, legato ai quattro angoli del letto, sciorinato sul lenzuolo bianco. Lucy si inginocchiò in cima alle sue gambe. Lo fissò con un sorriso vago e obiettivo, e si carezzò delicatamente. O'Byrne giacque aspettando che lei si sistemasse su di lui come un grande uccello bianco nel nido. Con la punta di un dito Lucy seguiva la curva del suo eccitamento, e poi col pollice e l'indice ne strinse la base in uno stretto anello. Lui sospirò fra i denti. Lei si chinò. Aveva uno sguardo selvaggio. Sussurrò: – E adesso ti facciamo vedere noi, io e Pauline...

Pauline. Per un attimo, sillabe prive di significato. – Cosa? – chiese O'Byrne e mentre parlava ricordò quella parola, e ne comprese la minaccia. – Slegami, – disse in fretta. Ma Lucy continuò a toccarsi col dito incurvato e chiuse gli occhi. Il suo respiro era lento e profondo. – Slegami, – urlò lui lottando inutilmente coi lacci. Adesso Lucy respirava in modo piú affannato. Mentre lui si dibatteva, lei aumentò il ritmo. Diceva qualcosa... gemeva qualcosa. Cosa stava dicendo? Non sentiva bene. – Lucy, – disse, – per favore slegami –. Improvvisamente lei tacque, con gli occhi limpidi e spalancati. Scese dal letto. – La tua amica Pauline dovrebbe essere qui fra poco, – disse e cominciò a vestirsi. Era diversa, si muoveva rapida ed efficiente, non lo guardava piú. O'Byrne cercò di parlare con noncuranza. Aveva un tono un po' acuto. – Che succede? – Lucy stava abbottonandosi il vestito, davanti al letto. Arricciò le labbra. – Sei un bastardo, – disse. Suonò il campanello e lei sorrise. – Davvero puntuale, eh?

– Sí, è stato docilissimo, – stava dicendo Lucy quando fece entrare Pauline in camera da letto. Pauline non rispose. Evitava di guardare sia O'Byrne che Lucy. O'Byrne teneva gli occhi fissi sull'oggetto che lei portava fra le braccia. Era grande, argenteo, come un enorme tostapane. – Possiamo attaccarlo qui, – disse Lucy. Pauline lo posò sul comodino accanto al letto. Lucy si sedette alla toilette e cominciò a pettinarsi. – Tra un attimo vado a prenderti dell'acqua, – disse.

Pauline andò alla finestra. Silenzio. Poi O'Byrne disse rauco: – Cos'è quella roba? – Lucy si voltò: – È uno sterilizzatore, – rispose ariosamente. – Sterilizzatore? – Sai, per sterilizzare gli strumenti chirurgici –. O'Byrne non osò formulare la domanda successiva. Si sentiva sconvolto e nauseato. Lucy uscí dalla stanza. Pauline continuò a stare alla finestra, gli occhi persi nel buio. O'Byrne sentí il bisogno di parlare in un sussurro: – Ehi, Pauline, che succede? – Lei si voltò a guardarlo, senza dir niente. O'Byrne scoprí che il laccio attorno al polso destro si era un po' allentato, e il cuoio era abbastanza elastico. Aveva la mano nascosta dai cuscini. Cominciò a muoverla avanti e indietro, parlando rapidamente. – Senti, andiamocene di qui. Sciogli questi affari.

Lei esitò per un attimo, poi girò attorno al letto e lo fissò. Scosse la testa. – Te la faremo vedere noi –. Questa ripetizione lo terrorizzò. Si agitò forsennatamente. – Mi sembra uno scherzo del cazzo, – urlò. Pauline si voltò. – Ti odio, – la sentí dire. La striscia di destra cedette un altro po'. – Ti odio. Ti odio –. Tirò finché gli parve che gli si spezzasse il braccio. La mano era ancora troppo grossa per il laccio intorno al polso. Rinunciò.

Poi Lucy fu accanto al letto, e versò dell'acqua nello sterilizzatore. – È uno scherzo morboso, – disse O'Byrne. Lucy posò sul tavolo un astuccio piatto, nero. Lo aprí e cominciò ad estrarne forbici chirurgiche, bisturi e altri oggetti luccicanti, argentei e affusolati. Li mise con cura nell'acqua. O'Byrne ricominciò a cercare di liberarsi la mano destra. Lucy tolse dal comodino l'astuccio nero e ci posò sopra due vaschette a forma di rene, bordate di blu. In una c'erano due siringhe ipodermiche, una grossa e l'altra piccola. Nell'altra c'era del cotone. La voce di O'Byrne tremò. – Cosa significa tutto ciò? – Lucy gli posò sulla fronte la sua mano fresca. Enunciò pedantemente: – È quello che avrebbero dovuto farti in clinica. – In clinica...? – echeggiò lui. Vide che Pauline beveva del whisky dalla bottiglia, appoggiata al muro. – Sí, – disse Lucy, chinandosi a tastargli il polso, – per farti smettere di spargere dappertutto le tue piccole malattie segrete. – E di dire bugie, – aggiunse Pauline, con la voce tesa dall'indignazione.

O'Byrne rise senza controllo. – Dire bugie... dire bugie, – farfugliò. Lucy si fece dare la bottiglia da Pauline e la portò alle labbra. O'Byrne si riprese. Gli tremavano le gambe. – Siete pazze tutte e due –. Lucy diede un colpetto allo sterilizzatore e disse a Pauline: – Ci vuole ancora qualche minuto. Intanto diamo una pulita in cucina –. O'Byrne cercò di sollevare la testa. – Dove andate? – le chiamò. – Pauline... Pauline.

Ma Pauline non aveva altro da dire. Lucy si fermò sulla porta e gli sorrise. – Ti lasceremo un delizioso moncherino per ricordo, – e chiuse la porta.

Sul comodino lo sterilizzatore cominciò a sibilare. Poco dopo si sentí il borbottio dell'acqua che bolle, e gli strumenti che tintinnavano delicatamente. Scosse la mano terrorizzato. Il laccio gli scorticava la pelle del polso. Riuscí a farlo scivolare fino alla base del pollice. Trascorsero minuti senza tempo. Gemeva e tirava, e i bordi della striscia di cuoio gli penetrarono nella carne. Era quasi libero.

Si aprí la porta, ed entrarono Lucy e Pauline che trasportavano un tavolino basso. Fra tanta paura O'Byrne provò un brivido di eccitazione, di nuovo quell'eccitazione terrorizzata. Sistemarono il tavolino vicino al letto. Lucy si chinò sulla sua erezione. – Povera me... – mormorò. Pauline tolse gli strumenti dall'acqua bollente con delle pinze e li posò in fila, ordinati e lucenti, sulla tovaglia bianca inamidata che aveva steso sul tavolino. Il laccio di cuoio scivolò in avanti di un millimetro. Lucy si sedette sul bordo del letto e prese dalla vaschetta la siringa piú grossa. – Con questa ti farai un bel sonno, – promise. La raddrizzò e spruzzò uno zampillo di liquido. Mentre lei prendeva il cotone O'Byrne riuscí a liberarsi il braccio. Lucy sorrise. Posò la siringa. Si chinò di nuovo... tiepida, profumata... lo fissava con gli occhi rossi, selvaggi... giocherellava con la punta... glielo tenne fermo fra le dita. – Stai giú, Michael, tesoro –. Fece un rapido cenno a Pauline. – Se vuol stringere quel laccio, infermiera, poi possiamo cominciare.

Riflessioni di un primate in cattività

Chi mangia gli asparagi conosce il profumo che aggiungono all'orina. È stato descritto come tipico dei rettili, o come un repellente tanfo inorganico, oppure come un aspro odore femminile... eccitante. Sicuramente suggerisce una qualche attività sessuale fra creature esotiche, provenienti da una terra lontana, da un altro pianeta. È un odore che non è di questa terra, è materia da poeti e io li sfido ad affrontare le loro responsabilità. Tutto ciò... è un'introduzione alla mia comparsa sulla scena, si alza il sipario ed eccomi in piedi che orino e rifletto in un piccolo gabinetto surriscaldato accanto alla cucina. Le tre pareti che entrano nella mia visuale sono dipinte di un rosso smagliante, dolciastro, applicato da Sally Klee quando ancora si occupava di queste cose, in un tempo di remoto e singolare ottimismo. Il pasto, trascorso in silenzio assoluto e dal quale mi sono appena alzato, era composto da vari cibi in scatola, carne pressata, patate, asparagi, serviti a temperatura ambiente. È stata Sally Klee ad aprire le lattine e a disporne il contenuto su piatti di carta. Mi attardo a fare toeletta, mi lavo le mani e mi arrampico sul lavandino per guardarmi allo specchio, sbadigliando. Merito di essere ignorato?

Ritrovo Sally Klee come l'ho lasciata. È in camera da pranzo e sta giocando con dei fiammiferi usati in una chiazza di luce polverosa. Un tempo eravamo amanti, vivevamo quasi come marito e moglie, piú felici di tanti mariti e mogli. E dato che in seguito lei si è stancata dei miei modi e io ho quotidianamente esacerbato il suo fastidio con la mia insistenza, adesso occupiamo camere separate. Quando entro nella stanza Sally Klee non mi guarda, e io mi aggiro incerto fra la sua sedia e la mia, coi piatti e le lattine sparsi di fronte a me. Forse sono un po' troppo tozzo per essere preso sul serio, ho le braccia un po' troppo lunghe. Le uso per raggiungere e carezzare dolcemente i luminosi capelli scuri di Sally Klee. Sento il tepore del suo cranio sotto i capelli e mi commuove, cosí vivo, cosí triste.

Forse avete sentito parlare di Sally Klee. Due anni e mezzo fa ha pubblicato un breve romanzo che fu un immediato successo. Il romanzo descrive i tentativi e gli amari fallimenti di una giovane donna che vuole avere un bambino. Dal punto di vista medico pare che in lei non ci sia nulla che non va, né in suo marito, né in suo cognato. Per dirla col «Times Literary Supplement» è una storia raccontata con «esangue determinazione». Altre serie recensioni sono state meno gentili, ma durante il primo anno il libro ha venduto trentamila copie nella versione rilegata, e finora duecentocinquantamila in quella economica. Se non avete letto il libro avrete visto la copertina dell'edizione economica dal giornalaio della stazione quando al mattino vi comprate il giornale. Una donna nuda è in ginocchio in mezzo a un deserto desolato, e tiene il volto nascosto fra le mani. Da allora Sally Klee non ha piú scritto niente. Ogni giorno da mesi si siede alla macchina da scrivere, in attesa. Tranne per un'improvvisa raffica di battute alla fine di ogni giornata la macchina tace. Lei non si ricorda come ha fatto a scrivere il primo libro, non osa allontanarsi da quello che conosce, non osa ripetersi. Ha soldi e tempo e una bella casa in cui languire, annoiata e perplessa, in attesa.

Sally Klee appoggia la mano alla mia che si muove sulla sua testa, non so se per prevenire o accettare la tenerezza, ha ancora la testa chinata e non riesco a vederla in faccia. Nell'incertezza scelgo un compromesso e le tengo la mano e qualche secondo dopo le mani ci ricadono mollemente lungo i fianchi. Non dico niente e, da perfetto amico, comincio a sparecchiare, piatti e posate, lattine e apriscatole. Volendo rassicurare Sally Klee, perché non mi creda offeso o imbronciato a causa del suo silenzio, fischietto allegramente fra i denti Lillibullero, un po' come faceva lo zio Toby di Sterne nei momenti di tensione.

Appunto. Accatasto i piatti in cucina e sono tanto imbronciato che quasi mi scordo di fischiettare. Nonostante questi sentimenti negativi mi accingo a preparare il caffè. Sally esige una miscela di almeno quattro diverse qualità per emulare Balzac di cui ha letto una biografia lussuosamente illustrata mentre correggeva le bozze del suo primo romanzo. Lo chiamiamo sempre il suo *primo* romanzo. I chicchi devono essere dosati con ogni cura e macinati a mano, un compito a cui il mio fisico è particolarmente adatto. Sospetto che in cuor suo Sally Klee consideri un buon caffè l'essenza stessa della professione di scrittore. Guarda Balzac (io credo che dica a se stessa) che ha scritto parecchie migliaia di romanzi e i cui conti del caffè si offrono allo sguardo degli estimatori dalle bacheche a vetri in tranquilli musei suburbani. Quando ho finito di macinare devo aggiungere un po' di sale e versare la mistura nella cavità argentea di una compatta macchinetta di acciaio inossidabile fatta arrivare per posta da Grenoble. Mentre il caffè è sul fuoco sbircio Sally Klee da dietro la porta della camera da pranzo. Adesso ha piegato le braccia e le ha appoggiate al tavolo di fronte a lei. Faccio qualche passo nella stanza, sperando di incontrare il suo sguardo.

Può darsi che il nostro accordo fosse destinato a fallire fin dall'inizio. D'altra parte, ci ha offerto notevoli piaceri, specialmente a Sally Klee. E anche se lei ritiene che io mi sia comportato nei suoi confronti in modo un po' troppo insistente, maniacale, un po' troppo «zelante», mentre da parte mia sono ancora convinto che lei trovasse diletto piú nella mia diversità («che buffo piccolo pene, sembra di cuoio nero» e «la tua saliva ha il sapore di un tè leggero») che nella mia personalità effettiva, mi farebbe piacere pensare che nessuna delle due parti rimpianga quanto è successo. Come dice Moira Sillito, l'eroina del primo romanzo di Sally Klee, ai funerali di suo marito: – Tutto cambia –. È possibile che Moira, tranquilla e decisa eppure cosí tragica alla fin fine, stia deliberatamente citando male Yeats? Perciò, nessuna recriminazione, mi auguravo. Oggi pomeriggio mentre trasportavo i miei pochi effetti personali dalla spaziosa camera da letto di Sally Klee alla mia stanzetta nell'attico. Sí, mi piace molto salire le scale, e mi sono trasferito senza proteste. In effetti (perché negarlo?) sono stato allontanato, ma avevo anch'io le mie ragioni per lasciare quelle lenzuola. La relazione, pur ricca di delizie, mi stava coinvolgendo troppo profondamente nei problemi creativi di Sally Klee e solo il mio recente atto di voyeurismo ben intenzionato mi ha fatto capire che mi ero spinto decisamente troppo in là. La gestazione artistica è un fatto privato e la mia prossimità era, e forse è ancora, oscena. Lo sguardo di Sally Klee si solleva dal tavolo e per un attimo infinitesimale incontra il mio. Con un lieve cenno affermativo del capo indica che è pronta a prendere il caffè.

Sally Klee ed io beviamo il caffè in un «silenzio pregnante». Almeno, è cosí che Moira e suo marito Daniel, un giovane dirigente in ascesa presso la locale azienda di imbottigliamento, sorseggiano il tè e digeriscono la notizia che non ci sono motivi di ordine medico per cui insieme non debbano riuscire a generare un bambino. Lo stesso giorno un po' piú tardi decidono di fare un altro tentativo (lo giudicai un ottimo termine) per avere il bambino. Modestia a parte, si può dire che io eccella nel sorseggiare, ma il silenzio, di qualunque tipo, mi mette a disagio. Tengo la tazza a parecchi centimetri dal viso e sporgo le labbra verso il bordo in un broncio seducente e affusolato. Contemporaneamente rovescio gli occhi all'indentro. C'è stato un tempo, soprattutto la prima volta, ricordo, in cui questa esibizione strappava un sorriso alle meno flessibili labbra di Sally Klee. Adesso eccello con un senso di disagio e quando le mie pupille sono di nuovo esterne a fronteggiare il mondo non vedo sorrisi ma le pallide dita glabre di Sally Klee che tamburellano sulla superficie lucida del tavolo da pranzo. Lei si riempie ancora la tazza, si alza e se ne va, mi lascia ad ascoltare i suoi passi per le scale.

Anche se rimango qua sotto sono con lei ad ogni centimetro del percorso – l'ho detto che la mia prossimità è oscena. Sale le scale, entra in camera da letto, si siede al tavolo. Da dove sono la sento infilare nella macchina da scrivere un solo foglio di carta, bianco, A4, 61 milligrammi per metro quadrato, la stessissima carta su cui ha composto senza sforzo il suo primo romanzo. Controllerà che la macchina sia fissata sul doppio spazio. Lo spazio uno va bene solo per le lettere agli amici, all'agente e all'editore. Batte con decisione il tasto rosso che provvederà, qualora vi siano delle parole a fargli corona, uno spazio vuoto, bianco e preciso, davanti alla prima frase. Un silenzio terrificante scende sulla casa, comincio a contorcermi sulla sedia, mi sfugge dalla gola un involontario stridio. Sono due anni e mezzo che Sally lotta non con le parole e le frasi, non con le idee, ma con la forma, o meglio, con la tattica. Dovrebbe, ad esempio, rompere il silenzio con un racconto, lavorare su un'unica idea con eleganza friabile e assoluto controllo? Ma quale unica idea, quale frase, quale parola? Inoltre un bel racconto è notoriamente difficile da scrivere, forse piú difficile di un romanzo, e i racconti mediocri vanno a fondo in un baleno. Allora magari un altro romanzo su Moira Sillito. Sally Klee chiude gli occhi e guarda fissa la sua eroina e scopre ancora una volta che tutto quello che sa di lei l'ha già scritto. No, il secondo romanzo deve sbarazzarsi del primo. Perché non un romanzo ambientato (un mio titubante suggerimento) nelle giungle del Sud America? Che ridicolaggine! E allora? Moira Sillito fissa Sally Klee dalla pagina vuota. Scrivi di me, dice con semplicità. Ma non posso, grida Sally Klee, non so niente altro di te. Per favore, dice Moira. Lasciami in pace, grida Sally Klee ancora piú forte. Io, io, dice Moira. No, no, urla Sally Klee, non so piú niente, ti odio. Lasciami in pace!

Le grida di Sally Klee lacerano lunghe ore di silenzio teso e mi fanno balzare in piedi tremante. Quando mai riuscirò ad abituarmi a questo suono tremendo, a causa del quale l'aria stessa si curva e si torce affaticata? Ripensandoci in seguito piú tranquillamente ricorderò la celebre xilografia di Eduard Munch, ma adesso saltello per la stanza, incapace di trattenere gli strilli frenetici che prorompono da me nei momenti di panico o eccitazione e che, alle orecchie di Sally Klee, mi fanno perdere in credibilità romantica. E di notte, quando Sally Klee grida nel sonno, i miei strilli patetici mi rendono desolatamente incapace di porgerle conforto. Anche Moira soffre di incubi, come è stabilito con agghiacciante economia nella prima riga del primo romanzo di Sally Klee: «Quella notte la pallida Moira Sillito si sollevò nel suo letto urlando...» Lo «Yorkshire Post» fu uno dei pochi giornali ad accorgersi di questo inizio ma, purtroppo, lo trovò «decisamente troppo energico». Moira naturalmente ha un marito che la tranquillizza e in fondo a pagina due è «addormentata come una piccola bimba fra le robuste braccia del giovane». In una recensione a sorpresa, la rivista femminile «Refractory Girl» cita questa frase per sottolineare la ridondanza sia dell'aggettivo «piccola» che del «banale sessismo» del romanzo. Comunque, io la trovo una frase intensa, e tanto di piú in quanto descrive proprio il tipo di sollievo che io vorrei tanto poter dare alla sua autrice nel cuore della notte.

Il rumore di una sedia che si sposta mi zittisce. Adesso Sally Klee verrà giú, andrà in cucina a riempirsi una tazza di forte caffè freddo e poi tornerà al tavolo. Mi arrampico sulla chaise longue e mi atteggio in una posa di scimmiesca preoccupazione in caso che lei venga a dare un'occhiata. Stasera passa oltre, l'arco della porta incornicia per un attimo le linee del suo corpo, mentre la tazza, sbattendo aspra sul piattino, annuncia il suo stato di tensione nervosa. Quando è di nuovo su la sento togliere il foglio di carta dalla macchina e sostituirlo con uno nuovo. Sospira e spinge il tasto rosso, si toglie i capelli dagli occhi e comincia a battere le sue regolari, efficienti, quaranta parole al minuto. La casa si riempie di musica. Mi stiro sulla chaise longue e mi lascio andare al sonnellino del dopo cena.

Mi sono familiarizzato coi cimenti rituali di Sally Klee durante il breve periodo di residenza in camera sua. Io stavo sdraiato sul letto, lei stava seduta al tavolo, ciascuno senza far nulla a modo suo. Io me la godevo, congratulandomi ininterrottamente con me stesso per la recente elevazione da cocco ad amante e, steso sul dorso, con le braccia piegate dietro la testa, e le gambe incrociate, speculavo su un'ulteriore promozione, da amante a marito. Sí, mi vedevo già, con una costosa stilografica in mano, che firmavo accordi di acquisti a rate per la mia graziosa moglie. Avrei imparato a tenere in mano la penna. Sarei stato l'uomo-di-casa, mi sarei arrampicato sui tubi di scarico con innamorata facilità per andare a controllare le grondaie del tetto, mi sarei appeso ai lampadari per ridipingere il soffitto. Di sera sarei andato al bar con le mie credenziali di marito per farmi dei nuovi amici, mi sarei inventato un nome per poterlo elargire a mia moglie, avrei cominciato a portare le pantofole in casa, e magari anche calze e scarpe fuori. Ne sapevo troppo poco di regole e leggi genetiche per considerare l'ipotesi di una progenie, ma ero ben deciso a consultare dei dottori esperti che in seguito avrebbero informato Sally Klee del suo destino. Intanto lei stava di fronte alla pagina vuota, pallida come Moira Sillito quando urla e si solleva, ma silenziosa e immobile, in ineluttabile avvicinamento alla crisi che la farà alzare in piedi e la spingerà sotto in cerca di caffè non scaldato. Nei primi tempi mi rivolgeva dei nervosi sorrisi di incoraggiamento ed eravamo felici. Ma man mano che imparavo a conoscere l'agonia che c'era dietro il suo silenzio i miei strilli enfatici, insinuava lei, le resero piú difficile concentrarsi e i sorrisi rivolti a me cessarono.

Cessarono e, perciò, altrettanto fecero le mie speculazioni. Non sono, come avrete intuito, un tipo portato alle discussioni. Consideratemi piuttosto uno che riesce a succhiare il tuorlo dell'uovo senza rovinare il guscio, ricordate la mia abilità nel sorseggiare. A parte i miei sciocchi rumori, un fatto piú evolutivo che personale, non dicevo niente. Una sera tardi, sopraffatto da un'intuizione improvvisa, mi precipitai nel bagno pochi minuti dopo che Sally Klee ne era uscita. Chiusi la porta a chiave, salii sul bordo della vasca, aprii l'armadietto profumato in cui lei teneva le sue cose piú femminili e private e trovai la conferma a quanto già sapevo. Quel suo intrigante cappuccetto di gomma era ancora nell'ostrica di plastica, impolverato e con un'aria di disapprovazione nei miei confronti. Allora, nei lunghi pomeriggi e serate sul letto, passai rapidamente dalla speculazione alla nostalgia. Quel lungo preludio di mutua esplorazione, lei che mi contava i denti con la penna a biro, io che invano cercavo pidocchi nella sua chioma fluente. Le sue scherzose osservazioni sulla lunghezza, colore e consistenza del mio membro, la mia affascinata curiosità a proposito delle sue dita teneramente inutili e del suo ano pudicamente nascosto. La nostra prima «volta» (il termine usato da Moira Sillito) fu lievemente amareggiata da un'incomprensione dovuta principalmente alla mia convinzione che si dovesse procedere a *posteriori*. La faccenda fu risolta rapidamente e adottammo lo straordinario «faccia a faccia» di Sally Klee, una disposizione che sulle prime, come cercai di far capire alla mia amante, mi parve troppo carica di comunicazioni, un po' troppo «intellettuale». Comunque, mi ci adattai rapidamente, e sí e no due pomeriggi dopo mi faceva pensare a:

E riempirci gli occhi di immagini
Era l'unica nostra procreazione.

Per fortuna in quel periodo non era affatto solo quello. «L'esperienza di innamorarsi è comune ma nondimeno ineffabile». Questi sentimenti li offre a Moira Sillito il cognato, l'unico di una famiglia numerosa ad avere frequentato l'università. Dovrei aggiungere che Moira, anche se la parola le è familiare per via degli inni imparati a scuola, non sa cosa vuol dire «ineffabile». Dopo un appropriato silenzio si scusa, corre al piano di sopra in camera da letto, trova la parola in un dizionario tascabile, corre giú e dice con aria intima mentre entra nella stanza: – No, non lo è. Innamorarsi è come fluttuare sulle nuvole –. Al pari del cognato di Moira Sillito, ero innamorato e, come capita, non ci volle molto prima che la mia instancabilità cominciasse ad opprimere Sally Klee, né prima che si lamentasse delle irritazioni alla pelle che le provocava la frizione dei nostri corpi, e di come il mio «seme alieno» (pannocchia aliena, fu il mio vano tentativo di fare dello spirito) le aggravasse la vaginite. Tutto questo, e «quei miei dannati farfuglii sul letto», fece precipitare verso la conclusione la nostra relazione, gli otto giorni piú felici della mia vita. Avrò due anni e mezzo ad aprile.

Dopo la speculazione, dopo la nostalgia, e prima di trasferirmi nella stanza nell'attico, ebbi tutto il tempo di pormi alcune questioni riguardo al cimento creativo di Sally Klee. Come mai, dopo una lunga giornata di inattività di fronte a un foglio di carta bianco, alla sera tornava in camera col suo caffè freddo e sostituiva il foglio con un altro? E che cosa cominciava allora a battere cosí speditamente che ogni giornata impegnava soltanto un foglio di carta mentre alla fine ne veniva archiviato uno spesso mucchietto degli altri? E come mai questa improvvisa attività non procurava alcun sollievo alla sua quieta sofferenza, perché ogni notte si alzava dal tavolo ancora afflitta, preoccupata per il vuoto su quell'altro foglio? Sicuramente il rumore dei tasti era un sollievo per me, e invariabilmente cadevo addormentato al primo colpo. Non mi sono forse abbandonato al sonno sulla chaise longue anche nel cristallino attimo presente? Una volta, invece di addormentarmi, mi avvicinai furtivamente alla sedia di Sally Klee col pretesto di un'affettuosità e colsi le parole: «nel qual caso l'intera faccenda può essere considerata da» prima che la mia amante, allora lo era ancora, mi baciasse dolcemente su un orecchio e mi spingesse teneramente verso il letto. La costruzione piuttosto pedestre di quella frase smorzò la mia curiosità, ma solo per un giorno o due. Quale intera faccenda? Quale intera faccenda poteva essere considerata da cosa? Pochi giorni dopo l'ostrica di plastica aveva smesso di concedere la sua perla di gomma e io cominciai a pensare che, come amante respinto di Sally Klee, avevo il diritto di conoscere il contenuto di quello che ero giunto a considerare un diario privato. Messe insieme, curiosità e vanità produssero un balsamo per la mia coscienza ficcanaso, e come un attore senza lavoro ardevo dal desiderio di leggere qualcosa di buono sul mio conto, anche se riferito a una interpretazione del passato.

Mentre Sally Klee sedeva al tavolo ero stato sdraiato a crogiolarmi, facendo piani per il suo e il mio futuro, poi ero stato sdraiato in preda ai rimorsi e adesso, quando fra di noi si era ormai stabilita l'incomunicabilità, stavo sdraiato in attesa. La sera rimanevo sveglio fino a tardi per osservarla quando apriva un cassetto della scrivania, ne estraeva una slavata cartellina azzurra con la chiusura di metallo, sfilava dalla macchina da scrivere il foglio completato, lo metteva a faccia in giú nella cartellina per fare in modo (congetturavo io attraverso gli occhi socchiusi) che i primi della serie fossero in cima, chiudeva la cartellina e la rimetteva nel cassetto, chiudeva il cassetto e restava lí, con gli occhi resi ottusi dalla sfinitezza e dalla sconfitta, la mascella rilassata, lo spirito immemore dell'innamorato–trasformato–in–spia che fingeva di dormire sul suo letto, e faceva dei calcoli silenziosi. Pur non essendo minimamente altruistiche, le mie intenzioni non erano neppure esclusivamente egoistiche. Naturalmente speravo che ottenendo l'accesso ai piú intimi segreti e dispiaceri di Sally Klee avrei potuto, contrapponendo la mia forza ad alcuni luoghi scelti della sua fragilità clandestina, persuaderla che prurito, vaginite e farfuglii erano un prezzo ben piccolo da pagare in cambio del mio affetto senza limiti. D'altra parte non pensavo soltanto a me stesso. Proiettavo e riproiettavo continuamente un mio film immaginario in cui si vedeva io che esamino attentamente il diario mentre la sua autrice non è in casa, io che confesso a Sally Klee di ritorno il mio piccolo inganno e la abbraccio appassionatamente prima che lei riesca a riprender fiato, congratulandomi perché ha scritto un capolavoro, un itinerario psichico immenso e devastante, lei che crolla sulla sedia da me prontamente offerta, mentre spalanca gli occhi sempre piú splendenti man mano che comprende la verità delle mie parole, noi due, ripresi in primissimo piano, che passiamo la notte a esaminare il diario, io che consiglio, suggerisco, modifico, l'entusiasmo dell'editore quando riceve il manoscritto superato da quello dei critici e questo da quello del pubblico che lo compra e lo legge, il rinnovamento della fiducia di Sally Klee nelle sue doti di scrittrice, il rinnovamento, attraverso la collaborazione e lo sforzo comune, della nostra comprensione e amore reciproco... sí, rinnovamento, rinnovamento, il mio era un film sul rinnovamento.

Soltanto oggi si è finalmente presentata un'opportunità. Sally Klee è dovuta andare dal suo commercialista in città. Per sublimare la mia eccitazione quasi isterica mi sono profuso in velocissime gentilezze. Mentre lei era in bagno a sistemarsi i capelli davanti allo specchio, ho cercato per tutta la casa gli orari dei treni e degli autobus e li ho spinti sotto la porta del bagno. Mi sono arrampicato sull'albero dei cappelli e ho tirato giú dal ramo piú alto la sciarpa di seta rossa di Sally Klee e mi sono precipitato a portargliela. Dopo che lei era uscita, comunque, ho notato che la sciarpa era di nuovo al suo posto. Se non gliel'avessi offerta io, ho riflettuto imbronciato mentre la guardavo aspettare l'autobus dalla finestra dell'attico, molto probabilmente se la sarebbe messa. Il suo autobus ci mise parecchio ad arrivare (avrebbe dovuto consultare gli orari) e io la osservai camminare attorno al pilastro di cemento e infine mettersi a chiacchierare con un'altra donna che aspettava lí e che aveva un bambino sulla schiena, una vista che mi ha comunicato attraverso il frontone suburbano della finestra un'improvvisa fitta chimica di generica bramosia. Ero deciso ad aspettare finché l'autobus non si fosse portato via Sally Klee. Come Moira Sillito quando, nei lunghi giorni che seguirono il funerale di suo marito, fissava una fotografia del cognato, non volevo apparire, nemmeno a me stesso, precipitoso. Arrivò l'autobus e il marciapiede fu improvvisamente e vistosamente vuoto. Pervaso da un momentaneo senso di perdita mi allontanai dalla finestra.

Sally Klee ha una scrivania poco pretenziosa, il tipo standard da ufficio come quelle che usano gli amministratori di media categoria negli ospedali e negli zoo, costituita prevalentemente di compensato. Il design è la semplicità personificata. Una disadorna superficie da scrittura poggia su due pile parallele di cassetti, e il tutto ha come fondale un foglio di legno verniciato. Avevo notato parecchio tempo prima che le pagine dattiloscritte erano riposte nel primo cassetto a sinistra, e la mia prima reazione quando scesi dall'attico e lo trovai chiuso a chiave fu di rabbia piuttosto che di scoraggiamento. Allora non si fidava di me dopo un cosí lungo periodo di intimità? Allora era cosí che una specie nella sua arroganza ne trattava un'altra? Come per un insulto di omissione, tutti gli altri cassetti scivolavano in fuori simili a lingue irridenti e offrivano alla vista il loro insignificante contenuto di cancelleria. Di fronte a questo tradimento (cos'altro aveva chiuso a chiave? Il frigo? La serra?) del nostro passato comune sentii che la mia pretesa di mettere le mani sulla cartellina azzurra era pienamente giustificata. Trovai un cacciavite in cucina e lo usai per forzare il foglio di legno inconsistente che chiudeva il fondo della scrivania. Con uno schiocco come una frustata si staccò un gran pezzo di legno lungo un'incrinatura, e lasciò al suo posto un brutto buco rettangolare. Ma non mi ponevo certo problemi estetici. Infilai dentro la mano, cercai il retro del cassetto, insinuai oltre le dita, trovata la cartellina cominciai a tirarla verso di me e, se la chiusura di metallo non si fosse incappata in un chiodo rovesciando il contenuto in un bianco sciame sul pavimento coperto di schegge, mi sarei potuto congratulare con me stesso per un'appropriazione impeccabile. Invece raccolsi tutti i fogli che riuscii a trasferire dal piede sinistro alla mano destra in un unico movimento, e mi trasferii sul letto.

Chiusi gli occhi e, come coloro che in bilico sul vaso stringono fuggevolmente le feci nell'abbraccio degli intestini, cercai di trattenere l'attimo. A beneficio delle future rimembranze, mi concentrai sulla precisa natura delle mie aspettative. Ero conscio della legge universale che stabilisce una discrepanza tra ciò che ci si immagina e la realtà, ero anche preparato a una delusione. Quando aprii gli occhi, nella mia visuale entrò un numero, 54. Pagina 54. Subito sotto mi trovai nel cuore di una frase le cui origini erano a pagina 53, una frase di una familiarità sinistra: «disse Dave, usandolo per pulirsi accuratamente le labbra e appallottolandolo poi sul piatto». Mi voltai sprofondando il viso nel cuscino, sconvolto e nauseato dalla comprensione di come fosse complessa e sofisticata la specie a cui appartiene Sally Klee e brutalmente ignorante la mia. «Dave fissò intensamente la cognata alla luce delle candele e poi il marito di lei, suo fratello. Parlò con calma: – Altri lo considerano un aspro odore femminile – (lanciò un'occhiata a Moira) – ... eccitante. Sicuramente suggerisce una qualche...» Gettai il foglio lontano e ne presi un altro, pagina 196: «di terra colpí il coperchio della bara, la pioggia smise all'improvviso come era cominciata. Moira si staccò dal gruppo principale e girellò per il cimitero, leggendo le iscrizioni sulle tombe senza realmente capirle. Si sentiva languida, come se avesse visto un film deprimente ma nell'insieme bello. Si fermò sotto un tasso e rimase lí a lungo, staccando senza rendersene conto dei pezzettini di corteccia con le sue lunghe unghie arancioni. Pensò, tutto cambia. Un passero, con le piume arruffate per proteggersi dal freddo, saltellava derelitto ai suoi piedi». Nemmeno una frase modificata, nemmeno una parola, tutto immutato. Pagina 230: «-are sulle nuvole? – ripeté permalosamente Dave. – Cosa vuol dire esattamente? – Moira lasciò cadere lo sguardo su un difetto nel disegno del Bukhara e non disse nulla. Dave attraversò la stanza e le prese una mano. – Se ti chiedo questo, – si affrettò a dire, – è perché ho tanto da imparare da te. Tu hai sofferto. Tu sai –. Moira liberò la mano per prendere la sua tazza di tè leggero e quasi freddo. Pensò svogliatamente, Perché gli uomini disprezzano le donne?»

Non riuscii a leggere altro. Mi accovacciai sulla colonnina del letto spulciandomi il petto, ascoltando lo stentoreo tic-tac dell'orologio in anticamera. Allora l'arte non era niente di piú che un desiderio di sembrare indaffarati? Non era niente di piú di una paura del silenzio, della noia, che il semplice ticchettio ripetitivo della macchina da scrivere bastava a lenire? In breve, avendo fabbricato un romanzo, bastava riscriverlo, batterlo a macchina con ogni cura, pagina dopo pagina? (Riciclai cupamente i pidocchi dal torace alla bocca). In fondo al cuore sapevo che bastava e, sapendolo, mi sembrava di sapere meno di quanto avessi mai saputo. Altro che due anni e mezzo ad aprile! Mi sentivo come se fossi nato due giorni prima.

Quando finalmente cominciai a riordinare i fogli e a rimetterli nella cartellina era quasi buio. Lavorai velocemente, giravo le pagine con tutti e quattro gli arti, spinto non tanto dalla paura che Sally Klee tornasse a casa presto quanto dalla vaga speranza che se avessi rimesso tutto a posto avrei potuto raschiare via il pomeriggio dalla mia mente. Feci passare la cartellina dal retro della scrivania e la posai nel cassetto. Fissai i frammenti di legno frastagliato con delle puntine da disegno piantate col tacco di una scarpa. Gettai dalla finestra le schegge di legno e spinsi la scrivania contro il muro. Mi rannicchiai in mezzo alla stanza, e controllai svogliatamente il tappeto passandoci sopra le nocche, interrogai la semioscurità e lo spaventoso sibilo del silenzio assoluto attorno alla mia testa... adesso tutto era com'era stato e come Sally Klee si sarebbe aspettata che fosse, macchina da scrivere, penne, carta assorbente, un unico narciso quasi avvizzito, e ancora sapevo quello che sapevo e non ci capivo proprio niente. Evidentemente, non ero all'altezza. Non volevo accendere la luce e illuminare i ricordi degli otto giorni piú felici della mia vita. Perciò brancolai nell'oscurità unica che contraddistingue le camere da letto finché, vibrando di autocommiserazione, ebbi radunato tutti i miei pochi beni, una spazzola, una limetta da unghie, uno specchio di acciaio inossidabile e gli stuzzicadenti. La mia decisione di uscire dalla stanza senza voltarmi neanche una volta venne meno quando raggiunsi la porta. Mi girai e scrutai, ma non riuscii a vedere niente. Chiusi dolcemente la porta alle mie spalle e, quando posai la mano sul primo gradino della stretta scala che porta all'attico, sentii la chiave di Sally Klee grattare cercando il punto di leva nella serratura della porta d'ingresso.

Mi sveglio dal pisolino del dopocena nel silenzio. Forse mi ha svegliato il silenzio, l'improvvisa interruzione del ticchettio di Sally Klee. La tazza da caffè vuota è ancora appesa al mio dito per il manico, un viscoso residuo di cibo in scatola mi ricopre la lingua, mentre dalla mia bocca addormentata è sceso un filo di saliva che ha macchiato la stoffa stampata della chaise longue. Dopotutto dormire non risolve niente. Mi alzo grattandomi e vorrei tanto avere gli stuzzicadenti (lische di pesce in un sacchetto di camoscio) ma ormai sono proprio in cima alla casa e per andarli a prendere dovrei passare di fronte alla porta di Sally Klee, che è aperta. E perché non dovrei passare di fronte a quella porta aperta? Perché non dovrei farmi vedere in questa casa, perché non si dovrebbe tener conto di me? Sono forse invisibile? Il modo quieto e modesto con cui mi sono trasferito in un'altra stanza non merita forse un riconoscimento, un breve scambio di cenni e sospiri e sorrisi fra due che hanno entrambi conosciuto sofferenze e perdite? Mi ritrovo in piedi di fronte all'orologio dell'anticamera, guardo la lancetta piccola che si avvicina al dieci. La verità è che io non passo davanti alla sua porta perché soffro di essere ignorato, perché *sono* invisibile e privo di importanza. Perché desidero immensamente passare davanti alla sua porta. I miei occhi vagano fino alla porta di ingresso e si fissano lí. Andarsene, sí, riconquistare la mia indipendenza e la mia dignità, imboccare il raccordo anulare, tenendo strette le mie proprietà, con le innumerevoli stelle che torreggiano su di me e il canto degli usignoli che trilla nelle mie orecchie. Sally Klee che si allontana da me sempre piú, a lei non importa nulla di me, no, né a me di lei, e procedere invece a grandi balzi spensierati verso l'alba color arancio e poi via nel giorno successivo e poi ancora nella notte seguente, attraversare fiumi e penetrare nei boschi, alla ricerca e poi alla scoperta di un nuovo amore, un nuovo pilastro, una nuova funzione, una nuova vita. Una nuova vita. Queste parole sono come pietre sulle mie labbra, perché quale nuova vita potrebbe essere piú esaltante della vecchia, quale nuova funzione potrebbe rivaleggiare con quella di ex amante di Sally Klee? Non c'è futuro che possa eguagliare il mio passato. Mi giro verso le scale e quasi immediatamente comincio a chiedermi se non potrei convincermi ad accettare una descrizione alternativa della situazione. Oggi pomeriggio, influenzato da un senso di inadeguatezza, ho agito per il meglio, nell'interesse di entrambi. Sally Klee tornando a casa dopo una giornata faticosa è entrata in camera sua per scoprirla orbata di alcuni oggetti familiari e deve aver pensato che la sua unica fonte di conforto si fosse allontanata da lei senza una parola. Senza una parola! I miei piedi e le mie mani sono sulla quarta rampa. Certamente è lei, e non io, a essere ferita. E le spiegazioni cosa sono se non cose silenziose e invisibili presenti nella testa? Mi sono sentito danneggiato piú di quanto fosse lecito da parte mia e lei è silenziosa perché tiene il broncio. È lei che ha tanto bisogno di essere rassicurata, di ricevere delle spiegazioni. Lei che vorrebbe tanto essere stimata, carezzata, avvolta da un respiro. Certo! Come ho fatto a non capirlo durante il nostro silenzioso pasto. Lei ha bisogno di me. Giungo a questa conclusione come uno scalatore su una vetta inesplorata e arrivo sulla porta di Sally Klee un po' senza fiato, non tanto per la fatica quanto per un senso di trionfo.

Avvolta nella luce della lampada da tavolo siede dandomi le spalle, coi gomiti appoggiati alla scrivania, la testa sorretta dalle mani a coppa. Il foglio nella macchina da scrivere è fitto di parole. Deve essere ancora tirato via e riposto nella cartellina azzurra. Mentre sto proprio dietro Sally Klee mi colpisce all'improvviso un vivido ricordo della mia infanzia. Sto guardando mia madre che è accovacciata voltandomi la schiena ed ecco che, per la prima volta nella mia vita, vedo oltre le sue spalle come in una nebbia delle figure pallide, spettrali che stanno dietro un vetro, e indicano e fanno smorfie, silenziosi. Avanzo nella stanza senza far rumore e mi accovaccio a pochi centimetri dalla sedia di Sally Klee. Adesso che sono qui, mi pare un'idea impossibile che lei possa mai girarsi e accorgersi di me.

Due frammenti: sabato e domenica, marzo 199-

Sabato.

Henry si svegliò verso l'alba, ma non aprí gli occhi. Vide una massa bianca luminosa ripiegata su se stessa, il residuo di un sogno che non ricordava. Aveva sovrapposte delle forme scure dotate di braccia e gambe che volteggiavano verso l'alto e poi scomparivano come corvi in un cielo vuoto. Quando aprí gli occhi la stanza era immersa in una intensa luce blu e lui stava fissando sua figlia negli occhi. Era vicinissima al letto, con la testa a livello della sua. Sul davanzale dei piccioni tubavano e si agitavano. Padre e figlia, si fissavano e nessuno dei due parlò. Per strada si sentirono dei passi che si allontanavano. Henry socchiuse gli occhi. Marie aprí i suoi ancora di piú, mosse lievemente le labbra, il suo corpo minuscolo tremò sotto la camicia da notte. Osservò suo padre scivolare nel sonno.

Subito disse: – Io ho la vagina.

Henry mosse le gambe e si svegliò di nuovo. – Sí, – disse.

– Perciò sono una ragazza, vero?

Henry si appoggiò a un gomito. – Adesso torna a letto, Marie. Prendi freddo.

Lei si allontanò dal letto, fuori della sua portata, e guardò dalla finestra, guardò la luce grigiastra. – I piccioni sono ragazzi o ragazze?

Henry si sdraiò di nuovo e rispose: – Ragazzi e ragazze.

Marie si avvicinò al rumore dei piccioni e stette ad ascoltarlo. – I piccioni ragazze ce l'hanno la vagina?

– Sí.

– Dove?

– Tu dove credi?

Lei rifletté, lei restò in ascolto. Lei girò la testa a guardarlo. – Sotto le piume?

– Sí –. Lei rise beatamente. La luce grigia si illuminava poco per volta.

– A letto, adesso, – disse Henry con severità posticcia.

Lei avanzò verso di lui. – Nel tuo letto, Henry, – pretese. Lui si spostò per farle posto e scostò le coperte. Lei si infilò dentro e lui la guardò addormentarsi.

Un'ora dopo Henry scivolò giú dal letto senza svegliare la bambina. Rimase un po' sotto il filo d'acqua della doccia e poi si fermò un attimo di fronte a un grande specchio per guardare il suo corpo nudo sgocciolante. Illuminato solo su un lato dalla luce acquosa del primo mattino apparve a se stesso scultoreo, monumentale, capace di imprese superumane.

Si vestí di corsa. Mentre si stava versando una tazza di caffè in cucina sentí dei passi e delle voci rumorose sulle scale del palazzo. Automaticamente lanciò un'occhiata dalla finestra. Scendeva una pioggia leggera e il cielo si scuriva. Henry andò in bagno a guardare dalla finestra. Alle sue spalle Marie dormiva ancora. Il cielo era denso e infuriato.

Fin dove lui riusciva a vedere in entrambe le direzioni la via si stava riempiendo di gente che si preparava a raccogliere l'acqua piovana. Srotolavano grandi teloni incerati, lavorando a due a due, a gruppi familiari. L'aria si scurí ancora. Stesero i teloni per tutta la larghezza della strada e ne fissarono le estremità ai tubi di scarico e ai parapetti. Fecero rotolare dei barili in mezzo alla strada per raccogliere l'acqua che cadeva dai teloni. Tutta questa attività era svolta in silenzio, un silenzio geloso e competitivo. Come al solito scoppiarono delle liti. Lo spazio era limitato. Due figure lottavano sotto la finestra di Henry. Da principio era difficile capire chi fossero. Poi vide che una era una donna robusta, l'altro un ragazzo esile sui vent'anni. Si spostavano lateralmente, ognuno con le braccia serrate attorno al collo dell'altro, come un granchio mostruoso. La pioggia cadeva in un lenzuolo ininterrotto e gli altri ignoravano i lottatori. I loro teloni giacevano ammucchiati ai loro piedi, altri occuparono lo spazio disputato. Ormai lottavano esclusivamente per una questione d'orgoglio e alcuni bambini si radunarono intorno a guardare. Rotolarono per terra. Improvvisamente la donna fu sopra, e bloccò l'uomo tenendogli un ginocchio contro la gola. Lui scalciava inutilmente. Un cagnolino, col membro rosa eretto e vivido in quella luce tetra, si buttò nella lotta. Afferrò la testa dell'uomo fra le zampe anteriori. Le zampe posteriori tremavano come le corde di un violino e la sua lingua rosea era tirata fuori fino alla radice. I bambini risero e lo tirarono via.

Quando lui si girò Marie era scesa dal letto. – Cosa fai, Henry?

– Guardo la pioggia, – rispose lui, e la prese in braccio e la portò in bagno.

Per andare a lavorare ci voleva un'ora di cammino. Si fermarono una volta, a metà del ponte di Chelsea. Marie si alzò dalla sedia a rotelle e Henry la tirò su per farle vedere il fiume. Era un rito quotidiano. Lei lo fissò in silenzio e quando ne ebbe abbastanza si dibatté lievemente. Ogni mattina migliaia di persone camminavano nella stessa direzione. Raramente Henry riconosceva un amico ma se capitava facevano la strada insieme in silenzio.

Il Ministero sorgeva su una vasta spianata di selciato. La sedia a rotelle urtò contro dei cunei di erbacce verdi. Le pietre scricchiolavano e sprofondavano. Rifiuti umani insudiciavano lo spiazzo. Verdura marcia e calpestata, scatoloni di cartone appiattiti per servire da letti, i residui di fuochi e i resti di cani e gatti arrostiti, latte arrugginite, vomito, pneumatici rotti, escrementi di animali. Un antico sogno di linee orizzontali convergenti fino al punto da cui svettava perpendicolare il blocco di acciaio e vetro era ormai perso nell'oblio.

L'aria sopra la fontana era scura di mosche. Ogni giorno uomini e ragazzi arrivavano lí per accovacciarsi sull'ampio bordo di cemento e defecare. In lontananza, lungo un lato dello spiazzo, parecchie centinaia di uomini e donne dormivano ancora. Erano avvolti in allegre coperte a strisce colorate che durante il giorno segnavano lo spazio dei loro commerci. Da quel gruppo giunse il pianto di un bambino, portato dal vento. Nessuno si mosse. – Perché piange quel bambino? – urlò all'improvviso Marie, e anche la sua voce si perdette in quel posto vasto e miserabile. Accelerarono, erano in ritardo. Erano minuscoli, le uniche figure in movimento su quella grande distesa.

Per fare piú in fretta Henry scese di corsa le scale del seminterrato con Marie in braccio. Ancora prima che fosse oltre la porta girevole qualcuno gli stava dicendo: – Desideriamo che arrivino in orario –. Lui si voltò e mise giú Marie. L'assistente del gruppo di gioco appoggiò una mano sulla testa di Marie. Era alta piú di uno e settanta ed emaciata, con gli occhi infossati e venuzze rosse che le ballonzolavano sulle guance. Quando parlò di nuovo tese le labbra sui denti e si alzò in punta dei piedi. – E se non le spiace... la retta. Le farebbe comodo sistemarla? – Henry era indietro di tre mesi. Promise di portare i soldi il giorno dopo. Lei alzò le spalle e prese Marie per mano. Le guardò oltrepassare una porta e vide di sfuggita due bambini negri stretti in un abbraccio violento. Il rumore era stridulo e assordante e quando la porta si chiuse alle loro spalle si interruppe bruscamente.

Quando, mezz'ora dopo, Henry cominciò a battere a macchina la seconda lettera della mattinata, non si ricordava piú il contenuto della prima. Copiava gli scarabocchi di uno dei funzionari superiori. Quando arrivò in fondo alla quindicesima lettera, poco prima dell'ora di colazione, non ne ricordava l'inizio. E non si curò di alzare gli occhi per leggere in cima al foglio. Portò le lettere in un ufficio piú piccolo e le diede a qualcuno senza guardare chi fosse a prenderle. Henry tornò alla sua scrivania, e gli rimanevano solo pochi minuti da far passare prima di colazione. Tutti i dattilografi fumavano lavorando e l'aria era densa e aspra per il fumo, non solo di quel giorno ma di diecimila giorni precedenti e diecimila giorni futuri. Sembrava impossibile riuscire a oltrepassarlo. Henry si accese una sigaretta e attese.

Scese i sedici piani fino allo scantinato e si uní a una lunga coda di genitori, soprattutto madri, che venivano durante l'intervallo per la colazione a vedere i loro bambini. Era una bisbigliante coda di supplici. Venivano perché ne avevano bisogno, non perché fosse obbligatorio. Parlavano fra di loro a bassa voce dei figli mentre la linea si trascinava verso la porta girevole. Bisognava firmare per ogni bambino. L'assistente stava accanto alla porta, e con la sua sola presenza comunicava un bisogno di ordine e di silenzio. I genitori si adeguavano, e firmavano. Marie lo aspettava subito dietro la porta, e quando lo vide alzò in aria i pugni chiusi e fece un balletto innocente. Henry firmò e la prese per mano.

Il cielo si era schiarito e dal selciato saliva un tepore insano. Adesso la vasta spianata brulicava come una colonia di formiche. Una pallida falce di luna era appesa lassú, chiara contro il cielo blu. Marie salí sulla sedia a rotelle e Henry la spinse fra la folla.

Tutti quelli che avevano qualcosa da vendere si affollavano sullo spiazzo e sciorinavano le loro mercanzie sulle coperte colorate. Una vecchia vendeva saponette mezze consumate disposte su una vivace stuoia gialla come se fossero pietre preziose. Marie ne scelse una verde che aveva le dimensioni e la forma di un uovo di gallina. Henry contrattò con la donna e la ottenne per metà del prezzo iniziale. Mentre lui le dava i soldi per il sapone lei si esibí in un feroce cipiglio e Marie si ritrasse stupita. La vecchia sorrise, e tirò fuori dalla sua borsa un regalino. Ma Marie tornò sulla sedia a rotelle e non volle prenderlo. – Vattene, – urlò alla vecchia. – Vattene –. Proseguirono. Henry si diresse verso un angolo lontano dalla spianata dove c'era lo spazio per sedersi e fare colazione. Girò largo attorno alla fontana, sul cui bordo gli uomini stavano appollaiati come uccelli privi di piume.

Si sedettero sul parapetto che correva lungo un lato della spianata e mangiarono pane e formaggio. Sotto di loro si stendevano gli edifici deserti di Whitehall. Henry fece a Marie qualche domanda sul suo gruppo di gioco. Era corsa voce che indottrinassero i bambini ma le sue domande furono casuali e non insistenti. – A cosa avete giocato oggi?

Lei gli raccontò eccitata di un gioco con l'acqua e di un bambino che si era messo a piangere, un bambino che piangeva sempre. Lui prese di tasca una piccola sorpresa, fresca, gialla, vivace, misteriosamente curva e la depose fra le sue mani. – Che cos'è, Henry?

– È una banana. Puoi mangiarla –. Le fece vedere come sbucciarla, e le raccontò che crescevano a grappoli in un paese lontano. Piú tardi chiese: – La signorina vi ha letto una storia, Marie?

Lei si voltò e guardò fisso oltre il parapetto. – Sí, – disse dopo un po'.

– Di cosa parlava?

Lei ridacchiò. – Parlava di banane... banane... banane –. Cominciarono la camminata di un chilometro per tornare al Ministero e Marie cantilenò quietamente fra sé la nuova parola.

Piú avanti una folla si stava radunando attorno a un punto di interesse. Della gente li sorpassò correndo per unirsi al cerchio che si stava formando attorno a un ritmo convulso, attorno a un uomo con un tamburo. Quando Henry e Marie arrivarono lí la gente in circolo era in fila per dieci e le grida dell'uomo erano attutite. Henry si mise Marie sulle spalle e si infilò spingendo fra la folla. La gente capí dai suoi vestiti che era uno che lavorava al Ministero e si fecerc da parte con indifferenza. Adesso riuscivano a vedere. Al centro del cerchio c'era un tamburo tozzo e scuro. Su una delle estremità c'era una pelle di animale tesa e l'uomo che gli sedeva accanto, un uomo delle dimensioni di un grande orso goffo, ci picchiava sopra col pugno nudo. Aveva un pezzo di tela di sacco tinta di rosso avvolta attorno al corpo come una toga. I suoi ruvidi capelli rossi erano lunghi quasi fino alla vita. I peli sulle sue braccia nude erano folti e arruffati come la pelliccia di un animale. Aveva perfino gli occhi rossi.

Non gridava delle parole. A ogni battito del tamburo emetteva un profondo grugnito. Guardava attentamente qualcosa fra la folla ed Henry, seguendo la direzione del suo sguardo, vide una grossa latta arrugginita che passava di mano in mano e sentí il tintinnio delle monete. Poi vide fra la folla un lampo opaco di sole riflesso. Era una lunga spada, leggermente curva con l'impugnatura decorata. La gente si sporgeva per prenderla, toccarla, assicurarsi della sua concretezza. La spada si spostava con un movimento contrario a quello della latta da biscotti. Marie diede un colpetto alla spalla di Henry e chiese spiegazioni. Lui si spinse piú avanti finché si trovarono in seconda fila. La latta arrivò a loro. Henry sentí su di sé i fieri occhi rossi dell'uomo e ci buttò dentro tre monetine. L'uomo batté sul tamburo e ruggí e la latta passò oltre.

Marie rabbrividí sulle spalle di Henry e lui per consolarla le carezzò le ginocchia nude. Improvvisamente l'uomo pronunciò delle parole, una rozza cantilena su due note. Le parole erano impegnative e biascicate. Henry le capí, e nello stesso momento vide la ragazza per la prima volta. – Senza sangue... senza sangue... – Lei era in piedi all'altra estremità del cerchio, una ragazza sui sedici anni, nuda dalla vita in su e scalza. Stava perfettamente immobile, coi piedi uniti, guardava per terra davanti a sé. Anche lei aveva i capelli rossi, ma morbidi e tagliati corti. Attorno alla vita aveva un pezzo di tela da sacco. Era cosí pallida che diventava davvero possibile crederla senza sangue.

Adesso il tamburo manteneva un ritmo cardiaco costante e la spada ritornò all'uomo. Lui la tenne alta sulla testa e la fece splendere in faccia alla folla. Qualcuno gli riportò la latta da biscotti. Lui sbirciò dentro e scosse la grossa testa. Rimandò la latta fra la folla e il ritmo del tamburo aumentò. – Senza sangue, – urlava l'uomo. – Attraversa la pancia, le esce dalla schiena, senza sangue –. Di nuovo si ritrovò la latta fra le mani, di nuovo la rifiutò. La folla era disperata. Quelli piú indietro spingevano per riuscire a buttarci dentro del denaro, quelli che avevano già dato gridavano contro quelli che non lo avevano ancora fatto. Scoppiarono dei litigi, ma la latta si riempiva. Quando tornò indietro per la terza volta fu accettata e la folla sospirò di sollievo. Il battito del tamburo si interruppe.

Con un movimento del capo l'uomo ordinò alla ragazza, certamente sua figlia, di venire al centro del cerchio. Lei si fermò col vecchio tamburo fra sé e il padre. Henry vide che le tremavano le gambe. La folla era silenziosa, ansiosa di non perdersi niente. Le grida dei venditori giungevano attraverso la spianata come da un altro mondo. Marie all'improvviso urlò, con una voce sottile per la paura: – Cosa fa? – Henry la zittí, l'uomo stava mettendo la spada fra le mani della figlia. Non le toglieva gli occhi di dosso e lei dava l'impressione di non essere in grado di guardare altro che il viso del padre. Lui le sibilò qualcosa in un orecchio e sollevò la punta della spada fino alla pancia. Suo padre si chinò e vuotò la latta da biscotti in una borsa di pelle che si gettò su una spalla. La spada tremò fra le mani della ragazza e la folla si agitò impaziente.

Henry sentí un improvviso tepore sul collo e giú per la schiena. Marie aveva orinato. Lui la mise per terra e in quel momento, sollecitata dal padre, la ragazza si spinse la punta della spada nella pancia per un paio di centimetri. Marie strillò infuriata. Batté i pugni contro le gambe di Henry. – Tirami su, – singhiozzava. Una monetina cremisi, che brillava al sole, sprizzò fuori e scivolò attorno all'impugnatura della spada. Qualcuno fra la folla sogghignò: – Senza sangue –. Il padre si assicurò la borsa di pelle sotto la toga. Si avventò sulla spada come per immergerla nella figlia. Lei crollò ai suoi piedi e la spada tintinnò sul selciato. Il gigante la sollevò e la agitò di fronte alla folla irata. – Porci, – gridò, – avidi porci –. La folla infuriata urlò – Imbroglione... assassino... si è preso i nostri soldi...

Ma erano spaventati, perché quando lui tirò su la figlia e se la trascinò via la gente si disperse per aprirgli un varco. Lui faceva roteare la spada sulla testa. – Porci, – continuava a gridare. – Indietro, porci –. Qualcuno tirò con violenza un sasso che lo colpí su una spalla. Lui si voltò rapido, mollò la figlia e si avventò sulla folla come un pazzo, agitando la spada in ampie arcate rabbiose. Henry sollevò Marie e corse insieme agli altri. Quando si girò a guardare l'uomo era molto lontano, e incitava la figlia a sbrigarsi. La gente l'aveva lasciato andare coi soldi. Henry e Marie tornarono indietro e trovarono la sedia a rotelle rovesciata. Una delle impugnature era storta.

Quella sera, durante il lungo tragitto verso casa, Marie sedette tranquilla senza fare domande. Henry era ansioso per lei, ma era troppo stanco per fare qualcosa. Dopo il primo chilometro lei si addormentò. Attraversò il fiume sul ponte di Vauxhall e si fermò a metà, questa volta per se stesso. Non aveva mai visto il Tamigi cosí basso. Qualcuno diceva che un giorno o l'altro il fiume si sarebbe asciugato e i ponti giganteschi avrebbero inutilmente attraversato dei prati verdi. Rimase dieci minuti sul ponte a fumare una sigaretta. Era difficile sapere a cosa credere. Molta gente diceva che l'acqua del rubinetto era un lento veleno.

A casa accese tutte le candele disponibili per disperdere le paure di Marie. Lei lo seguiva passo passo. Cucinò un pesce sul fornello a kerosene e lo mangiarono in camera da letto. Parlò a Marie del mare che lei non aveva mai visto e piú tardi le lesse una storia finché non si addormentò in braccio a lui. Si svegliò mentre la portava a letto e chiese: – Cosa faceva quella signora con la spada?

Henry rispose: – Ballava. Ballava tenendola fra le mani –. Gli occhi azzurri e limpidi di Marie guardarono nei suoi, profondamente. Si accorse che lei non ci credeva e rimpianse la bugia.

Quella sera lavorò fino a tardi. Verso le due andò alla finestra della sua camera da letto e la aprí. La luna era tramontata e delle nuvole erano venute a coprire le stelle. Sentí un branco di cani lungo il fiume. A nord riusciva a vedere i fuochi accesi sullo spiazzo del Ministero. Si chiese se nel corso della sua vita le cose sarebbero cambiate molto. Alle sue spalle Marie gridò qualcosa nel sonno e rise.

Domenica.

Lasciai Marie con una vicina e attraversai Londra diretto a nord, a circa dieci chilometri, per incontrarmi con un'antica innamorata. Ci eravamo conosciuti ai vecchi tempi, e continuavamo ad incontrarci occasionalmente piú per i ricordi di allora che per passione. Quella volta facemmo l'amore a lungo ma con un certo, significativo, insuccesso. Poi, in una stanza piena di polverosa luce solare e di mobili di plastica rovinati, parlammo dei vecchi tempi. Diane si lamentò a bassa voce per un senso di vuoto e di presentimento. Si chiese quale fosse il governo da biasimare, e quali le illusioni, e come sarebbe potuta andare altrimenti. Diane era politicamente piú sofisticata di me. – Vedremo cosa succede, – dissi io. – Ma adesso girati sulla pancia –. Mi parlò del suo nuovo lavoro, aiutava un vecchio pescatore. Era un amico di suo zio. Tutti i giorni all'alba scendeva al fiume per andare incontro alla sua barca a remi. Caricavano il pesce e le anguille su un carretto e lo spingevano fino a un mercatino rionale dove il vecchio aveva un banchetto. Lui andava a casa a dormire e a prepararsi per la notte, lei vendeva il pesce. Verso sera lei gli portava i soldi a casa, e forse perché era carina, lui insisteva a fare a metà degli incassi. Mentre lei parlava io le massaggiavo il collo e la schiena. – Adesso puzza tutto di pesce, – gridò lei. L'avevo scambiato per un persistente odore genitale di un altro amante – ne aveva parecchi – ma non l'avevo detto. Le sue paure e le sue lamentele non erano diverse dalle mie eppure, o meglio, conseguentemente, le dissi soltanto parole scialbe, incapaci di confortarla. Infilai i pollici fra le spesse pieghe di carne che aveva in fondo alla schiena. Sospirò. Dissi: – Perlomeno è un lavoro.

Mi alzai dal letto. In bagno mi guardai in uno specchio dall'aria antica. Il mio sacchetto di pelle era appoggiato al bordo fresco del lavandino. L'orgasmo, per quanto saltuario, dava un'illusione di chiarezza. Il costante ronzio di un insetto era come un puntello alla mia inattività. Cercando di indovinare cosa c'era nel mio silenzio Diane gridò: – Come sta la tua bambina?

– Bene, cresce, – risposi. Comunque, stavo pensando al mio compleanno, trent'anni fra dieci giorni, e a sua volta ciò mi fece venire in mente mia madre. Mi chinai a lavarmi. Due anni prima, tramite un amico, mi era arrivata una lettera scritta su un ruvido foglio di carta rosa piegata e ripiegata e chiusa in una busta usata. Mia madre nominava un villaggio nel Kent. Lavorava nei campi, aveva latte, formaggio, burro e un po' di carne grazie alla fattoria. Mandava il suo nostalgico amore al figlio e alla nipotina. Da allora, nei momenti di chiarezza o di inquietudine, non saprei dirlo, avevo fatto e revocato progetti di lasciare la città con Marie. Avevo calcolato che il villaggio era a una settimana di cammino. Ma ogni volta trovavo delle scuse, dimenticavo i miei piani. Dimenticavo anche di averli mai fatti e ogni volta la decisione mi sembrava nuova. Latte fresco, uova, formaggio... carne di tanto in tanto. Eppure piú che la meta, era il viaggio in sé ad eccitarmi. Con la curiosa sensazione di fare i primi preparativi mi lavai i piedi nel lavandino.

Tornai in camera da letto trasformato, come sempre quando facevo questi progetti, e mi irritai lievemente nel trovarla immutata. I vestiti di Diane e i miei ingombravano i mobili, la stanza era stipata di polvere, sole e oggetti. Diane non si era spostata mentre io ero via. Era sdraiata sulla schiena, con le gambe aperte, il ginocchio destro un po' piegato, la mano appoggiata alla pancia, la bocca allentata per un lamento ricacciato indietro. Non riuscivamo a compiacerci l'un l'altro ma continuammo a parlare. Eravamo dei sentimentali. Lei sorrise e disse: – Cosa cantavi? – Quando le parlai dei miei progetti lei rispose: – Ma credevo che tu volessi aspettare finché Marie sarà piú grande –. Ormai me la ricordavo solo come una scusa per rimandare. – È piú grande, – insistetti.

Accanto al letto c'era un tavolino basso col piano formato da una spessa lastra di vetro dentro cui era intrappolata una nuvola immobile di fumo nero. Sul tavolino c'era un telefono, col cavo tagliato dopo dieci centimetri, e piú in là, appoggiato al muro, un tubo catodico. La cassa di legno, lo schermo di vetro e i tasti di controllo erano stati strappati via da tempo e adesso attorno al metallo opaco si arricciavano matasse di vivace filo elettrico. C'erano molti oggetti fragili, vasi, portaceneri, bocce di vetro, vittoriani o, come diceva Diane, art déco. Non ero mai ben sicuro della differenza. Tutti razzoliamo fra le immondizie in cerca di oggetti utili, ma, come molti altri in questa zona della città minimamente privilegiata, Diane ammassava oggetti privi di una funzione. Lei credeva nell'arredamento, nello stile. Discutevamo a proposito di questi oggetti, una volta anche aspramente. – Non fabbrichiamo piú le cose, – aveva detto lei, – non le facciamo a mano né le produciamo industrialmente. Non facciamo niente, e a me piacciono le cose fatte, artigianalmente o grazie a dei procedimenti – (aveva indicato il telefono) – non importa, perché sono comunque il prodotto dell'inventiva e di un progetto dell'uomo. E non curarsi degli oggetti porta inevitabilmente a non curarsi della gente.

Io avevo detto: – Collezionare quelle cose ed esporle cosí è un segno di egocentrismo. Se non c'è una linea telefonica i telefoni sono paccottiglia senza valore –. Diane aveva otto anni piú di me. Lei aveva insistito che è impossibile amare gli altri o accettare l'amore degli altri se non si ama se stessi. Pensai che fosse un argomento trito, e la discussione finí nel silenzio.

Faceva piú freddo. Ci infilammo fra le lenzuola, io coi miei progetti e i piedi puliti, lei col suo pesce. – Il punto è, – dissi riferendomi all'età di Marie – che ormai non si può piú sopravvivere senza un progetto –. Ero sdraiato con la testa appoggiata al braccio di Diane e lei mi tirò sul suo seno. – Conosco uno, – cominciò, e capii che stava presentando un suo amante, che vuole organizzare una stazione radio. Non sa come generare l'elettricità. Non conosce nessuno che sappia costruire un trasmettitore o ripararne uno vecchio. E anche se riuscisse, sa che non ci sono radio che potrebbero captare il suo segnale. Parla vagamente di riparare quelle vecchie, di trovare qualche libro che gli spieghi come si fa. Io gli dico: «Le stazioni radio non possono esistere senza la società industriale», e lui risponde: «Vedremo». Vedi, a lui interessano i programmi. Ha coinvolto dell'altra gente e si siedono tutti in circolo a parlare dei programmi. Vuole solo musica suonata dal vivo. Vuole musica da camera del diciottesimo secolo al mattino presto, ma sa che non ci sono orchestre. Alla sera incontra i suoi amici marxisti e progettano conferenze, corsi di lezioni, discutono la linea da adottare. C'è uno storico che ha scritto un libro e vuole leggerlo in ventisei puntate di mezz'ora.

– Non serve cercare di far rivivere il passato, – dissi dopo un po' – non mi importa del passato, voglio creare un futuro per Marie e per me –. Mi fermai e ridemmo entrambi, perché mentre negavo il passato giacevo sul seno di Diane e parlavo di andare a vivere con mia madre. Era un nostro vecchio scherzo. Scivolammo nelle reminiscenze. Circondati dagli oggetti-ricordo di Diane era abbastanza facile immaginare che il mondo fuori da quella stanza fosse com'era una volta, organizzato e disastroso. Parlammo di una delle prime giornate che avevamo passato insieme. Io avevo diciotto anni, Diane ventisei. Passeggiammo da Camden Town attraverso Regent's Park, lungo un viale di platani spogli. Era febbraio, freddo e luminoso. Comprammo i biglietti dello zoo perché avevamo sentito dire che presto l'avrebbero chiuso. Fu una delusione, vagammo sconsolatamente da una gabbia, da una bizzarria ambientale circondata da fossati, all'altra. Il freddo metteva la sordina all'odore degli animali, la luminosità faceva risaltare la loro futilità. Rimpiangemmo i soldi spesi per i biglietti. Dopotutto, gli animali assomigliavano semplicemente ai loro nomi, tigri, leoni, pinguini, elefanti, niente di piú, niente di meno. Passammo un'ora migliore al caldo, chiacchierando e bevendo tè, unici clienti in un grande caffè di infinita tristezza municipale.

Uscendo dallo zoo fummo attirati dalle grida di un gruppo di scolari attorno alla gabbia degli scimpanzé. Era una gabbia nello stile di una enorme uccelliera, una meschina parodia del passato ormai dimenticato degli animali. Un sentiero della giungla si snodava fra cespugli di rododendro, un sistema irregolare di sbarre per dondolarsi attraversava la gabbia e c'erano due alberi striminziti. Le grida erano rivolte a un maschio energico e arrabbiato, il patriarca della gabbia, che stava terrorizzando gli altri scimpanzé. Scappavano davanti a lui, e scomparivano attraverso un piccolo passaggio nel muro. Adesso restava soltanto quella che sembrava una madre piuttosto anziana, forse era una nonna, alla cui pancia si teneva stretto un piccolo scimpanzé. Il maschio la inseguiva. Lei corse per il sentiero urlando e si appese alle sbarre. Svolazzarono per tutta la gabbia. Lui era poco piú indietro. Quando lei lasciava una sbarra con l'ultima mano, lui la toccava con la prima.

I bambini entusiasti ballonzolavano e urlavano man mano che lei saliva e andava piú veloce. Il piccolo si teneva stretto, il suo faccino rosa, mezzo sepolto fra tette e pelo, descriveva ampie traiettorie nell'aria. Adesso i due correvano lungo il soffitto della gabbia, la femmina volando strideva e imbrattava le sbarre piú basse coi suoi escrementi di un verde brillante. Improvvisamente il maschio perse interesse nella cosa e permise alla sua vittima di fuggire attraverso il passaggio nel muro. I bambini mugolarono di disappunto. La gabbia era quieta e silenziosa, gli scimpanzé si affacciarono comicamente al buco per dare un'occhiata. Il patriarca era seduto in un angolo, in alto, e si guardava alle spalle con occhi assenti e luminosi. Lentamente la gabbia si riempí e tornò anche la madre col piccolo. Lanciando occhiate circospette al suo persecutore, radunò tutti i suoi escrementi che riuscí a trovare e si ritirò a mangiare in santa pace in cima a un albero. Con la punta delle dita ne porgeva dei bocconcini al piccolo. Guardò in giú verso gli spettatori umani e tirò fuori la lingua verde brillante.

L'infante si strinse alla sua protettrice, gli scolari si dispersero.

Alla fine delle reminiscenze, restammo sdraiati in silenzio per parecchi minuti. Il letto era piccolo ma comodo e mi sentivo sonnacchioso. Avevo già gli occhi chiusi quando Diane disse: – Ricordi come questo non mi turbano piú. È tutto talmente cambiato che mi sembra quasi incredibile che là ci fossimo noi –. La udii chiaramente, ma non potei far altro che grugnire un assenso. Mi sembrava di stare salutando Diane. Fuori il clima era caldo, c'era il sole. Mi sporgevo dall'automobile e agitavo un braccio verso di lei affacciata alla finestra. Scoprii che sapevo guidare benissimo, naturalmente, l'avevo sempre saputo fare. La macchina partí silenziosamente. Avevo fame e passai davanti a bar e a ristoranti ma senza fermarmi. Avevo una meta, un amico che abitava in un lontano sobborgo, ma non sapevo chi fosse. Stavo guidando su una strada detta circonvallazione. Era un pomeriggio caldo, il traffico intorno a me era agile e scorrevole, il paesaggio deumanizzato e perfettamente comprensibile. I nomi dei posti erano luminosi su dei cartelli stradali che sembravano quelli delle cliniche. Un tunnel sfavillante coperto di piastrelle come un gabinetto pubblico ondeggiava da destra a sinistra con curve paraboliche e poi si lanciava violentemente in alto verso la luce del sole. Uomini e donne facevano rombare i motori ai semafori, macchine difettose o guidatori incompetenti non erano tollerati. Attraverso un finestrino aperto delle dita inanellate tamburellavano sul fianco di una macchina. Davanti a una gigantesca pubblicità di un reggiseno un uomo guardava con attenzione il suo orologio. Dietro di lui la colossale donna tirava i lacci con raggelata noncuranza. Le luci cambiarono e balzammo tutti in avanti, con la soddisfazione e il disprezzo compressi nell'arco delle labbra. Vidi un ragazzino triste in sella al cavallo a nolo di un supermarket con accanto il padre sorridente.

Il freddo era pungente e si stava facendo buio. Diane

stava accendendo una candela all'altro capo della stanza. Io restai a letto e la guardai cercare dei vestiti piú pesanti da mettersi addosso. Mi sentivo dispiaciuto per lei, che viveva sola coi suoi oggetti di antiquariato. C'era un'intimità cosí spontanea fra noi, ma le mie visite erano rare, era una lunga camminata da sud a nord e ritorno, e un po' pericolosa.

Non le parlai del mio sogno. Diane languiva per l'età delle macchine e dei manufatti, perché un tempo le automobili avevano fatto parte del tessuto della sua esistenza. Parlava spesso del piacere di guidare, di viaggiare all'interno di un sistema di regole. Stop... Avanti... Attenzione Nebbia. Io da bambino ero stato un passeggero indifferente e da ragazzo avevo osservato dal marciapiede le loro targhe che diminuivano. Diane desiderava intensamente delle regole. Dissi: – Penso che farei meglio ad andare, – e cominciai a vestirmi. Restammo in piedi rabbrividendo davanti alla porta.

– Promettimi una cosa, – disse Diane.

– Cosa?

– Che non partirai per la campagna senza passare a salutarmi –. Promisi. Ci baciammo e Diane disse: – Non sopporterei che partiste tutti e due senza farmelo sapere.

Come sempre, sul far della sera c'era un sacco di gente in giro. Faceva abbastanza freddo perché la gente accendesse dei fuochi agli angoli delle strade e poi si radunasse lí attorno a parlare. Alle loro spalle i bambini giocavano nel buio. Per avanzare piú velocemente camminavo in mezzo alla strada, lungo viali di automobili rotte e arrugginite. Stavo scendendo dalla collina verso il centro di Londra. Attraversai il canale ed entrai a Camden Town. Proseguii verso Euston e girai in Tottenham Court Road. Era lo stesso dappertutto, la gente usciva dalle case fredde e si accalcava attorno ai fuochi. Alcuni dei gruppi a cui passavo accanto fissavano le fiamme in silenzio; era ancora troppo presto per andare a dormire. A Cambridge Circus girai a destra verso Soho. All'angolo fra Frith Street e Old Compton Street c'era un falò e mi fermai per riposarmi e scaldarmi. Due uomini di mezza età, uno da una parte e uno dall'altra del fuoco, discutevano appassionatamente attraverso le fiamme mentre gli altri ascoltavano o se ne stavano lí a sognare in piedi. Il campionato di calcio era un ricordo sempre piú sbiadito. Uomini come questi strizzavano il proprio cervello, o quello altrui, cercando di ricordare particolari che un tempo venivano in mente con tanta naturalezza. – Io c'ero, amico. Segnarono prima della fine del primo tempo –. Senza muovere i piedi l'altro fece finta di volersene andare disgustato. – Non dire cretinate, – rispose, – è stato un pareggio zero a zero –. Cominciarono a parlare contemporaneamente e diventò difficile seguirli.

Qualcuno alle mie spalle sulla destra fece un movimento verso di me e mi girai. Un piccolo cinese era fermo nel cerchio illuminato. Aveva la testa a forma di cipolla, sorrideva e gesticolava agitando le braccia, come se io fossi stato in cima a una collina lontana. Feci un paio di passi verso di lui e dissi: – Cosa vuole? – Indossava la parte superiore di un vecchio completo grigio, e dei nuovissimi jeans a tubo. Dove aveva trovato dei jeans nuovi? – Cosa vuole? – dissi di nuovo. L'ometto fece un gran respiro e cantò: – Vieni! Tu vieni! – poi uscí dalla zona illuminata e scomparve.

Il cinese camminava parecchi metri piú avanti e riuscivo sí e no a intravederlo. Attraversammo Shaftesbury Avenue all'altezza di Gerrard Street e qui rallentai e camminando lentissimo protesi le braccia in avanti. Qualche finestra dei piani superiori mandava dei riflessi opachi, davano il senso della direzione della strada ma non la illuminavano affatto. Per parecchi minuti incespicai andando avanti, poi il cinese accese una lampada. Era circa cinquanta metri piú avanti e teneva la lampada all'altezza della testa, in attesa. Quando lo raggiunsi mi fece vedere una porta bassa bloccata da un oggetto scuro e tozzo. Era un armadio e mentre l'uomo si strizzava per passargli accanto vidi alla luce della lampada che la porta dava su una ripida rampa di scale. Il cinese appese la lampada alla porta. Sollevò il suo lato dell'armadio. Io sollevai il mio. Era innaturalmente pesante e dovemmo fare un gradino alla volta. Per coordinare i nostri sforzi il cinese esortava: – Vieni, – con la sua voce sospirosa e cantilenante. Raggiungemmo un certo ritmo e lasciammo la lampada laggiú. Passò molto tempo e la scala sembrava senza fine. – Vieni... vieni, – mi cantava il cinese da dentro l'armadio. Finalmente davanti a noi si aprí una porta e una luce gialla e un odore di cucina sgocciolarono nel pozzo delle scale. Una voce tesa, tenorile, di sesso indeterminato parlava in cinese e un po' piú in là un bambino piangeva.

Sedetti a un tavolo cosparso di briciole di biscotti e grani di sale. All'altro capo della stanza affollata il cinese stava discutendo con sua moglie, una minuscola donna nervosa con un viso tutto tendini e muscoli contorti. Dietro di loro c'era una finestra coperta di assi inchiodate e dietro la porta c'era una pila di materassi e coperte. A pochi centimetri da dove ero seduto io due bambini piccolissimi, nudi a parte le canottiere ingiallite, si reggevano bavosi sulle gambe storte, e mi guardavano, sporgendo in fuori i gomiti per stare in equilibrio. Una ragazzina sui dodici anni li sorvegliava. Il suo viso era una versione piú cremosa di quello della madre, e anche il suo vestito era della madre, decisamente troppo largo e raccolto attorno alla vita con una cintura di plastica. Da una pentola che gorgogliava su un piccolo fuoco di legna veniva un odore sottile e salato, che si mischiava con l'odore di latte e di pipí dei piccoli. Ero a disagio, rimpiangevo la privacy del mio ritorno a casa nel buio, la meditazione sui miei progetti, ma un vago senso di educazione mi impediva di andarmene.

Stavo mettendo a punto una mia versione della discussione fra marito e moglie. Conoscevo la dignità cinese. Lui voleva ricompensare l'ospite per l'aiuto prestato, era una questione d'onore. – Sciocchezze, – insisteva lei, – guarda che cappotto pesante ha addosso. È piú ricco di noi. Sarebbe sciocco e sentimentale se, poveri come siamo, facessimo un dono a un uomo del genere, per gentile che sia.

– Ma ci ha aiutati, – sembrava che rispondesse l'uomo, – non possiamo mandarlo via cosí. Per lo meno diamogli qualcosa da mangiare.

– No, no. Non ce n'è abbastanza –. La discussione era molto formale e contenuta, non superava quasi la condizione di bisbiglio. Il dissenso era espresso da monologhi che si sovrapponevano, i tendini tesi nel collo della donna, la mano sinistra dell'uomo che si chiudeva in un pugno e si riapriva. Silenziosamente incitavo la donna. Desideravo essere congedato con cortesi e amabili strette di mano, per non tornare mai piú. Avrei camminato in direzione sud fino a casa e mi sarei infilato a letto. Uno dei bambini, con gli occhi fissi nei miei, cominciò a barcollare verso di me. Guardai la ragazzina perché lo intercettasse, e lei lo fece, ma di malavoglia e sospetto che mi restituisse lo sguardo piú a lungo del necessario.

La discussione era finita, la donna era china sulla pila di materassi e stava preparando il letto per i bambini, e suo marito la guardava da una sedia accanto alla mia. La ragazzina si appoggiò al muro e si esaminò le unghie malinconicamente. Giocherellai con le briciole e il sale. Il cinese si voltò e mi sorrise debolmente. Poi rivolse a sua figlia un'ininterrotta sequela di parole apparentemente complesse, la cui sequenza finale aumentò sensibilmente di tono mentre l'espressione del suo viso restava immutata. La ragazza mi guardò e disse svogliata: – Papà dice che lei deve mangiare con noi –. Per chiarire il concetto suo padre indicò la mia bocca e poi la pentola. – Vieni, – disse entusiasta. Nell'angolo la madre parlava aspramente coi piccoli che erano sistemati ai due capi di un materasso e piangevano assonnati. Guardavo fisso verso di lei sperando di incontrare il suo sguardo e avere la sua approvazione. Annoiata, la ragazzina tornò ad appoggiarsi al muro, il padre restò seduto con le braccia incrociate e occhi vacui e appannati. Dissi: – Cosa ne pensa tua madre? – La ragazza alzò le spalle e continuò a guardarsi le unghie. In confronto alla sua la mia voce era cupa e raffinata, suggeriva qualche laconica manipolazione. – Di cosa stavano parlando prima i tuoi genitori? – Lei guardò l'armadio nero. – Mamma dice che papà l'ha pagato troppo.

Decisi di andarmene. Feci una pantomina per il cinese atteggiando il viso a malore e indicando lo stomaco, in modo che capisse che non avevo fame. Il mio ospite evidentemente capí che avevo troppa fame per aspettare fino all'ora di cena. Parlò velocemente con la figlia, e quando lei rispose la interruppe irritato. Lei alzò le spalle e si avvicinò al fuoco. La stanza si riempí di un odore animale soffocante e sottile che assomigliava al sapore del sangue. Mi girai sulla sedia per parlare alla ragazzina: – Non voglio offendere i tuoi genitori, ma di' a tuo padre che non ho fame e devo andarmene.

– Gliel'ho già detto, – disse lei, e versò con un mestolo qualcosa in una gran scodella bianca che posò di fronte a me. Sembrava che si godesse la mia situazione: – Nessuno dei due sta a sentire, – disse, e tornò al suo pezzo di muro.

In un'abbondante acqua chiara e calda galleggiavano e si urtavano senza rumore parecchi globi grigiastri parzialmente sommersi. Il viso del cinese si increspò di incoraggiamento. – Vieni –. Ero conscio dello sguardo della donna, che mi fissava dall'altro capo della stanza. – Che cos'è? – chiesi alla ragazza.

– Porcheria, – disse vagamente. Poi cambiò idea e sibilò con veemenza: – È *piscia* –. Con una risatina chioccia e un rapido sventolio delle mani secche il cinese parve celebrare la padronanza che sua figlia aveva di una lingua difficile. Osservato da tutta la famiglia impugnai il cucchiaio. I bambini erano tranquilli nel loro angolino. Buttai giú rapidamente due sorsate e sorrisi ai genitori attraverso il liquido che non avevo ancora inghiottito. – Buono, – dissi alla fine, e poi alla ragazzina: – Di' ai tuoi genitori che è buono –. Di nuovo senza sollevare lo sguardo dalle unghie lei disse: – Se fossi in te lo lascerei –. Condussi uno dei globi fin dentro il cucchiaio, era sorprendentemente pesante. Non chiesi alla ragazzina cosa fossero, perché sapevo cosa avrebbe risposto.

Lo inghiottii e mi alzai. Porsi la mano al cinese per salutarlo, ma lui e sua moglie mi fissarono senza muoversi. – Se ne vada e basta, – disse la ragazzina in tono rassegnato. Mi mossi lentamente attorno al tavolo, temendo di vomitare. Mentre arrivavo alla porta qualcosa che aveva detto la figlia fece improvvisamente infuriare la madre. Urlava contro il marito indicando la mia scodella da cui si alzava ancora, come un'accusa, un filo di fumo. Il cinese sedeva tranquillo, apparentemente indifferente. Poi la donna infuriata si rivolse alla figlia, che girò di colpo la schiena senza ascoltarla. Sembrava che padre e figlia aspettassero il silenzio, aspettassero che una corda si spezzasse nel collo di quella donna minuscola, e anch'io aspettavo, mezzo nascosto dall'armadio, sperando che la situazione e la mia coscienza traessero vantaggio da dei saluti amichevoli. Ma la stanza e i suoi abitanti erano come un tableau immobile. L'unica cosa in movimento erano le grida, cosí scivolai via senza farmi notare e scesi le scale.

Sulla porta era appesa la lampada ancora accesa. Sapendo com'è difficile trovare della paraffina la spensi, poi scesi nella strada nera.

Morta venendo

Le donne sempre in posa non mi interessano. Ma lei era un tipo che *colpiva*. Dovetti fermarmi a guardarla. Le gambe erano ben distanziate, il piede destro spinto audacemente in avanti, il sinistro strascicato con studiata casualità. Protendeva la mano destra fino quasi a toccare la vetrina, con le dita rivolte in alto come un bellissimo fiore. La mano sinistra era un po' piú arretrata e sembrava che tenesse a bada dei cuccioli giocherelloni. Testa all'indietro, un accenno di sorriso, gli occhi socchiusi per la noia o il piacere. Impossibile capirlo. Un insieme decisamente artificiale, ma dopotutto io non sono un uomo semplice. Era una donna splendida. La vedevo quasi tutti i giorni, ogni tanto due o tre volte al giorno. E naturalmente lei assumeva altre posizioni a seconda dell'umore. Certe volte, passando di corsa (sono un uomo che ha sempre fretta), mi concedevo una breve occhiata e sembrava che lei mi facesse un cenno di invito, volesse accogliermi al riparo dal freddo. Altri giorni mi ricordo di averla vista in quello stato di stanca e desolata passività che gli sciocchi scambiano per femminilità.

Cominciai ad accorgermi dei vestiti che indossava. Era una donna alla moda, naturalmente. In un certo senso era il suo mestiere. Ma in lei non c'era traccia della leziosa, asessuata rigidezza tipica di quegli attaccapanni a malapena animati che sfoggiano l'haute couture in saloni soffocanti al suono di esecrabili musichette. No, lei era un essere di un'altra levatura. Lei non esisteva semplicemente per presentare lo stile, la moda del momento. Lei era al di sopra di tutto questo, *oltre* tutto questo. I vestiti rappresentavano un fatto periferico rispetto alla sua bellezza. Sarebbe stata bene con addosso dei vecchi sacchetti di carta. Lei disprezzava i vestiti che indossava, ogni giorno li scartava in favore di altri. La sua bellezza irradiava splendore attraverso i vestiti... eppure erano dei vestiti molto belli. Era autunno. Lei indossava mantelli di un intenso color ruggine, o roteanti gonne da contadina verdi e arancioni, o ruvidi tailleur pantaloni sui toni ocra. Era primavera. Lei indossava gonne di mussola a quadri o cosparsa di frutti, camicette di cotonina bianca o copiosi abiti turchesi e azzurri. Sí, mi accorsi dei suoi vestiti, perché lei capiva, come lo capivano soltanto i grandi ritrattisti del diciottesimo secolo, le sontuose possibilità di una stoffa, le sottigliezze di un panneggio, le sfumature di una piega o di un orlo. Il suo corpo ondeggiando sempre in nuove posizioni si adattava alle esclusive esigenze di ogni creazione; le linee del suo corpo perfetto nella loro immobile grazia sottolineavano con un tenero contrappunto i mutevoli arabeschi degli artifici di sartoria.

Ma io divago. Vi annoio col mio lirismo. I giorni si succedevano. Un giorno la vedevo e un altro no, e magari un altro ancora due volte. Impercettibilmente il fatto di vederla o non vederla diventò un fattore della mia esistenza, e poi prima che me ne rendessi conto, si trasformò da fattore in elemento strutturale. L'avrei vista oggi? Avrebbe riscattato e controbilanciato tutte le altre ore, gli altri minuti della mia giornata? Mi avrebbe guardato? Si ricordava di me da una volta all'altra? C'era un futuro per noi, insieme... avrei mai avuto il coraggio di avvicinarla? Coraggio! Cosa significavano ormai tutti i miei miliardi, cosa ne era della saggezza che avevo costruito sulle rovine di tre matrimoni? La amavo... volevo possederla. E per possederla a quanto pareva avrei dovuto comperarla.

Bisogna che vi parli un po' di me. Io sono ricco. È possibile che risiedano a Londra dieci uomini piú ricchi di me. È probabile che siano solo cinque o sei. Che importa? Sono ricco e i miei soldi li ho fatti al telefono. Il giorno di Natale compirò quarantacinque anni. Mi sono sposato tre volte, e ogni matrimonio è durato, in ordine cronologico, otto, cinque e due anni. Negli ultimi tre anni non mi sono sposato ma non sono certo stato inattivo. Non mi sono concesso pause. Un uomo di quarantaquattro anni non ha tempo per le pause. Sono un uomo che ha sempre fretta. Ogni volta che dalla mia vescica seminale, o da dov'è che parte, nasce un impulso all'espulsione, la dotazione complessiva assegnata al mio arco vitale diminuisce di una. Non ho tempo per le analisi, le indagini interiori dei rapporti molto intensi, per le accuse inespresse, le silenziose autodifese. Non desidero la compagnia di donne che abbiano l'esigenza di parlare quando l'accoppiamento è terminato. Voglio restare sdraiato immobile a godermi la pace e la chiarezza del momento. Poi voglio mettermi le calze e le scarpe e pettinarmi e tornare a occuparmi dei miei affari. Preferisco le donne silenziose che raggiungono il piacere in un'apparente indifferenza. Sono circondato da voci tutto il giorno, al telefono, a colazione, durante le riunioni. A letto non voglio voci. Non sono un uomo semplice, lo ripeto, e questo mondo non è semplice. Ma almeno a questo proposito le mie esigenze sono semplici, forse addirittura semplicistiche. Prediligo il piacere non contaminato dai guaiti e dai gemiti dell'anima.

O meglio, lo prediligevo, prima... prima di innamorarmi di *lei*, prima di conoscere la morbosa esaltazione dell'autodistruzione totale per un motivo privo di significato. Cosa mi importa, oggi, a pochi mesi dal mio quarantacinquesimo compleanno, dei significati? Quasi tutti i giorni passavo davanti al suo negozio e la guardavo. Quei primi giorni quando era sufficiente un'occhiata di sfuggita e poi correvo ad incontrare il tal collega d'affari o la tale amante... non riesco a identificare il momento preciso in cui seppi di essere innamorato. Ho spiegato che un fattore della mia esistenza ne divenne elemento strutturale, come nell'arcobaleno l'arancione si dissolve nel rosso. Un tempo ero un uomo che passava di corsa davanti alla vetrina di un negozio e dava un'occhiata distratta. Poi ero un uomo innamorato di... semplicemente, ero un uomo innamorato. Successe nel corso di molti mesi. Cominciai a soffermarmi davanti alla vetrina. Le altre... le altre donne esposte nella vetrina non significavano nulla per me. Ovunque fosse sistemata la mia Helen la individuavo al primo sguardo. Le altre erano soltanto dei manichini (oh amor mio) degni di disprezzo. In lei era la pura e semplice carica della sua bellezza a infondere la vita. La sagoma delicata delle sue sopracciglia, la perfetta linea del suo naso, il sorriso, gli occhi socchiusi dalla noia o dal piacere (come potevo indovinare?) Per un lungo periodo mi accontentai di guardarla attraverso il vetro, felice di essere a pochi passi da lei. Nella mia follia le scrissi delle lettere, sí, ho fatto anche questo e le conservo ancora. La chiamai Helen («Cara Helen, dammi un segno. Io so che tu sai ecc.»). Ma ben presto la amai con tutto me stesso e desiderai farla mia, possederla, assorbirla, mangiarla. La volevo tenere fra le mie braccia e nel mio letto, desideravo ardentemente che aprisse le gambe per me. Non avrei piú avuto pace finché non mi fossi trovato fra quelle cosce pallide, finché non avessi forzato quelle labbra con la lingua. Sapevo che presto avrei dovuto entrare nel negozio e chiedere di comperarla.

Semplicissimo, direte voi. Sei ricco. Potresti comprarti tutto il negozio, volendo. O tutta la strada. Certo che potrei comprami la strada, e anche molte altre strade. Ma state a sentire. Questa non era una semplice transazione d'affari. Non avevo intenzione di comprare un terreno dove impiantare una nuova industria. Negli affari si fanno delle offerte, si corrono dei rischi. Ma in questa faccenda non potevo correre il rischio di un fallimento, perché volevo la mia Helen, avevo *bisogno* della mia Helen. Il mio intimo terrore era di tradire la mia disperazione. Non potevo essere certo che trattando l'acquisto avrei tenuto in pugno la situazione. Se avessi sconsideratamente offerto troppo, il direttore del negozio si sarebbe chiesto perché. Se era una cosa che per me aveva un grande valore, be' allora, avrebbe ovviamente concluso il direttore (che dopotutto era un uomo d'affari), deve avere un grande valore anche per altri. Helen era in quel negozio da parecchi mesi. Forse, e questo pensiero cominciò a tormentarmi ininterrottamente, l'avrebbero portata via e distrutta.

Sapevo che dovevo agire in fretta e avevo paura.

Scelsi il lunedí, che è una giornata tranquilla in qualsiasi negozio. Non ero sicuro che la tranquillità fosse un vantaggio per me. Avrei potuto farlo di sabato, una giornata intensa, ma chissà, una giornata tranquilla... una giornata intensa... le mie decisioni si respingevano l'un l'altra come specchi paralleli. Avevo perso molte ore di sonno, ero sgarbato coi miei amici, praticamente impotente con le mie amanti, la mia abilità negli affari cominciava a deteriorarsi. Dovevo scegliere e scelsi il lunedí. Era ottobre, cadeva una pioggerellina sottile e fastidiosa. Diedi la giornata libera al mio autista e andai in macchina fino al negozio. Dovrò seguire pedissequamente le piú sciocche convenzioni e descrivervi la prima casa della mia tenera Helen? Non ci tengo proprio. Era un negozio spazioso, un magazzino, un grande magazzino che commerciava esclusivamente e con notevole impegno in abiti e accessori da donna. Aveva le scale mobili e si respirava una noia attutita. Basta cosí. Avevo un piano. Entrai.

Quanti dettagli delle trattative dovrò esporre prima di passare al momento in cui mi ritrovai con la mia diletta fra le braccia? Pochi e velocemente. Parlai a una commessa. Lei si consultò con un'altra. Ne chiamarono una terza, e la terza ne mandò una quarta a cercarne una quinta che risultò essere la vicedirettrice, incaricata dell'allestimento delle vetrine. Si ammassarono intorno a me come bambine curiose, intuendo la mia ricchezza e il mio potere ma non la mia ansia. Le avvertii che avevo da fare una strana richiesta e loro si agitarono a disagio ed evitarono il mio sguardo. Mi rivolsi concitatamente a queste cinque donne. Volevo comprare uno dei cappotti esposti in vetrina, dissi loro. Era per mia moglie, e volevo anche gli stivali e la sciarpa che si accompagnavano al cappotto. Era il compleanno di mia moglie, dissi. Volevo il manichino (oh mia Helen) che li indossava per esibire i capi nelle condizioni ideali. Mettevo nelle loro mani il mio piccolo scherzo di compleanno. Mia moglie avrebbe aperto la porta della camera da letto, adescata fin lí da qualche banale motivazione domestica che avrei inventato io, ed ecco davanti a lei... non se lo immaginavano? Ricreai la scena per loro in tutta la sua vivezza. Le osservai attentamente. Le condussi dove volevo. Vissero fino in fondo l'emozione di una sorpresa di compleanno. Sorrisero, si guardarono l'un l'altra. Osarono lanciarmi un'occhiata. Che marito gentile! Ognuna di loro si sentí mia moglie. E naturalmente ci tenevo a pagare un piccolo extra... ma no, la vicedirettrice non volle neanche sentirne parlare. La prego di accettarlo coi nostri complimenti. La vicedirettrice mi accompagnò alla vetrina. Lei andava avanti, e io la seguivo avvolto da una foschia color sangue. Avevo i palmi delle mani coperte da goccioline di sudore. La mia eloquenza si era prosciugata, avevo la lingua incollata ai denti e non riuscii a far altro che sollevare debolmente una mano e puntarla verso Helen. – Quella, – sussurrai.

Un tempo ero un uomo che passava di corsa davanti alla vetrina di un negozio e dava un'occhiata... e poi fui un uomo innamorato, un uomo che portava il suo amore fra le braccia fino alla macchina, sotto la pioggia. È vero che al negozio si erano offerti di farmi un pacco dei vestiti perché non si sgualcissero. Ma qual è l'uomo che porterebbe il suo unico amore nuda per strada sotto la pioggia ottobrina? Sostenendo Helen per la strada borbottavo cose senza senso, pazzo di gioia. E lei si teneva stretta a me, aggrappandosi ai risvolti della mia giacca come una scimmietta appena nata. Oh, dolcezza mia.

Teneramente la stesi sul sedile posteriore della macchina e teneramente la portai a casa.

A casa era tutto pronto. Sapevo che appena arrivati lei avrebbe voluto riposare. La portai in camera da letto, le tolsi gli stivali e la sistemai fra le fresche lenzuola di bucato. La baciai lievemente su una guancia e lei si addormentò profondamente sotto i miei occhi. Restai a lavorare in biblioteca per un paio d'ore, occupandomi di alcuni affari molto importanti. Adesso mi sentivo sereno, soffuso da un costante bagliore interiore. Ero capace di un'intensa concentrazione. Andai in camera da letto in punta di piedi. I suoi lineamenti nel sonno si erano distesi in un'espressione di grande tenerezza e comprensione. Le labbra erano appena socchiuse. Mi inginocchiai per baciarle. Tornai in biblioteca e mi sedetti davanti a un bel fuoco di ceppi con un bicchiere di porto in mano. Meditai sulla mia vita, i miei matrimoni, la mia recente disperazione. Adesso mi sembrava che tutta l'infelicità del passato fosse stata necessaria per rendere possibile il presente. Adesso avevo la mia Helen. Giaceva addormentata nel mio letto, a casa mia. Non le importava di nessun altro. Era mia.

Alle dieci scivolai a letto accanto a lei. Lo feci con cautela, ma sapevo che era sveglia. Oggi mi commuove ricordare che non facemmo subito l'amore. No, restammo sdraiati fianco a fianco (com'era calda lei) e parlammo. Le raccontai di quando l'avevo vista per la prima volta, di come era nato il mio amore per lei e di come avevo progettato di portarla via dal negozio. Le parlai dei miei tre matrimoni, del mio lavoro e delle mie amanti. Ero ben deciso a non avere segreti per lei. Le parlai delle cose a cui avevo pensato seduto davanti al caminetto col bicchiere di porto. Le parlai del futuro, del nostro futuro insieme. Le dissi che la amavo, sí, questo credo di averglielo detto parecchie volte. Lei ascoltava con quella tranquilla intensità che avrei imparato a rispettare. Mi carezzava una mano, mi fissava con occhi pieni di stupore. La spogliai. Povera ragazza. Sotto il cappotto non aveva niente, al mondo non aveva niente tranne me. L'attirai a me, il suo corpo nudo contro il mio, e in quel momento vidi nei suoi occhi spalancati uno sguardo impaurito... era vergine. Le mormorai qualcosa all'orecchio. Le assicurai che ero delicato, esperto, capace di controllo. Andai fra le sue cosce a carezzare con la lingua il fetido tepore della sua vergine lussuria. Le presi una mano e chiusi le sue dita flessibili attorno alla mia pulsante virilità (oh che mani fresche). – Non aver paura, – sussurrai, – non aver paura –. Scivolai dentro di lei rapidamente e agevolmente come una nave gigantesca in un porticciolo notturno. Le vidi negli occhi una breve fiammata di dolore, subito smorzata dalle lunghe agili dita del piacere. Non avevo mai provato un simile piacere, un accordo cosí totale... quasi totale, perché devo confessare che c'era un'ombra che non riuscivo a dissipare. Lei era stata una vergine, adesso era un'amante esigente. Esigeva un orgasmo che non riuscivo a darle, non mi lasciava piú andare, non mi permetteva di riposarmi. Andammo avanti tutta la notte, con lei perennemente in bilico sul ciglio di quel dirupo, a un pelo dallo scivolare in quella dolce morte... ma niente di quello che facevo, e feci di tutto, riuscí a farcela arrivare. Alla fine, saranno state le cinque del mattino, mi allontanai di scatto da lei, delirante di stanchezza, ferito e angosciato per il mio fallimento. Giacemmo nuovamente fianco a fianco, e questa volta colsi nel suo silenzio un rimprovero inespresso. Non l'avevo forse portata via dal negozio in cui viveva relativamente tranquilla, non l'avevo forse portata in questo letto vantandomi della mia competenza? Le presi una mano. Era rigida e ostile. In un attimo pieno di panico mi resi conto che Helen avrebbe potuto lasciarmi. Era una paura che doveva tornare molto piú avanti. Non c'era niente che potesse fermarla. Non aveva soldi, praticamente non aveva neppure un mestiere. Niente vestiti. Ma poteva lasciarmi lo stesso. C'erano altri uomini. Avrebbe potuto tornare a lavorare al negozio. – Helen, – dissi ansioso, – Helen... – Lei giaceva perfettamente immobile, sembrava quasi che trattenesse il respiro. – Verrà, vedrai, verrà... – e fui di nuovo dentro di lei, muovendomi lentamente, impercettibilmente, portandola con me lungo tutta la strada, passo a passo. Ci volle un'ora di lenta accelerazione, e quando l'alba grigia dell'ottobre trafisse le nubi che sovrastano Londra lei morí, venne, lasciò questo mondo sublunare... il suo primo orgasmo. I suoi arti si irrigidirono, gli occhi si persero nel nulla e un profondo spasimo interiore la attraversò con la violenza di un'onda oceanica. Poi si addormentò fra le mie braccia.

Il mattino seguente mi svegliai tardi. Helen dormiva ancora appoggiata al mio braccio ma riuscii a scivolare giú dal letto senza svegliarla. Indossai una vestaglia particolarmente sfolgorante, dono della mia seconda moglie, e andai in cucina a farmi un caffè. Mi sentivo un altro uomo. Guardai gli oggetti attorno a me, l'Utrillo sulla parete della cucina, un famoso falso di una statuetta di Rodin, i giornali del giorno prima. Irradiavano una nuova originalità, non erano piú cosí familiari. Volevo toccare ogni cosa. Feci scorrere le mani sulla grana del legno del tavolo di cucina. Trovai delizioso versare i chicchi di caffè nel macinino e prendere un pompelmo maturo dal frigorifero. Amavo tutto il mondo, perché avevo trovato la donna della mia vita. Amavo Helen e sapevo di essere amato. Mi sentivo libero. Lessi i giornali del mattino a gran velocità e molto piú tardi ricordavo ancora i nomi dei ministri stranieri e i paesi che rappresentavano. Dettai al registratore una mezza dozzina di lettere, mi sbarbai, feci la doccia e mi vestii. Andai a dare un'occhiata a Helen, che dormiva ancora, esausta dal piacere. Anche quando si svegliò non volle alzarsi finché non avesse avuto qualcosa da mettersi addosso. Mi feci portare dall'autista nel West End e passai il pomeriggio a comperare vestiti. Sarebbe indelicato precisare quanto spesi, ma lasciatemi dire che pochi guadagnano altrettanto in un anno. Comunque, non le comprai un reggiseno. Li ho sempre trovati degli oggetti spregevoli, eppure a quanto pare solo le studentesse e le indigene della Nuova Guinea ne fanno a meno. E poi c'era la mia Helen a cui non piacevano, e questa era una bella fortuna.

Quando rientrai era sveglia. Avevo detto all'autista di posare i pacchi in sala da pranzo, poi lo mandai via. Portai io stesso i pacchi dalla sala da pranzo in camera da letto. Helen era incantata. Le splendevano gli occhi e la gioia le mozzò il respiro. Scegliemmo insieme quello che avrebbe indossato subito, un lungo abito da sera di seta celeste. La lasciai a contemplare un totale di oltre duecento capi, e mi precipitai in cucina a preparare un pasto abbondante. Appena ebbi qualche minuto libero, tornai per aiutare Helen a vestirsi. Rimase in piedi, immobile, rilassata, a farsi ammirare. Naturalmente l'abito le stava a pennello. Ma soprattutto mi resi conto ancora una volta della sua genialità nell'*indossare* i vestiti, vidi la bellezza in un altro essere come nessun uomo l'aveva vista mai, vidi... era arte, era il compimento assoluto della linea e della forma che solo attraverso l'arte si può realizzare. Helen mi parve luminescente. Ci fissammo negli occhi in silenzio. Poi le chiesi se le avrebbe fatto piacere visitare la casa.

Per prima cosa la portai in cucina. Le feci vedere tutti i vari aggeggi. Le indicai l'Utrillo appeso al muro (in seguito scoprii che non andava matta per la pittura). Le feci vedere il falso Rodin e le offrii addirittura di prendere in mano la statuetta ma lei si schermí. Poi la portai nel bagno e le feci vedere la vasca di marmo incassata nel pavimento e come si usavano i rubinetti che facevano vomitare l'acqua a dei leoni d'alabastro con la bocca spalancata. Mi chiesi se non la trovasse una cosa un po' volgare. Lei non disse niente. La condussi in sala da pranzo... altri quadri con cui la annoiai. Le feci vedere il mio studio, la prima edizione in-folio di Shakespeare, rarità assortite e parecchi telefoni. Poi la stanza delle riunioni. In realtà non c'era nessun bisogno che la vedesse. Forse a quel punto cominciavo a pavoneggiarmi un po'. E finalmente il grande ambiente che io chiamo semplicemente la stanza. Qui passo i miei momenti di piacevole riposo. Non vi scaglierò addosso altri dettagli come se fossero pomodori troppo maturi... è una stanza comoda e piuttosto esotica.

Vidi subito che a Helen la stanza piaceva. Restò sulla soglia, con le braccia abbandonate lungo i fianchi, come per assimilare quello che vedeva. La portai fino a una grande soffice poltrona, la feci sedere e le versai quello di cui aveva proprio bisogno, un martini secco. Poi la lasciai e nell'ora successiva mi dedicai interamente alla preparazione del pranzo. Seguirono quelle che furono certamente le ore piú civili da me trascorse in compagnia di un donna o, per quello che importa, di chiunque altro. Ho cucinato molti pasti per delle amiche a casa mia. Mi descriverei senza esitare come un cuoco eccellente. Uno dei migliori. Ma fino a questa particolare occasione le serate erano sempre state disturbate dal senso di colpa che antichi condizionamenti facevano provare alla mia ospite, perché ero io, e non lei, a stare in cucina, e io a servire in tavola e a portare via i piatti alla fine. E per tutto il tempo la mia ospite non smetteva di esprimere la sua sorpresa per il fatto che io, tre volte divorziato e uomo dalla testa ai piedi, fossi in grado di ottenere questi trionfi culinari. Helen no. Lei era mia ospite, e la cosa finiva lí. Non cercò di invadere la cucina, non continuò a tubare incessantemente: – Non c'è niente che possa *fare*? – Se ne stette seduta come deve fare un'ospite e si lasciò servire da me. E poi la conversazione. Con le altre mie ospiti avevo sempre vissuto la conversazione come un percorso a ostacoli disseminato dai fossati e dagli steccati della contraddizione, competizione, incomprensione e cosí via. La conversazione ideale per me è quella che consente a entrambe le parti di sviluppare il proprio pensiero in tutta la sua ampiezza, senza inibizioni, senza dover continuamente ridefinire le premesse e difendere le conclusioni. Senza nemmeno raggiungere le conclusioni. Con Helen riuscii ad avere questa conversazione ideale, riuscii a *parlarle*. Lei sedeva assolutamente immobile, con gli occhi fissi in un punto di fronte al suo piatto, e ascoltava. Le dissi molte cose di cui non avevo mai parlato a nessuno. Della mia infanzia, degli ultimi rantoli di mio padre, del terrore della sessualità che aveva mia madre, della mia iniziazione sessuale con una cugina piú grande; le parlai di come andava il mondo e la nazione, della decadenza, del liberalismo, della narrativa contemporanea, di matrimonio, estasi e malattie. Prima che ce ne rendessimo conto erano passate cinque ore e avevamo bevuto quattro bottiglie di vino e mezza di porto. Povera Helen. Dovetti portarla a letto e spogliarla. Giacemmo con braccia e gambe intrecciate, e non fummo in grado di far altro che cadere in un sonno profondo e beato.

Questo fu il nostro primo giorno insieme, e questo fu il modello dei molti mesi felici che seguirono. Ero un uomo felice. Dividevo il mio tempo fra Helen e far soldi. Quest'ultima attività la portai avanti con un successo spontaneo e rigoglioso. Anzi, in questo periodo diventai talmente ricco che il governo del momento ritenne che per me potesse essere pericoloso non avere un posto influente. Naturalmente accettai la nomina a cavaliere, ed Helen ed io celebrammo in grande stile. Ma rifiutai di servire il governo con una qualsiasi qualifica, tanto lo consideravo indissolubilmente connesso alla mia seconda moglie, che a quanto pareva esercitava una notevole influenza sui ministri in carica. L'autunno diventò inverno e ben presto i mandorli nel mio giardino si coprirono di boccioli, ben presto le prime tenere foglioline verdi comparvero nel mio viale di querce. Helen ed io vivevamo in una perfetta armonia che nulla poteva disturbare. Io facevo l'amore, facevo i soldi, parlavo, Helen ascoltava.

Ma ero uno sciocco. Niente può durare. Lo sanno tutti, ma nessuno crede che non ci siano eccezioni. È arrivato il momento, purtroppo, di parlarvi di Brian, il mio autista.

Brian era il perfetto autista. Non parlava se non quando gli si rivolgeva la parola, e in questo caso solo per assentire. Teneva segreto il suo passato, le sue ambizioni, il suo carattere, e io ne ero lieto perché non desideravo sapere da dove venisse, dove avesse intenzione di andare o chi credesse di essere. Guidava in modo competente e oltraggiosamente veloce. Sapeva sempre dove parcheggiare. Quando finiva in una coda in pieno traffico era sempre in testa, e raramente finiva in una coda. Conosceva tutte le scorciatoie, tutte le strade di Londra. Era instancabile. Poteva aspettarmi una notte intera a un dato indirizzo, senza fare ricorso alle sigarette o a riviste pornografiche. La macchina, i suoi stivali e la sua uniforme erano sempre impeccabili. Era pallido, sottile e ordinato e dimostrava un'età qualsiasi fra i diciotto e i trentacinque anni.

Ora potrà stupirvi che, orgoglioso com'ero di Helen, io non l'avessi presentata ai miei amici. Non la presentai a nessuno. Lei non sembrava aver bisogno di altra compagnia all'infuori della mia e io ero soddisfatto di lasciare le cose cosí. Perché avrei dovuto trascinarla nei tediosi circuiti mondani della Londra bene? E poi lei era piuttosto timida, all'inizio perfino con me. Non avevo fatto eccezione per Brian. Senza tenere esplicitamente segreta la cosa, non lo lasciavo entrare in una stanza se c'era Helen. E se volevo andare in macchina con Helen davo la giornata libera a Brian (che viveva sopra il garage) e guidavo io stesso.

Tutto molto chiaro e semplice. Ma poi le cose si guastarono e ricordo con grande chiarezza il giorno in cui cominciò tutta la faccenda. Circa a metà maggio tornai a casa dopo una giornata incredibilmente stancante ed esasperante. Allora non lo sapevo (però lo sospettavo) ma avevo perso quasi mezzo milione di sterline per un errore che era stato esclusivamente mio. Helen era seduta nella sua poltrona preferita e non stava facendo niente di particolare, e entrando vidi qualcosa nel suo sguardo, qualcosa di cosí evasivo, cosí impalpabilmente gelido che dovetti far finta di non accorgermene. Bevvi un paio di scotch e mi sentii meglio. Mi sedetti accanto a lei e cominciai a raccontarle della mia giornata, di quello che era successo, di come era stata colpa mia, di come avevo impulsivamente accusato qualcun altro per poi dovergli chiedere scusa... e cosí via, quelle carie in una giornata guasta che si ha il diritto di mostrare solo alla propria compagna. Ma avevo parlato un po' meno di trentacinque minuti quando mi accorsi che Helen non mi ascoltava affatto. Si fissava rigidamente le mani che aveva abbandonate sulle ginocchia. Era lontana, molto lontana. Fu una rivelazione talmente spaventosa che per un attimo non riuscii a far altro (ero come paralizzato) che continuare a parlare. Poi non lo sopportai piú. Mi fermai a metà di una frase e mi alzai. Uscii dalla stanza sbattendo la porta alle mie spalle. Helen non alzò nemmeno gli occhi. Ero furioso, troppo furioso per parlare con lei. Mi sedetti in cucina a bere alla bottiglia lo scotch che per fortuna mi ero ricordato di prendere. Poi feci una doccia.

Quando tornai nella stanza mi sentivo notevolmente meglio. Ero rilassato, un po' ubriaco e pronto a scordare tutta la faccenda. Anche Helen sembrava piú trattabile. Da principio avevo intenzione di chiederle cosa c'era, ma ricominciammo a parlare della mia giornata e in men che non si dica eravamo di nuovo quelli di sempre. Sembrava insensato tornare sull'argomento adesso che andava tutto bene. Ma avevamo finito di pranzare da un'ora quando suonò la porta di ingresso, il che di sera succedeva raramente. Mentre mi alzavo colsi casualmente sul viso di Helen lo stesso sguardo spaurito della nostra prima notte d'amore. Alla porta c'era Brian. Aveva in mano un documento che io dovevo firmare. Qualcosa che riguardava la macchina e che avrebbe potuto benissimo aspettare fino alla mattina dopo. Mentre davo un'occhiata a quello che avrei dovuto firmare, notai con la coda dell'occhio che Brian sbirciava furtivamente in anticamera alle mie spalle. – Stai cercando qualcosa? – gli chiesi bruscamente. – No, signore, – rispose. Firmai e chiusi la porta. Ricordai che siccome la macchina era in garage per una revisione Brian era rimasto a casa tutto il giorno. Ero andato in ufficio con un taxi. Questo fatto, piú la stranezza di Helen... quando associai le due cose fui preso da un tale senso di nausea che per un attimo mi sembrò di dover vomitare e mi precipitai in bagno.

Comunque, non vomitai. Invece mi guardai allo specchio. Vidi un uomo che fra meno di sette mesi avrebbe compiuto quarantacinque anni, un uomo con tre matrimoni incisi attorno agli occhi, con gli angoli della bocca cascanti per un'intera vita al telefono. Mi gettai dell'acqua fredda in faccia e raggiunsi Helen nella stanza. – Era Brian, – dissi. Lei non rispose, non riuscí a guardarmi in faccia. La mia voce suonava nasale e piatta. – Di solito non viene mai la sera... – Lei continuò a non rispondere. Che cosa mi aspettavo? Che improvvisamente decidesse di confessare una relazione col mio autista? Helen era una donna silenziosa, non le era difficile nascondere i propri sentimenti. Nemmeno io potevo confessare quello che provavo. Avevo troppa paura di aver ragione. Non avrei sopportato di sentirle confermare un'idea che stava nuovamente minacciando di farmi vomitare. Buttai là quelle frasi solo per darle modo di proseguire nella finzione... desideravo tanto sentirle negare tutto pur sapendo che sarebbe stata una menzogna. In breve, compresi di essere in suo potere.

Quella notte non dormimmo insieme. Mi preparai il letto in una delle camere degli ospiti. Non volevo dormire da solo, anzi, l'idea mi era odiosa. Immagino (ero talmente confuso) di aver voluto fare tutti i preparativi in modo che Helen mi chiedesse cosa stavo combinando. Volevo sentirle esprimere la sua sorpresa che dopo tanti mesi felici insieme io, all'improvviso, senza che ci fossimo scambiati una sola parola, mi preparassi il letto in un'altra stanza. Volevo sentirmi dire di non fare lo scemo, di venire a letto, nel nostro letto. Ma lei non disse nulla, assolutamente nulla. Prese tutto per scontato... adesso la situazione era questa e non potevamo piú dormire nello stesso letto. Il suo silenzio rappresentava una mortale conferma. O magari c'era una vaghissima possibilità (giacevo sveglio nel mio nuovo letto) che fosse semplicemente irritata per i miei capricci. Ormai ero in preda alla confusione. Per tutta la notte continuai a rigirarmi la faccenda nella testa. Forse lei Brian non l'aveva neanche mai visto. Non poteva darsi che la cosa fosse solo un frutto della mia immaginazione? Dopotutto, era stata una pessima giornata. Ma era assurdo, perché la situazione era poi questa, in realtà... letti separati... d'altra parte cosa avrei dovuto fare? Cosa avrei dovuto dire? Considerai ogni possibilità, una battuta di classe, un silenzio pungente, qualche acuto aforisma che lacerasse gli inconsistenti veli dell'apparenza. Chissà se adesso era sveglia anche lei, a pensare? O dormiva della grossa? Come avrei potuto scoprirlo senza farle capire che ero sveglio? Cosa sarebbe successo se lei mi avesse lasciato? Ero alla sua mercé, completamente.

Manderei in bancarotta il linguaggio quotidiano se tentassi di spiegarvi di cosa furono intessute le mie giornate nelle settimane seguenti. Era l'orrore arbitrario di un incubo. Sembravo un arrosto infilzato in uno spiedo che Helen girava lentamente. Sbaglierei se cercassi di convincermi retrospettivamente che ero stato io a creare quella situazione; ma oggi so che avrei potuto por fine prima al mio tormento. Divenne la regola che io dormissi nella camera degli ospiti. L'orgoglio mi impediva di tornare nel letto nuziale. Volevo che fosse Helen a prendere l'iniziativa. Dopo tutto era lei che aveva tanto da spiegare. Su questo punto ero adamantino, era la mia unica certezza in un periodo di desolata confusione. Dovevo pur aggrapparmi a qualcosa... e come vedete sono sopravvissuto. Helen ed io ci rivolgevamo a malapena la parola. Eravamo freddi e distaccati. Ognuno dei due evitava lo sguardo dell'altro. La mia follia era di credere che se fossi rimasto in silenzio abbastanza a lungo lei sarebbe crollata e avrebbe deciso di parlarmi, di dirmi quello che secondo lei ci stava succedendo. E cosí mi lasciavo arrostire. Di notte i brutti sogni mi facevano svegliare urlando e passavo i pomeriggi a cercare malinconicamente di riconsiderare con chiarezza il problema. C'erano gli affari da mandare avanti. Spesso dovevo stare lontano da casa, a volte a centinaia di chilometri, certo che Brian ed Helen stessero celebrando la mia assenza. Ogni tanto telefonavo a casa dagli alberghi o dagli aeroporti. Non rispondeva mai nessuno, eppure fra un impulso elettronico e l'altro sentivo Helen che ansimava in camera da letto in un parossismo di piacere. Vivevo in una valle cupa sull'orlo delle lacrime. La vista di una bambina che giocava col suo cane, il riflesso del tramonto in un fiume, una frase pregnante in un annuncio pubblicitario erano sufficienti a farmi sciogliere. Quando tornavo a casa da questi viaggi d'affari, desolato, affamato di amicizia e di amore, capivo nell'attimo stesso in cui oltrepassavo la soglia che Brian se n'era andato da poco. Niente di tangibile a parte la *sensazione* della sua presenza nell'aria, qualcosa nel letto rifatto, un odore diverso nel bagno, la posizione della caraffa dello scotch sul vassoio. Helen faceva finta di non vedermi mentre mi aggiravo angosciato di stanza in stanza, faceva finta di non sentirmi singhiozzare nel bagno. Potreste chiedermi perché non licenziai il mio autista. La risposta è semplice. Avevo paura che se Brian se ne fosse andato Helen l'avrebbe seguito. Non tradii mai i miei sentimenti con l'autista. Io davo gli ordini e lui guidava, mantenendo come sempre la sua ossequiosità senza volto. Non notai nulla di diverso nel suo comportamento, anche se non mi curai di guardarlo troppo attentamente. Sono convinto che non seppe mai che io sapevo, e almeno questo mi diede un'illusione di potere su di lui.

Ma queste sono sottigliezze periferiche e crepuscolari. Essenzialmente, ero un uomo che si stava disintegrando, stavo andando in pezzi. Mi addormentavo al telefono. I miei capelli cominciarono a liberarsi dello scalpo. La mia bocca si riempí di ulcere e il mio respiro aveva il fetore delle carcasse in decomposizione. Notai che i miei colleghi di lavoro quando parlavo facevano un passo indietro. Nell'ano mi cresceva un foruncolo purulento. Ero uno sconfitto. Cominciavo a capire la futilità dei miei silenziosi giochetti d'attesa con Helen. In realtà non esisteva fra di noi una situazione su cui giocare. Se ero in casa lei se ne stava tutto il giorno seduta in poltrona. Certe volte restava seduta lí tutta la notte. In parecchie occasioni mi capitò di uscire di casa la mattina presto, lasciandola nella sua poltrona con gli occhi fissi sui disegni del tappeto, e quando tornavo a casa la sera tardi era ancora lí. Sa il cielo se avrei voluto aiutarla. La amavo. Ma non potevo far niente finché lei non aiutava me. Ero chiuso nel disperato sotterraneo della mia mente e la situazione sembrava assolutamente senza speranza. Un tempo ero un uomo che passava di corsa davanti alla vetrina di un negozio e dava un'occhiata distratta, adesso ero un uomo col fiato cattivo, foruncoli e ulcere. Stavo andando in pezzi.

Dopo tre settimane di questo incubo, quando mi parve che non ci fosse altro da fare, ruppi il silenzio. Giocai il tutto per tutto. Avevo trascorso la giornata passeggiando ad Hyde Park per raccogliere i pochi fili sparsi della mia ragione, della mia forza di volontà, della mia affabilità in vista del confronto che avrebbe avuto luogo quella sera, come avevo deciso. Bevvi un po' meno di un terzo di una bottiglia di scotch, e verso le sette di sera andai in punta di piedi in camera da letto, dove lei era chiusa da due giorni. Bussai piano poi, non ricevendo risposta, entrai. Era sdraiata sul letto completamente vestita, con le braccia lungo i fianchi. Indossava uno smorto grembiule di cotone. Aveva le gambe ben aperte e la testa inclinata sul cuscino. Quando mi fermai di fronte a lei nei suoi occhi passò a malapena un lampo di riconoscimento. Il cuore mi batteva selvaggiamente e la puzza del mio fiato riempí la stanza come un vapore venefico. – Helen, – dissi, e dovetti interrompermi per schiarirmi la voce, – Helen, non possiamo andare avanti cosí. È ora che parliamo un po' –. E poi, senza darle la possibilità di rispondere, le dissi tutto. Le dissi che sapevo della sua relazione. Le dissi del mio foruncolo. Mi inginocchiai accanto al letto. – Helen, – gridai, – è stata una cosa cosí importante per tutti e due. Dobbiamo lottare per salvarla –. Silenzio. Tenevo gli occhi chiusi e mi parve di vedere la mia anima allontanarsi da me in un immenso vuoto nero finché fu una puntura di spillo di luce rossa. Alzai gli occhi, li fissai nei suoi e ci vidi un tranquillo, nudo disprezzo. Era tutto finito, e in quell'attimo di frenesia concepii due desideri selvaggi e affini. Violentarla e distruggerla. Con un unico improvviso gesto della mano le tolsi di dosso il grembiule. Sotto non aveva niente. Prima che avesse anche solo il tempo di respirare le fui sopra, le fui dentro, spinsi in profondità come un ariete mentre la mia mano destra si chiudeva attorno alla sua tenera candida gola. Con la sinistra le misi un cuscino sulla faccia.

Venni mentre moriva. Questo posso dirlo con orgoglio. So che per lei la morte è stata un attimo di intenso piacere. Udii le sue grida attraverso il cuscino Non vi tedierò con descrizioni rapsodiche del mio piacere. Fu una transfigurazione. Ed ecco che lei giaceva morta fra le mie braccia. Ci volle qualche minuto perché comprendessi l'enormità di quello che avevo fatto. La mia cara, dolce, tenera Helen giaceva morta fra le mie braccia, morta e pietosamente nuda. Svenni. Quando rinvenni mi parve che fossero trascorse delle ore, vidi il cadavere e prima di fare in tempo a girare la testa le vomitai addosso. Come un sonnambulo mi trascinai in cucina, mi avventai sull'Utrillo e lo feci a brandelli. Gettai il falso Rodin nella spazzatura. Poi corsi come un pazzo nudo di stanza in stanza distruggendo tutto quello che mi capitava sottomano. Mi fermai solo per finire lo scotch. Vermeer, Blake, Richard Dadd, Paul Nash, Rothke, li strappai, calpestai, maciullai, li presi a calci, ci defecai e orinai sopra... i miei beni preziosi... oh mio bene... danzai, cantai, risi... piansi a lungo nella notte.

Fra le lenzuola

Quella notte Stephen Cooke venne durante un sogno, per la prima volta da anni. Poi giacque sul dorso, sveglio, con le mani dietro la testa, mentre l'ultima immagine del sogno si ritraeva nel buio e lo spruzzo, finito curiosamente in fondo alla sua schiena, diventava freddo. Restò sdraiato finché la luce fu grigioazzurra, e poi fece un bagno. Restò sdraiato un bel po' anche nella vasca, fissando assonnato il suo corpo lucente sott'acqua.

Il giorno prima era andato a un appuntamento con sua moglie in un caffè fluorescente che aveva i tavoli col piano di formica rossa. Quando arrivò, alle cinque, era quasi buio. Come aveva previsto lei non c'era ancora. La cameriera era una bambina italiana di nove o dieci anni, con gli occhi opachi e appesantiti dalle preoccupazioni di un'adulta. Scrisse faticosamente la parola «caffè» per due volte sul suo taccuino, strappò la pagina in due e ne appoggiò con cura un pezzo sul suo tavolino, a faccia in giú. Poi andò strascicando a manovrare l'enorme Gaggia luccicante. Era l'unico cliente del caffè.

Sua moglie lo osservava dal marciapiede. I caffè di second'ordine non le piacevano e voleva essere sicura che lui ci fosse già prima di entrare. Lui la notò mentre si girava per farsi dare il caffè dalla bambina. Stava alle spalle della sua immagine riflessa, come un fantasma, mezza nascosta in un portone dall'altra parte della strada. Senza dubbio credeva che lui non potesse vedere niente guardando da un locale illuminato in una strada buia. Per rassicurarla spostò la sedia in modo che lei potesse avere una visione piú completa del suo viso. Girò il caffè e osservò la cameriera che stava appoggiata al banco in trance, e che si tirava fuori dal naso un lungo filo argenteo. Il filo si ruppe e si sistemò in cima al suo indice come una perla incolore. Lei gli lanciò un rapido sguardo e poi se lo spiaccicò su una coscia, e cosí, elegantemente, scomparve.

Quando sua moglie entrò da principio non lo guardò. Andò direttamente al banco e ordinò un caffè alla ragazzina e se lo portò al tavolino.

– Mi piacerebbe, – sibilò mentre scartava lo zucchero, – che tu non scovassi posti come questo –. Lui sorrise indulgente e buttò giú il suo caffè tutto in una volta. Lei finí il suo a piccoli sorsi attenti e imbronciati. Poi tirò fuori dalla borsa uno specchietto e dei fazzolettini di carta. Si asciugò le labbra rosse e pulí un incisivo macchiato di rosso. Gettò il fazzolettino appallottolato nel piattino e chiuse la borsa con un colpo secco. Stephen osservò il fazzolettino che assorbiva un residuo di caffè e diventava grigio. Poi disse: – Ne hai un altro da darmi? – Lei gliene diede due.

– Non ti metterai mica a piangere? – Durante uno dei loro incontri lui aveva pianto. Sorrise. – Voglio soffiarmi il naso –. La ragazzina italiana si sedette a un tavolo accanto al loro e lo cosparse di fogli di carta. Li guardò un attimo, e poi si chinò fino a sfiorare il tavolo col naso. Cominciò a incolonnare numeri. Stephen mormorò: – Fa i conti.

Sua moglie sussurrò: – Non dovrebbero permetterlo, una bambina di quell'età –. Trovandosi per una volta d'accordo, distolsero entrambi lo sguardo.

– Come sta Miranda? – chiese Stephen alla fine.

– Benissimo.

– Verrò a trovarla domenica.

– Se ti fa piacere.

– E un'altra cosa... – Stephen teneva gli occhi fissi sulla ragazzina che adesso dondolava le gambe e sognava ad occhi aperti. O magari stava a sentire.

– Sí?

– L'altra cosa è che vorrei avere Miranda con me per qualche giorno quando cominciano le vacanze.

– Non ne ha voglia.

– Preferirei che me lo dicesse lei.

– Non lo farà. Se glielo chiedi, la farai sentire in colpa.

Lui diede un forte colpo al tavolino col palmo della mano.

– Senti! – Fu quasi un grido. La bambina alzò gli occhi e Stephen vi lesse un rimprovero. – Senti, – disse con piú calma, – domenica le parlerò e giudicherò io.

– Non verrà, – disse sua moglie, e chiuse di nuovo la borsa con un colpo secco come se la figlia fosse raggomitolata lí dentro. Si alzarono entrambi. Si alzò anche la ragazzina e si avvicinò per prendere i soldi che le porgeva Stephen, accettando senza gratitudine una lauta mancia. Davanti al caffè Stephen disse: – A domenica allora, – ma sua moglie si stava già allontanando e non udí.

Quella notte ebbe la polluzione. Il sogno riguardava il caffè, la ragazzina e la macchina per fare il caffè. Era terminato con un piacere improvviso e intenso, ma per il momento non riusciva a richiamarne i particolari. Uscí dal bagno accaldato e col capogiro, sull'orlo, pensò, di un'allucinazione. In bilico sul bordo della vasca, aspettò che si dissolvesse, una specie di deformazione dello spazio fra un oggetto e l'altro. Si vestí e uscí, andò fino al giardinetto di alberi morenti che divideva con gli altri residenti nella piazza. Erano le sette. Drake, l'autodesignatosi custode del giardino, era già in ginocchio accanto a una panchina. Un raschietto in una mano, una bottiglia di liquido incolore nell'altra.

– Merda di piccione, – abbaiò Drake rivolto a Stephen, – merda di piccione e nessuno può sedersi. Nessuno –. Stephen si fermò alle spalle del vecchio, con le mani sprofondate in tasca, e lo guardò trafficare attorno alle macchie grige e bianche. Si sentí confortato. Attorno al giardino c'era uno stretto sentiero trasformato in un truogolo dal passeggio quotidiano di padroni di cani, scrittori col blocco e coppie sposate in crisi.

Passeggiando Stephen pensò, come faceva spesso, a sua figlia Miranda. Domenica compiva quattordici anni e oggi doveva trovarle un regalo. Due mesi prima lei gli aveva scritto una lettera. «Caro papà, spero che tu abbia cura di te. Per piacere potresti mandarmi venticinque sterline per comprarmi un giradischi? Tanti baci, Miranda». Lui rispose a giro di posta e rimpianse quello che aveva scritto nell'attimo stesso in cui la lettera cadeva nella buca. «Cara Miranda, ho cura di me stesso, ma non al punto di essere in grado di soddisfare... ecc.». In realtà era a sua moglie che era indirizzata. All'ufficio di smistamento parlò con un funzionario comprensivo che lo accompagnò tenendolo per un braccio. Lei vuole recuperare una lettera? Da questa parte, prego. Oltrepassarono una porta a vetri e si ritrovarono su un piccolo ballatoio. L'amabile funzionario indicò con un ampio gesto della mano un panorama spettacolare, un ettaro di uomini, donne, macchinari e nastri trasportatori in movimento. Allora, da dove cominciamo?

Tornando per la terza volta al punto di partenza si accorse che Drake se ne era andato. La panchina era immacolata e puzzava di alcool. Si sedette. Aveva mandato a Miranda trenta sterline, tre banconote da dieci nuovissime in una raccomandata. Rimpianse anche quello. Le cinque in piú denunciavano cosí chiaramente il suo senso di colpa. Stette due giorni su una lettera per lei, annaspando, senza aver niente di speciale da dire, svenevole. «Cara Miranda, l'altro giorno ho sentito una canzone pop alla radio e non ho potuto fare a meno di meravigliarmi per le parole che...» Non riusciva a immaginare la risposta per una lettera del genere. Ma dieci giorni dopo la ricevette. «Caro papà, grazie per i soldi. Ho comprato un Musivox Junior come quello della mia amica Charmian. Tanti baci, Miranda. *PS*. Ho due altoparlanti».

Tornato a casa si fece un caffè, lo portò nel suo studio e cadde in quel blando stato di trance che gli consentiva di lavorare tre ore e mezzo senza interruzione. Fece la recensione di un pamphlet sull'atteggiamento vittoriano nei confronti delle mestruazioni, continuò per tre pagine un racconto che stava scrivendo, annotò qualcosa nel suo diario saltuario. Scrisse: «Emissione notturna come l'ultimo anelito di un vecchio», e lo cancellò. Prese un grosso libro mastro da un cassetto e segnò nella colonna «Avere»: «Recensione... 1500 parole. Racconto... 1020 parole. Diario... 60 parole». Prese una biro rossa da una scatola con sopra scritto «penne» e annullò la giornata, chiuse il libro e lo rimise nel cassetto. Coprí con la fodera la macchina da scrivere, appoggiò il telefono sul suo supporto, radunò su un vassoio tazza e caffettiera e le portò via, chiudendosi la porta dello studio alle spalle, e terminando cosí il rito del mattino, inalterato da ventitré anni.

Risalí rapido Oxford Street mettendo insieme regali per il compleanno della figlia. Comprò un paio di jeans, un paio di scarpe da corsa di tela colorata che evocavano la bandiera americana. Comprò tre magliette colorate con delle buffe scritte... Piove Nel Mio Cuore, Ancora Vergine, e Ohio State University. Comprò un amuleto e dei dadi da una donna che li vendeva per strada e una collana di perline di plastica. Comprò un libro sulle eroine, un gioco di specchi, un buono per cinque sterline di dischi, una sciarpa di seta e un pony di vetro. La sciarpa di seta gli fece venire in mente la biancheria intima, e tornò nel negozio con aria decisa.

L'erotico silenzio a colori pastello del reparto lingerie provocò in lui una sensazione di tabú, desiderò ardentemente sdraiarsi da qualche parte. Esitò all'ingresso del reparto e poi si allontanò. Comprò una bottiglia di acqua di colonia in un altro reparto e tornò a casa sentendosi cupamente eccitato. Dispose i regali sul tavolo di cucina e li contemplò con disgusto, eccessivi, stomachevoli, condiscendenti. Restò per parecchi minuti in piedi davanti al tavolo, fissando gli oggetti uno per uno, cercando di rivivere la sicurezza con cui li aveva comperati.

Mise da parte il buono per i dischi e il resto lo ammucchiò in una borsa della spesa e lo gettò nell'armadio in anticamera. Poi si tolse le scarpe e le calze, si sdraiò sul letto sfatto, percorse con un dito la macchia incolore che si era indurita sul lenzuolo, e poi dormí finché fu buio.

Miranda Cooke era distesa sul letto nuda dalla vita in su, con le braccia aperte, il viso sepolto nel cuscino, e il cuscino sepolto sotto i suoi capelli gialli. Su una sedia accanto al letto una radiolina rosa trasmetteva metodicamente le venti canzoni della hit parade. Attraverso le tende tirate filtrava il sole del tardo pomeriggio che immergeva la stanza nel verde ceruleo di un acquario tropicale. La piccola Charmian sedeva a cavalcioni delle natiche di Miranda, la minuscola Charmian, l'amica di Miranda, e faceva scorrere le unghie su e giú per la pallida e impeccabile schiena di Miranda.

Anche Charmian era nuda, e il tempo pareva immobile. Allineate lungo lo specchio della toeletta, coi piedi nascosti dai barattoli e dai tubi di cosmetici, e le mani sollevate in un eterno gesto di sorpresa, sedevano le abbandonate bambole della bimba Miranda. Le carezze di Charmian rallentarono fino a interrompersi, le sue mani si riposarono sulla schiena dell'amica. Fissava il muro di fronte a lei, ondeggiando incantata. Ascoltava.

... They're all locked in the nursery,
They got earphone heads, they got dirty necks,
They're so twentieth century [1].

– Non sapevo che fosse in classifica anche questa, – disse. Miranda girò la testa e parlò da sotto i capelli.

– È rientrata, – spiegò. – La cantavano i Rolling Stones.

Don'cha think there's a place for you
In between the sheets? [2].

[1] [Stanno chiusi nella stanza dei bambini, hanno in testa le cuffie hanno il collo sporco, appartengono proprio al ventesimo secolo].

[2] [Non credi che ci sia un posto per te fra le lenzuola?]

Finita la canzone, Miranda parlò in tono permaloso coprendo l'isterica routine del disc-jockey. – Hai smesso. Perché hai smesso?

– L'ho fatto per un sacco di tempo.

– Avevi detto mezz'ora per il mio compleanno. L'hai promesso –. Charmian ricominciò. Miranda sospirò come chi ottiene semplicemente quello che le è dovuto e affondò la bocca nel cuscino. Da fuori arrivava il rassicurante ronzio del traffico, l'urlo della sirena di un'ambulanza crebbe e si affievolí, un uccello si mise a cantare, smise, ricominciò, un campanello suonò da qualche parte al piano di sotto e piú tardi una voce chiamò, e chiamò ancora, passò un'altra sirena, questa volta piú lontana... era tutto talmente remoto rispetto all'oscurità acquatica dove il tempo si era fermato, dove Charmian faceva dolcemente scorrere le unghie sulla schiena della sua amica che compiva gli anni. La voce le raggiunse di nuovo. Miranda si scosse e disse: – Credo che sia la mamma che mi chiama. Dev'essere arrivato mio padre.

Quando Stephen suonò alla porta della casa in cui aveva vissuto per sedici anni, supponeva che avrebbe aperto sua figlia. Di solito lo faceva lei. Ma era sua moglie. Aveva il vantaggio di tre gradini di cemento e guardò in basso verso di lui, aspettando che dicesse qualcosa. Lui non si era preparato niente da dire a lei.

– C'è... c'è Miranda? – chiese alla fine. – Sono un po' in ritardo, – aggiunse, e tentò la sorte salendo i gradini. All'ultimissimo istante lei si fece da parte e spalancò la porta.

– È di sopra, – disse con voce piatta mentre Stephen cercava di entrare senza neanche sfiorarla. – Andiamo di là –. Stephen la seguí nella stanza comoda e immutata, foderata dal soffitto al pavimento di libri che si era lasciato dietro. In un angolo, sotto una fodera di tela, c'era il suo pianoforte a coda. Stephen ne seguí con la mano il profilo curvo. Indicò i libri e disse: – Devo sbarazzarti di tutta questa roba.

– Quando hai tempo, – disse lei versandogli un bicchierino di sherry, – non c'è fretta –. Stephen si sedette al piano e sollevò la fodera.

– Lo suonate voi due? – Lei attraversò la stanza col bicchiere per lui e si fermò alle sue spalle.

– Io non ho mai tempo. E a Miranda non interessa, per il momento –. Lui distese le mani in un accordo ampio e morbido, lo mantenne col pedale e lo ascoltò svanire.

– È ancora accordato.

– Sí –. Suonò degli altri accordi, cominciò a improvvisare una melodia. Poteva scordarsi beatamente il motivo per cui era venuto ed essere lasciato a suonare il suo piano in santa pace, per un'ora almeno.

– Non suono da piú di un anno, – disse come spiegazione. Sua moglie adesso era accanto alla porta e stava per chiamare Miranda, e dovette riprendere bruscamente fiato per dire:

– Davvero? Mi sembri in forma. Miranda, – chiamò, – Miranda, Miranda – con la voce che si alzava e abbassava su tre note, la terza piú alta della prima, e strascicata in una interrogazione. Stephen suonò quel motivo di tre note, e sua moglie si interruppe di colpo. Guardò irritata verso di lui. – Molto bravo.

– Lo sai che hai una voce musicale, – disse Stephen senza ironia. Lei si avvicinò.

– Hai ancora intenzione di chiedere a Miranda di venire a stare da te? – Stephen chiuse il piano e si rassegnò alle ostilità.

– Te la sei lavorata? – Lei incrociò le braccia.

– Non verrà da te. Comunque non da sola.

– Nell'appartamento non c'è posto anche per te.

– E grazie a Dio non ce n'è –. Stephen si alzò e sollevò le mani come un capo indiano.

– Evitiamo, – disse, – evitiamo, per piacere –. Lei annuí e tornò alla porta e chiamò la figlia in tono costante, immune da imitazioni. Poi disse tranquilla: – Parlavo di Charmian. L'amica di Miranda.

– Che tipo è?

Lei esitò: – È di sopra. La vedrai.

– Ah...

Sedettero in silenzio. Da sopra giunsero a Stephen delle risatine, il sibilo familiare dell'impianto idraulico, la porta di una delle camere da letto che si apriva e si chiudeva. Prese dagli scaffali un libro sui sogni e lo sfogliò. Si accorse che sua moglie se ne stava andando ma non alzò gli occhi. Il sole al tramonto illuminava la stanza. «Un'emissione durante un sogno indica la natura sessuale del sogno stesso, per quanto i suoi contenuti possano essere oscuri e improbabili. I sogni che culminano in una emissione possono svelare l'oggetto dei desideri di chi sogna o anche i suoi conflitti interiori. Un orgasmo non può mentire».

– Ciao papà, – disse Miranda. – Questa è la mia amica Charmian –. Lui aveva la luce negli occhi e da principio gli parve che si tenessero per mano, come madre e figlia una accanto all'altra di fronte a lui, illuminate dal sole arancione morente, in attesa di essere salutate. Sembrava che nel loro silenzio ci fosse una risata recente nascosta. Stephen si alzò e abbracciò sua figlia. Era diversa al tatto, forse piú forte. Aveva un odore che non conosceva, aveva finalmente una sua vita privata, di cui non rendeva conto a nessuno. Le sue braccia nude erano molto calde.

– Buon compleanno, – disse Stephen, chiudendo gli occhi mentre la stringeva forte e preparandosi a salutare la minuscola figura accanto a lei. Fece un passo indietro sorridendo e praticamente si inginocchiò sul tappeto per stringerle la mano, a questa bambolina che stava accanto a Miranda col suo metro e dieci scarso di statura, col viso enorme e legnoso che rispondeva al suo saluto con un sorriso immobile.

– Ho letto uno dei suoi libri, – fu la sua prima frase, detta con calma. Stephen si sedette di nuovo in poltrona. Le due ragazze restarono ancora in piedi di fronte a lui come se desiderassero essere descritte e confrontate. La maglietta di Miranda si fermava parecchi centimetri piú su della vita e il suo seno in pieno sviluppo sollevava il bordo lasciandole scoperta la pancia. Teneva la mano sulla spalla dell'amica con aria protettiva.

– Davvero? – chiese Stephen dopo una pausa, – quale?

– Quello sull'evoluzione.

– Ah... – Stephen prese dalla tasca la busta con dentro il buono per i dischi e la diede a Miranda. – Non è granché, – disse, ricordando la borsa piena di regali. Miranda si appartò in una poltrona per aprire la busta. Invece la nana rimase in piedi di fronte a lui, guardandolo fisso. Giocherellava con l'orlo del suo vestito da bambina.

– Miranda mi ha parlato molto di lei, – disse educatamente. Miranda alzò gli occhi e ridacchiò.

– Non è vero, – protestò. Charmian proseguí:

– È molto orgogliosa di lei –. Miranda arrossí. Stephen si chiese che età potesse avere Charmian.

– Non le ho dato molti motivi per esserlo, – si ritrovò a dire, e indicò con un gesto la stanza come una testimonianza della sua situazione domestica. La minuscola ragazza lo fissò pazientemente negli occhi e per un attimo lui si sentí in equilibrio sull'orlo di una confessione totale. Vedi, non ho mai soddisfatto mia moglie durante il nostro matrimonio. I suoi orgasmi mi terrorizzavano. Miranda aveva scoperto il suo regalo. Si alzò dalla poltrona con un gridolino, gli prese la testa fra le mani e si chinò a baciargli un orecchio.

– Grazie, – mormorò forte e con calore, – grazie, grazie –. Charmian fece un paio di passi verso di lui finché si trovò quasi in mezzo alle sue ginocchia aperte. Miranda si sistemò sul bracciolo della sua poltrona. Era quasi buio. Sentí il calore del corpo di Miranda contro il suo collo. Lei scivolò un po' piú avanti e gli appoggiò la testa su una spalla. Charmian si agitò. Miranda disse: – Sono contenta che sei venuto, – e tirò su le ginocchia per essere piú piccola. Stephen sentí sua moglie che si muoveva da una stanza all'altra. Passò un braccio attorno alle spalle di sua figlia, attento a non toccarle il seno, e se la strinse contro.

– Verrai a stare da me quando cominciano le vacanze?

– Anche Charmian... – parlò con aria infantile, ma l'intonazione delle sue parole era delicatamente sospesa fra richiesta e patteggiamento.

– Anche Charmian, – acconsentí Stephen. – Se vuole –. Charmian abbassò gli occhi e disse tutta contegnosa: – Grazie.

Stephen passò la settimana seguente a fare i preparativi. Spazzò il pavimento dell'unica stanza per gli ospiti, pulí le finestre e appese delle tendine nuove. Affittò una televisione. Al mattino lavorava nell'abituale torpore e annotava quello che aveva fatto nel libro mastro. Finalmente si decise a buttar giú quello che riusciva a ricordare del sogno. Pareva che i particolari si accumulassero in modo soddisfacente. Nel caffè c'era sua moglie. Era per lei che stava ordinando un caffè. Una ragazzina prese la tazza e la mise sotto la macchina. Ma ecco che era *lui* la macchina, era lui a riempire la tazza. Questa sequenza, scritta ordinatamente e in modo criptico nel suo diario, adesso lo turbava meno. Per quello che poteva giudicare lui, aveva un certo potenziale letterario. Doveva essere rimpolpata, e dato che non si ricordava nient'altro avrebbe dovuto inventare il resto. Pensò a Charmian, a com'era piccola, ed esaminò con cura le sedie disposte attorno al tavolo da pranzo. Era cosí piccola da stare in un seggiolone. Scelse attentamente due cuscini in un grande magazzino. Non si fidava dell'impulso a comprare dei regali per le ragazze, e resistette. Ma voleva comunque fare qualcosa per loro. Cosa poteva fare? Rastrellò grumi di sporcizia antica sotto il lavandino di cucina, tirò giú mosche e ragni morti dai lampadari, fece bollire gli strofinacci fetidi; comprò uno spazzolino da bagno e raschiò la tazza incrostata. Cose di cui non si sarebbero mai accorte. Era davvero diventato un vecchio scemo? Parlò con sua moglie per telefono.

– Non mi avevi mai parlato di Charmian.

– No, – convenne lei, – è una cosa piuttosto recente.

– Be'... – si dibatté, – cosa ne pensi?

– Per me va benissimo, – disse lei, molto rilassata, –

sono buone amiche –. Voleva metterlo alla prova, pensò lui. Lei lo odiava per la sua pavidità, la sua passività e per tutte quelle ore sprecate fra le lenzuola. Le ci vollero molti anni di matrimonio per riuscire a dirlo. Tanto sperimentalismo come scrittore, neanche un po' nella vita. Lo odiava. E adesso lei aveva un amante, un amante vigoroso. Eppure lui avrebbe voluto dire, è giusto, la nostra bella figlia con un'amica che appartiene di diritto a un circo o potrebbe servire il tè in un bordello con le tende di seta? La nostra figlia coi capelli chiarissimi, cosí ben fatta, il nostro tenero bocciolo, non è una cosa perversa?

– Arriveranno giovedí sera, – disse sua moglie per tutto saluto.

Quando Stephen andò ad aprire da principio vide solo Charmian, poi si accorse di Miranda che era fuori dal cerchio di luce dell'anticamera e si affannava con le valige di tutte e due. Charmian aveva le mani sui fianchi e la testa pesante lievemente inclinata da una parte. Senza salutarlo, disse: – Abbiamo dovuto prendere un taxi e adesso è sotto che aspetta.

Stephen baciò la figlia, la liberò dai bagagli e scese a pagare il taxi. Quando tornò su, senza fiato per le due rampe di scale, la porta di casa sua era chiusa. Bussò e aspettò un po'. Fu Charmian ad aprire e a bloccargli la strada.

– Non può entrare, – disse solennemente, – dovrebbe tornare piú tardi, – e fece come per chiudere la porta. Con una risata nasale e poco convincente, Stephen si buttò in avanti, la prese sotto le ascelle e la tirò su. Contemporaneamente entrò nell'appartamento e si chiuse la porta alle spalle con un piede. Voleva lanciarla per aria come una bambina, ma era pesante, pesante come un adulto, e i suoi piedi si sollevarono a pochi centimetri dal pavimento, lui non riuscí a fare di piú. Lei lo colpí sulla mano con un pugno e urlò:

– Mi metta... – L'ultima parola andò persa nel fragore della porta che sbatteva. Stephen la lasciò andare immediatamente, – giú, – disse lei piano. Restarono a guardarsi nella piccola anticamera, tutti e due un po' senza fiato. Per la prima volta vide chiaramente la faccia di Charmian. Aveva una testa poderosa a forma di pallottola, il labbro inferiore perennemente all'infuori e un inizio di doppio mento. Aveva il naso schiacciato e un accenno di baffi grigiastri. Il collo era grosso e massiccio. Gli occhi erano grandi e tranquilli, distanziati, scuri come quelli di un cane. Non era brutta, non con quegli occhi. Miranda era all'altro capo della stanza. Aveva un paio di jeans stinti e una camicia gialla. Si era fatta le trecce, legate con delle strisce di tela jeans. Si avvicinò alla sua amica.

– A Charmian non piace essere sollevata, – spiegò. Stephen le portò nel soggiorno.

– Mi dispiace, – disse a Charmian e le appoggiò una mano sulla spalla per un attimo. – Non lo sapevo.

– Stavo solo scherzando quando ho aperto la porta, – disse lei placida.

– Ma certo, – disse in fretta Stephen, – lo sapevo benissimo.

Durante la cena, che aveva comprato pronta in un ristorante italiano, le ragazze gli raccontarono della loro scuola. Le lasciò bere un po' di vino e loro ridacchiarono continuamente aggrappandosi una all'altra quando perdevano l'equilibrio. Raccontarono un po' per una, incitandosi a vicenda, una storia sul loro preside che guardava sotto le gonne delle ragazze. Lui si ricordò qualche aneddoto di quando andava a scuola lui, o magari riguardavano qualcun altro, ma lui li raccontò bene e loro risero deliziate. Erano molto eccitate. Chiesero supplichevolmente dell'altro vino. Lui rispose che un bicchiere era piú che sufficiente.

Charmian e Miranda vollero lavare i piatti. Stephen si stravaccò in una poltrona con un brandy abbondante, cullato dalla macchia confusa delle loro voci e dall'acciottolio di stoviglie, cosí casalingo. Qui lui viveva, questa era la sua casa. Miranda gli portò il caffè. Lo appoggiò sul tavolo con una finta deferenza da cameriera.

– Caffè, signore? – chiese. Stephen le fece un po' di posto sulla poltrona e lei si sedette stretta a lui. Si muoveva a suo agio fra donna e bambina. Tirò su le gambe come l'altra volta e si strinse contro il suo gran padre irsuto. Si era sciolta le trecce e i suoi capelli erano sparsi sul petto di Stephen, dorati alla luce elettrica.

– Ti sei fatta un ragazzo a scuola?

Lei scosse la testa e la tenne premuta contro la sua spalla.

– Non riesci a trovartene uno, eh? – insistette Stephen. Lei si tirò su all'improvviso e si tolse i capelli dal viso.

– Ci sono mucchi di ragazzi, – disse arrabbiata, – mucchi e mucchi, ma sono talmente *stupidi*, sono dei tali esibizionisti –. La somiglianza fra sua moglie e sua figlia non gli era mai sembrata tanto forte. Lei lo guardò intensamente. Lo metteva nel mucchio coi ragazzi della scuola. – Fanno sempre certe cose.

– Cosa? – Lei scosse la testa impaziente.

– Non saprei... come si pettinano piegando le ginocchia.

– Piegando le ginocchia?

– Sí. Quando credono che tu li guardi. Si mettono di fronte alla nostra finestra e fanno finta di pettinarsi mentre invece vogliono solo guardare dentro, farsi vedere. Cosí –. Saltò su dalla poltrona e si chinò in mezzo alla stanza di fronte a uno specchio immaginario, piegata come una cantante sul microfono, la testa grottescamente inclinata, e si pettinò con movimenti lenti ed elaborati. Era un'imitazione furiosa. Anche Charmian la osservava. Stava ferma sulla porta con una tazza di caffè in ogni mano.

– E tu, Charmian? – chiese sbadatamente Stephen, – ce l'hai il ragazzo? – Charmian appoggiò le tazze e disse: – No, naturalmente, – e poi alzò gli occhi e sorrise ad entrambi con la tolleranza di una donna vecchia e saggia.

Piú tardi le condusse nella loro stanza.

– C'è un letto solo, – disse, – ho pensato che non vi sarebbe importato di dividerlo –. Era un letto enorme, due metri per due, uno dei pochi oggetti di grosse dimensioni che si fosse portato da casa. Le lenzuola erano rosso scuro e molto vecchie, di un tempo in cui le lenzuola erano tutte bianche. Adesso non aveva piú voglia di dormirci, erano state un dono di nozze. Charmian si sdraiò sul letto, occupava poco piú spazio di un cuscino. Stephen augurò la buonanotte. Miranda lo seguí in anticamera, si alzò in punta di piedi per dargli un bacio su una guancia.

– Tu *non* sei un esibizionista, – sussurrò stringendosi a lui. Stephen restò perfettamente immobile. – Mi piacerebbe che tu tornassi a casa, – disse lei. Lui la baciò sulla testa.

– Questa è casa, – disse, – adesso hai due case –. Si liberò dal suo abbraccio e la riaccompagnò sulla porta della sua camera. Le strinse una mano. – Ci vediamo domattina, – mormorò, la lasciò e si precipitò nel suo studio. Si sedette, inorridito della propria erezione, euforico. Passarono dieci minuti. Pensò che avrebbe dovuto essere sobrio, analitico, era una faccenda seria. Ma aveva voglia di cantare, di suonare il piano, di andare a fare una passeggiata. Non fece nulla di tutto questo. Sedette immobile, con lo sguardo fisso davanti a sé, senza pensare a niente in particolare, e attese che la morsa dell'eccitazione abbandonasse il suo ventre.

Poi andò a letto. Dormí male. Per molte ore lo tormentò il pensiero di essere ancora sveglio. Si svegliò nell'oscurità totale uscendo da dei sogni frammentari. Gli sembrava di aver sentito un rumore per un po'. Non si ricordava che suono fosse, ma non gli era piaciuto. Adesso tutto taceva, solo il silenzio gli sibilava nelle orecchie. Aveva voglia di far pipí, e per un attimo ebbe paura di scendere dal letto. La certezza di dover morire lo colpí in quel momento come succedeva talvolta, una rivelazione nauseante, non il terrore di morire, ma di morire adesso, alle tre e un quarto del mattino, sdraiato immobile con le lenzuola tirate su fino al collo e desideroso, come tutti gli animali mortali, di orinare. Accese la luce e andò in bagno. Il cazzo sembrava molto piccolo fra le sue mani, color noce e intirizzito raggrinzito dal freddo, o forse dalla paura. Si sentí dispiaciuto per lui. Mentre pisciava il fiotto si divise in due. Lui tirò un po' il prepuzio e il getto si unificò. Si sentí dispiaciuto per se stesso. Tornò in anticamera, e mentre si chiudeva la porta del bagno alle spalle interrompendo lo scroscio dello sciacquone sentí di nuovo quel suono, il suono che aveva sentito dormendo. Un suono cosí dimenticato, cosí profondamente familiare che solo in quel momento, mentre avanzava molto cautamente nell'anticamera lo riconobbe come lo sfondo a tutti gli altri suoni. La cornice di tutte le sue ansie. Il suono di sua moglie durante, o prossima, all'orgasmo. Si fermò qualche metro prima della camera delle ragazze. Era un gemito basso trasportato da una tosse aspra simile a un latrato, che aumentava impercettibilmente di intensità a piccole frazioni di tono, poi alla fine diminuiva, ma non molto, era sempre piú alto di quando era cominciato. Non osava avvicinarsi alla porta. Si sforzò di sentire. Venne la fine e sentí il letto scricchiolare, e dei passi sul pavimento. Vide la maniglia della porta girare. Come in un sogno non fece domande, dimenticò la propria nudità, non si aspettò nulla.

Miranda strinse gli occhi alla luce improvvisa. Aveva i capelli biondi sciolti. La sua camicia da notte bianca di cotone le arrivava alle caviglie e le linee del corpo erano nascoste dalle sue pieghe. Poteva avere qualunque età. Si strinse le braccia attorno al corpo. Suo padre restò immobile di fronte a lei, massiccio, con un piede davanti all'altro come se fosse rimasto congelato a metà di un passo, le braccia lungo i fianchi, i peli scuri nudi, il suo coso raggrinzito, nudo, marroncino. Lei avrebbe potuto essere una bambina o una donna, poteva avere qualunque età. Fece un passo verso di lui.

– Papà, – gemette, – non riesco a dormire –. Lo prese

per mano e lui la accompagnò in camera. Charmian era raggomitolata all'altro capo del letto, di schiena. Era sveglia, era innocente? Stephen scostò le coperte e Miranda si infilò fra le lenzuola. Lui la rimboccò e si sedette sull'orlo del letto. Lei si sistemò i capelli.

– Certe volte quando mi sveglio in piena notte ho paura, – gli disse lei.

– Anche io, – rispose lui e si chinò a darle un bacio lieve sulle labbra.

– Ma in realtà non c'è niente da aver paura, vero?

– No, – disse lui. – Niente –. Lei sprofondò ancora di piú fra le lenzuola rosse e lo guardò fisso in faccia.

– Però dimmi una cosa lo stesso, una cosa per farmi addormentare –. Lui guardò Charmian.

– Domani puoi guardare nell'armadio in anticamera. C'è una borsa piena zeppa di regali.

– Anche per Charmian?

– Sí –. Lui studiò il viso di Miranda alla luce che veniva dall'anticamera. Cominciava ad aver freddo. – Li avevo comprati per il tuo compleanno, – aggiunse. Ma lei dormiva e sorrideva quasi, e nel pallore della sua gola scoperta gli parve di rivedere una mattina luminosa della sua infanzia, un campo di neve di un bianco abbacinante che lui, un ragazzino di otto anni, non aveva osato deturpare con le sue orme.

Su e giú

Adesso Leech tende le gambe in avanti finché tremano dallo sforzo, intreccia le dita dietro la testa, le fa crocchiare alle giunture, ride chiocciando in modo laido e deliberato per qualcosa che fa finta di vedere un po' piú in là e mi dà un tenue colpetto sulla nuca col gomito. Si direbbe che sia finita, che ne dici?

È vero? Sono sdraiato al buio. È vero, credo che il buon vecchio su e giú l'abbia cullata e addormentata. L'antico su e giú non ha avuto una fine e la sua sospensione è giunta inosservata come il sonno. Si alza e si abbassa, si alza e si abbassa, si alza e si abbassa, tra quando si abbassa e quando si alza il pericoloso intervallo di silenzio, lei che decide di continuare.

Il cielo una vacuità bianco-giallastra, l'odore del canale ridotto dalla distanza a un profumo di dolci ciliege mature, la malinconia degli aerei che virano in attesa di atterrare e qui in ufficio altri ritagliano i quotidiani, è il loro lavoro. Incollano le colonne ai cartoncini dello schedario.

Se riesco a stare sdraiato al buio riesco a vedere nel buio la pelle pallida sul fragile spigolo degli zigomi, scolpisce nel buio una forma di gamba di cane. Gli occhi infossati sono aperti e invisibili. Attraverso le labbra quasi socchiuse un puntino di luce scintilla sulla saliva e su un dente, la fascia folta dei capelli piú nera della notte intorno. Certe volte la guardo e mi chiedo chi morirà prima, chi morirà prima, tu o io? Il peso colossale dell'immobilità, quante ore ancora?

Leech. Vedo Leech in questo stesso corridoio durante frequenti consultazioni col Direttore. Li vedo, passeggiano insieme per il lungo corridoio senza porte. Il Direttore cammina eretto, le sue mani, sprofondate in tasca, fanno tintinnare dei gingilli e Leech si curva subordinatamente, con la testa inclinata verso il collo del suo superiore, le mani serrate dietro la schiena, le dita di una mano a circondare il polso dell'altra per controllarsi scrupolosamente i battiti. Vedo quello che vede il Direttore, le immagini si congiungono, Leech e quest'uomo; girate l'anello di metallo lucente e si divideranno in un lampo, uno in piedi, l'altro seduto, tutti e due in posa.

La saliva scintilla su un puntino di dente. Ascolto il suo respiro, che si innalza e si rituffa ritmicamente, l'aria profonda del sonno, non sua adesso. Un bisogno animale ne insegue un altro nella notte, il sonno impellicciato di nero smorza il piacere da un ramo inferiore, il vecchio albero scricchiola, è andato, un ricordo, ascoltala... la casa ha un buon profumo. L'antico, morbido su e giú l'ha cullata e addormentata. Ti ricordi il boschetto, gli alberi contorti e striminziti, i rami e i ramoscelli senza foglie fusi in una volta, cosa ci trovammo? Cosa vedemmo? Ah... il minuscolo, paziente eroismo di essere svegli, il buco glaciale piú grande del ghiaccio che lo circonda si allarga, troppo grande per assumere una forma, include i limiti ottici della vista. Sono sdraiato al buio e guardo dentro, sono sdraiato dentro e guardo attentamente fuori, e da un'altra stanza una delle sue figlie grida nel sonno, Un orso!

Prima arriva Leech, no prima ci sono io verso la fine di una mattinata, chino su me stesso, minuzioso, privato, e Leech arriva, mi saluta, mi batte un colpo cordiale e cattivo sulla schiena fra le scapole sotto il collo. È in piedi accanto alla teiera, con le gambe aperte come in un vespasiano, con il liquido scuro che gli sgocciola nella tazza e lui che dice mi ricordo (questa) o (quella) conversazione? No, no. Si avvicina con la tazza in mano. No, no, gli dico, non mi ricordo niente, glielo dico mentre si sistema sul lungo divano, vicino a me quanto può esserlo senza proprio... diventare me. Ah, l'amaro olezzo di una pelle estranea che avviluppa per nasconderlo il remoto nucleo fecale. La sua gamba destra tocca la mia sinistra.

Nell'ora piú fredda prima dell'alba le sue bambine si arrampicheranno sul letto, prima una e poi l'altra, certe volte una senza l'altra, piombano in mezzo all'aromatico tepore adulto, si attaccano ai suoi lati come una stella di mare (ti ricordi la stella di mare aggrappata a una roccia) e fanno dei suoni deboli e liquidi con la lingua. Fuori per strada si sentono dei passi affrettati che si avvicinano e si allontanano giú per la collina. Sono sdraiato sul bordo dello strame, Robinson Crusoe che fa i suoi piani per immagazzinare dei paletti ben appuntiti, dei fucili che spareranno da soli al piú lieve fremito di un passo alieno, spera che le sue capre e i suoi cani figlieranno, non troverà un'altra nidiata simile di creature tolleranti. Quando una delle sue figlie arriva troppo presto, nel cuore della notte, lei si sveglia e la riporta a letto, torna e dorme, con le ginocchia rannicchiate contro la pancia. La sua casa ha un buon odore di bambini addormentati.

Muovendosi lento come chi ha bisogno di sentirsi osservato, Leech estrae una penna dal taschino della giacca, la esamina, la rimette a posto, afferra il mio braccio mentre lo sto allungando per prendere un libro che cade sul pavimento nel momento in cui Leech mi colpisce. Uno spazio significativo accanto alla porta indica il Direttore, la possibilità del suo arrivo.

Il peso colossale... ti ricordi, dormiente, il boschetto, gli alberi contorti e striminziti, i rami e i ramoscelli senza foglie fusi in una volta, un tetto scuro che lascia colare la luce sulla terra acre. Camminammo in punta di piedi sul silenzio vegetale che assorbiva i nostri passi, ci obbligava a sussurrare, aspirava le nostre sibilanti attraverso le radici nascoste sotto i nostri piedi, un bosco antichissimo e privato. Splendore di fronte a noi, la volta era crollata come se dal cielo fosse piombato un gran peso. Il semicerchio splendente, i rami e i ramoscelli degli alberi si abbassavano fino a terra in una cascata luminosa, e lí deposte come a metà del torrente, sbiancate dal sole e rigide contro il grigio opaco del bosco c'erano delle ossa, le ossa bianche di una creatura che riposava lí, un teschio piatto e pieno di cavità, una lunga spina dorsale curva che si assottigliava fino al punto piú delicato, e ai fianchi il meticoloso mucchietto delle altre ossa, sottili e con le estremità come pugnetti chiusi.

Le dita di Leech hanno la tenacia degli artigli di un pollo. Quando le stacco a forza dal mio braccio si ritraggono curvandosi impersonalmente. È un uomo solo? Con cui mi sento obbligato a parlare, avendogli toccato una mano, come fanno gli amanti dagli occhi splendenti che sdraiati sotto un lenzuolo cominciano una conversazione. Tengo le mani in grembo e osservo il pulviscolo che corre giú per una striscia di sole.

Certe volte la guardo e mi chiedo chi morirà prima... faccia a faccia, sverniamo in un caos fra piumino e trapunta, lei mette una mano su ognuna delle mie orecchie, tiene la mia testa fra le mani, mi guarda con occhi neri, spessi e un sorriso avaro che nasconde i denti... allora penso, sono io, morirò prima io, e tu potrai vivere per sempre.

Leech appoggia la tazza (come ne ha scurito il bordo), si mette di nuovo comodo, tende le gambe in avanti finché tremano dallo sforzo e guarda insieme a me il pulviscolo che corre giú per una striscia di sole, e piú in là il buco nel ghiaccio, guarda in su, guarda fuori, dove sto sdraiato accanto alla mia amante addormentata, sono sdraiato e guardo dentro, restituendo il suo sguardo. Riconosco il piumino e la trapunta, il fascino del letto di ferro battuto... Leech appoggia la tazza, si mette di nuovo comodo, fa crocchiare le dita intrecciate dietro la testa che muove per indicare la sua intenzione di muoversi, una consapevolezza dello spazio vuoto accanto alla porta, un desiderio di essere accompagnato lungo il percorso.

Una voce rompe l'immobilità, un fiore rosso acceso che cade sulla neve, una delle sue figlie grida in sogno, Un orso! il suono indistinto dal suo significato. Silenzio, e poi di nuovo, Un orso, questa volta piú piano, su una nota cadente di disappunto... poi, un silenzio drammatico per l'assenza di quella breve voce... poi impercettibilmente... poi, silenzio abituale, nessuna attesa, il peso dell'immobilità, la luminosa immagine dell'orso che persiste, color arancio sbiadito. Li vedo allontanarsi e giaccio in attesa accanto alla mia amica addormentata, giro la testa sul cuscino e la guardo negli occhi, aperti.

Alla fine mi alzo e seguo Leech attraverso la stanza vuota e lungo il corridoio senza porte dove l'ho visto durante frequenti consultazioni, che passeggiava, eretto o curvo. Il Direttore e il suo subordinato, quelli che temiamo non riescono a distinguerci... Cammino accanto a Leech e lui tasta la stoffa del suo vestito, indice e pollice fanno roteare entrambi i lati del risvolto, il movimento rallenta fino ad annullarsi mentre lui considera le sue parole che sono, Cosa ne pensi del mio vestito? accompagnate da un accenno di sorriso. Ci fermiamo nel corridoio, faccia a faccia, sotto di noi il nostro stentato riflesso sul pavimento lucido. Ognuno dei due vede quello dell'altro ma non il proprio.

La folta aureola dei capelli è piú nera della notte intorno, e la pelle pallida sul fragile spigolo degli zigomi scolpisce nel buio una forma di gamba di cane... Eri tu?

mormora lei, O le bambine? Un lieve movimento nel punto dove sono i suoi occhi dice che sono chiusi. Il ritmo del suo respiro aumenta, è l'incombente automatismo di un corpo addormentato. Non era niente, era un sogno, una voce nel buio come un fiore rosso sulla neve... lei ricade all'indietro, fluttua fino in fondo a un pozzo profondo e guardando in su vede il cerchio della luce che indietreggia, il cielo interrotto dalla silhouette della mia testa intenta e delle mie spalle lontane. Lei fluttua in basso, le sue parole fluttuano in alto, la sorpassano e mi raggiungono trasformate dall'eco. Lei grida, Vieni dentro di me mentre mi addormento, vieni dentro...

Con una manovra simile dell'indice e del pollice mi sporgo per toccare il risvolto e poi tocco il mio, la sensazione familiare di entrambe le stoffe, il calore del corpo che trasmettono... il profumo di dolci ciliege mature, la malinconia degli aerei che virano in attesa di atterrare; il meccanismo è questo, quelli che temiamo non riescono a distinguerci. Leech afferra il mio braccio teso e lo scuote. Apri gli occhi, apri gli occhi. Vedrai che non è affatto come il tuo. In questo i risvolti sono piú larghi, la giacca dietro ha due spacchi per mia espressa richiesta e anche se sono della stessa sfumatura di blu, nel mio ci sono delle macchiette bianche e nell'insieme dà l'impressione di essere piú chiaro. Sentendo dei passi ancora lontani alle nostre spalle ricominciamo a camminare.

Addormentata e cosí umida? La sinestesia dell'antico su e giú, l'acqua salata e il magazzino delle spezie, un'ascesa oltre la quale i contorni si ammorbidiscono e rotolano e si tuffano contro l'orizzonte come un albero gigantesco che ha il suo perno in cielo, una lingua di carne. Bacio e succhio dove hanno succhiato le sue figlie. Vieni via, disse lei, lascia perdere. Le ossa bianche di una qualche creatura a cui volevo accostarmi e toccarle, il teschio piatto e pieno di cavità, la lunga spina dorsale curva che si assottigliava fino al punto piú delicato... Lascia perdere, disse lei quando io allungai il braccio. Impossibile non sentire il terrore in quelle parole, lei disse che era un incubo e strinse a sé il cesto del picnic, quando ci abbracciammo, una bottiglia tintinnò contro una lattina. Corremmo attraverso il bosco tenendoci per mano e poi giú per il pendio, attorno ai nodi di ginestra, la grande valle sotto di noi, i benevoli nuvoloni, il bosco una cicatrice piatta sul verde opaco.

Sí, il Direttore ha l'abitudine di fare parecchi passi nella stanza e fermarsi a sorvegliare l'attività dei suoi subordinati. A parte che l'aria si restringe (perfino lo spazio occupato dall'aria si comprime) non cambia niente, tutti guardano, nessuno alza gli occhi... Lo sguardo del Direttore sprofonda nel grasso circondato da una straordinaria pelle translucida, il grasso si è accumulato sullo spigolo dei suoi zigomi e adesso, come un ghiacciaio, sgocciola nel cavo degli occhi. L'occhio infossato e autoritario spazia per tutta la stanza, la scrivania, le facce, la finestra aperta, e si fissa su di me come una indolente bottiglia che rotea... Ah Leech, dice.

Nella sua casa c'è un buon odore di bambini addormentati, di gatti che si asciugano al caldo, di polvere che si scalda sulle valvole di una vecchia radio, sono queste le notizie, meno feriti, piú morti? Come faccio a essere sicuro che la terra sta girando verso il mattino? Domattina le parlerò, glielo dirò sulle tazze vuote e le macchie, piú un ricordo: che un sogno, rivendico lo stato di persona sveglia quando sogno. Senza esagerazioni, solo appropriati accenni di disgusto fisico e questi esagerati solo in modo appropriato, e tutto visto attraverso, pretenderò io, un buco tanto grande che non c'era piú ghiaccio a circondarlo.

Si sta tranquilli qui al tavolo d'abete accanto alla finestra. Il mio lavoro è questo, né felice né infelice, passo al setaccio i ritagli che mi inoltrano. Questo è il mio lavoro, trovare le voci adatte nello schedario. Il cielo una vacuità bianco-giallastra, l'odore del canale ridotto dalla distanza a un profumo di dolci ciliege mature, la malinconia degli aerei che virano in attesa di atterrare e in un altro punto dell'ufficio altri ritagliano i quotidiani, incollano le colonne ai cartoncini dello schedario: inquinamento/aria, inquinamento/rumore, inquinamento/acqua, il suono aristocratico delle forbici, il rimescolio della colla nei barattoli, una mano che apre la porta. Il Direttore fa parecchi passi nella stanza e si ferma a sorvegliare l'attività dei suoi subordinati.

Glielo dirò... lei sospira e si agita, si toglie i capelli spettinati dagli occhi acquosi, fa per alzarsi ma resta seduta, circonda con le mani un tazzone, un regalo che si è fatta, comprato da un rigattiere. La finestra si riflette nei suoi occhi con dei quadratini luminosi, sotto gli occhi delle semisfere azzurre sono come lune gemelle sul suo viso bianco. Si toglie i capelli dagli occhi, sospira e si agita.

Lui viene verso di me. Ah Leech, dice avvicinandosi. Mi chiama Leech. Ah Leech, vorrei che lei facesse una cosa per me. Qualcosa che non sento, ipnotizzato al mio posto dalla bocca che prende forma attorno alle sillabe. Vorrei che lei facesse una cosa per me. Nell'attimo casuale e privo di rammarico in cui si accorge del suo sbaglio, arriva Leech da dietro una fila di armadietti, e lo perdona con effusione. Il Direttore si scusa briosamente. Come le confermerà il mio collega, dice Leech, la gente ci confonde sempre, e cosí dicendo mi appoggia una mano sulla spalla, perdonando anche me. Un errore da niente, collega, permetterti di farti prendere per Leech.

Ascolto il suo respiro, si alza e si abbassa, si alza e si abbassa, tra quando si alza e quando si abbassa l'intervallo pericoloso, lei che decide di continuare... il peso delle ore. Glielo dirò ed eviterò la confusione. I suoi occhi si sposteranno da sinistra a destra e viceversa, studieranno ognuno dei miei occhi a turno, li confronteranno per onestà o si muoveranno intenti, si abbasseranno a intermittenza verso la mia bocca e poi attorno e attorno per dare un significato a un viso, e lo stesso i miei occhi nei suoi, i nostri occhi danzeranno attorno attorno e si inseguiranno.

Sto seduto incuneato fra i due uomini in piedi e il Direttore ripete le istruzioni, ci lascia impaziente, e quando arriva sulla porta si volta a guardarci e sorride con indulgenza. Sí! Non l'ho mai visto sorridere. Vedo quello che vede lui, gemelli come messi in posa per una fotografia ufficiale. Uno in piedi, con la mano per sempre appoggiata alla spalla dell'altro seduto; può darsi che ci sia confusione, che sia un trucco delle lenti, perché se giriamo questo anello di metallo lucente le immagini si fondono e ne resta uno solo. Si chiama? Speranzoso e a buon motivo... ansioso.

Su e giú è il mio orologio, fa girare la terra, arriva l'alba, porta le bambine nel suo letto... su e giú ride dell'immobilità, su e giú depone le figlie in mezzo all'aromatico tepore adulto, se le attacca ai lati come stelle di mare, ti ricordi... il brivido di vedere qualcosa che non si sarebbe dovuto vedere, la grande roccia conficcata nella sabbia umida e striata, il limite dell'acqua che indietreggia controvoglia verso l'orizzonte, e nel punto dov'è conficcata la roccia le pozze affamate continuamente succhiate e riempite e succhiate. Un massiccio masso nero era sospeso su una pozza e lei stava aggrappata subito sotto, con le braccia e le gambe distese, la si vedeva subito, cosí arancione, luminosa, bella, rara, con le macchioline bianche sgocciolanti. Si teneva aggrappata alla roccia nera di cui era padrona, e l'acqua come la sbatteva contro la roccia mentre laggiú il mare si ritirava. La stella di mare non era minacciosa perché era morta come le ossa, era minacciosa perché era cosí sveglia, come il grido di una bimba nel cuore della notte.

Il calore del corpo che trasmettono. Siamo la stessa persona? Leech, lo siamo? Leech si allunga, risponde, tamburella, spinge, fa finta, si consulta, adula, si curva, controlla, posa, si avvicina, saluta, tocca, esamina, indica, afferra, mormora, guarda fisso, trema, scuote, arriva, sorride, debolmente, ma proprio debolmente, dice, Apri gli... il calore?... apri gli occhi, apri gli occhi.

È vero? Sono sdraiato al buio... è vero, credo che sia finita. Lei dorme, non c'è stata una fine, la sospensione è giunta inosservata come il sonno. Sí, l'antico su e giú l'ha cullata e addormentata, e nel sonno mi ha attirato verso di sé e ha messo una gamba sulla mia. Il buio diventa azzurro e grigio e io sento accanto alla tempia, sotto il suo seno, l'antico passo del suo cuore che va su e giú.

Mary lavorava a Venice in una libreria femminista, di cui era comproprietaria. La incontrai là all'ora di colazione il secondo giorno che ero a Los Angeles. Quella sera stessa eravamo amanti, e non molto tempo dopo, amici. Il venerdí seguente la incatenai al mio letto per un piede e ce la lasciai tutto il week-end. Era, mi spiegò lei, una cosa che «doveva vivere per poterne uscire». Ricordo che si fece promettere solennemente (verso sera, in un bar affollato) che non l'avrei ascoltata se mi avesse chiesto di liberarla. Ansioso di compiacere la mia nuova amica, comperai una bella catena e un minuscolo lucchetto. Con delle viti d'ottone assicurai un anello d'acciaio alla base del mio letto e fu tutto pronto. Dopo qualche ora lei insisteva per essere liberata, e per quanto fossi un po' confuso mi alzai, feci la doccia, mi vestii, mi misi le pantofole e le portai una grossa padella per farci pipí dentro. Lei provò a parlare con voce ferma e sensata.

– Aprilo, – disse, – ne ho abbastanza –. Ammetto che mi spaventò. Mi versai da bere e mi precipitai sul balcone a guardare il tramonto. Non ero affatto eccitato. Pensai fra me, Se apro il lucchetto lei mi disprezzerà per la mia debolezza. Se la tengo lí magari mi odierà, ma almeno avrò mantenuto la promessa. Il sole arancione chiaro si tuffò nella foschia, e la sentii gridarmi qualcosa attraverso la porta chiusa. Chiusi gli occhi e mi concentrai sulla mia incolpevolezza.

Un mio amico una volta è stato in analisi con un anziano seguace di Freud che aveva uno studio ben avviato a New York. Durante una seduta il mio amico parlò a lungo dei suoi dubbi riguardo alle teorie di Freud, alla loro mancanza di credibilità scientifica, alla loro peculiarità culturale ecc. Quando ebbe finito l'analista sorrise cordialmente e disse: – Si guardi attorno! – E indicò con la mano aperta lo studio confortevole, la pianta grassa e la begonia rex, le pareti coperte di libri e infine, con un movimento all'indietro del polso che nello stesso tempo gli dava un'aria di candore e metteva in risalto i risvolti del suo abito di gran classe, disse: – Crede davvero che sarei arrivato dove sono se Freud avesse torto?

Allo stesso modo tornando dentro (col sole tramontato e la camera da letto silenziosa) mi dissi, la cosa essenziale di tutta la faccenda è che sto mantenendo la promessa.

Comunque, mi stavo annoiando. Vagolai di stanza in stanza accendendo la luce, appoggiandomi agli stipiti delle porte e fissando oggetti che conoscevo già a memoria. Montai il leggio e presi il flauto. Ho imparato a suonare da solo anni fa e ci sono parecchi errori, rafforzati dall'abitudine, che non ho piú la forza di correggere. Non premo le chiavi come dovrei, con la punta delle dita, e poi sollevo troppo le dita cosí diventa impossibile suonare in modo fluido i passi veloci. Inoltre non tengo il polso destro rilassato e, come dovrei, morbido e ad angolo retto rispetto allo strumento. Quando suono non sto con la schiena dritta, ma ciondolo sulla musica. I muscoli del mio stomaco non controllano il respiro, soffio sbadatamente col fiato di gola. Metto il labbro parecchio male e mi affido troppo spesso a un vibrato sciropposo. Non ho un buon controllo del suono e sono in grado di emetterlo solo forte o piano. Non mi sono mai dato la pena di imparare le note piú alte del sol superiore. Non ho una grande musicalità e i ritmi appena un po' insoliti mi mettono in crisi. Soprattutto non ho l'ambizione di suonare altro che quella mezza dozzina di pezzi, sempre i soliti e sempre con gli stessi errori.

Avevo cominciato da qualche minuto il primo pezzo

quando pensai a lei che ascoltava dalla camera da letto e mi venne in mente la frase «un pubblico incatenato». Mentre suonavo studiai vari modi di inserire casualmente l'espressione in una frase per fare un gioco di parole deboluccio ma simpatico, che col suo umorismo servisse in qualche modo a chiarire la situazione. Posai il flauto e mi avviai verso la camera da letto. Ma prima che la frase fosse a posto, la mia mano, dimostrando una specie di insensibile automatismo, aprí la porta e io mi ritrovai di fronte a Mary. Stava spazzolandosi i capelli seduta sul bordo del letto, con la catena pudicamente nascosta dalle coperte. In Inghilterra una donna che parlasse con la chiarezza di Mary sarebbe forse considerata aggressiva, ma lei era molto garbata. Era piccola e piuttosto massiccia. Il suo viso sembrava fatto di rossi e neri, labbra rosso scuro, occhi neri neri, guance olivastre e rosse come mele e capelli neri, lisci e lucenti come catrame. Sua nonna era un'indiana.

– Cosa vuoi? – mi chiese bruscamente e senza interrompere il movimento della mano.

– Ah, – dissi io, – un pubblico incatenato.

– Come? – Non risposi e lei mi disse che voleva essere lasciata in pace. Mi sedetti sul letto e pensai, Se mi chiede di liberarla lo faccio immediatamente. Ma lei non disse niente. Quando ebbe finito di spazzolarsi i capelli si sdraiò con le mani intrecciate dietro la testa. Restai seduto a guardarla, in attesa. L'idea di chiederle se voleva che la liberassi mi parve ridicola, e liberarla cosí, senza neanche chiederle il permesso, mi terrorizzava. Non sapevo nemmeno se si trattasse di un problema ideologico e psicosessuale. Tornai al mio flauto, e questa volta portai il leggio all'altro capo della casa chiudendo tutte le porte sul percorso. Speravo che non mi sentisse.

Domenica sera, dopo oltre ventiquattr'ore di silenzio assoluto fra noi, liberai Mary. Mentre aprivo il lucchetto dissi: – Sono a Los Angeles da meno di una settimana e mi sento già una persona completamente diversa.

Era un'osservazione in parte vera, ma destinata soprattutto a farle piacere. Tenendomi una mano su una spalla e massaggiandosi il piede con l'altra, Mary disse: – È l'effetto che fa sempre. È una città unica al mondo.

– È larga centoventi chilometri! – acconsentii.

– È profonda duemila chilometri! – urlò selvaggiamente Mary buttandomi le braccia al collo. Evidentemente aveva trovato quello che sperava.

Ma non aveva voglia di dare spiegazioni. Piú tardi cenammo in un ristorante messicano e aspettai che lei accennasse al suo week-end in catene e quando, finalmente, cominciai a chiederle qualcosa lei mi interruppe con una domanda: – È proprio vero che l'Inghilterra è in stato di crollo totale?

Dissi di sí e parlai a lungo senza credere a quello che dicevo. L'unica mia esperienza in fatto di crollo totale era un mio amico che si era ucciso. Da principio voleva solo punirsi. Mangiò un po' di vetro smerigliato buttandolo giú con una spremuta di pompelmo. Quando cominciarono i dolori corse a una stazione della metropolitana, comprò il biglietto che costava meno e si buttò sotto il treno. Sulla linea Victoria, nuova di zecca. Cosa avrebbe significato una cosa del genere su scala nazionale? Uscimmo dal ristorante sotto braccio, senza parlare. Attorno a noi l'aria era calda e umida, ci baciammo e ci abbracciammo stretti sul marciapiede accanto alla sua macchina.

– Si rifà venerdí prossimo? – chiesi in tono forzato mentre lei saliva in macchina, ma le parole furono interrotte dalla porta che sbatteva. Mi salutò attraverso il finestrino con un sorriso e uno sventolio di dita. Non la vidi per un bel po'.

Abitavo a Santa Monica in un grande appartamento che mi avevano prestato e che era sopra un negozio di roba a nolo, specializzato in articoli per party e, stranamente, in attrezzature per «camere di malati». Un lato del negozio era dedicato ai bicchieri da vino, shaker da cocktail, poltrone assortite, un tavolo da giardino e un impianto da discoteca portatile, l'altro a sedie a rotelle, letti inclinabili, pinze e padelle, tubi di plastica colorata o di acciaio luccicante. Durante la mia permanenza notai un sacco di negozi dello stesso tipo per tutta la città. Il direttore era impeccabilmente vestito e all'inizio la sua cordialità era piuttosto intimidatoria. Nel corso del nostro primo incontro mi comunicò che aveva «solo ventinove anni». Era massiccio e aveva un paio di quei baffi folti e cascanti che i giovani ambiziosi si fanno crescere da un capo all'altro dell'America e dell'Inghilterra. Il giorno del mio arrivo salí le scale e si presentò come George Malone e mi fece un simpatico complimento. – Gli inglesi, – disse – fanno delle sedie a rotelle dannatamente buone. Le migliori.

– Saranno della Rolls-Royce, – dissi. Malone mi afferrò un braccio.

– Sta scherzando? La Rolls-Royce fa davvero...

– No, no, – dissi nervosamente, – era una... battuta –. Per un attimo restò immobile, con la bocca aperta e scura, e pensai, adesso mi picchia. Invece rise.

– Rolls-Royce! Buona questa! – e la volta successiva che lo vidi indicò il lato malattia del suo negozio e mi gridò dietro: – Vuoi comprarti una Rolls? – Di tanto in tanto bevevamo qualcosa insieme all'ora di colazione in un bar con luci rosse vicino a Colorado Avenue dove fui presentato al barista come «uno specialista in frasi buffe».

– Cosa prende? – mi chiese il barista.

– Olio di porco con una ciliegina, – risposi, sperando cordialmente di essere all'altezza della mia reputazione. Ma il barman fece gli occhiacci e rivolgendosi a George disse con un sospiro.

– Cosa prendete?

Almeno da principio trovai esilarante vivere in una città di narcisisti. Il secondo o il terzo giorno che ero lí seguendo le indicazioni di George andai alla spiaggia. Era mezzogiorno. Un milione di figurine rigide, primitive, erano sparpagliate sulla sabbia gialla, sbiadita e sottile, fino a finire inghiottite, a nord e a sud, da un alone di caldo e inquinamento. Non si muoveva nulla tranne le gigantesche onde indolenti in lontananza, e il silenzio era inquietante. Io ero proprio all'inizio della spiaggia e accanto a me c'erano vari tipi di parallele, vuote e rigide, ancora piú brutalmente geometriche in quel silenzio. Non mi arrivava neppure il rumore delle onde, neppure una voce, tutta la città si era sdraiata a sognare. Quando mi avviai verso l'oceano intorno a me c'erano dei vaghi mormorii, era come sentire qualcuno che parli nel sonno. Vidi un uomo muovere la mano, allargare con determinazione le dita sulla sabbia per prendere il sole. Un frigorifero portatile senza coperchio era piantato come una gigantesca pietra tombale accanto alla testa di una donna prostrata. Passando lanciai un'occhiata e vidi che dentro c'erano delle lattine di birra vuote e un pacchetto di formaggio arancione che galleggiava nell'acqua. Adesso che camminavo in mezzo a loro mi resi conto di come fosse isolato ognuno di quei bagnanti stesi al sole. Mi sembrava di metterci parecchi minuti ad andare da uno all'altro. Un inganno della prospettiva mi aveva fatto credere che fossero affastellati. Notai anche com'erano belle le donne, stelle di mare con quegli arti abbronzati distesi: e quanti vecchi pieni di salute c'erano, coi corpi nodosi e muscolosi. Lo spettacolo di questa gente intenta a uno scopo comune mi rallegrò molto e per la prima volta in vita mia anche io desiderai ardentemente abbronzarmi, avere la faccia scura in modo che i miei denti lampeggiassero bianchi nel sorriso. Mi tolsi la camicia e i pantaloni, stesi l'asciugamano e mi sdraiai sulla schiena pensando, sarò libero, cambierò tanto da diventare irriconoscibile. Ma dopo pochi minuti ero già inquieto e accaldato, avevo voglia di aprire gli occhi. Mi buttai in mare di corsa e nuotai fino a dove c'era della gente che camminava sull'acqua e aspettava un'onda mastodontica che li sbattesse a riva.

Un giorno tornando dalla spiaggia trovai sulla porta di casa un biglietto del mio amico Terence Latterly. «Ti aspetto al Doggie Diner qua di fronte». Avevo incontrato Latterly qualche anno prima in Inghilterra dove era venuto per delle ricerche su George Orwell, l'argomento della sua tesi, e solo quando arrivai in America mi resi conto di che insolito americano fosse. Esile, straordinariamente pallido, capelli scuri, sottili e ricci, occhi da cerbiatta come una principessa rinascimentale, un lungo naso dritto con due fenditure scure per narici, Terence era repulsivamente bello. Gli omosessuali gli facevano spesso delle avances, e una volta a San Francisco lo assalirono letteralmente. Aveva una leggera balbuzie, cosí lieve da risultare attraente per quelli che si fanno intenerire da cose del genere, e prendeva l'amicizia sul serio al punto di farsi venire al riguardo degli incomprensibili bronci. Mi ci volle un po' per ammettere con me stesso che in realtà Terence non mi piaceva e a quel punto ormai era entrato nella mia vita e accettai il dato di fatto. Come tutti coloro irresistibilmente portati al monologo non era mai curioso di quello che passava per la mente degli altri, ma raccontava delle belle storie, e mai la stessa due volte. Si infatuava regolarmente di donne che faceva scappar via con la sua labirintica goffaggine e il suo zelo morboso, e che gli fornivano sempre nuovi materiali per i suoi monologhi. Era successo due o tre volte che delle ragazze tranquille, protettive, un po' sole, si fossero perdutamente innamorate di Terence e del suo modo di fare, ma, significativamente, a lui non interessavano. A lui piacevano quelle donne indipendenti, con le gambe lunghe e il carattere deciso, che annoiava rapidamente. Una volta mi disse che si masturbava tutti i giorni.

Era l'unico cliente del Doggie Diner, stava chino con l'aria imbronciata su una tazza di caffè vuota, il mento puntellato sulle mani.

– In Inghilterra, – gli dissi, – un pasto da cani significa un immangiabile pastone.

– Allora siediti, – rispose Terence, – questo è il posto giusto. Sono stato talmente umiliato.

– Sylvie? – chiesi compiacente.

– Sí, sí. Grottescamente umiliato –. Niente di nuovo.

Spesso le cene fuori con Terence erano basate sui morbosi resoconti di qualche colpo che gli aveva assestato una donna indifferente. Era innamorato di Sylvie da mesi e l'aveva seguita qui da San Francisco, dove per la prima volta mi aveva parlato di lei. Sylvie si guadagnava da vivere mettendo su dei ristoranti macrobiotici che poi rivendeva, e per quel che ne sapevo, si accorgeva a malapena dell'esistenza di Terence.

– Non sarei mai dovuto venire a Los Angeles, – diceva Terence mentre la cameriera del Doggie Diner gli riempiva di nuovo la tazza, – va benissimo per gli inglesi. Voi qui vedete tutto come una bizzarra commedia degli estremi, ma è perché ne siete fuori. La verità è che è un posto psicotico, assolutamente psicotico –. Terence si passò le mani fra i capelli che avevano un aspetto rigido e laccato, e guardò in strada. Avvolte in una costante nube azzurrina, le macchine veleggiavano ai quaranta all'ora, i loro autisti appoggiavano le braccia abbronzate al bordo del finestrino, le radio o gli impianti suonavano, andavano tutti al bar o a casa per spassarsela un po'.

Dopo un appropriato silenzio dissi: – E allora?

Dal giorno in cui arriva a Los Angeles Terence supplica telefonicamente Sylvie perché vada una volta al ristorante con lui, e alla fine, stanca, lei accetta. Terence si compra una camicia nuova, va dal parrucchiere e nel pomeriggio sta un'ora davanti allo specchio, a guardarsi negli occhi. Incontra Sylvie in un bar, bevono bourbon. Lei è rilassata e amichevole, parlano con scioltezza della situazione politica in California, di cui Terence sa poco o nulla. Dato che Sylvie conosce Los Angeles sceglie lei il ristorante. Mentre stanno uscendo dal bar gli chiede: – Andiamo con la tua macchina o con la mia?

Terence, che non ha la macchina e non sa guidare, dice: – Perché non la tua?

Alla fine degli hors d'œuvres stanno aprendo la seconda bottiglia di vino e parlano di libri, poi di soldi, poi di nuovo di libri. La bella Sylvie conduce Terence per mano attraverso una mezza dozzina di argomenti;

sorride e Terence arrossisce d'amore, e concepisce le folli ambizioni dell'amore. La ama cosí strenuamente che sa di non potersi trattenere, sa che si dichiarerà. Sente che sta arrivando una pazza confessione. Le parole gli ruzzolano dalle labbra, una dichiarazione d'amore degna delle pagine di Walter Scott, il cui motivo dominante è che non c'è niente, assolutamente niente al mondo che Terence non farebbe per Sylvie. Anzi, ubriaco, la sfida a metterlo subito alla prova. Commossa dal vino e dal bourbon, intrigata da questo esangue pazzo fin de siècle, Sylvie lo guarda affettuosamente attraverso il tavolo e restituisce la sua lieve stretta di mano. Nella rarefatta aria fra di loro circola una carica di buona volontà e ribalderia. Messo in moto proprio dal silenzio Terence si ripete. Non c'è niente, assolutamente niente... ecc. Lo sguardo fisso di Sylvie si sposta per un attimo dal viso di Terence alla porta del ristorante che si apre per far entrare una distinta coppia di mezza età. Lei aggrotta il viso, poi sorride.

– Qualunque cosa? – chiede.

– Sí, sí, qualunque cosa –. Adesso Terence è solenne, sente nella voce di lei una vera sfida. Sylvie si china in avanti e gli afferra un braccio.

– Non ti tirerai indietro?

– No, se è umanamente possibile farlo lo farò –. Sylvie guarda di nuovo la coppia che aspetta accanto alla porta di essere accompagnata a un tavolo dalla capo sala, una signora energica con un vestito rosso che sembra una uniforme. Anche Terence li guarda. Sylvie aumenta la stretta al suo braccio.

– Voglio che tu ti faccia pipí addosso, subito. Fallo subito! Svelto! Fallo prima di avere il tempo di pensarci.

Terence sta per protestare, ma le sue promesse aleggiano ancora nell'aria, una nuvola accusatrice. Con oscillazioni da ubriaco, e col rumore di un campanello elettrico nelle orecchie, orina copiosamente, inzuppandosi le cosce, le gambe e il sedere, e mandando un piccolo getto costante sul pavimento.

– L'hai fatto? – chiede Sylvie.

– Sí, – dice Terence, – ma perché...? Sylvie si solleva un po' dalla sua sedia e fa un simpatico gesto di saluto verso la coppia accanto alla porta.

– Voglio farti conoscere i miei genitori, – dice, – li ho appena visti entrare –. Terence rimane seduto durante le presentazioni. Si chiede se si senta l'odore. Non c'è nulla che non dica per dissuadere questa affabile coppia coi capelli grigi dal sedersi al tavolo della figlia. Parla disperatamente e senza interrompersi («come se fossi una specie di scocciatore»), definendo Los Angeles un «posto di merda» e i suoi abitanti «gente avida di divorare la privacy degli altri». Terence accenna a una sua recente e prolungata malattia mentale dalla quale non si è completamente rimesso, e dice alla madre di Sylvie che tutti i medici, specialmente le dottoresse, sono «teste di cazzo». Sylvie non parla. Il padre solleva un sopracciglio in direzione della moglie e la coppia si allontana senza salutare, verso un tavolo all'altro capo della sala.

Terence si era apparentemente dimenticato che stava raccontando una storia. Si puliva le unghie col dente di un pettine. Io dissi: – Be', non puoi fermarti qui. *Cos'è successo*? Qual'è la spiegazione? – Il locale si stava riempiendo, ma nessun altro parlava.

Terence disse: – Mi sedetti su un giornale per non bagnarle il sedile della macchina. Non parlammo molto e lei non volle entrare quando arrivammo a casa mia. Tempo prima mi aveva detto che i suoi genitori non le piacevano. Probabilmente voleva fare un po' la scema –. Mi chiesi se per caso la sua storia Terence non se la fosse inventata o sognata, perché era il paradigma di tutte le ripulse che aveva ricevuto, la formulazione perfetta delle sue paure o, forse, dei suoi piú profondi desideri.

– In questo posto, – disse Terence mentre uscivamo dal Doggie Diner, – tutti abitano lontanissimi fra loro. Il tuo vicino è qualcuno a quaranta minuti di macchina, e quando finalmente siete insieme va a finire che vi tormentate l'un l'altro per l'angoscia di essere stati soli.

Qualcosa in quell'osservazione mi toccò e invitai Terence a fumarsi uno spinello da me. Restammo qualche minuto sul marciapiede mentre lui cercava di decidere se ne aveva voglia o no. Guardammo oltre il traffico dall'altra parte della strada, e vedemmo George nel suo negozio mentre spiegava a una negra come si usava l'impianto da discoteca. Alla fine Terence scosse la testa e disse che già che era da quelle parti sarebbe andato a trovare una sua amica di Venice.

– Portati della biancheria di ricambio, – suggerii.

– Sii, – urlò andandosene. – Ci vediamo.

C'erano lunghi giorni senza scopo in cui pensavo, Su questa terra è dappertutto lo stesso. Los Angeles, la California, gli Stati Uniti in quei momenti mi sembravano una crosta fragile e sottile sull'immenso mondo sotterraneo della mia noia. Avrei potuto essere ovunque, avrei potuto risparmiarmi lo sforzo e il prezzo dell'aereo. In realtà avrei voluto non essere in nessun posto, libero dalla responsabilità di una precisa collocazione. Mi svegliai intontito per aver dormito troppo. Anche se non avevo né sete né fame, feci colazione perché non osavo restare inattivo. Passai dieci minuti a lavarmi i denti sapendo che quando avessi finito avrei dovuto decidere cos'altro fare. Tornai in cucina, mi feci dell'altro caffè e lavai i piatti con grande cura. La caffeina stimolò in me un panico crescente. In soggiorno c'erano dei libri che avrei dovuto studiare, c'erano degli scritti da completare, ma il solo pensarci mi fece venire una vampata di stanchezza e disgusto. Perciò cercai di non pensarci, non mi misi in tentazione. Non mi passò neanche per la mente di mettere piede in soggiorno.

Invece andai in camera da letto e feci il letto applicandomi agli angoli con grande cura. Ero malato? Mi sdraiai sul letto e fissai il soffitto senza pensare a niente. Poi mi alzai e con le mani in tasca mi misi a fissare le pareti. Forse avrei dovuto dipingerle di un altro colore, ma naturalmente abitavo lí solo temporaneamente. Ricordai di trovarmi in una città straniera e mi precipitai sul balcone. Case e negozi bianchi, monotoni, a forma di scatola, macchine parcheggiate, due spruzzatori per innaffiare il prato, dappertutto festoni di cavi del telefono, una palma che ondeggiava contro il cielo, il tutto illuminato dal bagliore bianco e crudele di un sole deturpato dalle nuvole e dall'inquinamento. Per me era altrettanto ovvio e privo di mistero di una fila di casette di periferia in Inghilterra. Cosa potevo farci? Andare da qualche altra parte? Al solo pensarci quasi scoppiai a ridere forte.

Piú per confermare questo stato d'animo che per mutarlo, tornai in camera da letto e presi il flauto, con aria torva. Il pezzo che avevo intenzione di suonare pieno di orecchie e di macchie, era già sul leggio: *Sonata numero 1 in la minore* di Bach. Il bell'Andante iniziale, una serie di arpeggi cadenzati, richiede una impeccabile tecnica di respirazione per rendere il senso del fraseggio, invece io comincio subito a rubacchiare qualche respiro qua e là come un ladruncolo al supermercato, e la coerenza del pezzo diventa puramente immaginaria, un ricordo discografico sovrapposto al presente. Alla quindicesima battuta, quattro battute e mezzo dopo l'inizio del Presto, annaspo sui salti di ottava ma mi affretto, come un atleta sfinito ma ostinato, e finisco il primo movimento senza fiato e incapace di tenere l'ultima nota per il tempo previsto. Dato che azzecco quasi tutte le note giuste e nel giusto ordine, considero l'Allegro il mio cavallo di battaglia. Lo suono con inespressiva aggressività. L'Adagio, una melodia dolce e pensosa, mi dimostra, ogni volta che lo suono, come sono stonate le mie note, certe crescono, altre calano, nessuna è dolce, e le semibiscrome sono sempre sfasate. E cosí arrivo ai due Minuetti finali che suono con rigida, secca ostinazione, come un organetto meccanico manovrato da una scimmia. Questa era la mia esecuzione della sonata di Bach inalterata nei particolari ormai da tempo immemorabile.

Mi sedetti sul bordo del letto e mi rialzai quasi immediatamente. Andai sul balcone per guardare ancora una volta la città straniera. Su uno dei prati una bambina piccola tirò su un'altra bambina ancora piú piccola e fece qualche passo traballante con lei. Futilità, ancora. Rientrai e guardai la sveglia in camera da letto. Undici e quaranta. Fai qualcosa, svelto! Mi fermai accanto all'orologio ad ascoltarne il ticchettio. Passai di stanza in stanza senza averne realmente l'intenzione, sorprendendomi ogni tanto di ritrovarmi in cucina a giocherellare col manico di plastica incrinato dell'apriscatole a muro. Andai in soggiorno e passai una ventina di minuti a tamburellare sul dorso di un libro. A metà pomeriggio chiesi l'ora esatta al telefono e regolai la sveglia. Restai a lungo seduto sul gabinetto e decisi di non muovermi di lí finché non avessi deciso cosa fare. Ci restai piú di due ore, fissandomi le ginocchia finché persero il loro significato di arti. Pensai di tagliarmi le unghie, sarebbe stato un inizio. Ma non avevo le forbicine! Ricominciai ad aggirarmi da una camera all'altra, e poi, nel cuore della serata, crollai addormentato in una poltrona, esausto di me stesso.

Sembrava che almeno George apprezzasse il mio modo di suonare. Un giorno venne su perché mi aveva sentito dal negozio, e chiese di vedere il flauto. Mi disse che non ne aveva mai tenuto uno proprio in mano. Si meravigliò per la complicata precisione delle leve e dei tamponi. Mi chiese di suonargli qualche nota per vedere come si teneva, e poi volle che gli insegnassi a produrre una nota. Diede un'occhiata alla musica sul leggio e disse che riteneva «brillante» il modo in cui i musicisti riescono a trasformare in suoni quel pasticcio di linee e puntini. Il modo in cui i compositori inventano intere sinfonie con dozzine di strumenti diversi che suonano insieme era un assoluto mistero per lui. Dissi che lo era anche per me.

– La musica, – disse George con un ampio gesto del braccio, – è un'arte sacra –. Di solito quando non suonavo lasciavo il flauto in giro a prendere polvere, montato e pronto per suonare. Quella volta mi ritrovai a smontarlo in tre parti e ad asciugarle con cura per poi posare ogni sezione nell'astuccio foderato di feltro, come una bambolina prediletta.

George viveva nella Simi Valley, su una distesa di deserto recentemente bonificata. Descriveva la sua casa come «vuota e che puzza ancora di vernice». Era separato dalla moglie e due week-end al mese venivano i figli a stare da lui, due maschi di sette e otto anni. George divenne impercettibilmente il mio anfitrione a Los Angeles. Ci era arrivato da New York senza un soldo quando aveva ventidue anni. Adesso guadagnava quasi quarantamila dollari all'anno e si sentiva responsabile per la città e il mio rapporto con essa. Certe volte dopo il lavoro George mi portava a spasso per dei chilometri sulla statale con la sua nuova Volvo.

– Voglio che tu la viva, che tu senta la follia delle sue dimensioni.

– Cos'è quell'edificio? – gli chiedevo mentre passavamo veloci accanto a un colosso da Terzo Reich illuminato e arroccato su una collina verde ben curata. George guardava dal finestrino.

– Non so, una banca o una chiesa o una cosa cosí –. Andavamo nei bar, bar per divette, bar per «intellettuali» dove ci stavano a bere gli sceneggiatori, bar per lesbiche e bar dove i camerieri, agili giovanotti dalle guance lisce, erano vestiti come camerierine vittoriane. Mangiammo in un locale fondato nel 1947 dove servivano solo hamburger e torta di mele, un posto famoso e alla moda dove i clienti in attesa stavano come fantasmi affamati alle spalle di quelli seduti.

Andammo in un club dove si esibivano cantanti e attori nella speranza di essere scoperti. Una ragazza sottile con smaglianti capelli rossi e una maglietta coperta di lustrini arrivò in fondo a una canzone appassionatamente sussurrata e prese all'improvviso una nota alta impossibile e acuta. Tutti smisero di parlare. Un tipo, forse apposta, lasciò cadere il bicchiere. A metà strada la nota diventò un gorgheggio e la cantante crollò sul palco in un inchino abbietto, le braccia tese davanti a sé, i pugni chiusi. Poi si sollevò in punta di piedi e alzò le braccia sulla testa con le mani aperte come per moderare gli applausi sporadici e indifferenti.

– Vogliono essere tutte Barbra Streisand o Liza Minnelli, – mi spiegò George succhiando un cocktail gigantesco attraverso una cannuccia di plastica rosa, – ma è roba che non interessa piú a nessuno.

Un uomo con le spalle curve e i riccioli arruffati si trascinò sul palco. Prese il microfono dal supporto, lo tenne vicino alle labbra e non disse niente. Sembrava che le parole gli si fossero inceppate in gola. Indossava una giacca di jeans imbrattata e strappata sulla pelle nuda, aveva gli occhi cosí gonfi che quasi si chiudevano e da quello destro partiva una lunga cicatrice che finiva all'angolo della bocca e gli dava l'aria di un clown truccato a metà. Gli tremava il labbro inferiore e pensai che stesse per mettersi a piangere. La mano in cui non teneva il microfono giocherellava con una moneta e guardandola notai le macchie sui suoi jeans, sí, erano di vomito ancora fresco e umido. Socchiuse le labbra ma non emise alcun suono. Il pubblico aspettava pazientemente. Da qualche parte in fondo alla sala qualcuno stappò una bottiglia di vino. Quando alla fine l'uomo parlò si rivolse alle sue unghie con un mormorio basso e spezzato.

– Sono un dannatissimo rottame!

Il pubblico scoppiò a ridere e ad applaudire sporadicamente, poi dopo un attimo tutti battevano i piedi e le mani ritmicamente. George ed io, forse obbligati dalla reciproca presenza, sorridemmo. L'uomo riapparve accanto al microfono nell'attimo in cui si spegneva l'ultimo applauso. Adesso parlava velocemente, con lo sguardo sempre fisso sulle proprie dita. Ogni tanto lanciava uno sguardo preoccupato in fondo al locale e noi vedevamo lampeggiare il bianco dei suoi occhi. Ci disse che aveva appena rotto con la sua ragazza, e che, mentre se ne andava da casa di lei, aveva cominciato a piangere così forte che non riusciva piú a guidare e aveva dovuto fermare la macchina. Pensò che magari poteva uccidersi ma prima voleva dire addio a lei. Andò fino a una cabina del telefono ma era fuori servizio e questo lo fece piangere di nuovo. Qui il pubblico che era rimasto in silenzio rise debolmente. Parlò con la sua ragazza da un drugstore. Appena rispose al telefono e sentí la sua voce cominciò a piangere anche *lei*. Ma non voleva vederlo. Gli disse: – È inutile, non c'è niente da fare –. Lui riagganciò e ululò di dolore. Un commesso del drugstore gli disse di andarsene perché stava turbando gli altri clienti. Camminò per le strade pensando alla vita e alla morte, cominciò a piovere, si sparò un po' di polvere degli angeli, cercò di vendere l'orologio. Il pubblico cominciava a dare segni di impazienza, un sacco di gente aveva smesso di stare a sentire. Un mendicante gli diede cinquanta centesimi d'elemosina. Gli parve di vedere fra le lacrime una donna che abortiva in un rigagnolo ma quando si avvicinò vide che erano degli scatoloni di cartone e un mucchio di vecchi stracci. Ormai l'uomo parlava su un costante ronzio di conversazione. Cameriere con vassoi d'argento circolavano fra i tavoli. Improvvisamente l'uomo alzò una mano e disse: – Be', arrivederci, – e se ne andò. Qualcuno applaudí ma la maggior parte non si accorsero neanche che se ne era andato.

Poco tempo prima della mia partenza da Los Angeles George mi invitò a casa sua per un sabato sera. Sarei partito in aereo per New York il giorno seguente sul tardi. Voleva che portassi con me un paio di amici per fare una piccola festa d'addio, e voleva che portassi il flauto.

– Voglio proprio, – disse George, – starmene seduto a casa mia con un bicchiere di vino in mano e ascoltare te che suoni quella roba –. Per prima telefonai a Mary. Dopo quel weekend ci eravamo ancora visti di tanto in tanto. Qualche volta era venuta a passare il pomeriggio da me. Aveva un altro amante col quale piú o meno viveva, ma non ne parlava quasi e non rappresentò mai un problema fra noi. Dopo aver accettato di venire, Mary mi chiese se ci sarebbe stato anche Terence. Le avevo raccontato l'avventura di Terence con Sylvie, e le avevo descritto i miei ambivalenti sentimenti nei suoi confronti. Terence non era tornato a San Francisco come aveva intenzione di fare. Aveva incontrato qualcuno con un amico «che scrive per il cinema» e adesso aspettava di essergli presentato. Quando gli telefonai rispose con una parodia poco convincente di permalosità semitica: – Sono in questa città da cinque settimane e c'è già qualcuno che mi invita? – Decisi di prendere sul serio il desiderio di George di sentirmi suonare. Mi esercitai con le scale e gli arpeggi, lavorai secco a quei punti della *Sonata numero 1* dove sbagliavo sempre e mentre suonavo immaginavo Mary, George e Terence che mi ascoltavano senza parole e un po' ubriachi, e il cuore mi batteva piú forte.

Mary arrivò abbastanza presto e prima di andare a prendere Terence ci sedemmo sul mio balcone a guardare il sole e a fumarci un piccolo spinello. Prima che lei arrivasse avevo considerato l'ipotesi di andarci a letto per l'ultima volta. Ma adesso che era lí ed eravamo vestiti per uscire, sembrava piú corretto chiacchierare. Mary mi chiese cosa avevo fatto e le raccontai dell'uomo al night club. Non ero sicuro se presentarlo come un professionista con un numero cosí intelligente che non faceva ridere, o come qualcuno che era salito sul palco arrivando direttamente dalla strada.

– Ho visto dei numeri cosí in giro, – disse Mary, – l'idea, quando funziona, è di bloccarti la risata in gola. Una cosa buffa che all'improvviso diventa una cattiveria –. Chiesi a Mary se secondo lei c'era qualcosa di vero nella storia di quell'uomo. Lei scosse la testa.

– Tutti da queste parti, – disse, gesticolando verso il sole al tramonto, – hanno in scena un numero piú o meno dello stesso genere.

– Mi sembra che tu lo dica con un certo orgoglio, – dissi mentre ci alzavamo. Lei sorrise e ci tenemmo la mano per un attimo vacuo durante il quale sorse dal nulla davanti a me la vivida immagine delle parallele sulla spiaggia; poi ci girammo e tornammo dentro.

Terence ci aspettava sul marciapiede davanti a casa sua. Indossava un vestito bianco e quando ci fermammo stava mettendosi un garofano rosa all'occhiello. La macchina di Mary aveva solo due porte. Dovetti scendere per far salire Terence, ma grazie a un concorso di subdole manovre da parte sua e ottusa educazione da parte mia, mi ritrovai a fare le presentazioni fra i miei due amici dal sedile posteriore. Quando girammo sulla statale Terence cominciò a rivolgere a Mary una serie di domande educate e insistenti e da dov'ero seduto io, proprio dietro a Mary, si capiva benissimo che mentre lei rispondeva a una domanda lui stava preparandosi la seguente, o aspettava con impazienza di potersi proclamare d'accordo con qualsiasi cosa dicesse lei.

– Sí, sí, – diceva lui, piegandosi in avanti con grande zelo, giungendo le lunghe dita sottili, – ti sei espressa benissimo –. Che condiscendenza, pensai, che modi accattivanti. Come fa Mary a sopportarlo? Mary disse che secondo lei Los Angeles era la città piú eccitante degli Stati Uniti. Prima ancora che avesse finito di parlare Terence fece di meglio tirando fuori elogi sperticati.

– Credevo che tu la detestassi, – interuppi amaramente. Ma Terence stava sistemandosi la cintura di sicurezza e faceva a Mary un'altra domanda. Mi appoggiai indietro e guardai dal finestrino, cercando di controllare la mia irritazione. Un po' piú tardi Mary allungò il collo per vedermi nello specchietto.

– Come sei silenzioso tu, là dietro, – disse allegra. Mi lanciai in un'improvvisa, furibonda parodia.

– Ti sei espressa benissimo, sí, sí –. Né Terence né Mary mi risposero qualcosa. Le mie parole restarono ad aleggiare come se fossero state continuamente ripetute. Aprii il finestrino. Arrivammo a casa di George dopo venticinque minuti di silenzio assoluto.

Finite le presentazioni, noi tre occupammo il centro

dell'immenso soggiorno di George mentre lui ci preparava da bere al bar. Tenevo sotto un braccio il flauto e il leggio come armi. A parte il bar l'unico altro mobilio erano due poltrone a sacco di plastica gialla, molto vivaci sulla distesa marrone e deserta del tappeto. Un'intera parete era occupata da porte scorrevoli che davano su un piccolo cortile posteriore di sabbia e sassi in mezzo al quale, montato nel cemento, c'era uno di quegli aggeggi a forma di albero che servono per stendere la biancheria. In un angolo del cortile c'era della sterpaglia sparsa, sopravvissuta al vero deserto che c'era lí un anno prima. Terence, Mary ed io parlavamo con George senza mai rivolgerci uno all'altro.

– Bene, – disse George quando ci ritrovammo tutti e quattro in piedi a guardarci col bicchiere in mano, – venitemi dietro che vi faccio vedere i bambini –. Obbedienti, camminammo dietro a George in fila indiana e con passo felpato lungo un corridoio stretto coperto da un folto tappeto. Sbirciammo dalla porta di una camera da letto due ragazzini che leggevano dei fumetti in un letto a castello. Loro ci lanciarono un'occhiata priva di interesse e continuarono a leggere.

Tornati nel soggiorno dissi: – Come hai fatto a domarli cosí, George? Li bastoni? – George prese sul serio la mia domanda e seguí una conversazione sulle punizioni corporali. George disse che di tanto in tanto dava ai bambini una pacca sulle gambe quando si scatenavano troppo. Ma non era tanto per far loro del male, disse, quanto per fargli capire che parlava sul serio. Mary disse che lei era fermamente contraria a colpire i bambini in qualsiasi modo, e Terence, credo soprattutto per fare l'originale, o forse per dimostrarmi che poteva anche dissentire da Mary, disse che secondo lui una bella battuta non aveva mai fatto male a nessuno. Mary rise, ma George, che ovviamente non impazziva per questo suo ospite languido e lievemente affettato, stravaccato sul tappeto, sembrò pronto a partire all'attacco. George era uno che ci dava dentro. Teneva la schiena dritta perfino seduto in una poltrona a sacco.

– Te le hanno suonate da bambino? – chiese mentre faceva girare lo scotch.

Terence esitò e disse: – Sí –. Questo mi sorprese. Il padre di Terence era morto prima che lui nascesse e lui era cresciuto con sua madre nel Vermont.

– Tua madre ti picchiava? – dissi prima che avesse il tempo di inventarsi un bravaccio manesco per padre.

– Sí.

– E non pensi che ti abbia fatto del male? – disse George. – Non ci credo.

Terence allungò le gambe. – Proprio nessun male –. Parlò attraverso uno sbadiglio che poteva anche essere falso. Indicò il suo garofano rosa. – Dopotutto, eccomi qui.

Ci fu un attimo di pausa poi George disse: – Per esempio, non hai mai avuto dei problemi con le donne? – Non potei fare a meno di sorridere.

Terence si tirò su a sedere. – Oh sí, – disse, – il nostro amico inglese qui ne è testimone –. Con questa frase Terence si riferiva al mio scatto in macchina. Ma io dissi a George: – Terence si diverte a raccontare delle buffe storie sui suoi fallimenti sessuali.

George si chinò in avanti per accaparrarsi tutta l'attenzione di Terence. – Come puoi essere sicuro che non dipendano dal fatto che tua madre ti picchiava? Terence parlò molto rapidamente. Non capivo bene se era molto eccitato o molto arrabbiato. – Ci saranno sempre dei problemi fra uomini e donne e tutti ne soffrono in un modo o nell'altro. Io sono piú aperto riguardo a me stesso di quanto lo sia la maggior parte della gente. Scommetto che tua madre non ti ha mai gonfiato di botte quando eri bambino, ma questo vuol forse dire che non ti sei mai trovato nei guai con le donne? E allora dov'è tua moglie?

L'interruzione di Mary fu precisa come l'incisione di un bisturi.

– Sono stata picchiata solo una volta da bambina. È

stato mio padre, e sapete perché? Avevo dodici anni. Eravamo tutti seduti a tavola una sera, tutta la famiglia, e io comunicai che sanguinavo in mezzo alle gambe. Misi un po' di sangue sulla punta di un dito per farlo vedere a tutti. Mio padre si sporse sul tavolo e mi diede uno schiaffo. Disse che ero una sporcacciona e di andare in camera mia.

George si alzò per prendere dell'altro ghiaccio e borbottò: – Semplicemente grottesco –. Terence si allungò sul pavimento, con gli occhi fissi sul soffitto come quelli di un morto. Dalla camera da letto ci arrivò la voce dei bambini che cantavano, o meglio cantilenavano, perché la canzone era basata su un'unica nota. Dissi a Mary qualcosa a proposito del fatto che in Inghilterra, fra gente che si fosse appena conosciuta, una conversazione del genere non avrebbe mai potuto avere luogo.

– Pensi che sia un bene? – chiese Mary.

Terence disse: – Gli inglesi non si dicono niente.

Risposi: – Fra non dirsi niente e dirsi tutto c'è poco da scegliere.

– Avete sentito i ragazzi? – chiese George tornando indietro.

– Abbiamo sentito una specie di canzone, – disse Mary. George stava versando nei bicchieri dell'altro scotch e dell'altro ghiaccio.

– Non era una canzone. Era una preghiera. Gli ho insegnato la *Preghiera del Signore* –. Terence mandò un gemito dal pavimento e George si guardò attorno irritato.

– Non sapevo che tu fossi cosí cristiano, George, – dissi.

– Oh, be', sai... – George sprofondò nella poltrona. Ci fu una pausa, come se tutti e quattro stessimo raccogliendo le forze per un altro round di disaccordo frammentario.

Adesso Mary era di fronte a George, seduta nell'altra poltrona. Terence giaceva come un muretto fra di loro e io sedevo a gambe incrociate a circa un metro da Terence. Il primo a parlare fu George, che si rivolse a Mary passando oltre Terence.

– Non mi sono mai interessato granché di cose tipo andare in chiesa ma... – si affievolí, e io pensai che fosse un po' ubriaco, – ma ho sempre desiderato che i ragazzi ne avessero il piú possibile finché erano piccoli. Immagino che poi da grandi possano rifiutarle. Ma almeno per adesso hanno un sistema di valori coerente e valido quanto un altro, e hanno un intero sistema di storie, storie davvero belle, esotiche, credibili.

Nessuno parlò, cosí George continuò: – Gli piace l'idea di Dio. E il paradiso e l'inferno e gli angeli e il diavolo. Parlano un sacco di questa roba e non sono mai sicuro di cosa realmente significhi per loro. Penso che sia come Santa Claus, un po' ci credono e un po' no. Gli piace la faccenda di pregare, anche se chiedono le cose piú folli. Pregare, per loro, è un po' come un'estensione della loro... della loro vita interiore. Pregano per quello che desiderano e per quello di cui hanno paura. Vanno in chiesa tutte le settimane, è quasi l'unica cosa su cui Jean ed io siamo d'accordo.

George disse tutto questo a Mary che mentre lui parlava annuiva e lo fissava solennemente. Terence aveva chiuso gli occhi. George guardò tutti noi a turno, in attesa di essere sfidato. Noi ci agitammo. Terence si tirò su appoggiandosi a un gomito. Nessuno parlò.

– Non vedo che male possa fargli, un po' di buona vecchia religione, – reiterò George.

Mary parlò rivolta al pavimento: – Be', non so. Ci sono parecchie cose da obiettare al cristianesimo. E dato che nemmeno tu ci credi davvero dovremmo parlarne.

– Ok, – disse George, – sentiamo.

Mary da principio parlò con determinazione. – Be', tanto per cominciare, la Bibbia è un libro scritto da uomini, destinato agli uomini e presenta un Dio decisamente maschio che addirittura assomiglia a un uomo perché ha fatto l'uomo a sua immagine. Tutto questo mi insospettisce parecchio, è una vera e propria fantasticheria maschile...

– Aspetta un attimo, – disse George.

– Poi, – continuò Mary, – nel cristianesimo le donne non fanno una gran figura. Grazie al peccato originale sono considerate responsabili di tutto dal paradiso terrestre in poi. Le donne sono deboli, sporche, condannate a partorire nel dolore come punizione per i guai combinati da Eva, sono le tentatrici che distolgono da Dio la mente degli uomini; come se le donne fossero piú responsabili degli istinti sessuali degli uomini che gli uomini stessi! Come dice Simone de Beauvoir, le donne sono sempre «l'altro», quello che conta è il rapporto fra un uomo che sta in cielo e gli uomini sulla terra. Anzi, le donne esistono esclusivamente per una specie di ripensamento divino, tirate fuori da una costola in piú per fare compagnia all'uomo e stirargli le camicie, e il favore piú grande che possono fare al cristianesimo è di non sporcarsi col sesso, rimanere caste, e se riescono lo stesso a fare un bambino allora sono all'altezza dell'ideale femminile cristiano, la Vergine Maria –. Adesso Mary era arrabbiata, fissava George.

– Aspetta un po', – diceva lui, – non puoi sovrapporre tutta questa roba da femministe a una società esistita migliaia di anni fa. Il cristianesimo si esprimeva attraverso il linguaggio...

E Terence disse sgarbatamente nello stesso momento: – Un'altra obiezione contro il cristianesimo è che induce a una accettazione passiva della diseguaglianza sociale perché tanto la ricompensa si riceverà in...

E Mary interruppe protestando contro George: – Il cristianesimo ha procurato oggi un'ideologia al sessismo, e il capitalismo...

– Sei comunista? – chiese George rabbioso, ma non sapevo bene a quale dei due si stesse rivolgendo. Terence ci dava dentro a tutto spiano col suo discorso. Lo sentii menzionare le crociate e l'inquisizione.

– Sono cose che non hanno nulla a che fare col cristianesimo, – gridava quasi George. Era rosso in faccia.

– Si è fatto del male piú in nome di Cristo che... questo non ha niente a che fare con... alla persecuzione delle erboriste come streghe... Merda. È irrilevante... corruzione, peculato, appoggio ai tiranni, accumulo di ricchezze attorno all'altare... dee della fertilità... merda... adorazione del fallo... guarda Galileo... questo non c'entra niente con... – non sentii quasi nient'altro perché adesso anch'io stavo gridando la mia sul cristianesimo. Era impossibile mantenere la calma. George agitava furiosamente un dito verso Terence. Mary si era piegata in avanti per afferrare una manica di George e dirgli qualcosa. La bottiglia del whisky giaceva vuota su un fianco, qualcuno aveva rovesciato il ghiaccio. Per la prima volta in vita mia mi ritrovai ad avere delle impellenti opinioni sul cristianesimo, sulla violenza, sull'America, su tutto, e volevo essere ascoltato prima che i miei pensieri se la squagliassero.

– ... e se vogliamo considerare la faccenda obiettivamente... i pulpiti per reprimere i lavoratori e i loro scioperi... obiettivo? Vorrai dire maschile. La realtà oggi è solo una realtà ma... sempre un Dio violento... il grande capitalista del Cielo... l'ideologia protettrice della classe dominante nega il conflitto fra uomo e donna... merda, nient'altro che merda...

Improvvisamente sentii un'altra voce squillarmi nelle orecchie. Era la mia. Parlavo durante un breve silenzio esausto.

– ... attraversando gli Stati Uniti notai questo cartello nell'Illinois, lungo la statale 70, che diceva: «Dio, il Coraggio e le Pistole hanno fatto la grandezza dell'America. Conserviamoceli tutti e tre».

– Ah! – esclamarono trionfanti Mary e Terence. George era in piedi, col bicchiere vuoto in mano.

– È giusto, – disse. – È giusto. Potrete denigrarlo ma è giusto. Questo paese ha un passato violento, un sacco di uomini coraggiosi sono morti costruendo...

– Uomini! – fece eco Mary.

– Certo, e anche un sacco di donne coraggiose. L'America l'hanno fatta a revolverate. Non se ne esce –. George attraversò la stanza a grandi passi fino al bar nell'angolo e tirò fuori un oggetto nero da dietro le bottiglie. – Ho una pistola qui, – disse, tenendo la cosa in modo che potessimo vederla.

– Per farne che? – chiese Mary.

– Quando si hanno dei figli si comincia ad avere un atteggiamento diverso nei confronti della vita e della morte. Prima che ci fossero i bambini non ho mai tenuto una pistola. Adesso credo che sparerei a chiunque minacciasse le loro esistenze.

– È una pistola vera? – domandai. George tornò verso di noi con la pistola in una mano e una nuova bottiglia di scotch nell'altra. – Puoi scommetterci che è vera! – Era molto piccola e stava tutta nel palmo della mano di George.

– Fammela vedere, – disse Terence.

– È carica, – avvertí George mentre gliela porgeva. La pistola ebbe apparentemente l'effetto di un calmante su tutti noi. Non gridavamo piú, in sua presenza parlavamo piano. Mentre Terence esaminava la pistola George ci riempí i bicchieri. Sedendosi mi rammentò la promessa di suonare il flauto. Seguí un silenzio velato di un paio di minuti, interrotto solo da George per dirci che dopo quel bicchierino ci conveniva mangiare. Mary era immersa nei suoi pensieri. Roteava lentamente il bicchiere fra indice e pollice. Mi sdraiai appoggiato ai gomiti e cominciai a rimettere insieme la conversazione appena terminata. Cercavo di ricordare come fossimo arrivati a quel silenzio improvviso.

Poi Terence fece scattare la sicurezza e sollevò la pistola all'altezza della testa di George.

– In alto le mani, cristiano, – disse con voce piatta.

George non si mosse. Disse: – Non dovresti scherzare con una pistola –. Terence aumentò la stretta. Naturalmente stava scherzando, eppure vedevo benissimo che teneva il dito curvo attorno al grilletto, e cominciava a premerlo.

– Terence! – sussurrò Mary, e gli diede un colpetto gentile alla schiena con un piede. Tenendo gli occhi su

Terence, George sorseggiava il suo whisky. Terence sostenne la pistola anche con l'altra mano e puntò al centro del viso di George.

– Morte ai proprietari di pistole –. Terence parlò senza traccia di humour. Anch'io cercai di pronunciare il suo nome, ma dalla gola non mi uscí neanche un soffio. Quando provai di nuovo dissi qualcosa in preda al panico, ed era una cosa del tutto irrilevante.

– Chi è? – Terence premette il grilletto.

Da quel momento in poi la serata piombò in quella educazione convenzionale e labirintica di cui gli americani sono maestri al punto da battere anche gli inglesi, se vogliono. George era stato l'unico a vedere Terence mentre toglieva il proiettile e questo mise sia me che Mary in uno stato di lieve ma persistente shock. Mangiammo insalata e cotolette fredde tenendo i piatti in equilibrio sulle ginocchia. George interrogò Terence a proposito della sua tesi su Orwell e delle prospettive di lavoro per gli insegnanti. Terence interrogò George a proposito del suo negozio, della roba che si affittava per le feste e di quella per le stanze dei malati. Mary fu interrogata a proposito del suo lavoro nella libreria femminista e lei rispose cautamente, evitando con cura qualunque affermazione che potesse provocare una discussione. Alla fine fui chiamato in causa per esporre i miei progetti di viaggio, cosa che feci con abbondanza di particolari noiosi. Spiegai che prima di tornare a Londra avrei passato una settimana ad Amsterdam. Questo spinse George e Terence a dedicare parecchi minuti alle lodi di Amsterdam, anche se era chiarissimo che avevano visto due città profondamente diverse.

Poi mentre gli altri bevevano il caffè e sbadigliavano, suonai il flauto. Eseguii la sonata di Bach non peggio del solito, forse con un po' piú di scioltezza perché ero ubriaco, ma la mia mente era ostile alla musica. Perché ero stanco di quella musica e di me che la suonavo. Mentre le note si trasferivano dalla pagina alla punta delle mie dita pensavo, ma sto ancora suonando questa roba?

Sentivo ancora l'eco delle nostre voci concitate, vedevo la pistola nera nella mano aperta di George, l'attore emerse nuovamente dal buio per prendere ancora il microfono, vidi me stesso molti mesi prima che partivo da Buffalo per San Francisco con una vettura da consegnare, e le mie urla di gioia erano piú forti del ruggito del vento che arrivava dai finestrini aperti, sono io, arrivo, eccomi... dov'era la musica per tutto questo? Perché non la cercavo nemmeno? Perché continuavo a fare quello che non sapevo fare, una musica di un altro tempo e di un'altra civiltà, la cui sicurezza e perfezione erano per me una posa, una menzogna, tanto quanto un tempo, o magari anche adesso, erano una verità per altri. Cosa dovevo cercare? (macinai il secondo movimento come una pianola meccanica). Qualcosa di libero e difficile. Pensai alle storie che raccontava Terence, al suo gioco con la pistola, agli esperimenti di Mary su se stessa, a me che in un attimo di vuoto tamburellavo sul dorso di un libro, la grande città frammentaria priva di un centro, priva di cittadini, una città che esisteva solo nella mente, un legame di mutamento o ristagno nelle vite individuali. Immagine e idea si scontravano nella mia ubriachezza e cadevano una sull'altra, la dissonanza piombava su una battuta dopo l'altra di quella implicita armonia e inesorabile logica. Per l'attimo di un movimento alzai gli occhi dalla musica e guardai i miei amici stravaccati per terra. Poi la loro immagine brillò ancora un istante davanti a me sovrapposta al foglio di musica. Era possibile, addirittura probabile, che noi quattro non ci saremmo mai piú rivisti, e rispetto a questa ovvia fugacità la mia musica era priva di senso con tutta la sua razionalità, insignificante con tutta la sua determinazione. Lasciala agli altri, ai professionisti che riescono a evocare i giorni perduti della sua verità. Per me non era nulla, adesso che sapevo cosa volevo. Questa aristocratica evasione... parole crociate con lo schema già riempito, non potevo suonarla piú.

Mi interruppi durante l'Adagio e guardai gli altri.

Stavo per dire: – Non posso andare avanti, – ma loro tre erano in piedi, applaudivano e mi facevano grandi sorrisi. Facendo la parodia dei frequentatori di concerti George e Terence si misero le mani a coppa intorno alla bocca e gridarono: – Bravo! Bravissimo! – Mary venne avanti, mi baciò su una guancia e mi offrí un bouquet immaginario. Sopraffatto dalla nostalgia di un paese da cui non me ne ero ancora andato, non potei fare altro che unire i piedi e fare un inchino, tenendomi i fiori stretti al petto.

Poi Mary disse: – Andiamo. Sono stanca.

Da Singapore a Norwich

Intervista a Ian McEwan

L'intervista a Ian McEwan qui parzialmente riprodotta apparve su «The New Review» (vol. 5, n. 2) nell'autunno 1978 a cura di Ian Hamilton.

La traduzione è di Paola Novarese.

Parliamo di te, del tuo «background», come si usa dire...

Credo che potremmo definirlo un «background» di stampo tipicamente militare. Sono nato a Aldershot nel 1948 e ho trascorso i primi anni della mia infanzia in un quartiere di case prefabbricate destinate ai soldati con famiglia. Mio padre, scozzese d'origine, era sergente maggiore. Nel 1932 si era arruolato nell'esercito; la sola ragione per cui l'aveva fatto era che a Glasgow non riusciva a trovare lavoro. Mia madre era nativa della zona, e aveva perso il suo primo marito in guerra; da lei ereditai un fratellastro e una sorellastra. Aveva avuto una vita durissima, e aveva dovuto affrontare la miseria, specialmente dopo la morte del marito. Nel 1947, non era facile per una donna rimasta sola allevare due bambini. Aveva circa trent'anni quando sposò mio padre – lui ne aveva ventinove.

Parlami di loro, si assomigliano?

No, sono diversissimi. Mio padre era, e continua ad essere, un bell'uomo, dal corpo poderoso e i baffetti da militare. Come sua madre, ha un carattere forte, è prepotente. Mia madre, malgrado si sia presa cura della sua folta schiera di sorelle fin da piccola, e nonostante tutto quello che ha sofferto quando aveva appena vent'anni, è rimasta una donna dolcissima, nell'aspetto e nei modi; una persona facilmente dominabile.

Immagino che, nonostante i fratelli di cui mi parlavi, tu ti sia sempre considerato figlio unico.

Sí, in un certo senso sí. Prima di tutto, perché i miei due fratelli erano molto piú vecchi di me. Inoltre, il mio fratellastro viveva con la nonna – una specie di orco, che si era offerta di tenere con lei uno solo dei due figli, quando il marito di mia madre morí. Lui crebbe in una casa popolare, colma di oggetti luccicanti e minacciosi: cani di porcellana e un enorme stereogramma, sempre tirato a lucido.

Comodità veramente invidiabili. E cosí, fin dall'inizio, la vostra non fu una famiglia unita.

Infatti. E la situazione peggiorò ancora di piú quando mio padre fu mandato a Singapore. Avevo tre o quattro anni. Il mio fratellastro rimase in Inghilterra.

Che ricordi hai di tuo padre? Hai detto che era un uomo dal carattere molto forte.

All'inizio, lo consideravo un estraneo. Spariva al lavoro per giorni interi, e tornava a casa soltanto il fine settimana. Aveva un modo di fare alquanto rozzo, anche se in realtà era un uomo molto affettuoso. È difficile, per lui, mostrare agli altri i propri sentimenti. Quand'ero piccolo, mi terrorizzava. Mi ricordo la sua figura che si staglia nella pioggia, mentre spinge la bicicletta sotto il davanzale della finestra di casa nostra. Questo è uno dei primi ricordi che ho di lui. Ogni volta che lo vedevo, correvo a rifugiarmi dietro al divano e imploravo mia madre che lo cacciasse via. Lo consideravo un intruso, un elemento di disturbo nel rapporto intenso e bellissimo che avevo con mia madre.

Vi trasferiste tutti a Singapore quando avevi dieci anni. Che ricordi hai di quel periodo?

Non molti. Immagino che fosse come qualsiasi altra base militare all'estero. Ovvero una piccola comunità, identica a qualunque altra guarnigione in Inghilterra. Ci si rende conto di essere all'estero, per via di elementi fondamentali come il sole e la servitú. Avevo una governante che si occupava di me, e la cosa mi piaceva enormemente. Aveva diciassette anni, ed era bellissima. Dormiva nel mio letto, o meglio, ai piedi del letto. Mi insegnò il cinese, e mi piace pensare che sarei in grado di parlarlo di nuovo, se mi sottoponessi a un'intensa terapia ipnotica.

Quanto tempo siete rimasti a Singapore?

Piú o meno fino all'età di sei anni. Poi tornammo in Inghilterra, dove per qualche tempo continuammo a trasferirci da una base all'altra. Quando compii otto anni, mio padre fu nominato ufficiale.

Sperò mai che anche tu diventassi un soldato?

Forse sí, ma credo che, fin dall'inizio, sapesse che non ero tagliato per quel genere di carriera. Probabilmente sarebbe stato felicissimo, se io avessi dimostrato il benché minimo interesse, ma questo non avvenne mai. E comunque, teneva molto alla mia educazione. All'età di quattordici anni aveva vinto una borsa di studio per frequentare il liceo, ma aveva dovuto rinunciarci, perché la sua famiglia non poteva permettersi di comprargli l'uniforme della scuola.

Cosí decise di mandarti in collegio.

Sí, però questo avvenne qualche anno dopo, quando avevo piú o meno dodici anni. Nel frattempo, trascorremmo qualche anno in Africa. Ho dei ricordi bellissimi di quel periodo, di quell'età a cavallo tra l'infanzia e l'adolescenza. Avevo molti amici, dei buoni amici, e facevo tantissime cose in compagnia di mio padre – cose fisiche, reali. Vita all'aria aperta, lunghe corse, nuoto, escursioni sulla costa e nel deserto. In confronto agli anni che seguirono, tra i tredici e i diciassette anni, diciamo, quelli furono anni meravigliosi. Leggevo molto, divoravo un'enorme quantità di libri. Mia madre lavorò per qualche tempo nella libreria del YMCA, ed era solita portare sempre qualche libro con sé. Lessi Jennings e Enid Blyton. Non lessi nessuno di quei libri che tutti leggono, prima o poi – C. S. Lewis e *Winnie the Pooh* oppure *Lo Hobbit* – credo di aver saltato a piè pari tutta la grande tradizione letteraria della borghesia inglese. Leggevo senza nessun criterio, e con grande entusiasmo: Biggles, Gimlet, ogni genere di fumetti, e Billy Hunter.

Sapevi cosa ti aspettava in collegio, una volta tornato in Inghilterra?

Sí, e mi sentivo molto eccitato al pensiero. Mi ricordo che continuavo ad osservare tutti quei documenti, quei cumuli di carte; immaginavo che dovessero servire per essere accettati in un collegio privato, ma non ne ero affatto sicuro. Alla fine, comunque, fui mandato in una scuola statale nel Suffolk. Mia madre rimase molto delusa, ma non fece mai alcun commento al riguardo.

Cosa hai provato quando sei partito, ti sentivi sperduto?

Sí. Ricordo la partenza. Ci imbarcammo su un DC 3 che sarebbe decollato da una piccola pista militare. C'erano due vecchiette accanto a me. Ero seduto vicino al finestrino e piangevo e singhiozzavo, quando anche loro presero a piangere e singhiozzare. Poi guardai fuori e mi accorsi con orrore che anche mia madre, qualche metro piú in là, in piedi sulla spiaggia, stava piangendo. Credo che fu solo in quel momento che mi resi conto chiaramente di cosa stesse accadendo, e del fatto che non si trattava piú di una di quelle avventure che leggevo nei libri di Jennings. Era tutto reale, io stavo davvero partendo.

Parlami della tua scuola.

Era una strana scuola – un posto chiamato Woolverstone Hall – strana nel senso che, sebbene si trattasse di una scuola statale e fosse frequentata in maggioranza da brillanti ragazzi che provenivano dal proletariato londinese, i metodi di insegnamento erano ancora quelli tipici di una scuola privata, seppure di minor prestigio. Tuttavia sono certo che fosse una scuola molto liberale, in confronto al resto delle scuole private di quell'epoca.

Immagino che foste tutti ragazzi. E tutti ossessionati dal sesso, in un modo o nell'altro.

Sí, e ne rimasi molto turbato. All'inizio, però, ero cosí ingenuo che non mi accorgevo di niente, e anche se intuivo qualcosa, pensavo sempre che non mi riguardasse. Solo dopo un paio di semestri cominciai confusamente a rendermi conto di cosa significasse la parola «masturbazione». E anche allora, continuai a pensare che non avesse nulla a che fare con me. È una sensazione strana, ma quando penso a quel periodo, dai dodici fino ai sedici o diciassette anni, mi viene in mente soltanto uno spazio temporale assolutamente vuoto – avevamo molte ore a nostra disposizione, e io passavo la maggior parte del mio tempo sentendomi sperduto, smarrito.

Eri un bravo studente?

No, ero uno studente decisamente mediocre – perlomeno in quegli anni. Su un totale di trenta allievi, ero sempre il ventiseiesimo, qualche volta il ventunesimo. Mi ignoravano, a dire il vero. Ricordo che qualche mio compagno veniva seguito con particolare cura da parte di alcuni insegnanti – pederasti, molto probabilmente.

Non accadde mai che sodomizzassero uno degli studenti, ma certamente passavano una gran quantità di tempo con loro. Ero un ragazzo molto tranquillo, incredibilmente timido, pallido, che non veniva preso in considerazione dagli insegnanti, cosí come non veniva perseguitato dai teppistelli della scuola. Questi avevano a disposizione delle vittime molto piú ovvie. Ragazzi magri, o troppo grassi, o eccessivamente vanitosi; in qualche modo, io avevo sempre la sensazione di essere invisibile. Cosí come mi furono risparmiati gli scherzi cattivi dei bulletti locali, analogamente non fui oggetto di nessun tipo di attenzione da parte degli insegnanti. La maggior parte delle persone sembrava facesse sforzi enormi a ricordare il mio nome. Mi confondevano sempre con qualche altro ragazzo che mi assomigliava vagamente.

Tutto questo ti feriva?

No, affatto. L'unica cosa che mi interessava era sopravvivere. Non volevo essere picchiato. Non c'è molto altro da aggiungere su quel periodo della mia adolescenza. Immagino che fu soltanto all'età di sedici o diciassette anni che le cose iniziarono a cambiare. Gli ormoni si misero in moto. Diventai incredibilmente competitivo, ripresi a leggere, e primeggiai in tutte le materie. Improvvisamente, gli insegnanti cominciarono ad accorgersi di me, e i miei voti mi procurarono anche dei premi. Strinsi una profonda amicizia con alcuni miei compagni. E visto che non c'era neanche una ragazza in giro, cominciai a guardare i ragazzi piú piccoli con un occhio particolare. Questa attività occupava molto del mio tempo.

Che genere di libri leggevi in quel periodo?

Oh, qualunque cosa che potesse andare sotto l'appellativo di nobile, elitario e tragico. Mi innamorai della natura e mi accostai a *The Prelude*. Lessi Keats, Shelley e, visto che ci trovavamo nel Suffolk, anche George

Crabbe. La vita finalmente aveva acquistato un certo sapore. Siamo ora nel 1965, ed eccomi lí a sgattaiolare nei pub, e a scoprire quanto fosse divertente fare cose che la gente normale considerava immorali. Cominciai a scrivere poesie, prendendo a modello i *Sonetti* di Shakespeare. A causa del loro elemento omosessuale, immagino. Scrivevo poesie che avevano il nome di qualche ragazzino nascosto nelle strofe.

> Rischiosa, come abitudine. Erano sufficientemente difficili da scoprire, questi riferimenti?

Beh, a dire il vero, in seguito venni a sapere che qualche ragazzino aveva scritto una lettera ai miei genitori, dicendo loro che ero un depravato. Fortunatamente mia madre intercettò la lettera prima che la vedesse mio padre, ma sono certo che la fece soffrire moltissimo, anche se non riuscí mai a parlarne direttamente con me. Accennò a quell'episodio soltanto un anno dopo, quando portai a casa la mia prima ragazza. Tirò un enorme sospiro di sollievo. Mi ero sempre domandato perché le ragazze ricevessero un trattamento particolare, come se ogni volta stessimo per dare una festa. Voglio dire, erano ben poche le madri che facevano in modo di farti sempre trovare pronto un letto matrimoniale. La ragione era molto semplice: lei temeva che sarei diventato un omosessuale scatenato.

> Che influenza hanno avuto i ruggenti anni Sessanta nelle tue esperienze di quegli anni? Dovevano essere al loro culmine piú o meno quando avvenne il tuo «risveglio ormonale», direi.

Non ci rendevamo conto di cosa stesse succedendo. In seconda, scrivevamo lunghi articoli dai toni solenni per il giornale della scuola sulla legittimità del rapporto omosessuale e la necessità di non indossare nessun tipo di uniforme, e sulla redistribuzione del potere, e sul fatto che le decisioni dovessero essere prese dagli studenti. Ma non avevamo idea del *perché* pensassimo quelle cose.

Il tuo professore era il tipico insegnante di letteratura inglese? Questo stereotipo pare essere stato un denominatore comune per la maggior parte degli scrittori di questo paese.

Ah, davvero? Sí, in effetti fu cosí. Aveva ventisei o ventisette anni, era cinico, molto colto e un agguerrito seguace di Leavis. Fu per merito suo che *presi possesso* della lingua inglese, se vogliamo usare questa espressione. Non c'è bisogno di dire che le mie letture furono *The Great Tradition* e *The Common Pursuit* e *Reading and Discrimination*. Mi appassionai moltissimo alla letteratura inglese, che cominciai a considerare come una sorta di missione; decisi che sarei andato all'università, e che anch'io avrei insegnato letteratura.

Che cosa pensava il tuo insegnante dei Beatles e tutto il resto? Immagino che non approvasse...

Infatti, e la cosa ebbe su di me degli effetti devastanti. Da un lato amavo il rock'n'roll, dall'altro sentivo che era mio dovere assumere un atteggiamento decisamente piú critico al riguardo. Da quando avevo iniziato a frequentare quella scuola, all'età di undici anni, Buddy Holly, Elvis Presley, Eddie Cochran e altri erano stati la colonna sonora delle mie giornate. A quattordici anni ero già stato al mio primo concerto rock. Pagai tre sterline e sei penny per andare a sentire i Rolling Stones che suonavano nella Church Hall di Guildford. Ma mi rifiutai di ascoltare il terzo album dei Beatles, perché tutt'a un tratto decisi che erano troppo commerciali per i miei gusti. Un paio di mesi dopo ci fu un cambiamento radicale. Mi resi conto che non riuscivo piú a conciliare il mio entusiasmo per la poesia e la «letteratura seria», un atteggiamento estetico profondamente elitario nei confronti della propria vita interiore e il mio rapporto con quegli insegnanti che di tale atteggiamento erano fautori – con la mia passione per il rock'n'roll. Stupidamente, mi sentivo molto confuso.

Dopo il liceo ti trasferisti nel Sussex...

Sí, ma prima decisi di prendermi un anno per riflettere e fare altre cose. Tornai a casa, ma mi sentivo troppo inquieto per fermarmi a lungo. Poi mi trasferii a Londra e per qualche tempo feci lo spazzino nel quartiere di Camden. Poi andai in Grecia per un po', e quando tornai ripresi a fare lo spazzino. Era il 1967, l'anno di *Sergeant Pepper*, canzone che io considero molto importante. All'epoca, tuttavia, non facevo altro che spazzare le strade tutto il giorno, tornavo a casa esausto, e non mi rendevo conto di cosa stesse succedendo intorno a me. Ero troppo stanco per uscire. Non sapevo niente di tutte quelle grandi trasformazioni che stavano avvenendo. Mi godevo la mia indipendenza, semplicemente. Pensavo che il solo fatto di avere uno stipendio settimanale e non essere costretto a stare in un dormitorio, fosse una grande conquista.

Perché dici che *Sergeant Pepper* fu cosí importante per te?

Era una musica evocativa, estremamente divertente, che conteneva in sé una sua unità, una sua forma compiuta. Era la soluzione alle contraddizioni che sentivo nei confronti della musica pop.

Ho sempre pensato che *Sergeant Pepper* presentasse molti riferimenti alle droghe, e l'uso stesso di sostanze stupefacenti...

All'epoca non conoscevo nessuno che facesse uso di droga, e quindi era un problema che non mi riguardava... Se però ne avessi avuto l'opportunità, sono certo che sarei stato pronto a provare qualunque cosa. In un certo senso è come se quella determinata èra – la musica psichedelica, i laboratori artistici – che in quel momento, nel 1967, era al suo culmine, mi sia passata accanto senza che io me ne rendessi conto.

Hai studiato letteratura inglese alla Sussex University.

Sí, inglese e francese. L'università per me fu un po' una delusione. Dopo quell'anno passato a vagabondare, in un certo senso era come tornare indietro, a scuola. Mi aspettavo di stare alzato tutta la notte a fare lunghe conversazioni concitate, o a discorrere in tono serio e compassato, e inorridivo nel constatare in che razza di posto ero capitato: la sala riunioni degli studenti pullulava di flipper e calcetti, nessuna traccia di attività intellettuale. La maggior parte dei miei compagni non sapeva neppure in che secolo era vissuto Alexander Pope, figuriamoci se sapeva che cosa avesse scritto. Nessuna conversazione intelligente, zero assoluto. Ogni sera mi ritrovavo pigiato sulle scale di qualche misera casettina in mezzo a una folla di persone che tentava di andare a una festa. La cosa peggiore era che quell'università presentava anche un aspetto molto snob, probabilmente molto piú accentuato che nella stessa Cambridge – rappresentato da un gruppuscolo di ragazze e ragazzi appartenenti alla buona borghesia che volevano diventare i re della comunicazione e si sentivano i protagonisti della cultura londinese, o di ciò che di questa era rimasta. Ad ogni modo, ero felicemente fidanzato con una ragazza molto carina, e mi ero fatto qualche buon amico.

Che mi dici degli insegnanti?

Erano molto distanti da noi. L'atteggiamento paternalistico che regnava all'interno dell'università concedeva agli studenti la possibilità di incontrare il proprio tutor una sola volta al semestre, al di fuori delle lezioni, per bere un bicchiere di sherry insieme. Nessuno dei miei professori riuscí a risvegliare in me un po' di entusiasmo.

Leggevi molti scrittori moderni?

Sí, abbastanza. Avevo cominciato a leggere alcuni autori contemporanei durante l'ultimo anno delle superiori – Iris Murdoch e William Golding, per esempio. Considero *Il giovane Holden* un libro fondamentale per la mia formazione, e anche *Comma 22*. In un certo senso, però, quando cominciai ad andare all'università, fu come se smettessi di leggere. Avevo la sensazione di avere molto tempo a mia disposizione, in quel momento, perché sapevo di aver letto molto piú della maggior parte dei miei compagni; inoltre, avevo preso l'abitudine di consegnare i temi scritti nelle superiori – da cui avevo cancellato i commenti degli insegnanti – e puntualmente questi mi venivano restituiti con il massimo dei voti.

Che voto prendevi alle superiori?

Tra il sei e il sette.

Cosí ti sentivi un po' superiore rispetto ai tuoi compagni e te ne andavi in giro con fare supponente?

Non proprio. Semplicemente, il luogo in cui mi trovavo mi sembrava privo di interesse. Non c'era niente che mi appassionasse davvero. E, fortunatamente, la conseguenza fu che cominciai a prendere un po' le distanze da quell'idea di letteratura intesa come missione.

E i tuoi progetti di insegnamento?

Svanirono semplicemente, a poco a poco, senza che quasi me ne rendessi conto. In un certo senso, i miei sogni di carriera universitaria seguirono la stessa sorte della droga; nessuno dei miei amici aveva questo tipo di progetti, e quindi non facevano parte della mia vita. Io volevo diventare uno scrittore – e in fondo questa era l'ambizione di tutti quelli che conoscevo.

Avevi già prodotto qualcosa in quel periodo?

Sí, all'epoca in cui frequentavo il terzo anno avevo già scritto un'opera teatrale e una commedia radiofonica, e inoltre l'adattamento televisivo di un racconto di Thomas Mann. Nessuna di queste cose mi era stata commissionata, e pertanto nessuna di loro venne mai rappresentata. Per quanto riguarda il racconto di Mann, per esempio, pensavo che bastasse semplicemente inviare il mio lavoro alla Bbc, e che subito dopo mi sarebbe stato recapitato un assegno a stretto giro di posta. Mi sembra di ricordare che cominciasse in questo modo: «Alba. Lubecca. Una folla enorme si riversa su un ponte». Ci sarebbero voluti circa due milioni di sterline per realizzare questa produzione. Avevo anche cominciato a scrivere un romanzo, ed ero dell'idea che il metodo migliore per portarlo a termine fosse ritirarmi in un bosco e scrivere. Cosí presi l'abitudine di andare in un boschetto nei pressi della biblioteca dell'università e sedermi su un ceppo pieno di pesticida anti formiche. Pensavo che, se fossi riuscito a scrivere una pagina al giorno, ci sarebbero voluti soltanto sei mesi per produrre uno di quegli esili romanzi pubblicati da Penguin. Il desiderio di diventare uno scrittore veniva prima della materia narrativa. Nel frattempo mi gingillai con idee di vario genere, tutte assolutamente impraticabili, per la mia tesi di laurea; fortunatamente però nessuna di queste venne presa seriamente in considerazione. Poi, proprio una settimana prima che iniziasse il semestre invernale, lessi che la University of East Anglia offriva un Master per il cui ottenimento bisognava inviare un breve saggio di scrittura, invece di una vera e propria tesi. Anche se questa prova contava soltanto in minima parte, mi sembrò valesse la pena tentare... e cosí feci.

A quell'epoca ti interessava solo la narrativa, e non tanto il teatro, la poesia?

Beh, sí, sentivo che la narrativa era un terreno entro il quale ero in grado di esercitare un certo controllo. Per me, scrivere poesia significava imitare il modo di poetare di altri lirici, mentre con la prosa era tutto diverso, non saprei spiegarti perché. Scrivere un'opera narrativa era un modo per esprimere me stesso, per affermare la mia identità, anche se a quell'epoca avevo scritto soltanto due racconti.

Avevi mai fatto leggere questi racconti a qualcuno?

No, non li avevo mai mostrati a nessuno. Mi iscrissi alla UEA e trascorsi un anno estremamente piacevole. In effetti, fu facilissimo per me conseguire il Master. Per prima cosa, si trattava di letteratura contemporanea. Di libri che mi sarebbe piaciuto leggere comunque: Mailer, Nabokov e altri, nessun autore che avessi mai davvero letto prima di allora – e inoltre, c'erano pochissimi corsi di letteratura comparata. Cosí, passavo la maggior parte del tempo inchiodato alla scrivania a scrivere racconti. Ne scrissi circa venticinque.

Ti sei mai interessato attivamente di politica?

Sí, in un certo senso sí, quando frequentavo la Sussex University – immagino che tu intenda dire se ero uno studente politicizzato – sí, la politica mi interessava, ma non presi mai parte attivamente a nessun movimento. Mi ricordo che a un certo punto si fecero molte discussioni sulla legittimità di accedere ai dati d'archivio dei singoli studenti. Quella fu una cosa che mi interessò molto. Ricordo un altro episodio: appena mi trasferii a

Norwich, alla UEA, mi trovai nel bel mezzo dell'occupazione di un edificio. L'occupazione durò due settimane e fu coronata dal successo, in un certo senso. Divenne un modello di governo anarchico, o di non-governo. Amministrazione anarchica. Erano gli studenti a tenere i seminari, e l'intero posto scoppiava di vitalità, di idee.

Poi cosa accadde?

Beh, poi tutto finí, come avviene sempre in questi casi. E comunque sia, quello per me fu un anno bellissimo. Per la prima volta, mi ritrovai ad andare a letto con un mucchio di ragazze diverse – invece che con una alla volta. Fu come una seconda adolescenza. Smisi di leggere libri, smisi di ascoltare musica classica. Credo dipendesse dal fatto che ero consapevole di essere in grado di scrivere libri, e che quindi non avevo piú bisogno di leggere quelli degli altri.

In quel periodo, qual era la tua posizione riguardo alle droghe e al movimento hippy, ne hai mai fatto parte?

Sí, per qualche tempo, ma è come se non riuscissi veramente a sentirmi parte di questo movimento. Sapevo di essere una persona profondamente razionale. Il pensiero hippy, al contrario, aveva alla base una filosofia spiccatamente anti-razionalistica, e propugnava un mondo pre-verbale che doveva avere come effetto l'esaltazione dei sensi e una grande libertà. Io però non riuscii mai a lasciarmi alle spalle alcune delle idee in cui credevo, e che ritenevo fondamentali per la mia vita. Durante gli anni dell'università avevo preso a interessarmi di scienza, e della filosofia della scienza. Nutrivo una profonda stima per i metodi scientifici. E purtuttavia, eccomi qui, seduto a gambe incrociate insieme ad altre persone che erano – non so cosa fossero realmente: immaginavano che qualcuno stesse tramando una «cospirazione» per distruggere il mondo, erano fondamentalmente degli edonisti, e in realtà anche piuttosto conservatori dal punto di vista politico. Almeno in questo paese, l'elemento politico era nettamente distinto dall'altro aspetto che di solito viene associato al movimento, e cioè l'uso di droghe. Molti hippy sognavano di trasferirsi in case o in comuni in campagna. I loro valori erano in realtà di tipo conservatore – essi erano fondamentalmente degli individualisti, persone che tentavano di eludere la realtà e l'impegno. Rifuggivano dall'analisi politica in quanto sinonimo di razionalità, di linearità di pensiero.

Fu a quell'epoca che cominciasti a pubblicare i tuoi primi racconti?

Sí, vendetti *Fatto in casa* alla «New American Review» e un altro racconto alla «Transatlantic Review». In seguito Secker & Warburg mi chiesero di riscrivere *Fatto in casa*, come se fosse il primo capitolo di un romanzo. Cosí, dopo Norwich, trascorsi un po' di tempo a Cambridge, cercando di scrivere un secondo capitolo. Buttai al vento due mesi, e lo feci anche se ero convinto che quello sarebbe stato tempo perso. Poi, un giorno, ricevetti una telefonata di alcuni miei amici che avevano appena comprato un autobus, e stavano partendo per l'Afghanistan. L'offerta coincise con l'arrivo dell'assegno sui diritti per *Fatto in casa* – pensai che fosse un segno del destino, a cui uno scrittore come me non poteva restare indifferente.

Eri diventato uno «scrittore», dunque?

Beh, la mia era ancora un'aspirazione. Non credo che, a quell'epoca, avrei potuto veramente considerarmi uno scrittore – forse desideravo cosí tanto esserlo, che non osavo ancora definirmi tale.

Parlami del tuo viaggio in Afghanistan. Lo ritieni in qualche modo un gesto teatrale?

Non mi sembrò affatto cosí, allora. Se ripenso a quel viaggio, però, mi rendo conto che non fu poi quella gran cosa; sono felice di averlo fatto, ma in fondo non mi sono neanche divertito tanto. Mi piaceva molto stare con i miei amici, ma non facevamo altro che perdere tempo a Teheran o a Monaco, in attesa che arrivasse il denaro che ci permettesse di continuare il viaggio. Lunghe, infinite settimane di attesa. Una grandissima noia e hashish consumato in quantità massicce, assolutamente senza senso. Voglio dire, se ci si ritrova a bere con un amico e si rimane zitti, non vedo la ragione per farlo. Analogamente, se uno fuma soltanto per ammazzare il tempo, è assolutamente inutile. Quando ritornai a Norwich, mi sentii molto sollevato. Tutto ciò che desideravo era una stanza silenziosa da qualche parte, e rimettermi a scrivere.

Scrivesti qualcosa durante il viaggio in Afghanistan?

No, decisi di partire, semplicemente, senza pensare a nient'altro. Beh, a dire il vero pensai di scrivere qualcosa, ma poi non ne feci nulla. Quando tornai a casa, mi sentivo troppo inquieto per ricominciare a scrivere, e passai l'autunno del 1972 a buttar giú appunti e a insegnare inglese agli stranieri. Poi vendetti *Travestimenti* all'«American Review». Un racconto tra le dodici e le quindicimila battute, che mi fruttò 600 dollari. Era il Natale del 1972 e io mi sentivo cosí eccitato, che ne scrissi subito altri tre: *L'ultimo giorno d'estate*, *Farfalle* e *Geometria solida*.

Geometria solida ha una struttura narrativa molto ben congeniata, e molto piú convincente rispetto ad altri racconti che hai scritto nello stesso periodo.

Immagino che sia la piú aneddotica. Diverse furono le fonti a cui si ispirò. Avevo letto i diari di Bertrand Russell, che erano appena stati pubblicati in edizione economica, e improvvisamente era scattato dentro di me il desiderio di avere un padre o un nonno interessante e colto come lui, che avesse raccontato la sua vita come aveva fatto Bertrand Russell – questo fu ciò che ispirò la figura del narratore ossessionato dai diari del nonno. Poi, volevo raccontare delle conversazioni, per me molto importanti, che avevo avuto con un matematico argentino. Inoltre, volevo parlare delle persone con cui ero andato in Afghanistan. Cosí inventai il personaggio della ragazza hippy. Il narratore è un uomo malvagio, freddo, asessuato, pieno di complessi; la ragazza che ha sposato, nonostante il suo calore umano e la sua evidente sensualità, non è altro che un'illusa. Il racconto esprime la confusione mentale di cui soffrivo in quel periodo, e la nostalgia che provavo ancora per un mondo da cui mi ero appena staccato.

Avevi idea di quale «tipo di storia» volessi scrivere?

No, non credo di aver mai saputo chiaramente cosa stavo facendo. Consideravo ogni mio racconto come una sorta di pastiche di un determinato genere o stile, e anche se dopo una pagina o due cominciavo a prendere la storia seriamente, è come se, all'inizio, volessi in qualche modo fare la parodia di qualcosa.

Di cosa?

Di un certo scrittore, o di un determinato modo di scrivere. Quando iniziai *Fatto in casa*, pensai che si trattasse di una complicata parodia di Henry Miller. Ma poi mi ritrovai dentro la storia, e mi resi conto che perlomeno ne sarebbe venuto fuori qualcosa di divertente. E tuttavia, anche quando terminai di scriverla, continuai a sentire che al centro del racconto stava l'assurdità dell'atteggiamento maschile nell'età dell'adolescenza.

Il narratore di *Fatto in casa* ripensa alla sua prima esperienza sessuale. Quanti anni ha, quando racconta quell'episodio?

Beh, immagino che la mia intenzione fosse di rappresentare il narratore come una sorta di Henry Miller, ovvero un uomo sulla sessantina dalla faccia raggrinzita. Al centro della storia, però, sta un certo tipo di atteggiamento nei confronti del sesso. Intendo dire che la gente, gli uomini in particolare, quando raccontano le loro esperienze sessuali fallimentari, tendono spesso ad assumere un atteggiamento indulgente nei propri confronti – in altre parole, raccontano queste esperienze in modo cosí mirabile, da potersi permettere di ammettere il loro fallimento. E io volevo scrivere una storia su un fallimento sessuale *assoluto*.

Il tuo primo libro, *Primo amore, ultimi riti*, fu pubblicato da Cape nel 1974, non è vero? Che cosa accadde al contratto con Secker & Warburg?

Non esisteva niente di scritto. Tom Rosenthal di Secker voleva che firmassi un contratto secondo il quale avrei ricevuto 1000 dollari per il mio primo romanzo, e solo allora avrebbe pubblicato i racconti. Ma io non mi sentivo ancora pronto per scrivere un romanzo, e non volevo firmare nessun contratto che avrebbe vincolato a quel modo i miei racconti. Poi conobbi Tom Maschler di Jonathan Cape, e lui si offrí di pubblicare subito i racconti.

Cosa pensi dell'accoglienza ricevuta dal tuo primo libro?

Rimasi sorpreso, davvero. Per esempio, quando scrissi i racconti di *Primo amore, ultimi riti*, non avevo idea che essi potessero essere considerati come un'unità narrativa, cosí come dicevano le recensioni.

Perché, non sei d'accordo con questa lettura?

No, non è questo; si trattava certamente di osservazioni molto acute, ma anche limitate, in un certo senso... Ogni storia per me rappresentava qualcosa di nuovo, di diverso. Non intendevo scrivere otto storie che parlassero semplicemente di sesso. Appena vidi le recensioni, però, mi resi conto che quello era il modo in cui i racconti erano stati letti. Non c'era nulla di perverso, in questa lettura – soltanto, provavo una strana sensazione nel sentir parlare del mio lavoro in modi che a me apparivano cosí distanti. Rimasi sconcertato nel vedermi descritto come una persona ossessionata dal sesso. Ma non potevo permettermi di farmi condizionare da queste osservazioni, quando cominciai a scrivere un secondo ciclo di racconti.

Hai esitato a lungo prima di scrivere un romanzo. Eri determinato a continuare a pubblicare solo racconti?

Non volevo che fossero altri a convincermi che era arrivato il momento per scrivere un romanzo. E inoltre, c'è qualcosa di eterno, ripetitivo, nel meccanismo del racconto. Una volta che se ne è scritto uno, o una mezza dozzina o trenta, è come se ogni idea si presentasse automaticamente sotto questa forma. Sebbene avessi cominciato almeno cinque o sei romanzi tra il 1973 e il 1976, sentivo che questo desiderio non dipendeva da una reale volontà, da un materiale narrativo genuino. Il desiderio di scrivere un romanzo veniva prima della necessità di scrivere. Generalmente, appena iniziavo a pensare, sentivo immediatamente l'impulso di ridurre l'idea narrativa ai minimi termini, di compattarla in un racconto o un testo per la televisione, della durata di non piú di mezz'ora. Fu soltanto dopo aver scritto *Psicopoli*, al mio ritorno dagli Stati Uniti, nel '76, che cominciai a considerare l'idea di scrivere un'opera di una certa ampiezza. Quel racconto era di circa 12 000 battute, e lo scrissi senza fatica. Improvvisamente, un pomeriggio mi sedetti alla scrivania e misi in ordine degli appunti che avevo scritto tempo prima; mi resi subito conto che questa volta si trattava davvero di un romanzo, e non di un racconto. Sentivo che era arrivato il momento giusto, che adesso possedevo la materia narrativa sufficiente per scrivere un romanzo, che non era piú soltanto una questione di forma.

Nel frattempo pubblicasti una seconda raccolta di racconti, *Fra le lenzuola*, e i critici continuarono a sottolineare le tue ossessioni...

Non credo di essere una persona particolarmente ossessiva, per natura, ma questo è un altro discorso. Semplicemente, sono dell'avviso che non si possono fornire giustificazioni di tutto ciò che uno fa, in quanto scrittore. Come tale, posso tranquillamente affermare di soffrire di un gran numero di ossessioni – ma vorrei sottolineare che ad alcuni scrittori si concede il diritto di definire le loro ossessioni con il termine «soggetto, tema». Faccio un esempio: l'elemento edipico ricorre spesso nei miei racconti. Ritengo che il comportamento di un adulto e il suo atteggiamento nei riguardi della sfera sessuale dipendano in gran parte dal rapporto con il proprio padre, o con la propria madre. Se nelle mie storie, poi, il male è un elemento fondamentale e sempre presente, è come se funzionasse da antidoto per il male stesso. È un gioco che facevo da piccolo, e che in un certo senso continuo a fare anche adesso, cercando di immaginare le cose piú terrificanti, come se questo servisse a tenerle lontane. *Farfalle*, per esempio, è una storia agghiacciante, ero terrorizzato mentre la scrivevo, e nello stesso tempo non potevo fare a meno di scriverla. Mi sento ancora vulnerabile, tuttavia, quando la gente si rivolge a me dicendo: cosa c'è che non va in te, cosa ti spinge a scrivere queste storie? È molto difficile descrivere il rapporto fra la propria persona e il proprio materiale narrativo. In ultima istanza, sento che non esiste nessun'altra spiegazione, per la scrittura, se non la scrittura stessa.

Indice

Racconti

Primo amore, ultimi riti

Fra le lenzuola

Einaudi Tascabili
Pubblicazione settimanale, 14 ottobre 1996
Direttore: Lorenzo Fazio
Direttore responsabile: Ernesto Franco
Registrazione presso il Tribunale di Torino, n. 4848 del 20.11.95
Stampato per conto della Casa editrice Einaudi
presso G. Canale & C., s.p.a., Borgaro (Torino)
Seconda edizione: febbraio 1998

C.L. 14095